O imperador da Felicidade

CB125220

Ocean Vuong

O imperador da Felicidade

Tradução de Rogério W. Galindo

Rocco

Título original
THE EMPEROR OF GLADNESS

Copyright © 2025 *by* Ocean Vuong
Todos os direitos reservados.

Nenhuma parte desta obra pode ser reproduzida, armazenada em sistema, ou transmitida, sob qualquer forma ou meio, sem a autorização prévia, por escrito, do editor, não podendo, de outro modo, circular em qualquer formato de impressão ou capa diferente daquela que foi publicada, tampouco pode ser utilizada ou reproduzida de qualquer forma para o treinamento, desenvolvimento ou operação de tecnologias ou sistemas de inteligência artificial (IA), incluindo tecnologias de IA generativa; sem as condições similares, que, inclusive, deverão ser impostas ao comprador subsequente.

Direitos para a língua portuguesa reservados
com exclusividade para o Brasil à
EDITORA ROCCO LTDA.
Rua Evaristo da Veiga, 65 – 11° andar
Passeio Corporate – Torre 1
20031-040 – Rio de Janeiro – RJ
Tel.: (21) 3525-2000 – Fax: (21) 3525-2001
rocco@rocco.com.br
www.rocco.com.br

Printed in Brazil/Impresso no Brasil

Preparação de originais
ISIS PINTO

CIP-BRASIL. CATALOGAÇÃO NA PUBLICAÇÃO
SINDICATO NACIONAL DOS EDITORES DE LIVROS, RJ

V973i

Vuong, Ocean
O imperador da felicidade / Ocean Vuong ; tradução Rogério Galindo. - 1. ed. - Rio de Janeiro : Rocco, 2025.

Tradução de: The emperor of gladness
ISBN 978-65-5532-599-7
ISBN 978-65-5595-398-5 (recurso eletrônico)

1. Ficção vietnamita. I. Galindo, Rogério. II. Título.

CDD: 895.922
25-100390.0 CDU: 82-3(597)

Carla Rosa Martins Gonçalves - Bibliotecária - CRB-7/4782

Esta é uma obra de ficção. Nomes, personagens, lugares e incidentes são produtos da imaginação do autor ou foram usados de forma fictícia. Qualquer semelhança com pessoas reais, vivas ou não, empresas comerciais, acontecimentos ou localidades é mera coincidência.

Para Frances, que me encontrou.

Teu verme é o teu único imperador…
Engordamos todas as outras criaturas para que nos engordem
e engordamos a nós mesmos para os vermes.

– Hamlet

Que parecer termine em ser somente.

– Wallace Stevens*

* Tradução de Paulo Henriques Britto.

1

A coisa mais difícil do mundo é viver só uma vez.

É bonito aqui, porém. Até os fantasmas concordam. Pela manhã, quando a luz inunda este lugar com a cor da aveia, eles se elevam como névoa acima dos campos de centeio do outro lado dos trilhos e cambaleiam em direção aos cones dos pinheiros em busca de seus nomes, nomes que já deixaram de viver na boca de tudo que é vivo. Nossa cidadezinha se eleva acima de uma cicatriz da terra ao longo de um rio na Nova Inglaterra. Quando as geleiras pré-históricas derreteram, o vale se transformou num lago do tamanho do mundo, e quando a água secou deixou correndo pela bacia um veio prateado chamado de Connecticut: termo em algonquino que significa "longo rio ondulante". O sedimento aqui é rico, e todas as partículas acolhem a vida. À medida que se aproxima, você se verá ladeado por largos trechos de pequenos brotos germinando luzidios em meio à lama de abril. Em meses essas plantinhas formarão fileiras densas de milho e pés de tabaco com folhas largas. Para além do cemitério, os nomes nas lápides há muito perdidos para os anos, uma ponte coberta sobre um córrego seco cuja memória da água jamais chegou a este século. Atravesse essa ponte e você vai nos encontrar. Vire à direita no galpão do Conway's Sugar Shack, depenado e fechado, com janelas estilhaçadas e uma placa de madeira onde se lê ADOÇAMOS O SEU PÃO ASSIM QUE BROTA O AÇAFRÃO, reduzida a braile pelo vento. Na primavera, as cerejeiras florescem numa espuma que se espalha por todos os trechos de verde do distrito que escaparam das fazendas e dos conjuntos comerciais. Elas chegaram a nós depois de séculos de merda, cagada pelos gansos que passam sobrevoando a região sempre que o verão convoca seus ossos ocos para o norte.

Nossos gramados transbordam de tasneira e mato alto, todo ano ofertando uma fileira de tulipas vermelhas e cor-de-rosa a cada primavera, os botões enredados nas telas de galinheiro em que se apoiam. A varanda ali perto transborda de versões infantis de meios de transporte moldadas em plástico: um carro, triciclos, um caminhão de bombeiro, suas cores primárias agora desbotadas em tons pascais. Um engradado de leite com uma tira de pneu velho pregada serve de caixa de correios apoiada em um aparador velho, com "Ramirez, 47" escrito com corretivo na borracha. Ao lado disso há um comedouro de passarinho feito de alumínio no formato da cabeça de Bill Clinton. Sementes vazam de sua boca sorridente e caem como aplausos toda vez que o trem de carga passa em alta velocidade por aqui nas horas invisíveis da madrugada. Embora o trem nunca pare em nossa cidade, seu apito pode ser ouvido em todas as salas de estar num raio de cinco quilômetros. *Nada* para aqui na verdade, só nós. Hartford, a capital construída com base em seguradoras, armas de fogo e equipamentos hospitalares, burocracias da morte e da catástrofe, fica a apenas doze minutos de carro pela interestadual, e todos passam voando por nós, seja para chegar lá ou para dar o fora daqui. Somos o borrão nas janelas de seus trens e de suas minivans, de seus ônibus de viagem, rostos mutilados pelo vento e pela velocidade como pinturas de Munch deixadas à deriva. As únicas coisas que compartilhamos com a cidade são as ambulâncias, estando perto o bastante de Hartford para que elas venham nos buscar no leito de morte ou chacoalhando em macas de aço sem um parente próximo ao lado. Vivemos na periferia, mas morremos no coração do estado. Pagamos impostos sobre tudo o que fazemos e acabamos atolados nas margens de um rio que praticamente enterra nossos sonhos.

Em nossas estradinhas de terra, os buracos são tão largos e profundos que, dias depois de uma chuva de verão, peixinhos nadam nas piscinas verde-claras. E vinda da escuridão de uma varanda não iluminada, uma risada corta o ar tão depressa que poderia ser confundida com um soluço sufocado. Aquele barracão bege ladeado por florzinhas amarelas é o Clube da Segunda Guerra Mundial, um bar com três bancos altos e uma máquina de lanches caquética que só tem Marlboros e pãezinhos de mel. Do outro lado da rua, casas de tijolinhos aparentes. Originalmente construídas para os funcionários da fábrica de papel na Jennings Road, hoje abrigam veteranos, regressos de todos os campos de batalha imagináveis, que só fazem ficar olhando para o cume da montanha sentados em cadeiras de plástico para depois voltar arrastando os pés para salas enfumaçadas com suas minitevês, do tamanho de torsos humanos, que embalam seu sono.

Veja como as bétulas, escurecidas a noite toda por estorninhos, se estilhaçam quando as primeiras fagulhas da aurora tocam seus bicos. Como os últimos grilos cantam em meio à neblina que paira nos pastos pungentes com o esterco recém-depositado. Em agosto, os trilhos do trem ardem tão quentes que a borracha de suas solas derreteria caso andasse sobre eles por mais de um minuto. Apesar do calor, tudo que é verde cresce como se em retaliação ao inverno tão estéril e cauterizador, musgo tão luxuriante entre os dormentes dos trilhos que, de certo ângulo da luz densa e verdejante, parece algas, como se a inundação glacial tivesse retornado durante a noite e nos transformado naquilo que no fim das contas estávamos nos tornando desde sempre: bíblicos.

Siga os trilhos até a bifurcação onde se afundam em um trecho de mato pisoteado que leva a um ferro-velho cheio de ônibus escolares em diferentes estágios de amnésia, alguns tão velhos que não são mais amarelos, e sim cinza como navios naufragados. Cobertos por hera, os capôs amassados com poças de folhas estalando de secas são relíquias de nossos entendimentos errôneos. Atravesse o ferro-velho — como alguns o fizeram voltando para casa do turno noturno na fábrica de meias da Myers ou simplesmente andando à toa em tardes dominicais sozinhos com seus pensamentos —, e você estará atravessando gerações de *wanderlust* queimadas entre os bancos de couro sintético. Nos fundos do terreno jaz um animal atropelado há uma semana, a órbita ocular transbordando de Coca-Cola quente, obra de uma garota que, entediada na volta da escola, derramou seu refrigerante naquela finita escuridão de cegas visões.

Se estiver procurando por Felicidade e não encontrar, vai achar a gente, pois nossa cidade se chama Felicidade do Leste. A Felicidade original deixou de existir, foi rebatizada como Millsap há quase um século em homenagem a Tony Millsap, o menino que voltou da Grande Guerra sem membros e se tornou um herói — prova de que nesse país você pode perder a si mesmo quase totalmente e ainda assim ganhar uma comunidade inteira. Algumas pessoas daqui queriam que a cidade se chamasse Millsap do Leste para absorver o brilho e encher as lojas, mas outras eram orgulhosas demais para deixar que nos batizassem em homenagem a um garoto cuja cadeira de rodas jamais deslizou por nossas calçadas.

O inverno de sete meses começa no fim de setembro, quando o gelo brilha no gramado do fórum e nos capôs dos carros estacionados no meio-fio das ruas inclinadas. A luz passa pelas copas agitadas dos bordos, choupos e sassafrás, suas folhas prestes a cair criando um filtro âmbar. Até o campanário da igreja luterana abandonada passa do branco-pomba para cor de manteiga amanhecida lá pela hora do almoço.

Embora céticos, não somos ambivalentes em relação à esperança. Por baixo de tudo isso, nossa rua principal brilha com seus dois bares irlandeses, uma lanchonete, uma florista, o salão de beleza Deus Acima de Tudo, o restaurante chinês Portal do Panda, uma portinha sem nome que vende comida mexicana, uma funerária pintada de azul-celeste para compensar a devastação causada pela evocação de seu nome, uma lavanderia cuja entrada dos fundos leva a um porão que abriga exatas três cabines de pornografia operadas por moedas. Duas portas depois, fica a Legião Americana, onde vendem fatias de bolo de abóbora embrulhadas em filme plástico e café preto toda sexta debaixo de uma lona dobrada pelo vento. O Centro de Defesa Jurídica do Trabalhador Rural fica atrás da ACM, que no ano passado enfim teve uma de suas alas convertida para um programa de troca de seringas. Tem a imensa casa vitoriana na esquina da rua dos Lilases com a rua Principal. Lar de nosso primeiro prefeito, hoje serve como clínica para recuperação de dependentes químicos, com o caminho de entrada ladeado por rosas de poliéster que se projetam azuis e violeta para fora dos montes brancos a cada vez que neva mais forte.

Tem a casa de dois andares ao estilo de Cape Cod na esquina, pintada só até a altura que o filho mais velho conseguia alcançar, depois abandonada no inverno em que ele entrou para os Fuzileiros Navais, deixando as paredes verde-oliva até a metade faz sete anos. No final de julho, um frigobar preto é colocado perto da calçada, ligado a uma extensão elétrica que vai até a casa. Dentro dele, fileiras de mirtilos suam em caixinhas de papel verdes ao lado de uma lata de pó de café com um Post-it que diz MIRTILOS 5 DÓLARES PAGUE QUANTO PUDER.

É uma cidadezinha em que os alunos de ensino médio, sem ter aonde ir nas noites de sexta, estacionam as caminhonetes dos padrastos nos cantos mal-iluminados do estacionamento do Walmart, bebendo Smirnoff em garrafas d'água e ouvindo Weezer e Lil Wayne no talo até um dia olharem para baixo e perceberem que têm um bebê nos braços e estão com trinta e poucos anos e que nada no Walmart mudou, exceto a logo, mais brilhante agora, emprestando um brilho azulado aos rostos chupados pelo tempo. É onde pais com calças jeans manchadas de verniz ficam à beira dos campos de futebol americano, vendo os filhos soltarem vapor pela boca na aurora avermelhada, com uma das mãos no bolso e a outra segurando um copo de café da Dunkin' Donuts. Podiam até ser estátuas considerando o tempo que leva esperar que um menino se molde até virar homem. E toda manhã você se sentaria nas arquibancadas molhadas de orvalho, com um exemplar puído de *Ao farol* no colo, e observaria os jogadores no campo, machadinhas azuis tremendo de frio nas camisas do uniforme, as proteções de plástico rachando em meio à névoa. E, ao virar a página, ela se soltaria da encadernação, flutuaria pelo campo, acumulando manchas de tinta ao tocar a grama úmida até se emaranhar nas pernas dos meninos e se desintegrar sob um par de chuteiras pretas. As palavras indo ao chão. Esse tipo de cidade.

Contrariando todas as probabilidades, temos uma biblioteca. Era um arsenal que em outro momento abrigou um grupo de escravizados foragidos a caminho da Nova Escócia, motivo da estátua de bronze de Sojourner Truth no centro do chafariz, há três anos sem água. De frente para a estátua fica a maquete de um tiranossauro rex feita de Lego e com um metro e meio de altura, as peças coladas permanentemente. É da altura de um garoto chamado Adam Munsey que, a poucos metros dali, foi esmagado pelo ônibus escolar que deveria buscá-lo, guiado por um motorista chapado de Southern Comfort que ficou acordado a noite toda para ver a vitória dos Patriots no Super Bowl de 2002. Mais adiante, onde a rua se alarga e vira a rota 4 e a calçada se desfaz e trechos de papoulas e ásteres azuis pontilham o verde à direita; você vai encontrar a fábrica da Colt, cujo fundador, Samuel Colt, se tornou um dos homens mais ricos dos Estados Unidos vendendo revólveres para os dois lados durante a Guerra Civil. Hoje é uma fábrica da Coca-Cola com caminhões vermelhos brilhantes enfileirados ao lado das velhas docas de tijolos, o sol deslizando por trás das montanhas a oeste.

Tem a rodovia Cumberland, que leva à Penitenciária Feminina da Comarca de York, ao lado da qual nesta época do ano crescem abóboras que inundam os monótonos campos com trechos de ocre — tesouros para lebres e gambás famintos que armazenam provisões para o inverno. Abraçando o rio mais além, temos lajes de arenito com pegadas de podoquessauros, deixadas há mais de 195 milhões de anos, que seguem exatamente no caminho do estacionamento do Wendy's. Depois vêm as outras franquias: Burger King, AutoZone, Mattress Firm, Family Dollar, Dollar General. Em seguida, o hotel de beira de estrada Nite-E-Nite com suas cinco portas de um amarelo-cor-de-cocô-de-neném dando de frente para a boate Kahoots do outro lado da rua, que promete novas garotas a cada sete meses. Mais adiante ficam os cartazes pintados à mão: APP PARA MONITORAMENTO DE TORNOZELEIRA ELETRÔNICA, LENHA $25 DE DESCONTO NO PRIMEIRO SACO, CONTRA O FRACKING EM NOME DE JESUS, um desbotado MARTHA BEAN PARA AUDITORA MUNICIPAL 2006. E um cartaz com elegantes letras vermelhas que diz, como se numa profecia, ARMAS À FRENTE.

O que você sabe de verdade sobre a Nova Inglaterra?

Depois da laje de concreto onde em outros tempos ficava a Citgo, um cervo dá passos cautelosos ao entrar em um bosque de asclépias, como se fosse o último da espécie, e depois salta no arbusto no ponto em que o córrego deságua no rio sob a ponte Rei Felipe. A ponte foi batizada em homenagem a um chefe dos Wampanoag que liderou uma rebelião aqui para recuperar sua terra dos puritanos, e os pilares de cimento estão cobertos por grafites que dizem *Pequenos Espiões 2*, *Guerra a los ricos*,

Libertem Mumia Abu-Jamal!!!, *Laura & Jonny'92*, *niños malos* e *O 11 de Setembro foi obra dos americanos*.

Essa é também a última saída da cidade.

E essa é também a exata ponte que o garoto atravessou em 15 de setembro de 2009. A chuva caía na imensa jaqueta do UPS que cobria seus ombros enquanto ele caminhava abrigado pelo coração do vale e a terra era varrida para longe dele na direção de nuvens rochosas que afundavam no horizonte. O garoto tinha dezenove anos, à meia-noite de sua infância e a uma vida de distância da primeira luz. Ele não tinha sido perdoado, e você também não foi. O céu era de um cinza benevolente naquele momento em que a tarde escoava rumo à noite e o frio transformava o hálito dele em neblina. Sob as botas dele os trilhos zumbiam com os ventos constantes contra o aço. Sim, é bonito aqui, e é por isso que os fantasmas jamais vão embora. Preciso que você saiba disso enquanto a cidade se reduz a um borrão atrás dele. Preciso que você entenda, enquanto a água preta se agita como granito amolecido quimicamente lá embaixo e as luzes se acendem uma a uma ao longo das margens de cobalto, que o jovem fazia parte de uma parte amada deste mundo, enquanto olhava por cima do ombro e via as linhas telefônicas cederem sob o peso dos corvos resignados com o entardecer e a caixa-d'água vermelha que anunciava nosso nome — FELICIDADE DO LESTE — em tinta branca desbotada, antes de se virar, passar uma das pernas por cima dos trilhos e decidir, como um bom filho, pular.

2

Embora fosse verdade que o jovem tivesse ficado sem caminhos a seguir, tivesse exaurido os modos de compensar seus fracassos, ele jamais tinha planejado saltar da ponte Rei Felipe naquela noite. Foi só ao ver, entre os dormentes dos trilhos, o rio rodopiando tão imenso lá embaixo, um lugar no qual você poderia deslizar facilmente, que algo dentro dele ao mesmo tempo se agitou e murchou. Iam dizer que ele se afogou, é claro, como aquele garoto do segundo ano da universidade de Hebron que tiraram do trecho mais raso do rio no verão passado, o que ficou bêbado em uma festa e atravessou o rio a pé depois da meia-noite cantando sozinho, e que foi levado pela correnteza até as margens na manhã seguinte completamente vestido, exceto pelos sapatos. Não havia vergonha, o garoto pensou, em se perder para algo tão natural quanto a gravidade — quando a pessoa não *salta,* mas é puxada, de forma inocente, na direção do mar. Pelo menos isso ia causar menos dor à sua mãe.

Contudo, depois de erguer a perna e se içar por cima da grade, ele viu a segunda plataforma embaixo se prolongando por uma distância suficiente para tornar o salto impossível. Fez uma pausa, encarou o outro lado do vale sinuoso chamuscado pelo crepúsculo e entreviu o lugar em que o rio se voltava para Chester County, onde as cidadezinhas são tão pequenas que é capaz de você acender um cigarro ao entrar por uma delas e já estar em outra quando der a primeira baforada pela janela do carro. Ele respirou fundo, deixou que o ar virasse névoa ao seu redor, depois seguiu com cuidado o caminho até a plataforma inferior, onde empurrou a mochila até que um surdo baque enrugasse a água lá embaixo, e ela sumir. Agarrando-se aos cabos de aço, foi centímetro a centímetro na direção do centro da ponte, onde a queda seria mais alta e a torrente abaixo se agitava em torno das vigas metálicas.

Depois de alguns metros, ele parou. A ponte tinha mais de trinta metros de altura, ele sabia, por causa de um passeio escolar na época do fundamental. Já tinha sido a conquista mais celebrada da cidade, construída para trazer trens de passageiros e dinheiro para o coração da rua Principal. Mas os trens jamais pararam, passando direto pela cidade a caminho de Boston, Providence, Buffalo, Portland, até mesmo Montreal. Só os trens de carga passavam por ali, transportando toras de madeira ou barris de grãos vindos de Ontário. A ponte fora pintada de amarelo para simbolizar seu errante otimismo, mas a cor hoje já desapareceu, exceto por alguns poucos parafusos enterrados fundo o suficiente nas vigas para serem poupados do clima.

As luzes da iluminação pública tinham se acendido sobre as margens enlameadas, dando à água o brilho pincelado de raios solares no asfalto molhado em manhãs de verão — o tipo de brilho que não se vê em nenhum outro lugar. "Desculpa", ele sussurrou sem que houvesse ninguém entre os juncos para ouvir quando os cabos começaram a escorregar sob suas mãos. A chuva, que caía consistente havia três dias, encharcou os cabelos e escorreu pelo pescoço. A garota em New Hope tinha mencionado, sem que ele perguntasse, que caso você mergulhasse depois de romper a superfície e se apressasse em tocar o fundo do rio, isso bastaria. As correntezas o arrastariam e você só precisaria fechar os olhos até que a água gelada ficasse morna e silenciosa dentro de seus pulmões e sua glândula pineal inundasse o cérebro com dimetiltriptamina e, antes que você se desse conta, estaria voando num céu claro e sem vento, livre da jaula humana de seu corpo.

O que ela não mencionou foi que, quando chegar ao limite, haverá outro limite, dentro de si, sendo que esse é superável e invencível a um só tempo. O garoto engoliu em seco e olhou para baixo, indo até suas botas incertas sobre a viga. Foi aí que viu o cadáver flutuando em sua direção, os membros esticados e opacos sob a superfície do rio. O rosto encarando o céu com olhos fechados e as roupas se enfunando em torno do corpo magro. O jovem arfou, tirou a chuva dos olhos com as mãos e voltou a olhar, piscando para focar. O corpo continuava ali, inclusive mais nítido.

Ele escondeu o rosto na manga e se agarrou com firmeza ao cabo quando uma voz chamou de algum lugar do outro lado da água. Ele achou que o som era coisa de sua cabeça até que ouviu outra vez. “Volte. Volte agora! Jesus, Maria e José, não hoje, não agora.”

Ele procurou na ribanceira e viu, às margens do rio, uma casa de madeira de dois andares inclinada na direção da água. Ligada à casa havia uma saída de incêndio de ferro onde uma mulher agitava os braços, se debatendo com algum tipo de varal. O garoto olhou outra vez para a água e percebeu que aquilo ali não era um cadáver, mas um lençol que se contorcia na correnteza. Uma rajada de vento arrancou outro lençol dos braços dela e o levou para longe até murchar em torno do tronco de um bordo ali perto.

“Ei, os seus lençóis!”, o garoto gritou por instinto, e rapidamente se arrependeu. Deu um passo para trás para se encolher sob a sombra da viga. Mas era tarde demais.

A mulher parou, se inclinou para a frente e semicerrou os olhos na direção da ponte. Os óculos, refletindo a luz dos postes ali perto, bruxuleavam em dourado. Pelos cabelos brancos na altura dos ombros e pelo andar corcunda, parecia uma idosa.

“Quem está aí?” Ela protegeu os olhos e gritou em meio à chuva que costurava ao redor. O garoto se encostou na trave de metal, sentindo um parafuso de aço se enterrar entre seus ombros, e ficou imóvel.

“Meu pai amado!”, ela exclamou, de olhos arregalados. “O que você está fazendo? É doido? Deus nos ajude. Sai já daí!”

Tremendo, o garoto se inclinou para ficar dentro do cone de luz, de algum modo mais incomodado pelo fato de uma desconhecida tê-lo pegado com a vida por um fio do que pelo próprio impulso de pôr fim a ela. “Não é nada disso”, ele gritou em resposta. “Eu só estava… estudando a água.” Ele tirou o capuz e mostrou a ela, como um criminoso que acaba de ser pego em flagrante, seu rosto ossudo, pálido como o de uma salamandra e emoldurado por cabelos pretos em um corte tigelinha, uma ternura feminina, porém inútil, suavizando o olhar. Era lamentável ser visto assim. Que tipo de idiota se coloca, por capricho, debaixo de uma ponte e precisa convencer uma senhora idosa de que aquilo não passa... do que mesmo?

"Não seja burro." Ela olhou ao redor e ergueu os óculos com o dedo do meio. "Você não pode morrer na frente da minha casa, tá bem? Não preciso de mais espíritos por aqui." Ela fez o sinal da cruz e agarrou a grade enquanto disparava uma enxurrada de palavras estrangeiras. Todos os lençóis dela tinham sido levados, exceto uma toalha azul, que chicoteava ao lado de seu rosto.

"Certo, certo! Escute." Ele estendeu a mão como se estivessem a passos de distância um do outro, e não com metade de um rio entre eles. "Eu não vou fazer nada. Prometo. Eu... eu só estou inspecionando a ponte, sou estudante... e quero ser engenheiro um dia." A essa altura as mentiras saíam com facilidade, deslizavam pela língua como vagões de um trem despencando de um penhasco.

"Sai já daí. Estou falando sério. Ou vou chamar a polícia."

"Certo, entendi. Relaxe." Ele se moveu com todo o cuidado pela viga na direção do lado da margem em que ela estava. A mulher sumiu dentro da casa, depois esticou a cabeça pela janela do lado mais perto dele, acompanhando seus movimentos. A certa altura a bota do garoto escorregou em um rebite e ela ganiu, xingando em sua língua materna.

"Põe o pé ali. Não, ali." Ela estava com metade do corpo para fora da janela, apontando para um lugar que ele não conseguia ver. "Agora vai pra esquerda. Isso, espera... a outra esquerda. Ótimo. Tem uma escada ali. Vai pra lá e sobe. Sobe, menino. Depressa." Ela agitava o polegar na direção do céu. "Sobe, sobe! Isso."

Ele foi em direção a uma escada de metal soldada à ponte e se içou, com os braços trêmulos de frio, até o nível dos trilhos de novo, depois se debruçou por cima da grade e recuperou o fôlego. "Muito obrigado, viu?" Ele fez um gesto que dizia que a mulher podia ir embora. "Está tudo bem. Eu só queria ver as vigas de perto. Estou indo pra casa agora, não se preocupe."

"Mentira! Você quer morrer. Vem aqui." Ela apontou com a cabeça para a margem. "Vem pra cá ou vai ter que se explicar pra polícia. Você acha que eu estou brincando?" Os cabelos da senhora estavam emplastrados pela chuva e um círculo úmido escurecia a gola do vestido.

O garoto se ergueu e arrastou os pés pela ponte enquanto ela o seguia de janela em janela, murmurando consigo mesma. Quando a margem de terra apareceu debaixo da plataforma, ele saltou a grade e correu na direção da casa. A rua era ladeada por fileiras de casas que lembravam o cenário de um filme de guerra. Pelas paredes expostas, com o isolamento térmico rosado exposto, ele via salas de estar emboloradas e cobertas de musgo. Uma das casas tinha sido parcialmente incendiada, o interior cheio de pilhas encardidas de móveis no lugar em que uma muda de árvore havia criado raízes que atravessavam o piso, os galhos mais altos fazendo talhos afiados no segundo andar.

A casa da mulher ficava ao lado do rio, a porta dos fundos a poucos metros da água. Ao longo das décadas, as paredes assumiram os matizes da margem, cinza-ardósia e bege sarapintado, a pintura das tábuas havia muito tempo apagada. Ao chegar perto dos degraus de entrada, a porta principal se abriu e uma cabeleira branca apareceu por cima do batente da porta de tela. Como ela estava tendo dificuldade com a tranca, ele deu um puxão no trinco e a porta se abriu, revelando uma mulher que devia ter no mínimo oitenta anos. Ela batia nos olhos dele, tinha uma mandíbula quadrada e nariz de batata debaixo de óculos com armação de metal que cobriam o rosto inteiro exceto por um queixo que parecia um pãozinho redondo.

Os óculos dele, com aro de tartaruga, tinham respingos de chuva, e ele enxergou a mulher como um mero borrão em tons pastel. Olharam-se por um momento, a escuridão se assentando em torno dos dois enquanto ele se reequilibrava.

"Desculpa", o garoto voltou a dizer, pingando. "Não vou mais pular daquela ponte, tá bom? Juro. Posso ir agora?"

"Entre. Mas tire os sapatos. Meu marido que instalou este piso." A mulher sumiu casa adentro. O garoto hesitou, olhando para a rua vazia. A chuva estava aumentando outra vez. Ele subiu na varanda, com a água escorrendo em filetes pelo corpo, tirou as botas e seguiu a mulher.

Uma rangente casa ferroviária que tinha sido construída por operários dos trens de carga havia mais de um século; era um grande corredor, dividido em três cômodos: uma sala de estar, uma sala de jantar e uma cozinha, cuja luz fraca brilhava na extremidade mais distante como a fogueira em uma caverna ancestral. Mobiliada num estilo que o jovem só havia visto na série de tevê em preto e branco *Lassie*, a cujas reprises ele assistia numa Panasonic de três canais quando era menino, a casa tinha o odor abafado de cômodos cujas janelas raramente eram abertas, com toques do ranço mofado de porões inacabados. À medida que os olhos dele se ajustavam à escuridão, amorfos móveis estofados com estampas florais pálidas se tornavam visíveis. As paredes eram cobertas por painéis de madeira e adornadas por pinturas baratas de paisagens em molduras douradas. Ao passar sob a trave que servia de limite entre a sala de estar e a de jantar, ele olhou para cima e viu aquilo que um dia fora uma cruz branca, agora de um cinza espectral pelas décadas de poeira. Em uma parede, iluminada pelas luzes da rua, um conjunto de retratos o encarava, vindo de uma era que ele não conseguia reconhecer. O garoto parou na soleira da cozinha, com água escorrendo do queixo e dos cabelos no piso laminado.

A mulher se sentou ao lado de uma mesinha e fez um aceno com a cabeça na direção de uma cadeira vazia. "Senta aí. Você está parecendo um biscoito mergulhado no leite."

Ele se sentou com cuidado, os olhos assimilando o cômodo. Sem saber o que fazer com as mãos, as pousou, com as palmas para cima, na mesa, mas as recolheu para o colo assim que percebeu o quanto ficar daquele jeito parecia psicótico.

"Toma aqui, se seca." Ela passou um pano de prato para ele. Cheirava a cebola crua, mas ele secou o rosto mesmo assim, sentindo os olhos arderem por um instante.

"Pobrezinho", ela murmurou consigo mesma. "Ei, já acabou, certo? Seja o que for que tenha acontecido, acabou. Mas não chore, menino. As lágrimas levam teu ferro embora, sabia?" Ela pegou o trapo, se inclinou e secou os olhos dele mais um pouco, acentuando a ardência. Ele tremeu e virou o rosto. "Certo, você não é um menino. Já é um homem e não precisa de ninguém para secar suas lágrimas."

A cozinha era grande e continha um fogão marrom de tão encardido e engordurado, uma pia e uma bancada do tamanho de uma tábua de corte. Eles estavam sentados a uma mesa redonda coberta com um plástico de estampa xadrez que tentava parecer uma toalha de piquenique. No centro da mesa, um abajur com cúpula de tecido e acabamento em tule emitia um débil brilho cor de âmbar.

Ela pegou um maço de cigarros que estava ali perto, de uma marca que o garoto não reconheceu, colocou um entre os lábios e encostou um isqueiro nele. "Normalmente eu não fumo." A mulher tragou a fumaça, o encarou, não de forma desagradável, se debruçou na mesa e afastou uma pilha grande de revistas com décadas de idade e palavras numa língua que ele não reconhecia.

"Lituano", a mulher disse, percebendo a curiosidade dele. "Sabe o que é?"

Ele balançou a cabeça, secando as lágrimas de cebola das bochechas.

"Um país antigo, distante, onde eu nasci." Ela balançou o cigarro de um lado para o outro e deu uma tragada. "Mas todo país é velho, se você pensar bem."

Mas ele nunca tinha pensado nisso. Raramente pensava em países, muito menos naquele em que *ele* tinha nascido — só pensava que aquele, também, era um país distante.

"Quer um?"

Ela estendeu um cigarro na direção dele. Antes que o jovem pudesse responder, ela já tinha colocado o cigarro na boca dele e acendido.

"Gostou das minhas corujas?" Ela apontou por cima do ombro para um armário grande às suas costas. Por trás das portas de vidro havia uma frota de estatuetas de coruja, de vários formatos e tamanhos, algumas brilhantes de porcelana, outras foscas de madeira ou argila. "Todas as corujas foram feitas num país livre. Nenhuma das minhas corujas", ela se recostou na cadeira, "veio de comunistas. Entendeu?".

Ele mentiu ao concordar com a cabeça.

Acima do armário havia três pinturas retratando corujas, as caras inchadas como a de velhos mafiosos, cada uma delas mostrando, como num estudo de Rembrandt, um ângulo diferente da face do pássaro. Na verdade, bonequinhos, bugigangas e trocinhos em formato de coruja o encaravam de praticamente todas as superfícies. “Eu coleciono. Não sei por que na verdade.” Ela deu de ombros. “As pessoas começaram a me dar corujas faz muito tempo. Agora é o meu cartão de visitas.” Ela sorriu de leve em meio à fumaça. “Qual é o seu nome, afinal?”

“Obrigado por isso.” O garoto deu uma longa tragada no cigarro. “Mas preciso ir andando.”

“Calma aí, cordeirinho. Eu te convido pra minha casa, te dou cigarro. E olha só”, ela inclinou o maço para ele ver, “só tenho mais dois. Até te deixei chorar na minha cozinha. Você sabe que dá azar chorar na cozinha, né? Pode pelo menos me dizer seu nome”.

Ele olhou para a toalha de plástico toda esburacada e pensou no nome que a mãe lhe dera, a ideia do nome o fazendo afundar. Não que ele não gostasse do próprio nome — era só que estava disposto a atirá-lo no rio. Ele nunca quis jogar seu nome fora, só aquilo que era exalado junto com ele. O nome, afinal de contas, era a única coisa que a mãe lhe dera e que ele conseguira manter sem destruir.

“Hai”, ele murmurou.

“*Oi* para você também. Mas...”

“Não, Hai. É...”

“Certo”, ela respirou, “mas para *quem* eu estou dando oi?”.

“O meu nome é Hai.”

“O seu nome é Oi?”

Ele decidiu concordar com a cabeça. “Isso.”

“Ah.” Ela se iluminou e apontou um dedo torto para ele. “Então o seu nome é Labas!”

“Como?”

“Labas quer dizer ‘oi’ no meu país.” Ela estendeu a mão até o outro lado da mesa para que ele apertasse. “Olá, Labas. Eu sou a Grazina.

Quer dizer 'bonita'." Ela sorriu com o cigarro fumegando entre os dentes amarelos.

Ele apertou a mão dela, quente e rachada de tão seca. "Olá."

"Agora sabemos quem é quem. Então, você estava entregando encomendas e decidiu que hoje foi a gota d'água, é isso?"

Hai olhou para a jaqueta do UPS. "Ah", disse. "Não, foi um amigo que me deu. Eu não entrego nada. Mas lamento pelos seus lençóis."

"Imagina." Ela fez um gesto de desdém com a mão. "Quando você vive tanto quanto eu, tudo vira um trapo."

Ele olhou pela janela na direção da ponte onde estava havia apenas meia hora. Estava às escuras, e a fileira de luzes estendia-se até o outro lado. "Desculpa mesmo pelo trabalho. Mas estou bem agora, de verdade."

"Não precisa pedir desculpas. Vivendo esses anos todos do lado de uma ponte, você vê todo tipo de doideira. Uma vez, na manhã de Natal, uma carga de galinhas tombou enquanto o trem passava, e as que estavam no alto caíram por cima da grade. Coitadinhas. Se afogaram dentro das gaiolas. Mas algumas conseguiram sair e nadaram. Você acredita que galinha nada? Melhor que ser comida, né?" Ela se permitiu rir. "Mas fico feliz que você, sr. Olá, não virou outra galinha, hein?"

Bem nesse momento algo cintilou na expressão dela, que parou, os olhos desviando para um ponto logo acima dos ombros dele. Hai se virou, mas só viu uma velha geladeira coberta por cupons de desconto recortados, as bordas escurecidas e curvadas. Algo em Grazina era estranho, ele estava percebendo. Havia um brilho nos olhos dela que se mantinha ali sem pausa enquanto eles falavam, como se iluminado por uma fonte artificial. "Labas", ela se inclinou para a frente e sussurrou, "quer saber o segredo para se livrar de todas as aflições do homem? Quer?".

Ele a encarou, sem entender.

"Estou falando sério. Toma, pega esses pãezinhos ali atrás de você e vem comigo. Pode pegar, eles não mordem."

Ela atravessou a cozinha e abriu uma porta nos fundos que ele não tinha percebido até então. A chuva entrou e virou névoa no cômodo.

Mais adiante, o rio rugia entre as margens. "Vem, menino", chamou lá de fora. "Vou te mostrar do que estou falando."

Hai pegou o saco de pães e saiu, e o som da água preencheu sua cabeça vazia. Ele chegou a pensar em sair correndo em linha reta e atravessar o quintal na direção do rio, mas os pés não se moveram. O quintal era de terra pontilhado com tufos de grama encharcados de lama. A seis metros, depois de um declive de concreto com a borda desabando, corria o rio. Estava anoitecendo, mas o quintal era suavemente iluminado pelos postes de lâmpadas amarelas da rua. Grazina claudicou até o meio do terreno, oscilando quando o vento arrastava seu vestido, e fez sinal para ele se aproximar.

"O que você vai fazer com esses pães aqui fora?"

"Só vem e põe esses pães no chão. Não, abre primeiro. Isso, agora joga aqui."

"O quê?"

"Só joga aqui", ela gritou para ser ouvida acima do ruído do rio.

Ele virou o saco e uns doze pães caíram na lama.

"Você está pronto?", ela disse.

Antes que ele pudesse responder, ela pisou num dos pães até amassar. Depois fez o mesmo com outro, dessa vez torcendo a ponta do chinelo, moendo o pão na terra até as migalhas se desintegrarem. "Não é uma maravilha? Agora tenta você, Labas." O rosto dela estava ruborizado de prazer; Grazina agarrou a mão dele e o puxou em sua direção. "Vai, pisa em um. Confia em mim."

Ele encostou a meia no pão, cutucando a massa com o dedão do pé.

"Pelo amor de Deus, não é um bicho atropelado. Vai, pisa. Isso. Agora com força." As mãos dela estavam nos joelhos, incitando Hai como um técnico alucinado. "Isso! Vai, com todo o seu peso. Esmaga esses cretinos." Ela agarrou o tornozelo dele com as mãos e pressionou o pé dele contra o pão. Quando Hai ergueu o pé, o pão estava afundado na lama, o tecido da meia esmagando a massa úmida. "Não pense, só amasse mais um. Não é divertido?"

Ele esmagou mais um pão, depois outro, enquanto Grazina torcia, a voz marcada por uma alegria infantil. Pouco depois os dois estavam pisando de pão em pão, andando em círculos. "Sempre que sinto minha alma perder o brilho", ela disse, ofegante, "saio e piso em uns pães. Funciona que nem um passe de mágica".

Hai enfiou o calcanhar em um dos últimos pães, depois arrastou o pé num amplo arco pela terra, as migalhas se despedaçando no barro, deixando um cometa de pó na lama enquanto Grazina batia palmas e gritava em lituano.

Ao redor, os pães escureciam em tons de marrom e se encharcavam formando bolotas pálidas enquanto eles seguiam pisoteando. De longe, do outro lado do rio, passando de carro, você teria visto duas pessoas dançando na chuva sob um cone de luz numa noite de Connecticut no final da primeira década do século, e teria se esquecido de que o país estava em guerra. O riso de Hai, que chegava longe e soava estranho para ele mesmo, foi sumindo à medida que recuperava o fôlego. No fim das contas, aquilo tinha sua graça, ele admitia.

Grazina deu um tapinha nas costas dele, os óculos embaçados pela chuva. "Você conseguiu, Labas. Você tem um talento natural para ser pisador de pães. Antes, na Lituânia, o pão era precioso. A gente tinha que comer mesmo se estivesse duro, mesmo se estivesse mofado e com gosto de gasolina. Agora dá para esmigalhar o pão sempre que a gente quiser", ela cerrou o punho ao dizer a palavra esmigalhar, "e ninguém pode fazer nada. Mas vem, vem aqui. A gente precisa orar agora, menino...". Ela se abaixou e agarrou o ombro dele. "Que o Senhor possa nos perdoar pelo pecado do desperdício", começou, a voz oscilando com o balanço do corpo, "que Ele também possa olhar pelos desconhecidos e amparar os órfãos e as viúvas, mas que o caminho dos ímpios ele arruíne. Pois o Senhor não demora a cumprir Sua promessa embora alguns a tenham por tardia, mas é paciente contigo, não desejando que ninguém se perca, e sim que todos se arrependam".

Ele observou Grazina orando, aquele toco encurvado de mulher, cabelos emplastrados nas têmporas, cuja voz o havia convencido a voltar para terra firme.

"Como você se sente, Labas?" Em volta deles havia um círculo de pães dizimados.

"Me sinto bonito", ele respondeu, assentindo, renovado por aquele novo reino em que havia entrado. "Me sinto Grazina."

Ele acordou ouvindo o apito do trem do outro lado do rio e soube que estava de manhã. Quando viu sua jaqueta do UPS pendurada na parede, com uma poça no chão abaixo dela, os eventos da noite anterior lhe voltaram à mente. Depois de esmagar os pães na chuva, Grazina ofereceu a ele, enquanto tomavam chá, um quarto que estava vazio para passar a noite até a chuva passar, e Hai aceitou, agradecido. Mas, depois de afundar num sono profundo e sem sonhos, ele acordou de madrugada com o som de alguém cantando. Um canto cristalino, imaculado, cadenciado, como uma voz vinda de um poço cavernoso. Grogue, olhou ao redor e viu, na semiescuridão do quarto, a estatueta de madeira de coruja na escrivaninha e se deu conta de onde estava. Ele ajeitou as cobertas, saiu do quarto e seguiu na ponta dos pés pelo corredor acarpetado até parar na porta do quarto de Grazina. Foi só ao encostar o ouvido na porta que reconheceu a melodia de "Noite feliz". Ele prendeu a respiração. A voz dela era oca e aguda como a de uma garotinha, longe do tom rouco de marinheiro do Leste Europeu que ele ouvira antes. Hai empurrou a porta até que, pela fresta cada vez maior, viu Grazina deitada imóvel e olhando para o teto, os olhos bem abertos capturando a luz úmida da janela enquanto a boca se dedicava à letra do refrão. Ele ficou olhando por um instante, se sentindo a um só tempo apavorado e um esquisitão. "Grazina", ele conseguiu dizer, mas ela continuou cantando — não que ele saberia o que fazer caso ela acordasse. Hai estremeceu, fechou a porta com cuidado, depois foi às pressas para o quarto e cobriu a cabeça com as cobertas. Ele não sabia quanto tempo tinha demorado para que a voz dela diminuísse de volume, mas uma hora isso aconteceu, e ele caiu no sono.

Hai estava dormindo na luz empoeirada da manhã, se recompondo, quando uma frigideira começou a chiar no andar de baixo, seguida pelo barulho de panelas batendo. Foi até sua jaqueta pendurada e passou um dedo pela manga, demorando-se na costura. A jaqueta, em outros tempos, tinha pertencido a seu amigo Noah, um garoto que ele conheceu aos catorze anos trabalhando com tabaco, quando a plantação floria verdejante ao longo do rio que cortava Felicidade do Leste em duas. O nome verdadeiro dele não era Noah, mas foi assim que Hai começou a chamá-lo uma semana depois que ele morreu. Afinal, o que impediria os mortos de receberem novos nomes? Eles não tinham, no fim das contas, se transformado em uma espécie de outro? Como acontecia com tantos meninos naquele distrito, o amplo vale verde havia engolido Noah e cuspido uma lápide da altura de uma caixa de sapatos em Cedar Hill, grande o bastante para conter seu nome e nada além disso. Foi uma daquelas amizades que surgiram rápido, como o calor de um dia de julho em que bem depois da meia-noite você ainda consegue sentir a película grudenta na pele enquanto está deitado sem conseguir dormir no quarto, com o ventilador soprando o que sobrou das horas tórridas, e percebe pela primeira vez em sua curta vida que ninguém jamais fica sozinho de verdade. Faz dois anos que o caixão de pinho de Noah foi pregado, e quase todos os dias desde então, a jaqueta do UPS pendeu dos ombros ossudos de Hai, às vezes até mesmo na cama em noites excepcionalmente frias, o couro rasgado em alguns pontos e o U quase descascado. Mas pele é pele, ele diz para si mesmo, mesmo quando não é a sua.

Ele se vestiu e amarrou os cadarços das botas, depois enfiou a mão no bolso interno da jaqueta. Junto com o maço esmagado de Marlboro, as embalagens de chiclete e umas poucas moedas, encontrou o estojo das lentes de contato, levou à orelha e chacoalhou, ouvindo os comprimidos lá dentro, depois guardou de novo no bolso antes de descer.

Uma única unidade de latke perfeitamente dourada deslizou para o prato dele, deixando um rastro de óleo na porcelana pintada com anjos sem rosto em torno da borda. Grazina colocou outra panqueca no prato dela, depois largou a frigideira na pia com um chiado do vapor.

"Essa é a minha tia-avó." Ela apontou com o queixo para um daguerreótipo na parede de uma mulher carrancuda com um lenço na cabeça.

"Parece boa gente", Hai disse.

"Ela era corcunda e tinha um coração de ouro. Mas o marido era o diabo encarnado, pobre Agne. Cadê a sua família?" Ela fechou a geladeira com os quadris. Eles vinham preenchendo o espaço com conversa fiada desde que ele descera, mas Hai percebeu uma mudança na voz dela.

"Não tenho ninguém. Só a minha mãe do outro lado do rio. Mas não tenho como ver ela agora."

"Um filho e uma mãe. Isso basta, não? Por que você não pode vê-la?" Grazina deixou uma tigela de cenourinhas na frente dele e se sentou brincando com a toalha da mesa. "Imagino que nem é da minha conta."

"Eu andei fazendo umas burradas, só isso."

"Tipo o que fez com os seus óculos?" Ela deu uma risadinha do canto quebrado nos óculos de aro de tartaruga, consertado com fita adesiva.

"Uma das muitas vítimas, sim." Os óculos quebraram quando ele estava em New Hope durante uma briga de que nem participou.

Grazina olhou Hai de cima a baixo, com prudência, depois ergueu um bule de chá com uma coruja pintada e encheu as xícaras dos dois. Ele tomou e limpou a boca com as costas das mãos. Hai jamais tinha usado pires na vida e achou o "claque" que pontuava cada gole estranhamente satisfatório. "Te ouvi cantar aquela música de Natal ontem à noite", ele disse, tentando parecer casual. "Acho que era 'Noite feliz'. A sua voz é ótima."

Ela olhou intrigada para ele. "Não seja bobo, Labas. Não sou cantora. Quando eu era menina participei do coro da igreja, mas depois tesouraram minhas amígdalas e nunca mais... acabou. Se alguém estivesse cantando, eu teria ouvido. Meu ouvido é bom." Ela puxou uma orelha. "Parece de borracha, igual à do meu pai. Deviam ser aqueles coiotes do outro lado do brejo." Ela fez um aceno com a cabeça na direção do outro lado da rua. "Eles ficam ensandecidos quando chove."

Certamente aquilo não tinha sido só um sonho — embora o sujeito em New Hope tivesse alertado Hai sobre os pesadelos que teria depois de voltar ao mundo real.

Ela indicou a tigela com cenouras cruas. “É pra você. Coma.”

Ele deu uma mordida numa cenoura, depois pegou o garfo, ansioso para provar o latke.

“Não, coma a cenoura primeiro. Por favor.” Ela se inclinou para a frente, com garfo e faca um de cada lado do prato, uma toalha de papel enfiada na gola da roupa. “É importante.”

Ele terminou de comer a cenoura, depois pegou outra da tigela e a colocou inteira na boca.

“Faz bem pra você, acredite em mim.” Ela cortou o latke como se fosse um bife e comeu.

“Para os olhos, certo?”

“Isso foi uma mentira que o exército contava durante a Segunda Guerra Mundial pra esconder o fato de que eles estavam usando radares de primeira. Cenouras”, ela fez uma pausa para dar um efeito dramático, “te dão vontade de viver”.

Ele deu uma mordida no latke, que estava perfeito, crocante nas bordas e levemente salgado, com um toque de ervas que ele não sabia nomear. “Como assim?”, perguntou, mastigando.

“É uma raiz. E raízes impedem que você fique triste.” Ela pegou uma cenoura da tigela; o vegetal cintilou à luz da cozinha. “Está vendo, as cenouras ficam de um laranja brilhante porque lá embaixo é muito escuro. Elas fabricam a própria luz porque o sol nunca chega tão longe — que nem aqueles peixes no mar que brilham do nada. E aí, quando come, você assimila a vontade da cenoura de ascender. Até o céu.” Ela ajeitou a cenoura de novo na tigela, como se fosse uma pessoinha. “Você já ouviu falar de algum coelho que se jogou de uma ponte?” Ela deu uma piscadinha. “Claro que não. É que eles têm a luz dentro deles.”

Hai nunca tinha ouvido falar daquilo, mas até que fazia sentido.

“Quando fico triste, normalmente em fevereiro, cozinho uma panela de cenouras e como elas com mel. Quando meu marido morreu, só comi cenouras por seis meses direto, e sabe de uma coisa?” Ela apontou para a faca de manteiga que estava perto. “Zero lágrima. Quando está crua fica mais forte, mas perdi meus molares em 1991. Bush pai, fazer o quê?”

"Quando ele morreu? O seu marido?"

"Quando é que alguém morre?" Ela deu de ombros. "Quando Deus diz *missão cumprida*."

Com o chá reduzido à borra, Grazina ficou em silêncio. Alguma coisa na cozinha estava tiquetaqueando. Os olhos dos dois se encontraram e ela desviou o olhar, depois voltou para ele, prestes a dizer alguma coisa — mas então só murmurou consigo mesma em lituano, balançando a cabeça. Ele serviu mais chá para preencher o silêncio. A cozinha, ele percebeu, só era iluminada quando a porta dos fundos estava aberta. Fechada, como estava, era sombria e parecia fora do tempo como um bunker.

"Agora", ela limpou os dentes com a língua, "o lugar está velho e caindo aos pedaços, mas esquenta bem por conta do aquecedor a óleo, que é enchido sexta-feira sim, sexta-feira não. Tem um vazamento no teto do banheiro, mas pinga na banheira, então quem liga, certo?". Ela deu de ombros. "Não tem máquina de lavar roupa nem de secar, mas dá pra fazer isso na banheira e pendurar no varal. E você vai precisar ajudar a carregar as compras, colocar as ratoeiras, e de vez em quando jogar os pobrezinhos no rio."

"Espera aí." Ele largou a xícara. "Do que você está falando?"

"Não precisa pagar aluguel e pode ficar com o quarto antigo da minha filha Lina. Onde você dormiu ontem. Eu não sou difícil. Só preciso de ajuda com as minhas vitaminas. E só..." Ela mexeu nas revistas em cima da mesa. "Ia ser bom ter alguém por aqui. Faço oitenta e dois este ano..." Ela foi baixando a voz e os olhos.

"Você quer que eu fique aqui?" Hai analisou o rosto de Grazina, depois as corujas atrás dela.

Ela ergueu a mão. "Primeiro me escuta, certo?" E começou a contar para ele sobre uma enfermeira que morou com ela chamada Janet, o salário pago pelo seguro-saúde. Janet foi enviada para Grazina depois que ela despencou vários degraus na escada e foi parar no pronto-socorro do Hospital Hartford. Mas aí a Janet se casou com um motoqueiro, subiu numa Harley e foi para o Novo México. Grazina foi colocada na lista de espera para que mandassem outra enfermeira, o que, por ali, podia levar meses, às vezes anos.

A rua Hubbard, Grazina continuou, era conhecida pelo pessoal da região como Sovaco do Diabo, por causa de um derramamento enorme de metam-sódico de uma balsa vinda de Buffalo em 1988. O lodo tóxico se infiltrou no solo e depois nos canos, e foi tão ruim que a prefeitura pagou para os moradores saírem dali. Depois de um ano só tinham restado invasores acendendo fogueiras nas salas de estar devastadas. O Corpo de Engenheiros do Exército começou a demolir as casas, mas foi embora depois de um incêndio que expôs o amianto das paredes. Nunca voltaram. Acampamentos de sem-teto surgiram ao longo das margens dos rios com os anos, mas a terra era fria e estéril demais para que continuassem vivendo ali. Grazina e o marido se recusaram a sair, preferindo manter sua instabilidade tóxica de dois andares perto do rio. "A gente fez nossa vida aqui. Eu me casei naquela sala de estar, caramba. Como a gente podia ir embora?" Ela jogou as mãos para cima. "Enfim, vem uma enfermeira nova — isso foi logo depois da Janet —, vejo o carro dela chegando pela rua ali, aí ela para. Ela faz uma ligação no celularzinho dela antes de dar meia-volta e dar o fora. Nunca mais vi a tal Fulana. Ninguém quer viver nesse lixão com uma velha. Agora estou de volta na lista, dessa vez sabe-se lá por quanto tempo." Ela pousou os braços na mesa e se inclinou para a frente, suavizando o tom de voz. "Olha só, se você realmente não tem pra onde ir, como disse, pode ficar quanto tempo quiser. Pra se organizar. Mas não estou pedindo que faça isso por caridade, *capisce*? Dei conta de tudo sozinha por muito tempo. E você ainda tem a sua mãe, certo? Talvez precise ir falar com ela e acertar os ponteiros." Ela tomou um gole de chá, observando Hai por cima da caneca. "Um filho deveria fazer as pazes com a mãe antes de qualquer outra coisa."

Ele a ouviu, a cabeça inclinada pelo peso da oferta dela. Mas, mesmo antes de ela terminar, ele já sabia que ia concordar. Afinal, jamais tinha recusado algo que lhe oferecessem de graça, que foi como ele tinha ido parar ali, na verdade.

"Você não ia querer morar com uma velha excêntrica cheia de corujas, né?" Ela deu uma risadinha nervosa.

A cadeira rangeu quando ele se recostou. "Você tem certeza disso?"

Ela balançou a cabeça por trás dos óculos.

Ele estendeu a mão e segurou a dela, surpreso pelo próprio alívio. "Mas é só até eu me organizar, certo? Aí paro de te incomodar."

Como ele ia fazer isso, não havia como saber — mas era uma passagem estreita pela qual valia a pena seguir, um débil afluente que ao menos levaria a algum lugar.

Grazina baixou a cabeça, e os cabelos caíram pelos braços e chegaram ao prato engordurado. Quando ergueu o rosto, os óculos estavam tortos e os olhos, arregalados. "Vamos ser um bom time, certo? Vamos dar conta das coisas com o que Deus nos deu." Ela soltou o ar e acendeu os dois últimos cigarros que tinha, passando um para ele. "Você acredita em Deus, menino?"

Hai tragou longamente e pensou nisso. "Acho que ele aparece por aí de vez em quando."

"Claramente não tanto quanto o diabo", ela riu, mostrando o vão do dente da frente por trás da fumaça.

3

Não demorou para que os dias virassem semanas e os dois desconhecidos encontrassem um ritmo estável no número 16 da rua Hubbard. A principal tarefa de Hai era garantir que Grazina tomasse suas vitaminas, como ela dissera, exceto pelo fato de que essas "vitaminas" ficavam numa caixa de plástico cheia de frascos de remédios. "Pros meus miolos", ela disse, apontando para a cabeça.

A caixa era uma bagunça, sacolas de farmácia com letras desbotadas, papéis amassados grudados uns nos outros por pastilhas contra tosse parcialmente derretidas, receitas com bordas escurecidas e frascos vazios largados em meio às receitas já usadas. Hai separou as receitas e colocou os comprimidos numa bandeja organizadora cor-de-rosa rotulada com os dias da semana. Isso exigia saber de cor as formas e os tamanhos de cada um dos treze comprimidos. Todo dia ela precisava tomar três comprimidos de gabapentina para a dor nas costas, um Lípitor para o colesterol, um Zoloft, dois Aricept e dois Namenda para a cognição, uma paroxetina — um antidepressivo que também combatia alucinações —, dois lisinopril para a pressão e um comprimido de cálcio junto com o café da manhã.

Pelos prontuários que estavam em um envelope pardo na gaveta da cômoda, ele descobriu que Grazina fora diagnosticada com estágio intermediário de demência frontotemporal no verão de 2004 — quase cinco anos antes. Também ficou sabendo que pular sequer uma dose de Aricept causava o risco de um "ataque clássico": confusão temporal, irritação, paranoia, delírios de grandeza e até raiva repentina e sem motivo.

Mesmo assim, eles passaram por aquelas primeiras semanas mergulhados nas horas apáticas, costurando uma espécie de vida. Como a maior parte das pessoas, passavam os dias vendo televisão na sala. Grazina adorava *The Office*, ainda que muitas vezes confundisse o programa com o noticiário, as sessões de entrevista em close com personagens de terno e gravata parecendo entradas de repórteres. Ela se virava para Hai depois de um tempo e dizia: "Quando vão falar da previsão do tempo, Labas?" Outra vez, durante *The Price Is Right*, enquanto eles estavam adivinhando o preço de uma estante de livros, ela começou a citar os nomes de móveis de que ele, tendo crescido num abrigo com mobília doada pelo Exército da Salvação, nunca ouvira falar. "Canapé de pelúcia, $ 90; aparador de carvalho branco, $ 145; divã de madeira marchetada, $ 340." Ela continuou como se recitasse orações de um rosário, inclusive durante o intervalo comercial.

Às vezes, para checar se a cabeça dela estava funcionando como devia, ele perguntava quem era o presidente. Era a pergunta que ele fazia para a própria avó, sua Bà ngoại, morta fazia anos, sempre que ela tinha um de seus ataques de esquizofrenia. Ele podia estar lá enchendo a banheira para lavar a roupa e, percebendo que Grazina estava quieta fazia tempo demais, desligava a torneira, ia até a escada e gritava: "Grazina! Quem é o presidente?"

"Meu Jesus!", ela gritava, irritada. "Obama!"

"Certo, beleza. Obrigado."

Entre as outras tarefas, havia as idas semanais até a mercearia do outro lado da ponte para fazer compras. Da primeira vez que ele foi, Grazina ficou olhando pela janela enquanto ele atravessava a ponte para o caso do menino sentir outra vez a tentação de fazer algo estúpido. A refeição favorita dela era o filé Salisbury congelado da Stouffer's, aquele que vinha com um brownie que parecia uma pocinha e que tomava forma no terceiro minuto no micro-ondas. O pagamento do seguro social dela dava para comprar Stouffer's para comer umas três vezes por semana. Hai ficava pensando qual era a imagem que passava correndo pela ponte com um saco preto cheio de comida congelada em cima do ombro enquanto uma velhinha gritava da janela de tempos em tempos para avisar que não tinha nenhum trem vindo. O vício dele eram os biscoitinhos Pop-Tarts, que ele comprava em caixas com quarenta e oito unidades e deixava no quarto para comer frios, mergulhados em café instantâneo.

Na segunda semana, ele já havia aprendido a ler melhor a linguagem corporal de Grazina, até as mudanças na voz. Se ela começava a falar da pintura da Virgem Maria pendurada na sala de jantar, por exemplo, ou caso subitamente decidisse andar sem rumo pela casa, colocando estatuetas de coruja nos bolsos, a próxima dose viria mais cedo. Hai também mostrou a ela como usar o micro-ondas e como arrumar a antena da velha RCA quando ela desligava, ensinou a usar os botões do controle remoto, mas quando o jornal da noite chegasse Grazina já teria esquecido tudo. A mente de uma pessoa com demência, Hai aprendeu, era um pouco como uma daquelas lousas mágicas que teve na infância: era só sacudir um pouco e o desenho sumia, dando lugar a uma tela cinzenta e a um vazio sobrenatural. Ou pior: quando a mente desenhava coisas por conta própria para preencher as lacunas, como na vez, depois de uns poucos dias, que ele acordou ouvindo o som de uma conversa animada no andar de baixo. Eram 4h53 da manhã, segundo o Nokia de flip dele. Ele desceu de cueca, a casa azulada e fria pela hora, e viu Grazina sentada na cozinha tendo uma conversa com uma cadeira encostada na mesa. Ao ver o jovem, ela apontou para a cadeira e pediu: "Labas, seja um bom anfitrião e faça um chá para essa menininha adorável. Ela veio lá de Schenectady, você acredita?"

Apavorado, mas sem dizer nada, ele levou Grazina de volta para a cama. "Volte quando seu pai estiver melhor, Anna", ela disse por cima do ombro enquanto Hai apagava as luzes.

Em outra vez ele desceu para o térreo depois de um banho e viu seis formas com repolhos recheados recém-assados esfriando em cima de todas as mesas da minúscula cozinha, Grazina desmoronada na cadeira de frente para a janela, suada e respirando pesado. "Labas, o que está acontecendo?", ela perguntou olhando para cima, assustada consigo mesma. "O que foi que eu fiz?"

"Você está com fome ou algo assim?", quis saber ele.

"É a Lina, a minha filha. Ela ligou." Ela contorceu as mãos. "Disse que vem jantar. Disse que finalmente largou o álcool e agora voltou a ter apetite. Será que eu fiz o bastante? Ela é uma menina inteligente." Grazina olhou envergonhada para Hai. "Professora de inglês para estrangeiros, sabe. Lá em Pleasanton, no Texas."

"E ela veio só pra comer seus repolhos? Ela deve sentir muita saudade de você."

Grazina concordou com a cabeça. "Olha ela aqui." Ela apontou para o armário onde, em meio à multidão de corujinhas, havia uma foto em tons de sépia de uma menininha sorridente com rabo de cavalo. "Ela tinha ganhado o concurso de soletração da quinta série nesse dia."

Hai colocou a mão no ombro dela e deixou ali até que a respiração de Grazina se regularizasse. Ele a ajudou a limpar tudo, colocando os repolhos em todos os potes Tupperware que pôde encontrar e enfiando tudo na geladeira e no freezer. Depois pegou uma das mãos dela, um truque que fazia com sua Bà ngoại. Sempre que ela via uma cobra que vinha deslizando do teto ou subindo de uma fresta entre as lajotas a seus pés, ele pegava a mão da avó e coçava a palma com as unhas até que a cobra se arrastasse de novo para a fissura que existia na mente dela, e o chão se fechava como uma ferida suturada. Com Hai coçando a palma de sua mão, Grazina acabou sossegando, e os dois subiram a escada, um degrau por vez. "A Lina vai chegar ao meio-dia", ele disse por fim.

Ela virou para Hai, o rosto dividido pelas luzes da ponte, e falou, categórica: "Não vem, não. Ela nunca vem, aquela bêbada."

Um dia, ele estava lendo *Matadouro-cinco* durante o café da manhã, um exemplar que encontrou enfiado na gaveta da escrivaninha no quarto. O marido de Grazina tinha deixado o livro lá enquanto trabalhava na tradução para o lituano, um projeto em que gastou mais de uma década e que deixou inacabado.

Grazina largou sua edição da primavera de 1992 de *Town & Country*. "Labas, lê o começo pra mim, por favor."

Ela ficou olhando pela janela enquanto ele lia os primeiros parágrafos da história de um homem que vagava pelo cenário da guerra de sua mente depois das guerras de seu corpo. Quando Hai acabou, Grazina olhou por cima dos óculos e disse apenas: "Muito bem, então. Muito bem." Ele estava prestes a dizer algo sobre o livro quando o relógio cuco na parede atrás dele soou e a coruja de madeira apareceu para acenar ao som de uma melodia entrecortada girando sobre suas engrenagens quebradas. Os olhos dela se iluminaram. "Ah, 6h43, a hora em que Vilnius foi tomada por Stálin." Ela fez o sinal da cruz, fechou os olhos e fez uma prece, baixinho.

Era em momentos como esse que ele pensava que essa nova vida, se é que dava para chamar assim, não era tão ruim. Que ele podia esperar até que algo à sua frente se erguesse, assim como a névoa se erguia toda manhã acima do rio que ele via de sua janela, revelando aquilo que sempre esteve ali. Mas ele estava errado.

Um dia Hai encontrou um frasco diferente, de outra farmácia, que jazia empoeirado no fundo de uma gaveta da cozinha junto com pilhas velhas e cupons de desconto expirados. Ele o ergueu até a luz revelar o rótulo e suas esperanças — esperanças que ele teve desde o princípio, embora escondidas até dele mesmo — se tornarem verdade. Não, aquilo não era codeína nem oxicodona, nem mesmo um Percocet de liberação lenta, que podia ser esmagado e cheirado, mas sim um suprimento de uns trinta comprimidos de hidromorfona, receitados para o marido dela, Jonas. Eles tinham expirado em 16 de março de 2006, mas pobre não pode ser muito exigente. Grazina foi até ele e deu uma olhada no frasco por cima dos óculos. "Ah, sim. Isso foi para a cirurgia de hérnia dele." Ela suspirou. "Ele ficou feliz de poder pedalar de novo depois. Adorava andar de bicicleta, o Jonas."

Assim que ela deu as costas, Hai colocou o frasco no bolso. Se tinha um, devia ter outros.

Naquela noite choveu torrencialmente, a água espancava as janelas do segundo andar da casa e lançava sombras distorcidas no quarto onde Hai estava deitado no colchão apoiado no piso. Relâmpagos iluminavam o carvalho lá fora, seus galhos retorcidos esbranquiçados à medida que fios d'água rolavam pelo telhado e entravam nas calhas, tombando no cascalho da entrada de carros lá embaixo. Foi depois do segundo trovão, tão forte que Hai sentiu o ribombar nas molas do colchão, que Grazina começou a gritar.

Um som como o de alguém caindo pelo ar sem jamais tocar o solo, a voz dela atravessou as finas paredes com uma infernal mescla de canto tirolês e uivos. Hai abraçou os joelhos junto ao peito, na esperança de que ela voltasse a dormir. Ele sabia que isso ia acontecer, a noite em que todos os remédios, os muitos comprimidos projetados em laboratórios farmacêuticos de Indiana e produzidos na China, iriam deixá-los na mão. E, no entanto, ele não estava preparado para essa imensa e incontrolável ampliação das vastas cavernas vazias da mente.

Depois de uma pausa na trovoada, ela gritou novamente, dessa vez mais alto. A maçaneta de vidro do quarto dela começou a se sacudir, e pouco depois Grazina se arrastava pelo corredor em direção ao quarto dele, as solas dos pés se movendo pesadas pela madeira de lei. Quando ele levou o punho aos dentes para se acalmar, a porta abriu e a sombra robusta dela colapsou ao lado do colchão. Ele sentiu o cheiro de cebolas cozidas misturado ao óleo essencial de hortelã que ela passava nos cabelos antes de dormir. Grazina gemeu com o impacto e se debateu no chão. Hai saiu de baixo das cobertas e se agachou ao lado dela. Um novo relâmpago lançou a sombra do carvalho no quarto e ele conseguiu ver o tufo de cabelos da nuca de Grazina. Ele a chamou pelo nome e segurou o antebraço dela, liso como um galho retirado de um lago no verão. Do outro lado da rua, os coiotes, assustados com a tempestade, ganiam para a noite.

"Ei, ei. Você está me ouvindo? O que está acontecendo?" Ele sacudiu os ombros dela e achou que a viu fazer que sim com a cabeça. "Certo, se acalme. Quem é o presidente? Quem é o presidente?"

Ela murmurou umas poucas palavras distorcidas, os olhos ensandecidos rolando nas órbitas. Hai falou na direção da boca aberta dela como se fosse um poço, cada sílaba um nó em uma corda atirada para que Grazina se agarrasse. Mas o cérebro dela, assim como o da avó de Hai, a havia ejetado para muito longe de onde estavam.

"Eu não estou entendendo", ele insistiu. "Você precisa tentar em inglês, está bem?"

Ela se atirou no pescoço do garoto e plantou a boca na orelha dele — mas continuou falando em lituano, só mais devagar.

"Não, inglês", ele tentou convencê-la. "Estados Unidos, entendeu?"

Enfim ela piscou e balançou a cabeça, deslocando um idioma para abrir espaço para outro. "O meu irmão", ela gritou em inglês. "Tira ele, por favor." Ela se agarrou à gola da camisa de Hai, rasgando o tecido. "Por favor, senhor. Meu irmãozinho. Ele ainda está lá dentro." Ela apontou para algo a alguns metros, e a escuridão imediatamente engoliu o braço dela. Um leve brilho dos postes iluminou o rosto de Grazina, olhos verdes límpidos e arregalados, fixos em um ponto adiante.

"É só uma escrivaninha", ele disse. "Vem."

"Não, é o Kristof." Ela se lançou para a frente. "Estou vendo as pernas dele."

"Juro que só tem nós dois aqui." Ele passou os braços em torno da cintura dela e se posicionou para bloquear seja lá qual fosse o horror que ela estivesse vendo. "O seu corpo está bem aqui, em 2009. Você só precisa pôr os pés aqui, está bem? Você consegue pôr os pés aqui?" Ele sacudiu Grazina, esperando tirar o irmão da visão dela, mas ela o agarrou, com lágrimas e ranho pingando pelo queixo. Ele limpou o rosto dela com a camisa e acabou só espalhando mais o muco, deixando um talho de secreção na bochecha refletindo a luz.

Em meio à comoção, a camisola florida dela deslizou pelos ombros, revelando seus seios. Com o pescoço dela pesando em seu braço direito, Hai não conseguia alcançar a alça. Usando a mão livre, ele puxou a camisola para cima, agarrando as pontas entre o polegar e o indicador antes de enfiar o botão na casa, o que só aconteceu na terceira tentativa. "Desculpa", ele sussurrou. Mais um trovão sacudiu a casa e os dois se abaixaram; Grazina cobriu a cabeça com as mãos. Tremendo, raquítica, ela se agarrou à camisa dele e continuou implorando que resgatasse o irmão. O braço queimado dele, ela explicou, estava aparecendo em meio a uma pilha de detritos ao lado do furgão que levava os pães e que agora estava tombada. As pálpebras úmidas piscavam rapidamente enquanto a memória bruxuleava atrás dos olhos.

"É só um sonho ruim", ele ofereceu. "Eu juro." Tentou esfregar os braços dela, mas Grazina afastou as mãos dele com força. Como último recurso, ele fechou os próprios olhos e embalou seu corpo, lentamente, com o semblante concentrado enquanto a ninava. A voz dele de início era trêmula, mas rapidamente Hai encontrou as notas da canção folclórica que sua mãe cantava quando ele acordava de um pesadelo nas noites quentes de verão, asmático e delirante. "Chiều đi lên đồi cao, hát trên những xác người", tentou. "Tôi đã thấy, tôi đã thấy bên khu vườn / Một người mẹ ôm xác đứa con." Logo a voz dele ficou mais forte, o bastante para sentir sua vibração nos ombros de Grazina enquanto ele introduzia no quarto a débil melodia de um país que ele mal saberia apontar num mapa.

Pouco depois, para sua surpresa, os ossos dela relaxaram nas juntas duras, e ele sentiu que ela estava voltando a si. O aperto das mãos em torno do pescoço dele se aliviou enquanto Hai cantava, mal abrindo a boca, como se uma única nota errada fosse prejudicar sua força.

Depois de um tempo só se ouvia a chuva batucando no peitoril. Lá fora, um caminhão dobrou a esquina e passou por uma poça profunda. Ele estudou o rosto de Grazina e fez, mais uma vez, a pergunta perene: "Ei", sussurrou, querendo que os olhos leitosos dela continuassem dirigidos a ele, "quem é o presidente?".

Ela piscou, o rosto exaurido e esvaziado por um olhar calmo, oco. "Sou eu", ela respondeu. "Eu sou o presidente dos Estados Unidos. E fiz repolhos recheados para o ministro da Defesa. Por favor, mande um abraço para ele." Ela falou sem sentimento, os olhos vazios em um ponto além de Hai. Depois ela se ergueu e se encostou na parede, os cabelos emplastrados e escorrendo pelas faces. Ele estendeu a mão, atravessando o meio século que havia entre os dois, e tirou os fios soltos do rosto úmido dela.

"E quem é você, menino?", ela perguntou, apontando para ele com o queixo. "E que música é essa? Algum tipo de feitiço?"

A luz tremulou nas mãos deles, viradas para cima e vazias enquanto se encaravam.

"Sim, para despertar os mortos", ele disse.

A boca de Grazina relaxou num sorriso fraco, cansado, o dente da frente ausente a coisa mais escura que ele vira em meses. "Ótimo. Assim a gente pode viver para sempre."

"Eu disse 'o que você *quer* fazer', e não 'o que você precisa fazer'." Grazina estava sentada na banheira com pés de garra, a mente lúcida, a dose noturna da paroxetina se dissolvendo havia uma hora no sangue. Embora fosse apenas a terceira vez que ele fosse dar banho nela, eles tinham bolado um sistema. Enquanto ela se despia, ele tirava a sujeira e os cabelos da banheira, colocava o assento ortopédico dela no lugar, depois a ajudava a entrar. Quando a banheira estava cheia até o peito dela, Hai fechava a torneira e começava a ensaboar as costas de Grazina com a esponja. Na queda que ela sofrera anos antes, fraturara a clavícula. Pouco depois de voltar do hospital, ela tentou esfregar as costas e o braço ficou emperrado, prendendo a mão à região da espinha. Isso foi antes de Janet, e portanto Grazina estava sozinha. Ela precisou sair sem ajuda da banheira e com a mão livre ligar para a emergência para que os bombeiros, jovens o bastante para serem seus netos, liberassem o braço enquanto ela continuava nua e tremendo na sala de casa.

Depois que Hai terminava de esfregar as costas dela, Grazina fazia o resto enquanto ele ficava sentado no chão do lado de fora do banheiro lendo *Matadouro-cinco*.

"O que você quer fazer no futuro, quer dizer. Parece que você é meio rato de biblioteca." Ela deu uma longa tragada no cigarro, e a fumaça espiralou na direção do corredor depois de passar pelo rosto dele.

Ele largou o livro e olhou para uma tela empoeirada retratando uma paisagem que ficava pendurada no corredor. "Você vai achar burrice."

"Pode ser", ela disse. "Não prometo nada." O bracelete âmbar dela bateu com um tilintar no ferro enquanto ela jogava cinzas na água.

"Eu queria ser escritor. Meu sonho era escrever um romance que falasse de tudo que eu amo, o que inclui coisas que não dá pra amar. Tipo um armariozinho." Ele fechou os olhos — em voz alta parecia ainda mais ridículo. "Mas isso foi quando eu estava no colégio. Antes de eu perceber que não era real."

"Você quer ser escritor *e* quer pular de uma ponte? É mais ou menos a mesma coisa, não? Um escritor só leva mais tempo para cair na água." Ela tentou rir, mas começou a tossir. "Meu marido tentou ser poeta, sabe, e a única coisa que ele conseguiu com isso foi Alzheimer."

Hai olhou pela porta. "Sério?"

"Pff, ele nunca escreveu uma palavra, aquele ordinário. Não que eu saiba, pelo menos. Preguiçoso demais. Só falava. Falava que ia escrever sobre a vida dele, a Lituânia, a guerra, isso e aquilo, blá-blá-blá. Aí um dia o cérebro dele começa a parecer um queijo suíço, provavelmente igual ao meu hoje." A espuma de xampu escorria pelas têmporas enquanto ela olhava para ele, contraindo os lábios.

Ele voltou a olhar para a parede. "Eu só preciso ler um monte antes. Uns três ou quatro anos lendo, aí talvez eu esteja pronto pra escrever. É tipo uma gravidez."

"Parece mais prisão de ventre. No meu país, a maior parte dos escritores ganhava comprimidos de silêncio."

"Comprimidos de silêncio?"

"Balas."

Uma chuva leve começou a tamborilar na janela.

"Certo então, sr. Pushkin. Como vai fazer isso?"

"Não sei", o garoto disse, encolhendo os joelhos perto do peito.

"Você precisa de dinheiro pra fazer qualquer coisa, sabe? Meu marido está morto faz cinco anos e eu ainda estou devendo pelo funeral de duas horas dele. Até morrer custa dinheiro. Caramba, às vezes custa mais do que viver."

Houve um silêncio. A noite estava chegando das montanhas e se assentando densa ao redor da casa.

Ela estava certa. Hai tinha escutado histórias, que mais pareciam mitos, de escritores que precisavam concorrer só para ter o direito de viver em um barraco cheio de camundongos em algum lugar no meio da floresta por duas ou três semanas, rabiscando e evitando as famílias. Chamam de "ganhar uma bolsa". A menina emo com olheiras em New Hope contou para ele sobre uma escola lá em Vermont que a irmã frequentou por um ano, um lugar onde jovens artistas promissores, a maioria vinda de famílias ricas, podiam "aprender fazendo". Um lugar onde os estudantes se vestiam como naquelas fotos de autor que fariam para os livros que ainda não tinham escrito, que alguns deles jamais iriam escrever. Como que, toda vez que ele ouvia falar desses lugares inimagináveis, dessas utopias, era sempre tarde demais, que o caminho ficasse invisível até que ele já tivesse passado havia muito tempo pela bifurcação? Mas o que ele fizera, de qualquer jeito, além de se esquivar do "comprimido de silêncio" em câmera lenta que era sua vida, só para cair de cara na vala funda em que estava agora?

"Outra coisa. Só sobrou trinta e quatro dólares do pagamento do seguro social", ela suspirou. "E ainda é dia oito. Sei que a gente anda economizando com a taxa de entrega agora que você vai buscar as compras. Mas..."

"Certo." Ele tinha suspeitado, apesar do que ela dissera semanas atrás sobre ser boa com dinheiro, que isso ia acontecer.

"Por enquanto, vamos comer os pães em vez de pisar neles", ela completou.

Hai vasculhou sua mente e então se lembrou do primo Sony, com quem não falava fazia tempo. Da última vez que ouviu notícias de Sony, ele estava trabalhando no HomeMarket na periferia da Felicidade do Leste, na rota 4. Talvez ainda estivesse lá. Era uma aposta improvável, mas se Hai pedisse desculpas por tudo, talvez Sony pudesse arranjar um emprego para ele. "Posso ir pra cidade amanhã cedo e procurar trabalho. Vou ajudar, claro. Não se preocupe."

"O que você sabe fazer? Sabe fazer alguma coisa?"

Ele mordeu o lábio, pensando. "Olha, eu sou bom em olhar para as coisas. E em pensar nas coisas, acho, tipo ideias e tal."

"Pensar nas coisas!", ela disse com uma risada sibilante. "Essa é nova. Infelizmente acho que pensar não seja algo que valha muito. Não nos Estados Unidos. Talvez no Vaticano, se você der sorte."

"Chama observação. Introspecção", ele retrucou, irritado.

"Você está de brincadeira. É isso?" O cigarro chiou quando ela o enfiou na água. "Certo, me dá um exemplo."

"Do quê?"

"De você pensando nas coisas. No que você pensa?"

"Não sei." Embora ela não conseguisse vê-lo através da parede, ele escondeu o rosto entre os joelhos.

A chuva zumbia sem parar nas telhas da casa. "A chuva. Talvez as gotas sejam como as pessoas... Bom, não é isso que eu quero dizer..." A voz dele falhou e de repente ele se sentiu sem chão, incrédulo. Uma criança.

"Rá! A chuva? Todo escritor que passou por este planeta já falou sobre a chuva. Sabe o que é escrever de verdade?" Ela fez uma pausa dramática. "Reclamar. Do tempo. Reclamar de um jeito bonito. Não é de estranhar que Stálin tenha mandado todos para a Sibéria."

"Por favor, não ria de mim", ele murmurou para o chão, surpreso com o quanto aquilo havia doído.

Grazina ficou em silêncio. A água pingava. "Sabe que mais? Bom pra você, menino. Você é bom em observar. Amanhã vai pra cidade. Vai lá e vai conseguir um emprego em que possa ser o observador mais importante que essa região já viu. Está me ouvindo?"

Ele se virou e os olhos deles se encontraram. "Tá."

"Certo. Agora me tira daqui. Minhas bolas estão congelando."

Ele não tomou café da manhã no outro dia; preparou um muffin amanteigado para Grazina, cortando as bordas emboloradas, depois cuidou que ela tomasse a gabapentina e o Aricept antes de ir para a cidade. Estava na metade do quarteirão quando ela gritou da porta da frente, agitando no ar um ziplock com cenourinhas. "Pro seu coração, pro seu coração", ela gritou. Enquanto ele atravessava a ponte, cenouras na mão, ela continuou gritando da saída de incêndio, mas ele não conseguia ouvir por cima do barulho do rio — só que ela parecia esperançosa, o que o deixava esperançoso também.

Era fim de setembro e as vigas de aço ao longo da ponte brilhavam com a primeira geada da estação. A lua iluminada pelo sol parecia colada no céu azul duro enquanto a manhã era filtrada pelos álamos que serpenteavam pelas margens. Um cheiro de madeira queimada flutuava pelo estacionamento de trailers à medida que o garoto se aproximava da rota 4, e pouco depois ele avistou as sedes das fazendas, a terra dos campos revirada para o outono. Duas águias planavam por cima dos barracos, os telhados embolorados como os dorsos de baleias centenárias. Logo a calçada se desfez no acostamento da rodovia, e os postos de gasolina, cadeias de fast-food e a única mercearia marcaram a periferia da Felicidade do Leste. Não demorou para que o HomeMarket perto da rua Cumberland aparecesse. O mercado ficava no centro do estacionamento de um conjunto comercial chamado Rushing Oaks, que também tinha uma loja da Family Dollar, uma lavanderia, uma loja de CDs havia muito tempo fechada, as janelas ainda com pôsteres da turnê do *NSYNC de uma década atrás e uma butique de roupas de tricô chamada Knit Pickers, que miraculosamente continuava aberta. Além do conjunto comercial havia mais uma fila de trailers de moradia. Hai teve o pensamento repentino de ser uma criança ali, indo para a cama com o brilho do luminoso da Family Dollar atravessando a janela, o que lhe causou uma dor cheia de estranha e inescrutável ternura.

Pensando nas franquias em geral, o HomeMarket era um lugar cobiçado para trabalhar comparado ao McDonald's da Harris, ao Taco Bell perto da Silas Deane, à Wendy's ou — pior de todos — ao Dunkin' Donuts da Griswold, que era de um sujeito famoso nos anos 1990 por dopar universitárias quando estava no último ano do ensino médio. Fundado na Nova Inglaterra, o HomeMarket era uma cadeia de fast-food de boa qualidade, o que significa que a ideia era parecer mais chique, embora também pagassem uma miséria. Hai tinha até mesmo ouvido gente se gabar de trabalhar lá. Tipo a Becky Miller, uma menina do colégio dele que desistiu de ir ao Estádio Welles, onde ficava com as amigas nas arquibancadas fumando maconha e tocando Mary J. Blige no talo na caixinha de som, para servir macarrão com queijo e trinchar frango assado. Quando alguém perguntava para a Becky por que tinha parado de ir ao estádio, ela dizia "Nem ferrando que vou praquele estádio todo ferrado com aquelas gurias todas ferradas. Pra quê? Agora eu trabalho no HomeMarket", e saía com um sorrisinho irônico, com seus cintilantes brincos novos de zircônia cúbica.

À medida que Hai se aproximava, uma fumaça preta saía do exaustor do restaurante, o cheiro de carne queimada forte no ar. O prédio era pequeno e baixo, todo branco, exceto pelo telhado vermelho. Atrás do nome do lugar estava o desenho de uma menina com roupas de pioneira, uma touquinha e olhos alucinados carregando uma cesta de pães na altura do quadril.

Lá dentro, as paredes eram todas de azulejo. Mesas de fórmica, presas ao chão, se estendiam pela modesta área de refeições. O interior clínico chamou a atenção de Hai para a parede mais distante, onde o gigantesco menu do HomeMarket estava pendurado, exibindo, com ricos detalhes, bem de perto, os pratos fumegantes servidos em tigelas brancas sobre mesas de madeira bruta, as toalhas onduladas só para criar uma atmosfera rústica de casa de campo, tudo isso sob uma sinistra iluminação alaranjada comum nos chalés de Thomas Kinkade. Debaixo da imagem, impressa em letras arredondadas típicas de cartões de Natal, havia a frase "Encha a sua casa com HomeMarket!". Mesmo depois de se afastar, se aproximando do balcão, o pôster seguia queimando o canto dos seus olhos como o vestígio de uma explosão.

Passava um pouco das onze e a loja tinha acabado de abrir. Uma mulher na casa dos cinquenta anos com cabelos tingidos de ruivo presos debaixo de uma touca levantava as tampas de metal das bancadas aquecidas, revelando cubas fumegantes de acompanhamentos em cores primárias, vibrantes.

Atrás dela havia um sujeito colocando frangos crus em um forno industrial de rotisserie com sete camadas, a carne rosada girando acima de uma fileira de torsos pontilhados de bolhas enquanto a gordura chiava silenciosa por trás do vidro.

"Entregas lá atrás", a mulher disse sem levantar os olhos.

"Ah", Hai olhou para sua jaqueta, "não sou da UPS. Sou..."

"Ah, certo... o que posso fazer por você, hein?" Ela deu um sorriso que durou o suficiente apenas para que seus lábios se contraíssem duas vezes antes de fazer um beicinho.

"Tem alguém chamado Sony trabalhando aqui?"

"Ele está na cozinha." A rotina de atendimento ao cliente desapareceu e ela apertou os olhos. "Por quê? Você não vai bater nele, vai?"

"Não... Quê? Ele é meu primo."

Ela examinou as mãos de Hai, como se procurasse armas. "Espera aqui." Ela se virou e gritou, amplificando o som com a mão. "Ei, Sony! Tem um chinês aqui dizendo que é seu primo. Vem aqui resolver isso."

Som de passos, depois um garoto magricela apareceu dos fundos, uma cabeça mais alto que Hai, com o pescoço comprido e olhos castanhos de gazela. Ele ficou parado, inexpressivo, com as mãos enluvadas pairando ao lado do corpo.

A mulher fez um gesto para Sony. "Não fica aí parado igual a um idiota que já morreu." Ela olhou para Hai, rindo.

Com movimentos rápidos, em staccato, Sony tirou as luvas de borracha e foi em linha reta até uma das mesas do salão.

"Ei. Não mexe com esse guri, está me ouvindo?", o sujeito do forno falou, colocando mais uma fileira de frangos e se virando para Hai. "A mãe dele está na cadeia. Então, se quiser perguntar alguma coisa, seja grande ou pequena, pode perguntar pra mim."

Hai deu um sorriso frágil, fez um sinal de positivo para o sujeito e se sentou. Fazia mais de dois anos desde que tinha visto Sony pela última vez e ele não sabia como começar. Ele olhou para as próprias mãos cruzadas sobre o colo.

Sony tinha recebido esse nome em homenagem à Sony Triniton, a primeira tevê que o pai dele comprou ao chegar nos Estados Unidos depois de ser libertado de um campo de reeducação no Vietnã. Embora a tevê tivesse sido fabricada em 1968, seu velho só conseguiu comprar uma em 1991, o ano em que Sony nasceu. Dar o nome do filho em homenagem a aparelhos eletrônicos não era algo incomum entre pessoas em campos de refugiados na época. Hai conhecia um menino em Windsor chamado Toshiba (o que levava as pessoas a acharem que ele era japonês). Nomes aspiracionais também não se limitavam a eletrônicos e se estendiam a qualquer relíquia cultural que tivesse valor social ou monetário. Uma das colegas de trabalho da mãe dele deu à filha o nome de Simba por ter visto *O rei leão* várias e várias vezes durante a gravidez, chorando sempre que Mufasa caía do penhasco. Outro bebê ganhou o nome de BMW. Um menino do mesmo campo de refugiados da família de Hai foi chamado de MJKarlMalone Truong; rivais na vida, Jordan e Malone estariam unidos no corpo de um garoto asmático e vesgo vietnamita que, de todos os lugares possíveis, foi parar na Carolina do Norte, lar dos Tar Heels de Jordan. Os mais velhos davam aos filhos nomes de qualquer coisa que quisessem que se manifestasse na vida deles. Por que dar duro em fábricas para economizar e comprar um Lexus se você mesmo podia fazer o seu?

O próprio Hai quase recebeu o nome de Honda por causa de uma marca de nascença na testa que tinha uma incrível semelhança com o H da logo da fabricante de carros. "Ele está destinado à grandeza!", sua avó, a grande entusiasta dos netos, exclamou no quarto de hospital em Saigon. "Ele nasceu no Vietnã, mas foi produzido no Japão. E pela melhor fabricante de carros que a humanidade conhece!" Embora a mãe dele concordasse que uma marca como aquela só podia ser uma mensagem divina, ela tinha uma disposição mais austera e sóbria, então se decidiu por Hai, ainda atenta à letra na testa do menino, que já tinha sumido quando ele começou a falar.

"Bom te ver, Sony", Hai disse. "O que você anda aprontando?"

"Estou sentado numa cadeira falando com o meu primo, mas a gente não devia estar conversando. Nossas mães estão brigadas."

"Não é assim que funciona. Nós somos adultos. E o que quis dizer foi: como é que você está? Tipo, como vão as coisas?"

Depois que Bà ngoại morreu, a tia Kim e Sony se mudaram da Flórida. Mas, em vez de trabalhar com Ma, a tia Kim decidiu voltar com um antigo namorado que tinha um salão de beleza em Coventry, o que levou as irmãs a brigarem. Tia Kim queria um recomeço com um homem que era *dono* de seu negócio de verdade, e Ma queria a irmã por perto depois que Bà ngoại faleceu. "Você não pode simplesmente aparecer só quando quer depois que as pessoas morrem", Ma disse para ela dias depois do funeral. "Nós somos irmãs. A gente só tem uma à outra." Parecia fácil, mas quando você acrescentava décadas de tensões purulentas, traições, refutações e facadas pelas costas, um país ainda em chamas em algum lugar nas cavernas da memória, a discussão se tornava um símbolo de tudo que apodrecia sob a superfície, as duas orgulhosas demais para ceder.

"Um bom soldado não deserta seu exército." Sony endireitou o corpo. "O general McClellan, o primeiro comandante do exército do Potomac, tinha lugares-tenentes pouco confiáveis e acabou fracassando na tomada da Virgínia. Embora ele não fosse incompetente como alguns historiadores presumem. Burnside, por outro lado..."

"Tá bom, tá bom." Hai fez um gesto para que ele parasse. "Mas nós não somos traidores. Nem soldados. Somos parentes. Parentes de *sangue*."

"O Norte e o Sul também eram quando aconteceu aquilo que chamam de Guerra da Agressão do Norte."

"Sony. Por favor. Olha, só estou tentando conseguir um emprego, certo? Você acha que eu arrumo alguma coisa aqui?" O brilho do pôster gigante do HomeMarket pendurado acima da cabeça de Sony conferia a ele uma aura assimétrica.

Sony baixou os olhos e brincou com os dedos, o que mostrou a Hai que estava pensando. A avó dos dois sempre acreditou que Sony tinha sido escolhido pelos espíritos, que tinha sido transformado em um canal especial mandado do além para o domínio dos humanos. Hai se lembrava de Sony balançando de um lado para o outro no quintal numa noite de verão quando os dois eram pequenos, cercados por vaga-lumes e murmurando a canção tema do filme *Gettysburg*. "Está vendo aquele menino?" Bà ngoại disse, olhando pela janela. "Os anciões estão usando ele. Ele foi abençoado com aquele terceiro olho, igualzinho a minha irmã, Chi Sáu."

"O que ele quis dizer quando falou que a sua mãe está presa?" Hai fez um gesto na direção do sujeito da rotisserie.

"Que ela está." Sony agarrou uma mosca que passava, depois lentamente abriu a mão para Hai ver, revelando nada. "E o nome dele é Wayne."

Sony passou a explicar, em uma saraivada de frases, sem jamais erguer os olhos acima da linha do peito de Hai, como Kim e o namorado acabaram sendo pegos por incêndio criminoso depois de tentarem queimar o salão de manicure do namorado para ficar com o dinheiro do seguro quando o negócio estava prestes a falir no inverno anterior. "Estou com a papelada do processo. Ela não sabe ler inglês, eu que tenho que ler tudo pra ela. Era pra eu ser o advogado dela também, mas não tenho jurisdição para trabalhar como advogado no estado de Connecticut."

"E você também não é formado em direito."

Sony passou um dedo pela cicatriz na cabeça, que cintilava com o suor debaixo das lâmpadas incandescentes. Um tique nervoso.

"Mas peraí", Hai disse, olhando em volta. "Como é que a gente não sabia que a tia Kim estava presa? A gente teria ajudado. Sei lá."

"Porque nossas mães estão brigadas."

"Quanto é a fiança?"

"Dez mil. Mas, se a gente pagar cinco mil e quinhentos, ela sai. Não sei direito como funciona."

"Onde você está morando? Seu pai continua em Vermont, certo?"

"Estou no Centro Meyer."

"Perto de Lilac? Aquilo é uma clínica de *reabilitação*. E você ainda nem é adulto direito."

"Fiz dezoito anos às 15h46 do dia 21 de julho." Ele enfim olhou nos olhos de Hai, magoado. "E não é mais. Mudou em 2006. Eles são legais comigo lá. Estou desenvolvendo habilidades que vão ser úteis pra vida. Não tenho habilidades nem personalidade, então preciso desenvolver essas coisas. Rápido."

"Do que você está falando?"

"Foi isso que o dr. Philbern disse."

"Quem disse que você é maluco?"

"Ninguém. Você que está dizendo isso."

"Sony, tudo bem por aí?", perguntou a mulher atrás do balcão. Ela ergueu a touca para olhar os dois.

"Tenho que voltar. Precisamos de quarenta bolos de milho antes da hora do rush do almoço e estou atrasado."

"Você acha que consigo um emprego aqui? Quero ajudar na fiança da tia Kim."

"Não sou responsável pela área de contratações. Você vai ter que falar com a BJ. Ela é a melhor gestora que o HomeMarket já contratou. Bom, pelo menos deste HomeMarket. Não posso falar dos outros. Só ela vai saber julgar se você tem o que é preciso. Ela vai estar aqui amanhã às dez." Sony se levantou, limpou migalhas invisíveis da mesa e colocou a cadeira no lugar.

"O que é isso aqui?" Hai pegou uma ave de origami perto dos saleiros, percebendo que cada mesa tinha um.

"São pinguins de origami."

"Eu sei, mas… por quê?"

"Eu fiz para as mesas. São iguais aos cisnes tradicionais, só que eu corto as asas depois."

Hai ergueu a ave. Não parecia um pinguim, mas parecia um cisne sem asas.

"Pode ficar com esse. Eu faço outro."

"Toma aqui", Hai disse, se lembrando das cenouras. "Pega isso."

"Minicenouras." Sony examinou o pacote que tinha em mãos.

"Elas dão coragem."

"Hmm. Não sabia disso. Vou comer no meu intervalo. Vai ficar ótimo com o nosso molho. Mas vai ser *só* para fins nutricionais. Tenho a coragem de pelo menos vinte homens." Ele deu uns passos e parou. "Ah, e você devia dar uma olhada em *Heroes*."

"O quê?"

"Você adorava *Power Rangers* quando a gente era pequeno. Então eu recomendo a série *Heroes*. Sem ofensa", ele ergueu a mão, "mas prefiro um entretenimento mais realista. Mesmo assim, você vai gostar. É um *Power Rangers*, mas com mais ciência".

Hai viu o primo se afastar e percebeu o quanto sentia saudade dele.

Sony nasceu com hidrocefalia e precisou de uma cirurgia emergencial no cérebro uma hora depois de ser parido no Hospital Hartford. A operação deixou uma longa cicatriz da largura de um lápis que corria pelo meio da cabeça dele e terminava logo acima da nuca. As crianças na escola o chamavam de "cuca rachada" e diziam que ele tinha ficado daquele jeito porque a mãe usava crack durante a gravidez. O pai abandonou a família logo depois que ele nasceu. "Meu esperma não pode gerar um retardado", o pai disse para a tia Kim enquanto Sony estava sentadinho olhando para os dois. "Olha para a minha família; não tem um único retardado na minha árvore genealógica. Nenhum." Ele fez as malas e sumiu na direção das florestas de Vermont, casando-se com uma mulher que tinha três taquerias de sucesso, e nunca mais olhou para trás.

Uma vez, quando Hai tinha nove anos e Sony, sete, a família estava atarefada depois do jantar quando o primo entrou correndo na casa, empolgado depois de passar a tarde toda sentado na grama. Ele disse: "Mãe, Bà ngoại, olha! Eu sou normal agora. Vão me deixar entrar nos Fuzileiros Navais. Estão vendo?" O vietnamita dele não era muito bom, por isso na maior parte do tempo ele falava com a família em inglês. O menino abaixou a cabeça e mostrou a cicatriz. "Não tenho mais a cabeça rachada. Olhem!" Para surpresa deles, a cicatriz estava preta e uniforme com o resto do cabelo.

"Ah, meu Deus!" Bà ngoại perdeu o fôlego. "É um milagre! Finalmente aconteceu. Eu sabia que ele era um escolhido."

"Ninguém consertou nada", tia Kim disse, irritada, em vietnamita. "Me dá isso!" Ela agarrou algo que estava na mão de Sony. Tia Kim mostrou a caneta hidrocor para todos, depois para o filho, que tinha caído de joelhos. Mas então algo tremeluziu no rosto dela, algo ao mesmo tempo triste, solitário e digno de pena. E ela amoleceu, os olhos vítreos. Tia Kim colocou a canetinha no bolso e puxou o filho para perto, tocando com os lábios a pele macia e entintada da cicatriz. "Eu sei, eu sei", ela disse baixinho, os lábios pretos de tinta. "Agora você pode entrar para os Fuzileiros Navais. Mas meu menino é esperto demais para ser baleado, certo? É inteligente demais para morrer, não é mesmo?" Ela deu um tapinha no rosto dele. Ma desviou o olhar, cobrindo a boca, enquanto Bà ngoại estendeu a mão e apertou o pezinho minúsculo de Sony, que sorriu no seio da mãe.

Hai estava saindo do estacionamento do HomeMarket quando algo chamou sua atenção. Lá, nos fundos do conjunto comercial, na última vitrine, pouco antes do fim da parede escura de tijolos, do terreno baldio cheio de vidro quebrado e de uma caçamba de lixo tombada, havia uma faixa de plástico com letras vermelhas: GRANDE INAUGURAÇÃO!!! PIZZARIA SGT PEPPER'S: UM LUGAR PARA A FAMÍLIA.

Ele ficou surpreso ao sentir uma onda de calor ao ver aqueles pontos de exclamação, que pareciam digitados no Microsoft Paint, num ímpeto de êxtase aspiracional, impressos às pressas e pendurados na fachada. Do lado de fora, um senhor de meia-idade com um turbante sikh cor de laranja limpava as vidraças enquanto lá dentro uma moça — sua filha? — colocava latinhas de refrigerante em uma geladeira industrial. Colado na porta, acima do horário de funcionamento, um cartaz *Yes We Can!* da campanha de Obama em 2008. Olhando mais de perto, Hai lembrou que em outros tempos esse lugar era de um escritório de cobrança. Talvez o fato de uma pizzaria estar substituindo agiotas significasse que Felicidade do Leste estava enfim virando a página. Ele teve vontade de gritar "*Obrigado por acreditarem na nossa cidadezinha de merda! Vou comer a pizza de vocês para sempre!*" mas já estava na estrada e as palavras nunca saíram de sua boca.

"É uma entrevista", ele disse, contando para Grazina durante o jantar, "então ninguém prometeu nada, mas é o restaurante mais chique da cidade. E descobri que meu primo continua lá".

"Ótimo. Então amanhã você fica sabendo com certeza." Ela largou o garfo e limpou a boca com um guardanapo, a bandejinha plástica vazia do filé Salisbury guardada para o brownie liquefeito. Um rádio de mão, ligado baixinho no jornal, crepitava no balcão atrás dela. "Você vai ser contratado. Eu sei."

"Como?" Ele acendeu um cigarro e se recostou.

"Acordei do meu cochilo e tive uma sensação, só isso. Apareceu na minha cabeça. E pensei: Ele vai ser contratado."

E agora rumores da Casa Branca, o sujeito falou no rádio. *Dizem que o presidente espera negociar mais uma rodada de retirada de tropas — desta vez do Afeganistão — em algum momento perto do Natal. Vamos falar com Lisa, que está em Washington...*

Os dois pararam e ouviram, as cabeças inclinadas com atenção, realmente acreditando que o pior, tanto aqui quanto em outros lugares, tinha passado. Era o tipo de dia em que tudo parecia possível. Como se a caridade do mundo enfim estivesse pesando para um dos lados da balança enferrujada. O tipo de dia em que você pode preencher suas cicatrizes com canetinha e dizer que é normal — e talvez seja verdade.

4

Hai voltou ao HomeMarket na manhã seguinte. Pôs o rosto entre as mãos na janela da loja e viu Sony limpando mesas no salão. Eram dez da manhã, faltava uma hora para abrir.

"Entra pelos fundos", Sony pediu pela porta entreaberta.

"Tem uma porta dos fundos?"

"Tem, para receber os produtos. Vai lá nos fundos e espera. A BJ te chama quando puder."

"Por que não posso só sentar e esperar aí nas mesas? É só uma entrevista."

Sony revirou os olhos com uma irritação exagerada. "Você precisa começar pelo cu das coisas antes de chegar no coração. É o que a BJ sempre diz. E é verdade." Ele fechou a porta e trancou com um clique.

Os fundos do HomeMarket davam para uma ruela sem sinalização que ia na direção de um prédio abandonado cujas janelas estavam na maioria fechadas com tábuas, os tijolos das bordas pretos de fuligem de um incêndio que devia ter acontecido anos atrás. Hai se sentou em um bloco de concreto perto da porta dos fundos e esperou. Estava ali fazia uns dez minutos quando um branco magricela com um piercing no nariz apareceu. O garoto fez um aceno de cabeça vago na direção de Hai e se apoiou na parede procurando um cigarro. Ele usava um avental que um dia fora branco e que estava tão imundo que parecia ter sido arrastado na lama e depois lavado num rio.

"Você é a BJ?", Hai perguntou.

"Nem fodendo, cara", ele respondeu com uma risadinha de chapado. "Eu lá tenho cara de chefe? Ei, tem um isqueiro aí?"

Hai jogou o seu BIC e o garoto acendeu o cigarro, os dedos escuros de sujeira. Ficou um tempo encostado na parede fumando, os dois olhando para os prédios mortos no terreno. Trepadeiras e mato alto já tinham arrancado parte dos compensados pregados nas janelas.

"Cara." O menino sorriu, e seu aparelho dentário foi iluminado pelo sol. "Já ouviu falar de shortcake de morango?"

"Acho que já."

Ele começou a explicar, mas Hai não estava ouvindo de verdade. Estava pensando quanto tempo a última dose de Grazina ia durar e se ele precisava correr para casa depois da entrevista.

"… e aí, você está lá trepando… Aí, bem quando estiver pra gozar, você vira a mina e dá um soco bem no nariz dela. E aí é só…" ele fez o gesto de punheta com a mão… "pssssh".

Hai se virou para os prédios em ruínas, as grades de ferro nas janelas do térreo, tentando pensar nas pessoas que moravam ali. Será que sentiam cheiro de frango assado toda noite antes de ir para a cama? Será que isso entrava nos sonhos delas? Quantas trabalhavam bem ali no HomeMarket? Quantas precisaram ser levadas em ambulâncias que deviam ter estacionado naquele lugar para que os socorristas pudessem levá-las em macas passando pela cabine do drive-thru com suas vozes crepitantes, os carros serpenteando ao redor?

"É bem escroto, na real", o maconheiro murmurou. Ele parecia um personagem numa casa mal-assombrada.

Hai tinha crescido com gente como ele, tanto meninos quanto meninas, e aprendeu que se você ficar só fazendo "ã-hãs" enquanto eles falam, vão gostar o suficiente de você para te deixar em paz ou te dar um apelido que vão usar quando estiverem em diferentes estágios de entorpecimento.

"Esse cara que eu conheci disse que fez isso com a ex dele, mas ele mente pra caralho. Mas ele me falou de outra… Já ouviu falar do arado irlandês?"

O menino soprou uma nuvem de fumaça que engoliu a lateral da cabeça de Hai.

"Quanto você ganha nesse emprego?" Hai virou para ele, tossindo.

"Porra nenhuma." Ele jogou no chão o cigarro pela metade e pisou em cima. "Por quê? Tentando arranjar trabalho?"

"Tentando."

O celular do menino vibrou. Ele abriu o flip e riu. "Ei, saca só! Meu primo Danil me mandou agora." Ele enfiou o celular na cara de Hai, que se afastou e forçou os olhos para ver o que parecia um vídeo superpixelado de um esquilo sendo acertado por uma arma de paintball no teto de um galpão, seguido por várias pessoas gritando, uma delas uma mulher que ficava dizendo: "Sai do meu quintal, seu filho da puta! Sai do meu quintal!"

Antes que Hai pudesse responder, a porta de metal se abriu. O outro colocou o celular de volta no bolso e amarrou o avental.

Sony saiu e ficou parado do lado da porta, parecendo um vigia, com o queixo erguido e olhando direto para a frente. Das sombras do HomeMarket, uma figura corpulenta preencheu o espaço da porta, depois saiu para a luz.

"Drive-thru", a pessoa disse, fazendo um aceno com a cabeça na direção da porta. Ao ouvir isso, o jovem branco disparou para dentro.

Claramente aquela era a BJ. Um metro e noventa, cabelo batidinho em cima e raspado nas laterais emoldurando e uma testa coberta de gotas de suor.

Hai levantou, ajeitou a jaqueta e estendeu a mão para cumprimentá-la.

"Calma aí", BJ disse com gentileza, abaixando a mão dele. "Esse é o primo que você falou?", ela perguntou a Sony, com os olhos fixos em Hai.

Sony confirmou com a cabeça. "Afirmativo, ele quer entrar para as fileiras."

BJ se ajeitou, e a areia fez barulho debaixo de seus Skechers. "Abre os olhos, cara. Não, mais." Ela se curvou para examinar os olhos de Hai. "Hmm. Pupilas bem dilatadas. Pelo menos não está na heroína", ela disse para Sony, limpando os dentes com a língua. "E se estiver usando metanfetamina, não vai apagar aqui dentro, certo?" Ela deu uma risadinha. "Tá bom, vem comigo."

Quando a névoa nos óculos de Hai diminuiu, o lugar apareceu diante de seus olhos, tão pequeno que você podia dar três passos em qualquer direção e encostar numa parede. O que se seguiu foi um "passeio guiado", como BJ chamou, embora toda a parte dos fundos não fosse maior do que um trailer. Havia o forno industrial com três painéis, onde bolos de milho giravam nas formas, montinhos do tamanho da palma da mão cobertos de açúcar cada vez mais dourados, e a longa pia de aço inoxidável onde uma adolescente com delineador preto esfregava louça, com a nuca cintilando de suor. Depois a despensa, e logo ao lado uma porta com um Post-it onde se lia escrito com caneta marca-texto: "Escritório". Era igual a qualquer outro restaurante de fast-food: tapetes de borracha sobre pisos de lajota, grandes eletrodomésticos de aço, luzes fluorescentes, tudo cheirando vagamente a catchup e a detergente velho. O passeio durou cinco minutos.

"Agora vamos te mostrar a parte da frente. Onde a magia acontece", BJ disse, esfregando as mãos enquanto Sony seguia às pressas atrás dela. "Essa aqui, essa é a principal proteína que nós servimos."

Ela apontou para a parede dos fundos atrás do balcão onde, iluminado por spots, estava o forno de rotisserie de sete andares onde o sujeito que ele tinha visto no dia anterior agora trinchava um frango inteiro num balcão de açougueiro de poliplástico manchado de marrom e escorregadio depois de milhares de carcaças.

"Essa aqui é a Maureen", BJ disse, apontando para uma ruiva. Maureen acenou com a cabeça, não exatamente sorrindo, na verdade mais como se estivesse mudando os lábios de posição. "Mostra pra ele como é que se faz um sanduíche de bolo de carne, sem maionese", BJ mandou.

Hai estava pronto para colocar um par de luvas, mas percebeu que BJ estava falando sobre o sistema de informática quando viu os dedos de Maureen cruzarem a tela voando, apertando vários blocos coloridos para adicionar ingredientes e temperos. Em uns trinta segundos, o que para Hai não pareceu exatamente rápido, um recibo saiu da impressora e caiu no balcão.

"Ela manda bem, hein?", BJ disse. Maureen sorriu pela primeira vez. "E aquele ali é o nosso cara do frango, o Wayne." Ela se aproximou curvando o corpo. "Ele diz pra todo mundo que é parecido com o Al Green, mas está mais para o *reverendo* Al Green de hoje em dia, se é que me entende."

"Definitivamente não é o da época de 'Love and Happiness'." Maureen fez um aceno com a cabeça na direção de Wayne, um sujeito gorducho, que suava em profusão e cujo pescoço grosso e curto mal se estendia por dois centímetros acima da gola da roupa.

BJ se voltou para o bufê com protetor salivar onde ficavam as imensas cubas de comida. Eram aquecidas por cima pela fileira de lâmpadas incandescentes e por baixo pelo reservatório de água quente que circulava passando por serpentinas de cobre. O mobiliário estéril e frio servia para amplificar os matizes dos produtos, dando à comida uma luminosidade brilhante, o que tinha sido projetado, segundo Hai descobriu mais tarde, por um subcomitê corporativo amparado em décadas de pesquisas comportamentais conduzidas por um instituto em Ohio financiado pela esposa de um membro do conselho da Raytheon.

"E é isso que a gente faz, meu caro", BJ disse. "Esse bufê aqui, esse é o coração do HomeMarket. É aqui que a América se alimenta."

BJ, Hai percebeu, era uma dessas pessoas cuja existência dependia completamente de serem vistas como especialistas. E, embora especialistas muitas vezes o deixassem nervoso, ele ficou intrigado com o imaculado entusiasmo dela por aquele lugar, que aos seus olhos não passava de uma minúscula lanchonete.

"O HomeMarket", ela continuou, "não é igual a outros fast-foods de alto nível — e claro que não tem nada a ver com aqueles buracos mais pra lá tipo Wendy's, Taco Bell e Burger King, aquelas porcarias. Entendeu?". Ela deu uma olhada ao redor, tentando criar um clima, mas ninguém estava prestando atenção de verdade. O branquelo com piercing no nariz estava encostado no balcão perto da janela do drive-thru, de braços cruzados, entediado.

"Afirmativo, senhora!", Sony gorjeou atrás de Hai.

"Ótimo", BJ disse. "Porque quando as pessoas entram aqui, e estou falando desta loja em específico", uma chuva de perdigotos voou quando ela disse isso, e Hai ficou com vergonha de desviar, "elas estão entrando no Dia de Ação de Graças. A única diferença é que aqui não tem parente sacana, não tem peru seco, ninguém precisa cozinhar, não precisa ficar regando, cortando. Puta que pariu, não tem nem a decoração cafona e as abóboras mofadas, nada de cestinhas com morangas dentro que ninguém sabe pra que servem. Isso tem tudo a ver com comida caseira. E sabe o que mais? Até o Denny's, que algumas pessoas têm a cara de pau de chamar de *restaurante elegante*, tem uma porra de um micro-ondas. Você viu um micro-ondas neste estabelecimento?". Ela esperou que Hai olhasse à sua volta, depois puxou a calça e suspirou dramaticamente. "Russo", ela chamou o branquelo com piercing no nariz, "você já viu um micro-ondas por aqui? Era o que eu imaginava. O que nós oferecemos aos Estados Unidos é o *sabor* das festas de fim de ano sem os *problemas* das festas de fim de ano. Quando as pessoas vêm aqui, damos a elas a sensação de estarem em casa. E elas nem sabem o que estão recebendo até darem uma mordida nisso aqui, por exemplo". Ela ergueu um tanto de macarrão com queijo e deixou cair de volta na cuba, depois fez o mesmo com a torta de batata-doce. "Está vendo isso? Está vendo como a nossa torta tem marshmallows ligeiramente tostados no topo, igualzinho à que a vovó fazia? Mas só que esta aqui não foi ela que fez!" Uma veia pulsou com força na têmpora de BJ. "Porra, eles nem *têm* avó, mas aposto que vão ver a cara da velhinha quando colocarem essa torta na boca."

Maureen apontou para um mingau esverdeado que esfriava na cuba. "O creme de espinafre é o meu favorito. Sabe por quê?" Ela ergueu as sobrancelhas para Hai. "Porque não tem gosto de verdura. Tem gosto de jantar."

BJ, embora levemente incomodada pela interrupção, concordou com a cabeça. "Exato. O HomeMarket é o seu jantar. Só que o dia todo." Ela recuou um passo, olhou intensamente para os caminhões que passavam pela rota 4 lá fora e gritou: "Nós somos mágicos!" Wayne se virou, assustado, e lhe dirigiu um olhar confuso. Ela bateu com a mão no balcão, derrubando um pacotinho de cookies da caixa registradora, que Sony logo repôs no lugar. "Nós transformamos comida em *sentimento*, pessoal. Estão me entendendo? Nós fazemos essa transformação."

Hai olhou em volta para ver as expressões dos outros funcionários; todos permaneciam impassíveis, exceto Sony, cujos lábios tremiam com uma mescla de espanto, reverência e medo. Parecia que não era a primeira vez que a equipe ouvia aquele discurso.

"Você acha que a única coisa que importa é ter a casa cheia?" Ela se virou para Hai, que logo sacudiu a cabeça. "O que importa é cuidar das pessoas, devolver a felicidade que os empregos de merda sugam delas. Nossos clientes não são uns cretinos ricos em mansões, ok? Eles chegam aqui cansados, destruídos pelo mundo. Tem gente, tipo a senhorita Mabel, que não vê a família faz mais de vinte anos. Ela conhece todo mundo pelo nome e chega a chamar a Maureen ali de filha." BJ apontou para a ruiva. "Não é verdade, Maur? E não teve uma vez que ela te deu uma gorjeta de dez dólares?"

Maureen mordeu o lábio e confirmou.

"Mas nem tudo isso acontece por causa da firma. Acontece por causa dos nossos colaboradores. E bons colaboradores não são *nada* sem bons líderes." BJ tirou do bolso de trás uma bandana com a bandeira americana e secou a testa, que pingava. "Olha só, eu não estou aqui para ser heroína de ninguém nem pra ficar me gabando, mas nós, não vamos esquecer, pessoal, somos o terceiro", ela enfiou três dedos na cara de Maureen, que nem sequer piscou, "o *terceiro* HomeMarket em faturamento de todas as treze lojas do Nordeste".

"Aquele de Reading, na Pensilvânia, continua sendo o número um?", perguntou Wayne.

BJ suspirou e assentiu solenemente. "Vocês sabem muito bem que aquele não conta. Aquele de Reading fica no meio do nada, *Wayne*. Um deserto alimentar. Se a nossa loja ficasse no meio do mato que nem a deles, a gente ia faturar dez mil toda noite, fácil. Lá, onde só tem pasto por quilômetros, é como se o HomeMarket fosse a Times Square!"

"Exato", disse Sony.

O segundo lugar em faturamento ficava dentro da South Station de Boston, que só estava nessa posição, BJ explicou, porque as pessoas ficam naturalmente com mais fome quando estão esperando. "A natureza explica. Quanto mais você espera, mais come. Sendo assim, em certo sentido, *na verdade* nós estamos em primeiro lugar. Agora, você pode estar se perguntando por que, e eu vou te contar." Ela se recostou no balcão e cruzou os braços. "Amanda, traz aquele bolo de milho aqui!"

A moça que lavava os pratos saiu às pressas dos fundos carregando uma forma de bolo de milho e a colocou sobre uma grade de metal no balcão aquecido. BJ escolheu um, segurou diante da luz e depois cuidadosamente o partiu no meio. Uma lufada de vapor exalou do bolo enquanto migalhas amarelas caíam na palma da sua mão. Ela estendeu metade de uma fatia para os lábios de Hai e disse: "Experimente esta verdade, meu amigo."

Hai colocou o pedaço na boca e mastigou. O bolo, crocante nas bordas, rapidamente derreteu na língua, uma doçura salgada se espalhando e formando um consenso uniforme de *milho*, como se, inacreditavelmente, o bolo tivesse herdado a essência do milho — doce, agradável, levemente amanteigado — ao mesmo tempo que preservava, talvez até realçava, sua milhitude, apesar de transformado em um produto de panificação. Era o bolo de milho com mais gosto de milho que ele já havia provado. Do mesmo modo que balas de pêssego são mais pesseguentas do que a própria fruta.

BJ engoliu sua metade, sorrindo. O rosto do Russo finalmente demonstrava algum sentimento: uma vaga concordância. "Você tem que admitir, o negócio é bom pacas", ele disse.

"E tudo por causa de mim, BJ, também conhecida como Big Jean. E pronuncia-se *Jan*, tipo francês, está claro?"

"Big Jean", Hai assentiu.

"Claro, eu posso ter inventado o bolo de milho perfeito — cuja receita só eu conheço, aliás —, mas por acaso também estou entre os gestores com melhor performance na região Nordeste."

"Ah, meu Deus", disse Maureen, cujo sotaque Hai identificou como sendo do meio-oeste. "Lá vamos nós de novo." Ela se virou e começou a abrir uma caixa de guardanapos.

"Vem comigo." BJ foi na direção da outra extremidade do restaurante, onde um estreito corredor levava aos banheiros. Na parede estava a seção de "Funcionário do Mês" com doze retratos emoldurados. Todos, exceto dois, exibiam o rosto sorridente de BJ, com cortes de cabelo de alturas variadas e raspados na lateral de jeitos diferentes. Sony, que vinha atrás, deu um passo à frente e apontou para a foto de Maureen do mês de junho, que parecia um daqueles retratos tirados quando a pessoa é presa. "Essa foi, claro, quando a BJ estava na Martinica para cuidar da avó, que estava internada por problemas renais."

"A Maur deu conta do recado", BJ disse, balançando a cabeça. Depois, baixando a voz, completou: "Mas eu sei que ela come os cookies sem pagar. E deixo passar." Ela deu um tapinha nas costas de Hai. "Está vendo? É um mundo onde você recebe pelo que faz, meu amigo."

"Quem é esse?", Hai perguntou, fazendo um gesto na direção de alguém que parecia ser um homem com um moletom de basquete e cujo retrato estava no último mês de agosto.

"*Este* é ninguém menos do que Samuel Dalembert." BJ ergueu a cabeça e deu um sorriso brilhante. "Pivô dos 76ers."

"E por que o seu nome está debaixo da foto dele?", Hai perguntou.

Aparentemente, a sede tinha dado uma festa de aposentadoria para um dos fundadores no mês anterior, e por isso o fotógrafo de sempre não pôde ir. Dalembert estava guardando o lugar de BJ. "Além disso", ela continuou, "como um conterrâneo caribenho, ele e eu compartilhamos diversos atributos: damos duro, somos mortais no ataque, trabalhamos bem sob pressão e, sejamos honestos, estamos entre os melhores nas nossas respectivas áreas de atuação".

"Ah, fala sério", Wayne gritou de trás do balcão. Todos se voltaram para ele. "Você não pode fazer alegações sem sentido só porque o cara vem do mesmo *hemisfério* que você. Tipo, ele não é ruim — mas o cara bloqueia um ou dois arremessos por jogo, faz uma bandeja aqui e ali, e pode ser que uma vez por semana acerte uma ponte. Isso é o que a gente chama de um jogador *mediano* no mundo real. Ele não é nenhum Shaq, nenhum Duncan, não chega nem a ser um Mutombo."

BJ, enfim retirando a mão trêmula da frente da boca, disse com uma calma contida: "Dalembert é o orgulho do Caribe francês. E a minha avó acompanha basquete *por causa* dele."

"Ótimo", Wayne continuou, "mas não dá pra você dizer que ele é um dos melhores só porque vocês têm *sei lá o que* em comum. Kevin Ollie também é preto, mas objetivamente eu tenho que dizer que o cara é... muito ruim".

"Gosto do Vin Baker", Maureen disse, parecendo entediada. "Ele é de Hartford e virou alcoólatra. Quando meu filho era vivo, a gente via o Vinny toda semana. Ele ficava tão bonitão naquele uniforme do Sonics."

"Ei, Russo", Wayne disse. "Você gosta daquele jogador da NBA, o AK-47?"

"O verde do Sonics era melhor do que o verde do Celtics", Maureen continuou. "Mais bonito de olhar, mais classudo. Meu pai adorava o Celtics, aquele cretino."

Russo tirou um dos lados do fone de ouvido. "Que AK-47?"

"É, o Andrei Karo-qualquer coisa, aquele jogador russo do Jazz. Você acha que ele é o melhor do mundo só por ser da Rússia?"

"Eu não gosto de basquete", Russo disse. "Ficam batendo demais aquela bola." E colocou o fone de volta.

"Tanto faz. Todo mundo entendeu o que eu quis dizer." Wayne se virou e voltou a cortar a carne, balançando a cabeça.

BJ olhou para Hai e Sony. "Não deem bola pra ele. Ele está lutando com o diabetes faz uma década e diz umas coisas malucas, o Wayne." Ela suspirou e afastou o olhar. "Mas tem um bom coração. Olha, o que estou tentando te dizer, moleque, é o seguinte: eu não mando os outros fazerem as coisas aqui." Ela deu um tapinha no rosto sorridente de Dalembert. "Eu simplesmente vou lá e faço."

Quando o passeio acabou, Hai seguiu BJ até o escritório, que era do tamanho de um banheiro químico grande. Um desktop da Dell exibia um descanso de tela verde com a menina do HomeMarket dançando e jogando bolos de milho da cesta pela tela. BJ vasculhou uma caixa de papelão debaixo da mesa e entregou uma camisa polo preta e uma viseira oficial do restaurante. "É grande, mas dá pra você enfiar dentro da calça."

"Espera, eu fui contratado? E a entrevista?"

"Olha pra mim, cara. Qual é a palavra-chave em *entrevista*?"

Hai a encarou, confuso. Sony, que de algum modo continuava atrás dele, respirava pesado em seu ouvido.

"É *vista*. Entre-vista. E você teve uma bela vista do lugar, não teve?"

Hai assentiu.

"Veste esta camisa e o boné — ah, e este avental também." Ela tirou uns papéis de uma gaveta e entregou para ele. "No começo, você ganha 7,15 dólares por hora, como qualquer novato. Se não for de vadiar, vai chegar a 7,25 rapidinho."

"O que quer dizer 'rapidinho'?"

"Dois anos, mais ou menos." Ela lhe entregou uma caneta e mandou Sony virar para que pudesse assinar nas costas dele. "Mas preciso te avisar que tem um teto aqui. Não ache que trabalhando aqui você vai conseguir ser proprietário de uma belezura dessas. O HomeMarket não é uma franquia. Somos tipo o Starbucks." Ela fez uma pausa para que o peso daquilo fosse sentido. "Eles não entregam o Dia de Ação de Graças pra qualquer um, sabe — nem pra mim. A sede mantém essa firma dentro da família."

"O HomeMarket controla suas equipes a partir da sede em Atlanta, na Geórgia", acrescentou Sony, "como um quartel-general do exército".

"Exato." BJ cruzou os braços. "Isso *é* igual a um exército e eu sou... mais ou menos o Jesus daqui, acho."

"Você não quis dizer *general*?", Hai perguntou.

"A BJ é uma líder inteligente e rápida como o general McClellan", disse Sony.

"Você é burro?", BJ disse para Sony. "Você não disse que ele era contra a libertação dos escravos? Escolhe outro."

Hai deu um soco no ombro de Sony. "Chega já dessa história de Guerra Civil, né?"

"Ele não consegue evitar. É o lance dele. Ele é meio tantã." BJ apontou para a própria cabeça e lançou um olhar de cumplicidade para Hai.

"Não é um *lance*", disse Sony, abotoando a camisa polo. "É minha área de estudos. Sou historiador." Sony deu um passo à frente, com uma das mãos no coração como no juramento à bandeira, e falou apressado: "E, embora não tenha como negar as corrupções morais iniciais de McClellan, ele era o mais experiente e capaz marechal de campo da época, tendo se formado em primeiro lugar em West Point. Eu *poderia* comparar você a Sherman, mas isso seria categoricamente falso, já que ele não tinha a mesma superioridade no campo de batalha e se fiava em táticas cruéis de terra arrasada, especialmente no teatro de operações do Sul."

BJ olhou para Hai, depois de volta para Sony, pensando no que tinha ouvido. "Vou ficar com Jesus mesmo."

Com a camisa, a viseira e os papéis assinados, Hai seguiu BJ até a parte da frente do restaurante. "Alô, equipe!", BJ gritou mais alto do que o necessário, fazendo Maureen cobrir a orelha esquerda. "Por favor, vamos dar as boas-vindas ao mais novo integrante do terceiro HomeMarket com maior faturamento na história!" Houve alguns aplausos; até mesmo a moça que lavava pratos aplaudiu de algum lugar lá no fundo.

Sony apertou a mão de Hai e disse, com toda a seriedade: "Estou orgulhoso de você, recruta."

Algo semelhante a calor pareceu fluir dos dedos de Hai, o que o assustou. A sala girou, depois brilhou com cores. Ele não esperava essa corrente de alívio correndo por seu corpo de maneira tão clara. Tinha um emprego, o que significava que tinha um ponto de apoio real, quantificável no mundo. Tinha um uniforme, uma viseira bacana com a logo num belo bordado em escarlate. O crachá com seu nome estava a caminho, vindo da central na Geórgia. Ele também tinha colegas de trabalho — não, uma *equipe*, que era a terceira melhor no que fazia. Nunca em sua vida tinha estado tão incluído em algo a ponto de ser engolido por aquilo, invisível em meio à massa humana.

Enquanto os aplausos cessavam, Russo se aproximou e entregou a ele uma coxa de frango. Hai deu uma mordida e congelou à medida que o sabor se somava à sensação que já havia em seu peito.

"Que porra é essa?", disse Wayne, com um sobressalto. "Por que caralhos ele está chorando? Para com isso, mano, não é nem meio-dia ainda. Não consigo trabalhar com gente chorando. Sou alérgico a lágrimas."

Russo disse: "Ei, mano, você está bem? Precisa de uma pausa ou algo assim?"

Hai balançou a cabeça e limpou a boca para tirar a gordura do frango. "Esse frango é sensacional, só isso." Em parte, era verdade. Ele deu mais uma mordida enquanto os rostos dos colegas se distorciam em cores aquareladas e ele se sentia recebido em um reino muito maior do que sua vida triste e pequenina, o que de repente tornou todos os problemas dele etéreos e distantes. Não só tinha um cargo na empresa, como também a empresa não tinha a menor ideia do passado dele porque nada daquilo importava. Tinha se tornado um *funcionário*, e com isso obtido um eterno presente, manifestado apenas por sua existência funcional no cartão de ponto. Ele não tinha história porque não se exigia uma história dele, e não ter história também significava não ter tristeza. Em vez disso, ele fazia parte de um grupo que trabalhava para alimentar pessoas. Ele era o combustível da América e desejava ardorosamente ser usado, ser útil.

"Está vendo, Wayne?" Maureen riu. "O teu frango é tão bom que está fazendo o menino chorar!"

Wayne se balançou de uma perna para outra, assimilando aquilo. "Está tão bom assim, é?"

BJ pôs as mãos nos quadris com um sorriso ensaiado. "Certo, crianças, vamos abrir esse restaurante!"

Sony já estava na entrada e destravou a porta com um clique.

Hai passou o resto do dia sendo treinado por Sony. Primeiro, precisou entrar na despensa, onde havia uma tevê de doze polegadas e um videocassete em cima de uma prateleira com rolos de papel-toalha. Hai ficou no escuro assistindo a um vídeo de meia hora com instruções para o atendimento ao cliente e viu como segurar a sacola de papel com a comida: os braços aninhando a parte debaixo, "como se fosse um precioso bebê", disse a mulher com cabelos que pareciam de plástico. Tudo isso era demonstrado por um elenco de atores estrategicamente multirracial vestindo o mesmo uniforme que ele, exceto pelo fato de que os dentes dos atores não eram tortos e de que todos pareciam do tipo que usava roupa de baixo da Hanes. Quando o vídeo acabou, Sony abriu a porta e conferiu o relógio. "Imagino que tenha acabado."

"Sim, já sei de tudo agora", Hai disse.

“Impossível. Vem comigo.”

Sony então lhe mostrou como limpar os banheiros, como trocar o desodorizador dos mictórios, como colocar os rolos de papel higiênico (que era do tamanho de um pneu de caminhão) no dispensador comercial (usando os joelhos como suporte). Por fim, Hai aprendeu a bater o ponto de entrada e saída no teclado do lado de fora do escritório de BJ, digitando seu número de funcionário. Sony pediu que o dele fosse 1865, o ano em que a União venceu a guerra, ao que Hai comentou: “Faz sentido.”

Ele recebeu o número 2163. Não ligava para o significado, mas secretamente desejou que fosse o ano em que o Sol enfim iria exaurir todo o seu gás e explodir o sistema solar.

“Olha aí, você trabalhou por dez segundos até o momento hoje”, Sony disse, apertando enter.

“Espera, por que não bateu o meu ponto antes? Já estou aqui faz, tipo, quatro horas.”

“Erro humano.” Ele coçou a verruga debaixo do olho esquerdo e se afastou.

Foi aí que BJ enfiou a cabeça pela porta entreaberta do escritório. “Ei, novato, tem um minuto?” O rosto dela estava estranhamente sério.

Hai entrou e ela fechou a porta.

“Senta e escuta”, ela disse com uma voz gutural.

Hai se sentou. “BJ, eu... eu não me importo em não ser pago pelas quatro horas, de verdade. Foi só uma piada.”

Ela lhe lançou um olhar de cansaço, depois escreveu algo no computador, os ombros imensos bloqueando a tela. Quando se virou de novo, uma barra do QuickTime apareceu, acompanhada por um baixo pesado, seguido por alguém gritando uma letra ininteligível por cima do instrumental. Só quando BJ lhe deu um empurrão brincalhão ele percebeu que era a voz dela que estava ouvindo, os dedos dela cutucando o peito dele enquanto BJ mexia os lábios acompanhando os vocais.

Quando ela terminou, seu rosto — a menos de meio metro no escritório minúsculo — estava encharcado de cuspe.

“Isso, tipo, até que é bacana, hein?”

"Você acha mesmo?" BJ secou o pescoço com a bandana da bandeira dos Estados Unidos, depois, vendo a umidade no rosto dele, passou o pano de forma superficial nas suas bochechas. "Não está falando isso só porque eu te contratei?"

"Nada. Tipo, você tem, assim, uma voz bem boa. Meio tipo um System of a Down mais lento..."

"Sério? Porque era essa a intenção. Uma mistura de System e Metallica." Ela torceu as mãos. "Cara, estou tão aliviada. Essa vai ser a melhor música de entrada de todos os tempos."

"Música de entrada?"

"Pra uma luta", ela disse, como se fosse óbvio. "Sou lutadora amadora no circuito local. Bom, amadora por enquanto, quero dizer. Olha só, o HomeMarket é bacana e tudo, mas não é aqui que eu vou morrer, você tá me entendendo? Fui abençoada com um talento, e minha mãe diz que não posso desperdiçar." Ela abriu bem os braços, os dedos nas folhas gastas das escalas de trabalho presas no quadro de cortiça, a cadeira rangendo com seu peso. "Se Deus te chama e te dá um corpo de ouro, você não pode se conformar em ser uma mera gerente. Eu ainda vou ser a próxima Rikishi."

"Usar os seus talentos para ganhar o ouro. Certo, faz sentido."

"Não, não. Esses braços", ela flexionou os dois bíceps, "*são* ouro. Essa é a diferença entre quem é de verdade e quem é de mentira. Quem só faz pose quer ouro, mas as lendas *são* ouro. Só precisa polir. Nunca se esqueça disso, novato". Ela se recostou, inclinou a cabeça e olhou com cuidado para ele. "Quantos anos você tem mesmo?"

"Dezenove."

"Hmm, eu podia ser teu pai." Ela assentiu consigo mesma. "Vou fazer trinta e sete em março."

"Ok."

Já estava escurecendo quando ele saiu do HomeMarket, o uniforme cheirando a gordura e alvejante. As brasas vermelhas do fim de tarde pontilhavam os cumes e se assentavam como fuligem no fundo do vale onde ele atravessava o centro comercial em direção à ponte, com o uniforme tingido como a noite ao redor. Ele viu, brilhando do outro lado do terreno, a Sgt. Pepper's Pizza, o cartaz sobre a grande inauguração ainda lá, mas dobrado em um dos cantos, arrancado pelo vento, dizendo apenas GRANDE IN. O proprietário, que devia ser o próprio sargento Pepper, estava sentado em um balcão iluminado por uma fileira de lâmpadas fluorescentes, bebendo uma Coca de garrafa, o lugar absolutamente vazio. Enquanto isso, o HomeMarket, de acordo com o registro que ele tinha feito antes de sair, devia ter arrecadado dois mil dólares só durante o turno dele.

Hai ficou parado por um minuto no ar frio e betuminoso. Alguém estava cortando madeira rio abaixo, a essa hora provavelmente iluminado pelo farol de um carro, as batidas do machado soando antigas e sobrenaturais encostas acima. Ele viu a pizzaria vazia e seus pensamentos à deriva foram, por alguma razão, para a mãe. Para a noite, anos atrás, em que ela chegou em casa depois de um turno de treze horas dizendo que estava morrendo de vontade de comer pizza. Sendo o único que falava inglês, ele pegou o telefone e fez o pedido. Devia ter uns oito ou nove anos. Depois que a pizza chegou e todo mundo estava comendo, ele ergueu os olhos e viu que a Ma estava dormindo, mas não só isso — ela havia apagado em cima do seu prato de papel, a fatia pela metade criando na camisa branca uma mancha gordurosa no formato de um coração distorcido. Era uma daquelas imagens que ele jamais conseguiria tirar da cabeça, mesmo que não fizesse sentido.

Hai tinha se virado para a avó, torcendo que ela soubesse o que fazer.

"Deixa ela", Bà ngoại disse enquanto colocava outra fatia no prato dele. "Deixa a sua mãe dormir, meu filho. Ela está trabalhando desde que o galo acordou." Na verdade, a mãe tinha tomado NyQuil para dor nas costas quando saiu do trabalho à noite e afundara então, sem dores, na terra dos sonhos.

Bà ngoại pegou a coisinha de plástico que colocam no meio da pizza e pôs no chão. "Está vendo isso? É por isso que a gente sempre compra no Pizza Hut. Eles respeitam os ancestrais."

"Como assim?", Hai perguntou. Sua mãe roncava atrás dele.

"Nenhum outro restaurante pensa em mandar uma mesinha para servir os espíritos. Só o Pizza Hut." Ela bateu na borda com a unha e sorriu. "Me dá a sua fatia." Ela colocou a pizza em cima da mesinha de três pernas, fazendo parecer que a fatia flutuava acima do chão. Bà ngoại apertou as mãos e, numa voz baixa, começou a convidar os mortos deles para virem se banquetear com aquela fatia de pizza suprema de cogumelo, balançando o corpo enquanto cantava. Depois devolveu a fatia ao prato dele. "Pronto, alimentamos os espíritos na mesinha. Agora a comida está cheia do desejo de viver deles, e isso torna a pizza mais poderosa."

Ele descobriu mais tarde que a coisinha de plástico, que mais parecia uma mesinha de casa de bonecas, era para impedir que a caixa de papelão esmagasse a pizza durante o transporte.

"Os donos do Pizza Hut", Bà ngoại comentou, dando uma olhadela na filha, "eles realmente pensaram em gente como a gente. Dá para acreditar? Americanos fazendo pizza pensando nos costumes vietnamitas". Ela suspirou e limpou a boca com as costas da mão. "É por isso que nós apoiamos eles. Boa gente", completou, pegando mais uma fatia.

As batidas do machado tinham cessado havia muito, junto com a voz da avó. Ele se virou na direção de casa, agitando a cabeça para se livrar da memória. O céu era cortado por uma flecha de gansos selvagens grasnando enquanto procuravam uma árvore que lhes servisse de abrigo durante a noite, e não demorou para que a escuridão os engolisse. Quando Hai chegou à ponte, o cheiro da fumaça da lenha veio pairando pela encosta, e ele viu a janela de Grazina, no número 16 da rua Hubbard, brilhando como uma réstia de manhã em meio ao breu.

Lá dentro, Grazina estava tão feliz que mal conseguia falar e colocava sem parar a mão sobre a boca, perguntando: "Eles te pagam bem? Hein? O pagamento lá é justo?"

"Não é ruim, 7,25 dólares", ele disse. "Salário mínimo."

"Nada mal. Dá pra duas refeições congeladas na promoção da Webster's."

"Ah, olha aqui." Ele colocou a sacola de papel que estava carregando na mesa da cozinha e abriu, revelando um dos últimos bolos de milho do dia. Ele o segurou sob a lâmpada da cozinha, como BJ tinha feito mais cedo, e o partiu. Estava frio, mas continuava úmido dentro. "Experimente. É bolo de milho."

"Eu sei o que é. Não cheguei aqui ontem." Ela pegou o bolo, sopesando na mão, e olhou para ele com ceticismo. "Mas será que é macio o bastante para os meus dentes?"

"Confia em mim."

Ela mordeu. Ele teve a impressão de ver as pálpebras de Grazina tremerem.

"Ai, Jesus, Maria, José", ela sussurrou, com migalhas amarelas pontilhando o lábio superior. "Mas como? Como eles conseguem fazer isso?" Ela balançou a cabeça, incrédula, a menina dentro dela espiando pelos olhos verdes.

"Né? Sei lá. É muito louco."

"Isso aqui vai ficar perfeito mergulhado no molho do filé Salisbury, Labas." Ela agarrou o ombro dele. "Você está trabalhando para gênios. Deveria ficar orgulhoso." Ela espanou a poeira invisível do uniforme dele, depois agarrou a segunda metade e engoliu enquanto dava um passo para trás e olhava para ele, iluminada. "Ah! Antes que eu me esqueça, Labas..." Ela arqueou as sobrancelhas. "Tenho uma coisa pra você também." Grazina andou até uma porta marrom perto da cozinha e a abriu. O tempo todo ele tinha imaginado que fosse uma despensa. "Entre." Ela abriu caminho e fez o gesto de um porteiro.

Do outro lado da porta havia uma escada que levava a um porão, com velharias quase até o teto. Ele chegou ao pé da escada e foi logo confrontado com bens que pareciam ter sido guardados durante uma vida inteira: panelas e frigideiras, sacos pretos de lixo inchados com panos e tecidos e sabe-se lá mais o quê, meia dúzia de armários de aço parcialmente obscurecidos por móveis caindo aos pedaços, duas máquinas de costura, um cavalinho de madeira de balanço sem um dos olhos, uma caixa cheia de vitaminas dos anos 1970 aninhada entre rolos de filme e fitas cassete, vinis de 45 rotações quebrados. O fato é que Jonas, o marido de Grazina, que tinha morrido de derrame em 2004, meio que era um acumulador.

Grazina desceu atrás dele. Ela se debruçou no cavalo, a cabeça horrorosa do bicho repousando sobre seu ombro, e contou que Jonas fazia longas caminhadas e voltava para casa carregado de itens aleatórios. Quando o Alzheimer piorou, ele chegou em casa carregando uma porta inteira tirada de uma casa não identificada, sem lembrar como foi que tinha conseguido aquilo. Confusa, Grazina sugeriu que ele jogasse a porta fora, mas Jonas respondeu como sempre, erguendo valorosamente a mão direita para os céus, como Grazina encenava agora, e dizendo "Você não se lembra da guerra? Nunca dá para saber, nunca dá para saber, mulher!". E arrastou a porta para o porão. Agora estava caída por cima de uma máquina de costura de ferro aveludada pelo pó.

"Olha só, eu abri uma trilha hoje. Passei o dia todo abrindo uma trilha pra você. Vai." Ela o incentivou a seguir um caminhozinho tortuoso, um pouco mais largo do que ele, que levava a um outro cômodo nos fundos. Andando em fila indiana, eles foram se aprofundando no cômodo, com todo o cuidado para não esbarrar nas pilhas de objetos.

Perto da parede mais distante, havia uma cordinha que acendia uma única lâmpada suja. Ele puxou a cordinha e a lâmpada dançou acima deles. Ali, num vão da parede, havia prateleiras de livros, algumas com três volumes de profundidade, indo do chão ao teto. A maioria era livros baratos de banca, dos anos 1950 aos 1980. Nos fundos havia uma folha branca para a qual Grazina apontava. "Abra", ela disse. "É isso que você tem que ver."

Hai abriu caminho em meio ao pó, com um braço tapando a boca, e puxou a folha. Enquanto esporos rodopiavam na luz, ele viu os livros, todos em papel dourado. Filas e filas dos clássicos: Homero, Shakespeare, Tolstói, Austen, Montaigne, Flaubert, Turguêniev, Faulkner. Também havia Nabokov, Tommer, Salinger, Atwood, Baldwin, Morrison. A maioria em brochura, as páginas finas de papel-jornal, em encadernações baratas para distribuição em massa. Contudo, isso não mudava o conteúdo. Também havia uma biblioteca inteira de Steinbeck e Hemingway com encadernações de couro. De queixo caído, o coração disparado, poeira nos pulmões, ele passou os dedos pelas lombadas. "Caramba", soltou, sem fôlego. "Como você fez isso?"

"Eu não fiz coisa nenhuma", ela respondeu. "Já falei. O meu marido era um desses CDFS. Lia de tudo, lia tanto que os olhos secaram. Acabou cego por causa dessas porcarias de livros." Uma película de poeira cobria os óculos dele. "Ele lia pra mim aquele Vonnegut que você estava lendo", acrescentou numa voz mais baixa. "A gente esteve em Dresden na mesma época, o pequeno Billy Pilgrim e eu. Uma mentirada, aquilo tudo."

Talvez por isso é que o marido dela fosse obcecado por traduzir o livro para sua língua materna, ele pensou. Era um romance norte-americano que contava a história deles, ainda que em breves e apocalípticos vislumbres.

Grazina analisou as prateleiras e suspirou. "A minha filha, a Lina, é igualzinha ao pai. Outra CDFzinha. Adorava Isaac Asimov, mas o Jonas nunca gostou dela. Era parecida demais com ele, um clone. Estranho como as coisas são." Ela se recostou em um manequim de feltro e passou os braços do boneco por seus ombros, fazendo com que ele a abraçasse por trás. "Ele detestava quando via a Lina lendo no sofá. Gritava: 'Você só fica lendo coisas sobre alienígenas e duendes. Está presa na terra do faz de conta, pelo amor de Deus. Volta pro mundo real, menina!' E eu dizia: 'Rá! Mundo real? Onde tem pobreza, guerra, bebês sendo jogados da ponte do Brooklin? Que lugar lindo, o mundo *real*.'"

"Ele parece um babaca", Hai comentou. "Por que você se casou com um babaca?"

O rosto dela desanuviou e ela abanou a mão. "Ele não era tão ruim assim. Só um covarde, na verdade. Mole que nem manteiga derretida, mas por algum motivo detestava a menina. Vai ver que ele enxergava muito da própria mãe nela, vai saber. Pais fazem bebês, Deus dá personalidade a eles. Mas, sabe, uma vez eu saí correndo dele, saí correndo de casa." Ela estreitou os olhos e se voltou para o passado no outro lado da sala. "Negaram uma promoção a ele no pátio da ferrovia, e ele ficou um chato de galocha naquela semana. Não parava de gritar coisas horríveis para a pobrezinha da menina que estava tentando ler os livrinhos de faz de conta dela. E eu disse: 'Já chega.' Peguei minha menininha, ela devia ter uns nove ou dez anos na época, fiz uma mala pra gente e fui andando para o centro. Aluguei um quarto num hotelzinho — sabe, aquele que só tem cinco quartos e uma máquina de fazer gelo? Pedi uma pizza, todo tipo de sabor. Eu tinha duzentos dólares que economizara trabalhando na Woolworth's, e naquele tempo dava para viver como rei por um dia com esse dinheiro. Sentei na cama, comendo pizza e ouvindo minha filha ler para mim, com um sorriso no rosto. Eram os anos 1960 e as mães não desapareciam assim tão fácil, sabe? Eu me senti a mulher mais poderosa do mundo." Ela arrumou os óculos no nariz, levando Hai a fazer o mesmo. "Com o dinheiro que ganhei sozinha, dei para minha filha um quarto para ela poder ler em paz por um dia. Sentei ali, bebendo uísque do frigobar, e ouvi a menina ler. E chorei igual a uma criança. E Lina, a minha pequena Lina, ela disse: 'Mãe, por que você está chorando?' E eu disse: 'Agora eu sei como Deus se sente.' Uma coisa idiota, na verdade, para se dizer para uma menininha. Mas quem liga? Ela deve ter achado que eu tinha endoidado." Grazina deixou escapar um riso entrecortado. "E ei", disse apontando para ele com o dedo mínimo, "ela escrevia poemas também, sabia, minha pequena Lina. Melhor que o Robert Frost, se é que você acredita. O que ele fazia, de todo modo, olhar árvores e choramingar? Isso não é vida".

"Acho que você tem razão." Houve um longo silêncio. Hai tentou achar em seus bolsos um cigarro que não tinha.

"Talvez você tenha algum uso pra essa bagunça, hein?"

"É uma ótima bagunça", ele disse, passando os olhos pelas lombadas.

O tempo havia colado as capas umas nas outras, e, quando ele tentou tirar os livros das prateleiras, alguns saíram grudados aos pares, e até aos trios. Outros tinham sido roídos quase inteiramente por ratos. Ele ergueu um trio de livros de Camus e olhou para o buraco do tamanho de uma bola de golfe em *O estrangeiro*, *A peste* e *O homem revoltado*.

Mas havia um livro cuja lombada atraiu sua atenção. *Os irmãos Karamázov*. Era o livro que ele e Noah iam ler juntos no verão antes de ele morrer. *A gente vai levar o quê? Uns cinco anos pra acabar?*, Noah dissera. Não era um grande leitor, mas pegou um exemplar quando estavam procurando coisas baratas para comprar no mercado de pulgas, dizendo que tinha gostado do título. *Irmãos.* Mais tarde, comendo batata frita do Wendy's na caçamba da caminhonete do Noah, Hai leu o primeiro capítulo em voz alta enquanto Noah observava as estrelas e o motor estalava embaixo deles, a cabeça dos dois zumbindo movidas a oxicodona e milkshake de morango. Uma semana depois do funeral de Noah, Hai encontrou o livro no fundo do cesto de roupa suja e o jogou no lixo, vendo que o marcador de páginas tinha andado apenas dois capítulos.

Ele tirou o livro da prateleira, uma edição mais barata, menor, com as bordas das páginas desgastadas, e o girou na mão.

"Você gosta desse, é?"

"Acho que vou tentar." Ele apertou o livro contra o peito.

"Ótimo, leve. Leve tudo. A essa altura tudo isso pode virar lenha. Olha só, conseguimos, Labas", Grazina completou enquanto a lâmpada balançava, jogando as sombras deles de um lado para o outro. "Só não se esqueça de trazer mais daquele bolo de milho amanhã, combinado?"

Ao longo da semana seguinte, como não tinha laptop nem internet, Hai ficava acordado até tarde da noite, muitas vezes vigiando os sonhos voláteis de Grazina, as páginas de *Os irmãos Karamázov* mofadas e se soltando em suas mãos. Ele virava a folha e ela se desprendia de pronto, o livro literalmente se desintegrando à medida que era lido.

Como era estranho se sentir tão próximo da graça, fosse ela qual fosse, e mais estranho ainda que essa graça tivesse sido encontrada ali, de todos os lugares possíveis, no fim de uma rua de casas arruinadas por um rio tóxico. Estranho que, em meio a uma pilha de entulhos acumulados, ele ia ficar mais perto de tudo que sempre quis ser: uma consciência sentada debaixo de uma lâmpada, gastando os dias com leitura, aquecido e sozinho, sozinho e, no entanto, de algum modo, ainda filho de alguém.

5

Outubro já ia adiantado e as folhas caíam sem parar nos carros estacionados, enchendo as caçambas das picapes em frente ao Clube dos Veteranos de Guerra e entupindo os bueiros com lixo decíduo. Rua abaixo, uma única folha, do ocre de uma estrela manchada de Van Gogh, se prendeu aos cabelos de uma menina que se abaixou para jogar areia de gato suja no bueiro na frente de casa. Diante de uma fileira de casas todas iguais de conjunto habitacional com reboco detonado, um grupo de adolescentes com casacos de capuz vendendo tubos de aerossol e comprimidos de Xanax trocava sussurros. Um Camaro sem calotas estava estacionado ali perto, com uma bandana desbotada da bandeira de Porto Rico pendurada no retrovisor. Mais adiante, uma mulher branca e gorducha, vestindo calça de moletom larga com a palavra "gostosa" na bunda, passeava com um chihuahua em um terreno baldio em que antes ficava um posto Citgo.

No número 16 da Hubbard, Hai esbarrou em uma velha bicicleta Schwinn dos anos 1970 em meio aos destroços no porão de Grazina. Sabe-se lá como, mas a magrela só precisava de ar nos pneus. Estava tão coberta de pó que ele só percebeu que a bicicleta era azul-prateado depois de pedalar para casa numa noite de chuva e ver o tom de safira brilhar sob a luz dos postes, como uma cobra trocando de pele, enquanto ele deixava o vento tocar seus cabelos sem lavar e fechava os olhos para se proteger do frio vindo do rio, se sentindo quase limpo.

Embora algum ajuste tenha sido necessário, ele logo pegou o ritmo no trabalho. Eis uma manhã típica no HomeMarket: você batia o ponto às dez da manhã e tinha uma hora para se preparar antes da abertura. Primeiro, ligava o aquecimento embaixo das cubas e limpava a gordura e as impressões digitais do dia anterior do protetor salivar. Enquanto as cubas esquentavam, você enchia os porta-guardanapos e repunha os talheres de plástico perto do caixa e no salão, depois varria os banheiros. Depois disso, colocava o café para passar na cafeteira ao lado da máquina de refrigerantes, anotando o horário em cada garrafa térmica de metal com uma canetinha para que os clientes soubessem que estava fresco, e assim trocava o café a cada três horas por outro fresquinho, mesmo que a garrafa estivesse cheia porque, como BJ dizia: "Café velho não tem cara de Dia de Ação de Graças."

Depois, você pegava os potes de macarrão com queijo ou de torta de batata-doce — qualquer coisa que estivesse cheia ou pelo menos pela metade na hora do fechamento na noite anterior — e tirava o plástico. Aí vinha com uma faca e raspava a crosta nojenta que se formava em cima, jogava o que sobrou nas bandejas, dava uma mexida, e em cinco minutos a comida estaria borbulhante e fumegante com o brilho de comida recém-preparada. Depois pegava aquela mesma canetinha e escrevia o nome de um funcionário no cartaz preto em frente a cada item, dizendo FEITO ARTESANALMENTE HOJE POR ___. No HomeMarket, "feito artesanalmente" significava comida mole esquentada em um saco, preparada quase um ano antes num laboratório perto de Des Moines e selada a vácuo em grandes sacas industriais. Hai se perguntava se alguém imaginava comer sobras em um restaurante. Ou se as pessoas sabiam que a Vigilância Sanitária permitia que purê de batata contivesse dois por cento de cocô de rato e quase quatro por cento de "fragmentos" de insetos. Uma vez ele viu a Maureen, por puro tédio, jogar uma mosca bem em um frango assado, onde ela chiou e estalou antes de se soldar à pele crocante na forma de uma protuberância preta.

A próxima tarefa era ir ao freezer, colocando uma caixa de leite no chão na frente da porta para não ficar preso lá dentro, coisa que Sony disse ter lhe acontecido quatro vezes na sua primeira semana, e Wayne precisou prender uma coxa de galinha com fita na porta para mantê-la entreaberta. Na prateleira do freezer havia filas e filas de sacas seladas a vácuo com vários pratos. Você erguia a saca, que era do tamanho de um torso humano, cheia de creme de espinafre congelado e colocava num carrinho. Depois fazia o mesmo com todas as outras sacas de comida.

Uma vez, perto do fim de um longo turno, Hai precisou pegar mais torta de maçã e, ao abrir a porta, encontrou Maureen pressionando uma placa de macarrão com queijo contra o joelho. “Ajuda a melhorar minha artrite”, ela explicou, dando de ombros.

Depois de pegar as sacas, você voltava para o caldeirão industrial, uma panela gigante cheia de água quente com dois ganchos suspensos. Prendia um saco a cada gancho e, enquanto eles balançavam como colunas de concreto, puxava uma alavanca para baixar os sacos até a água fervente, que num tempo perfeitamente cronometrado descongelava o conteúdo a um ponto de “frescor de cozinha”. Quando você tirava o saco da água, cortava o topo para abrir e derramava o conteúdo numa forma de metal, o purê de batata estava tão suculento e aromatizado com alho, os pedaços de salsinha tão miraculosamente verdejantes, que jamais imaginaria que era requentado. O mesmo valia para as supostas “sopas do dia”. Uma vez Russo derrubou o celular dele na bandeja de sopa, simplesmente olhou para Hai e disse: “Eu pego depois que tiver acabado.”

O HomeMarket é mais um micro-ondas gigante do que um restaurante, embora a BJ sempre diga aos clientes: “Procurem com atenção, pessoal, porque vocês não vão ver nenhum micro-ondas aqui, beleza? Vocês sabem que lá no Denny’s tem, né? Eles dizem que são um restaurante elegante, mas estão lá, com o bom e velho micro-ondas pra enganar os clientes. Tudo que vocês estão vendo aqui foi preparado hoje cedo pela nossa Maureen.” E ela fazia uma reverência para Maureen, como se fosse uma peça de teatro, e Maureen punha as mãozinhas miúdas debaixo do queixo e dava aquele sorriso de senhorinha idosa que tinha aperfeiçoado ao longo do tempo, aquele em que mal dava para ver os olhos dela, de tão tomados de felicidade. Os clientes adoravam e em geral compravam extra para levar para a família em casa, porque quem é que não ia querer ajudar uma vovó que fez suas vagens com as próprias mãozinhas trêmulas?

A única coisa que eles “faziam” de verdade era o bolo de milho, embora a receita da BJ fosse secreta. A mistura amarelada de bolo de milho chegava em sacos gigantes, e você só acrescentava água e misturava em forminhas pequenas. Contudo, todo domingo, BJ ficava no restaurante um pouco depois do fechamento e customizava a mistura, depois jogava tudo num recipiente para ser usado durante a semana.

Tem gente que diz que nunca comeria num restaurante depois de ter trabalhado lá, depois de ver como a salsicha é feita, mas, com os sessenta por cento de desconto para funcionários, todo mundo acabava comendo no HomeMarket. Mesmo se você enjoasse da comida, dava para mudar um pouco. Wayne inventou um método de rechear o bolo de carne com macarrão com queijo, o que foi um sucesso entre os funcionários por duas semanas. Maureen combinava seu creme de espinafre com torta de batata-doce e adorava — embora nesse caso estivesse sozinha. E, sempre que uma bandeja voltava — pedido errado, purê frio, vagens moles demais —, você podia comer na câmara fria, de pé, enfiando tudo na boca em menos de cinco minutos sob a lâmpada que piscava.

O pessoal da equipe era igual a qualquer pessoa de qualquer lugar da Nova Inglaterra. Desgastados pelo clima e eternamente exaustos ou irritados, ou as duas coisas. Maureen era a inspetora aposentada mais boca suja que já existiu. Uma vez derrubou uma forma de bolo de carne e gritou: "Ahputaquepariucaralhobuceta!" Ao ouvir isso, um sujeito com uma blusa de gola alta azul-bebê ganiu e cuspiu o purê de batata que estava comendo. Para Hai, ela passava a impressão de ser o tipo de gente que coloca as batatas fritas dentro do sanduíche, o que lhe deu a imediata sensação de que podia confiar nela. Ela ficava no caixa, onde era uma verdadeira maga, e seus dedos voavam pela tela tão rápido que as pessoas mal conseguiam acompanhar, de queixo caído, fazendo "oooohh" enquanto ela registrava os pedidos.

Também tinha Russo, um rapaz de dezoito anos que na verdade tinha nascido no Tajiquistão. O pai dele era major nos derradeiros suspiros do Exército Vermelho, e a família chegou aos Estados Unidos pedindo asilo depois da queda da União Soviética. Ele era magro e passava a maior parte do tempo com as costas encurvadas, uma versão mais fofa, Hai achava, do Gollum de *O Senhor dos Anéis*. Ele tinha um corte de cabelo igual ao do Eminem, só que pintado de um azul de anime, e um piercing no nariz do Jack Skellington. Hai chegou a perguntar se ele fazia um segundo turno no Spencer's — mas não. Ele trabalhava no drive-thru, o que significa que andava murmurando para si mesmo e depois gritava "EU PERGUNTEI SE VOCÊ QUER CATCHUP" a plenos pulmões a cada meia hora mais ou menos.

Tinha a menina que lavava a louça, Amanda, que era uma presença rara o suficiente para que a equipe a chamasse apenas de "menina que lava a louça". Ela estava no primeiro ano do ensino médio, usava calças da UFO, um delineador preto e camisetas com estampas de lobo. Quase não falava e basicamente ficava rindo sozinha enquanto assistia a algo na tevê e lavava as coisas nos fundos. A maior parte da equipe achava que ela usava algum tipo de droga pra relaxar… O que importava era que a louça estava sempre limpa.

E aí tinha o Wayne — um sujeito parrudo nascido na Carolina do Norte e que era o "chef da rotisserie". Ele tinha o dom para a coisa. Apesar das alegações da BJ sobre o bolo de milho, o verdadeiro motivo para o HomeMarket ser tão lucrativo era o frango do Wayne. "O frango daqui parece diferente, tem um gosto diferente", disse uma mulher — uma cliente regular —, mastigando seu meio frango bem ali na frente do balcão. Ela enfiava a mão no saco de papel e ficava ali, roendo o frango, tomada pelo poder que aquilo lhe dava.

"Ei, Sony", Maureen gritou, "vem aqui ver como essa moça come o frango. Ela é hilária".

"Eu tenho três filhos, dois empregos e estou ficando doida. Então obrigada por isso", a mulher disse, lambendo os dedos. "Vocês estão fazendo a obra do Senhor." Ela prendeu o cabelo num rabo de cavalo, passou um pouco de álcool em gel nas mãos, jogou o saco cheio de ossos no lixo e saiu como se estivesse andando sobre as águas.

Num sábado, bem quando estavam entrando num momento de calmaria do turno, três ônibus escolares roxos estacionaram e uns duzentos adolescentes de uma escola católica ali perto foram despejados no restaurante, um mar encasacado de hormônios reprimidos e impenitentes. Eles estavam chegando do baile de boas-vindas. Como se tratava de uma escola católica, o baile acontecia às três da tarde, na pura e estéril luz do dia. Quando chegaram, às sete e meia da noite, o horário de pico do jantar tinha acabado e a equipe já se preparava para o fechamento. Os funcionários ficaram tão chocados que nem tiveram tempo de ficar putos. BJ correu para o freezer e saiu de lá carregando três sacos de acompanhamentos nas costas como se fossem os dez mandamentos. Hai viu Wayne nos fundos, debruçado no tanque, a mão no bolso à procura do remédio de pressão alta. Russo estava ao lado dele, dando tapinhas nas suas costas e passando um Gatorade batizado com gim, enquanto Sony tinha um ataque de pânico no salão. Ele ficou totalmente imóvel no cantinho enquanto uma dúzia de adolescentes gritava os pedidos para ele, que escondia o rosto entre as mãos, até BJ o mandar para o escritório para se acalmar vendo vídeos do History Channel no YouTube. Quando tudo acabou, a loja parecia ter sido varrida por um furacão. Todo mundo ficou até dez e meia da noite para limpar tudo.

Não demorou para que Hai começasse a saber qual funcionário estava atrás dele só pelo cheiro. A loção para bebês da Johnson & Johnson que Wayne passava nas queimaduras de gordura nos braços, os vestígios de uísque que emanavam junto com o mentolado do chiclete que Maureen mascava, a imitação de Tom Ford (Tobbaco Vanille) misturado com a balinha de morango que Russo chupava o tempo todo. Sony, cujas roupas, por causa da secadora com defeito no Centro Meyer, tinham o leve, porém consistente, cheiro almiscarado de tecido úmido. Esses cheiros se alteravam em intensidade depois de cada pausa para o cigarro. Tudo isso se misturava aos sabores e aromas artificiais que vinham pairando das cubas de alimentos produzidos industrialmente: diacetil, acetilpropionil, acetoína e ácido hidroxibenzoico, junto aos aromas metálicos de corantes como Amarelo Crepúsculo FCF, tartrazina, Azul Patente V e Verde 3. Somado a essa mescla havia o cheiro de queimado da gordura dos frangos nos espetos, que soltavam uma corrente infinita de fumaça que nem mesmo o sistema de climatização patenteado Hyper-Power era capaz de eliminar. Também havia o ranço da água usada para lavar louças e da comida semiapodrecida que vinha da pia nos fundos. Lá pela terceira hora de cada turno, um novo cheiro — o único cheiro orgânico do estabelecimento todo —, o cecê humano, começava a emanar das roupas dos funcionários. Misturado ao cheiro da comida processada e dos produtos de higiene pessoal, havia o cheiro avinagrado, aliáceo e alcatroado do árduo trabalho humano. Isso tudo se combinava num espaço que não passava de noventa metros quadrados, incluindo armários e freezers. Em breves momentos de autoindulgência, quando não havia clientes no balcão, Hai enfiava a cabeça para fora da janela do drive-thru de Russo para respirar um pouco de ar fresco, mas acabava inalando a fumaça dos canos de escapamento e os vapores do óleo de motor acumulado debaixo da janela.

Havia momentos, também, em que as pessoas eram simplesmente pessoas, o que significa que eram babacas. Um dia entrou uma família, um pai de meia-idade com dois filhos adolescentes. Dava para ver na hora que eles estavam na cidade por causa do curso chique de tênis que acontecia um pouco adiante, em Glastonbury. O pai dava a impressão de jogar tênis desde os cinco anos, o rosto queimado vermelho-resort, exceto por dois círculos brancos atrás dos óculos escuros de aviador, que ele tirou para ver o cardápio com olhos semicerrados e as mãos na cintura. Enquanto Maureen anotava o pedido do pai, o filho mais alto cutucou o outro com o ombro, num tom de brincadeira, dizendo, alto o bastante para que Wayne ouvisse: "Claro que *ia ter* um cara preto assando o frango." Os meninos deram risadinhas escondendo o rosto na gola de suas camisas polo, que puxaram para esconder os dentes de alce. O pai ergueu um aparelhinho na direção do pescoço, e ficou claro que era um daqueles fumantes que precisou remover as cordas vocais. "Evan, o que a gente falou sobre piadas?", ele disse com uma voz digitalizada enquanto segurava o riso.

Hai estava abrindo uma caixa de sachês de catchup no balcão ao lado e escrutinou o rosto de Wayne, na rotisserie, cujos olhos encontraram a família, depois se desviaram. BJ estava abaixada, colocando os acompanhamentos nas bandejas como se nada tivesse acontecido.

"Será que o Uncle Ben é o cara do frango ou o do arroz?", o menino mais novo perguntou para o irmão mais velho.

"Ei, ei. Já deu", a voz do homem disse, olhando de BJ para Maureen. "Eles só estão estressados por causa do tênis. É um treinamento supercompetitivo."

"Mas você poderia lidar melhor com eles", Maureen disse, olhando para os meninos enquanto entregava o troco.

BJ colocou as sacolas deles sobre o balcão sem uma palavra.

O sujeito pegou a comida e apontou para Maureen. "Você não... Você não ouse... me dizer como falar com os meus filhos." O dispositivo estava falhando e ele precisava apertar várias vezes o botão, se remexendo para terminar a frase. "E tire esse delineador es-estúpido da... cara. Você parece uma puta", ele disse, com os filhos saindo atrás dele. Da porta ele acrescentou, numa fala arrastada e distorcida à beira do Auto-Tune: "De hoje em diante, vou no Arby's!"

"Que porra foi essa?", Hai perguntou, olhando em volta.

"O que você acha que foi?" BJ tirou as luvas e arremessou na direção do lixo, mas errou. "Wayne", ela disse com uma voz genuinamente gentil, os ombros encolhidos.

Ele continuava mexendo nos espetos da rotisserie. "Wayne", BJ repetiu. "Olha, eu devia ter dito alguma coisa. Sou a gerente. A culpa é minha, mas..." Ela cruzou os braços e ficou olhando os carros passando. "Aquela voz de robô me derrubou, cara. Tipo, eu nunca tinha visto aquilo na vida real. Parecia que eu estava num esquete do Saturday Night Live ou coisa do tipo. E congelei, sabe?"

"Sabe de uma coisa, Wayne?", Maureen disse. "Acho que Russo consegue fazer o frango. Você não tem que..."

"Maur." BJ se virou para ela, com um talho de suor iluminado na testa. "Agradeço, mas no momento isso não é com você, certo?"

Maureen mordeu o lábio e assentiu, depois foi para perto de Hai e começou a abrir a caixa de sachês de catchup.

"Eu posso te tirar dos frangos se for melhor, cara", BJ disse para Wayne. "Não foi a primeira vez que ouvi uma merda dessa e sei que não deve ser a primeira vez pra você também."

Hai deu um pulo quando o espeto de frango bateu no metal da grelha.

Wayne se virou para eles, bufando pelo nariz. "Meu pai me ensinou esse trabalho." Ele disse isso com a voz tranquila, mas o queixo estava tremendo. "E ele aprendeu com o meu avô lá na Carolina, e meu avô aprendeu com o pai dele. Eles eram churrasqueiros. Eu posso não ser tão bom quanto eles, mas esse era o trabalho *deles*. E eu vou fazer isso."

Ele apontou com tanta força para o coração que a gordura marcou um ponto-final no avental dele. "Eu não tenho nem uma *foto* do meu avô, mas pelo menos tenho isso, entendeu?" Ele encarou cada um deles por vez. "Então ninguém vai me tirar dessa porcaria desse forno de assar frango." Ele baixou a touca até os olhos, tirou um espeto que estava pronto, as peles estalando, e deu as costas para os colegas. Então, tirou os frangos do espeto e começou a trinchar. Assunto encerrado.

BJ limpou a testa e olhou para os tênis, mexendo os dedos dos pés lá dentro. "Me traz uma merda duma limonada", ela disse para Hai, que foi se arrastando até a máquina de refrigerante enquanto Maureen colocava a mão no ombro de BJ e Wayne punha mais um espeto no forno e o metal estalava como se estivesse recarregando uma arma. Wayne não sorriu mais pelo resto do dia, e todos perceberam. Ele tinha uma risada capaz de curar a depressão de um elefante.

Depois de bater o ponto, Hai saiu para tomar um pouco de ar e encontrou Sony fazendo abdominais em um pedaço de papelão. Russo estava empoleirado num engradado de leite perto da porta, os cabelos azuis brilhando no sol enquanto comia um sanduíche que tinha inventado recheando duas fatias de bolo de milho com pele de frango crocante e molho de pimenta.

"Deviam colocar isso aqui no cardápio", Russo comentou, admirando sua invenção.

"Talvez aí você finalmente vire funcionário do mês." Hai sorriu.

"Deviam me promover a CEO. Aí eu vendo esse lugar, pego a grana e demito todos vocês, seus vagabundos", ele disse com uma risada.

Sony grunhia enquanto fazia os abdominais, com o rosto franzido sob o sol.

"Quantos você vai fazer?", Hai perguntou.

"Cinquenta", Sony respondeu, com uma careta. "Não posso entrar nos Fuzileiros, mas posso tentar a Guarda de Honra se fizer tudo certinho. A Guarda na verdade é muito mais competitiva."

Russo olhou para Hai como quem diz *Você está de brincadeira?*.

"Mas você não disse que amava o HomeMarket acima de tudo?", Hai perguntou. "Você não vai se aposentar aqui?"

"Nas Forças Armadas te pagam três mil dólares na hora do alistamento. Se..." Sony gemeu enquanto se erguia. "Se eu conseguir fazer pelo menos cinquenta e cinco abdominais, vou ter vantagem sobre outros recrutas. O *National Bugle* diz que a maioria deles tem sobrepeso."

"Uma hora você vai ganhar três mil dólares trabalhando aqui", Russo disse. "O exército é uma piada. Você é só um pedaço de carne para o complexo industrial-militar." Hai deu mais uma olhada em Russo e conseguiu imaginá-lo ouvindo muito Green Day ou Anti-Flag. "Meu pai ficou só três anos no Exército Vermelho e está todo fodido até hoje."

"Negaram o recurso da minha mãe, o que significa que vou ter que pagar a fiança dela", Sony disse enquanto abaixava.

"Peraí, quando foi que isso aconteceu?" Hai desamarrou o avental e encarou o primo.

"Ela me ligou ontem à noite." Ele se sentou, respirando pesado.

"O complexo industrial prisional. Outra bela porcaria. Tudo é uma prisão, na real, se você pensar bem", Russo disse com ares de profundidade. "O meu pai sempre diz isso." Depois pegou um segundo sanduíche de bolo de milho com pele de frango do bolso do avental e ofereceu para Sony.

"Não, obrigado." Ele continuou fazendo os abdominais.

Hai sempre teve a impressão de que as Forças Armadas eram uma fraude, mesmo que muitos de seus amigos do ensino médio tivessem se alistado, na maioria meninos brancos magricelas e espinhentos que viviam em conjuntos habitacionais e tiravam notas baixas, engolidos por fardas e jogados no meio do deserto, onde bebiam Red Bull e tocavam Slipknot no talo nos fones, loucos para atirar em algo. Ele tinha ouvido Wayne mencionar que, de cada grupo de quinhentos soldados, tinha uns dez caras capazes de cometer uma chacina. "Um exército não passa de um bando de assassinos avalizado pelo Estado e patrocinado pelos nossos impostos", ele dissera. "Se você fizer uma coisa dessas como civil, vai acabar na cadeira elétrica. Como soldado, vão pregar uma medalha de metal no seu peito." Ele pensou em repetir essas palavras para o primo, mas, em vez disso, simplesmente falou:

"Você seria um excelente Fuzileiro, Sony. Ou sei lá o quê. Se tem alguém que pode defender este país de vilões, é você, amigão."

Russo olhou para Hai de um jeito que ele ignorou. O céu enfim estava claro e azul, e as folhas secas deslizavam na direção deles vindas dos apartamentos mortos enquanto os dois assistiam a Sony terminar seus abdominais. Parecia que a luz não ia mudar por um tempo.

Quando era mais novo, Hai queria uma vida mais imponente. Em vez disso, acabou tendo uma vida que não deixava que se afastasse. Ele nasceu no Vietnã, catorze anos depois da grande guerra de que todo mundo adorava falar, mas que ninguém entendia, muito menos ele mesmo. O ano era 1989, um ano mais conhecido pela queda do Muro de Berlim e pelos protestos da praça da Paz Celestial. George Bush pai tinha derrotado Michael Dukakis e se tornado o quadragésimo primeiro presidente dos Estados Unidos, e "My Prerogative", de Bobby Brown, estava no topo das paradas. Eram os tempos do disquete, das jaquetas jeans, das polainas, do Doritos Cool Ranch e da salada de macarrão.

No Vietnã, os norte-americanos tinham transformado as plantações em terra arrasada com o Agente Laranja desenvolvido pela Monsanto, sem falar nos dois milhões de corpos anônimos espalhados pela selva e pelas margens dos rios esperando para serem recuperados pelos parentes com suas cestas trançadas cheias de ossos esbranquiçados pelo sol. Além disso, o país lutava contra o genocida Pol Pot e seu khmer vermelho, que invadiam a fronteira ocidental. As pessoas estavam passando fome, claro, e caçavam ratos ou misturavam suas rações de arroz com serragem para que rendessem mais. Dois anos depois, por milagre ou misericórdia, Hai e a família chegavam no nevado Connecticut, os rostos machucados pelo vento frio, passando as primeiras semanas dormindo no chão entre os bancos da igreja católica que os abrigou, usando Bíblias como travesseiros. Ele só tinha dois anos e não se lembrava de nada.

Hai foi criado pela mãe, pela avó (que Deus a tenha) e pela tia Kim, mulheres poupadas pela guerra física, mas não mentalmente, e juntas elas encontraram um jeito de extrair alguma vida das profundezas daquela Hartford cortada pelo frio. Embora tivesse seus problemas, o menino não podia dizer que tivera uma vida ruim. Depois do ensino médio, entrou na faculdade — o primeiro da família — e se matriculou na Pace, em Nova York, aos pés da ponte do Brooklyn. Embora tenha tentado estudar marketing internacional, no último minuto, por razões que ele próprio desconhecia, Hai mudou para algo chamado pedagogia geral, que mais parecia o nome de uma ala abandonada de um hospital psiquiátrico do que um curso de bacharelado. A essa altura ele já tomava os comprimidos regularmente havia meia década e passava a maior parte dos dias no andar subterrâneo da biblioteca, cochilando e lendo revistas literárias e livros gigantes de fotografia. Uma vez, passou duas horas doidão com uma mistura de xarope contra tosse e oxicodona, encarando a foto tirada por Diane Arbus de um menininho segurando uma granada no Central Park.

Quando chegou o Dia de Ação de Graças, ele tinha abandonado a faculdade e voltado para Felicidade do Leste, jogado no sofá da mãe. Nova York já não passava de um sonho cada vez mais desbotado. Mesmo hoje ele não entendia a cadeia de acontecimentos que o tinha levado de volta de mãos vazias àquela velha e empoeirada cidade.

Certo dia, um ano depois de ele ter abandonado a faculdade — vendo o jovem sem emprego e perpetuamente chapado, definhando em casa por meses a fio —, durante o café da manhã, a mãe dele deu um basta.

"Você está tomando aqueles remédios de novo, não está? Eu não entendo. Que porcaria é essa, afinal, algum tipo de super Advil?" Ela estava jogando *Tetris* no Game Boy rosa dela e falou tudo isso sem tirar os olhos da tela. Desde que ele se entendia por gente, ela era obcecada por *Tetris*. Era um buraco em que ela podia se enfiar sempre que queria, bem ali à mão.

"Os comprimidos deixam o mundo mais tranquilo."

"As coisas já são bem tranquilas por aqui, não? Está tudo tão tranquilo que o dinheiro saiu pela porta e nunca mais voltou. Igual ao seu pai." Ainda mexendo no videogame, ela olhou para Hai.

"Tanto faz."

"Sei. Tipo *tanto fez* lá em Nova York, né? No que deu aquilo mesmo?", ela perguntou, sarcástica. "Se eu soubesse falar inglês, estaria falando direto com o presidente, não com esse bando de mocorongos daqui."

"Aconteceram umas coisas que você não vai entender." Ele passou camadas grossas de cream cheese no bagel, com as mãos borradas pela codeína. "Mas pelo menos eu tentei."

"Não vou brigar de novo, ainda mais com você chapado. Olha só, olha pra você — mal consegue abrir os olhos, Hai. Hoje eu não tenho tempo pra isso, tá bom?" Ela largou o Game Boy. "Tenho bastante coisa pra fazer."

"O quê? Tipo o nível treze do *Tetris*?", ele retrucou, mastigando. "Faz um ano que você está presa no nível treze."

"Porque preciso *trabalhar*." Ela se levantou, furiosa. "Eu trabalho pra gente. Só eu. Sozinha. Lembra?"

Ao ouvir isso, num súbito e feroz impulso, ele tirou um panfleto do exemplar de *Sula* que estava lendo e colocou diante dela.

"Isso é uma vaga de emprego?", a mãe perguntou, olhando o papel.

"Eu vou ser doutor", ele declarou, mastigando.

"Doutor?" A mãe dele conteve o riso. "Do que você está falando? Doutor em quê?"

Ele deu de ombros. "Em gente."

O lábio inferior dela se abriu imperceptivelmente. "Por favor, estou pedindo de verdade, sem joguinhos comigo, meu filho." Ela o encarou, esperando o fim da piada.

Ele abriu o panfleto, mostrando o campanário do campus verdejante, as quatro torres grandiosas e majestosas como um castelo. "Entrei em um programa de mestrado numa universidade em Boston", ele disse, com o queixo erguido em expectativa.

Ma segurou o panfleto com ambas as mãos, como se ele emitisse luz própria. "Você não está drogado, está?"

"Só cansado. Cansado, mas feliz. Eu… eu só ia contar depois que tivesse tudo resolvido, mas…" Ele olhou para o chão, evitando o olhar da mãe. "Mas imaginei que você ia gostar de saber."

"Mas então é verdade?" Ela olhou para o filho. Quando ele não piscou, ela balançou a cabeça, olhando para as imagens. "Veja só, minha nossa, olha isso aqui. Deus atendeu as minhas preces. Eu sabia! Ah, que notícia boa. Sério mesmo? Hai?" Ela desligou o Game Boy e segurou o rosto dele entre as mãos suadas. "Olha, eu sei que os últimos anos foram difíceis para você. Precisou de um tempo para se reerguer depois que a Bà ngoại morreu, mas eu sempre soube que você ia fazer alguma coisa importante. Não é igual aos outros mocorongos daqui." Ela fez um gesto largo para indicar a cidade toda, derrubando no chão o bagel que ele estava comendo, com o lado do cream cheese para baixo. "Mas tem certeza? Que você *passou*?" Ela se afastou um pouco e estudou o rosto dele de certo ângulo, os olhos tentando extrair sua verdade. Seu menino, seu único filho. "Mas você não é *obrigado*, tá? Não esqueça que não sou igual às outras mães do salão. Você pode fazer o que quiser. Pode trabalhar comigo esfregando os pés das velhinhas pra sempre se for o que você quiser, tá bom? Não tem vergonha nenhuma nisso. Desde que você possa *trabalhar*, não tem problema." Ela passou os dedos pelos cabelos dele. "Não quero que você pense que eu quero que seja um herói. Só por mim." Mas ele sabia que essa notícia era um alívio, um fio que os dois podiam seguir juntos mesmo quando estavam rodopiando em direções diferentes.

"Eu passei, Ma. É um longo caminho até ser médico de verdade, mas vou fazer isso. Vou curar pessoas." Ele olhou para a foto da avó no altar. "Como deveriam ter feito pela Bà ngoại."

"E o que aconteceu em Nova York?"

"Aquilo foi só um acidente de percurso. E você sabe." Ele pegou o bagel — tinha só umas poeirinhas no cream cheese — e continuou comendo. "Dessa vez é pra valer."

"Sabe, eu comi muito durião durante a gravidez — e foi isso que te deixou inteligente." A mãe dele se virou para o altar de Bà ngoại. "Graças a Deus, mãezinha. Ele vai ser *doutor* e deixar as pessoas saudáveis, e a gente vai morar numa casa de verdade. É um longo caminho, mas a gente sabia que ele não ia desperdiçar a vida dele. Que não ia ser que nem o filho da Kim, aquele pobre coitado." Ela secou as lágrimas com as mãos, acendeu um incenso e fez uma mesura profunda, a conta de âmbar tremendo acima do permanente.

Cinco meses depois, ele estava sentado na mesma cozinha, com uma mochila e uma mala debaixo dos pés. O ônibus para Boston saía em duas horas, e a casa estava tomada por aquele ar frenético, carregado, de quando alguém está prestes a partir em uma longa viagem. Não havia nada a fazer a não ser batucar na mesa e sentir o coração disparado enquanto ele esperava a mãe terminar de fazer a quentinha de arroz de coco. Embora não levasse mais do que uma hora para preparar, ela acordara às cinco da manhã, no azul frio da aurora, para cozinhar o arroz e ferver o leite de coco, o que a deixou olhando pela janela pelo resto da manhã até o filho descer com as malas.

"Você vai ser um médico excelente", Ma disse de cabeça baixa. Ele ficou atrás dela, o gosto do vômito, mesmo depois do enxaguante bucal, ainda amargo dentro da boca. "Vou ficar sozinha aqui, mas não se preocupe com isso. Sei me cuidar. E o espírito da Bà ngoại está comigo." Ela olhou para o filho. "Sabe, você me contou tanta história maluca quando era criança que achei que tinha demônios falando por você. Mas aí você foi crescendo e ficando mais calado, e agora eu sinto falta."

"Eu sei, Ma." Ele queria colocar a mão no ombro dela, mas o braço se recusava a se mover. Os últimos meses tinham sido os melhores desde que ele era capaz de se lembrar. Os dois tinham parado de brigar e a casa estava a tal ponto tomada por uma febril esperança que ele queria ficar ali pelo máximo de tempo possível, absorvendo tudo aquilo.

Ela secou o rosto, evitando os olhos do filho. Ele sabia que a mãe estava ansiosa porque não parava de cantarolar "Parabéns pra você". Nas semanas que se seguiram à morte da Bà ngoại, essa era a única coisa que ele ouvia sair pela porta fechada enquanto estava deitado no quarto ao lado, acordado, olhando para as estrelas fosforescentes no teto, as que a mãe ajudou a colar no aniversário de sete anos dele.

A mãe tinha recortado a página do panfleto que mostrava o grande campanário e colado com fita adesiva em sua mesa do salão de manicure em Meriden. Sem conseguir pronunciar o nome da faculdade, ela sorria e apontava para a foto, anunciando para as clientes que seu filho ia para a faculdade em Boston, na cidade grande, que ia ser doutor.

Na calçada em frente ao conjunto habitacional, Hai conteve mais uma ânsia de vômito. A mãe tinha se oferecido para levá-lo de carro até a rodoviária, mas ele recusou. Não havia no mundo nada pior do que se despedir numa rodoviária. Você dá um abraço no terminal, depois fica um sentado no ônibus olhando para o outro do lado de fora pela janela e se sentindo idiota enquanto o motorista entrara para soltar um barro ou ligar pra mulher, e depois de um tempo você precisa desviar o olhar e fingir que está pegando alguma coisa na mala só para depois olhar de novo e recomeçar todo o ritual de acenar e mover os lábios dizendo "tchau, tchau" com o máximo de empolgação possível para que a outra pessoa não fique triste. Não, ele chamou um táxi e desembolsou as vinte pratas necessárias para poupá-los disso.

"Sei que não vai ser igual à última vez, tá?", a mãe disse, estremecendo. "E não se esqueça de achar logo a Chinatown para poder comer um lámen bom." A voz dela ficou abafada pelo vidro quando o táxi começou a andar. Ele sabia que ela estava parada no meio da rua, ficando cada vez menor, secando as lágrimas com o cachecol, mas não tinha coragem de olhar para trás. Provavelmente mil filhos já passaram pelo que ele estava passando, e se virado em seus cavalos, vagões, riquixás, triciclos motorizados, ônibus, navios, trens, até mesmo em suas empoeiradas sandálias. Provavelmente responderam mostrando o rosto à forma materna reduzida, um ato final de separação, revelando para ambos o preço dessa partida impresso em seus semblantes. Em vez disso, ele se abaixou para desamarrar os cadarços das botas, fingindo ajeitá-las, depois amarrou de novo, a cabeça quase tocando no chão do carro, fora de visão.

Meia hora depois ele se viu em um banco na estação Union de Hartford olhando para as botas. Hai tinha tomado dois comprimidos de codeína no táxi e sua cabeça estava enfim quente e vazia, o mundo sombreado nas bordas. Agosto ia pela metade, o verão continuava forte e o ar estava úmido e pegajoso. Um pouco de refrigerante derramado, quase evaporado pelo calor, havia grudado nas solas dos sapatos e produzia sons estalados quando ele andava. A maior parte das pessoas estava voltando dos últimos dias de férias antes do fim do verão. Sentado, ele tentava recuperar o que restava da onda. Não demorou muito e o ônibus da viação Peter Pan marcado para as 18h45 com destino a Boston chegou. Enquanto as pessoas desembarcavam, o motorista se encostou no para-choque tragando um cigarro, com dois círculos encharcados de suor nos sovacos da camisa. Hai conferiu a hora impressa na passagem — 18h45 —, depois deixou o papel no banco, suavemente, como se aquilo não tivesse peso, como se não tivesse o menor valor. Porque não tinha. Não significava nada porque Boston não significava nada. Não havia escola de medicina nenhuma — ele nem sequer se inscrevera. Como ele *poderia* ter se inscrito? Nem tinha concluído a graduação. A foto do campanário da faculdade era de um panfleto da Faculdade de Teologia de Harvard que ele tinha pegado da biblioteca depois que um grupo jovem da igreja foi embora.

Semanas antes, enquanto desperdiçava os trinta e cinco dólares da passagem de ônibus, ele tolamente imaginou que podia seguir em frente e que alguma coisa ia acontecer, que o "universo" ia perceber seu esforço e oferecer uma porta pela qual ele pudesse passar. Que coisa infantil, que coisa encantadoramente burra, ele percebia ao ver o ônibus sair do pátio, enquanto as luzes traseiras perdiam nitidez à medida que se afastava na interestadual, em direção a Boston.

Arrastando a mala atrás de si, Hai saiu da rodoviária e entrou no crepúsculo do verão. O céu era de um vermelho profundo, e as latas de lixo ao longo das casas fediam pela onda de calor que já durava uma semana. Ele passou por baixo de uma passarela onde um homem e uma mulher discutiam dentro de uma barraca azul suja que tremia com a agitação dos dois. Alguém devia dinheiro a alguém, foi o que ele entendeu da gritaria, o que em geral era o caso.

Encharcado em meio a esse pânico sem rumo, o colarinho da camisa pinicando de tanto suor, ele se sentou num meio-fio e tentou se recompor. Do outro lado da rua, um grupo de skatistas se arremessava de um lance de quatro degraus no estacionamento de uma farmácia. Ver os movimentos deles deixou Hai com ainda mais vontade de vomitar. Ele se lembrou dos bolinhos de arroz da mãe na mochila e teve esperança de que fizessem seu estômago sossegar. Havia bolinhos de quatro cores: roxo, vermelho, verde e amarelo, todos bem organizados no potinho. Por cima, havia uma guarnição de amendoins salgados com melaço. Ele mastigou rápido, de olhos fechados, envergonhado demais para encarar como ela havia deixado tudo tão bonito.

Estava gostoso, como sempre: não doce demais, firme e macio, cada grão carnudo e embebido em leite de coco. Ele deixou o pote no meio-fio e saiu andando, e a cidade ardia à sua volta até ele chegar à ponte interestadual e a atravessar. Barcos, cheios de famílias sorridentes, com varas de pesca saindo em arcos dos conveses, flutuavam debaixo dele.

Foi só quando ele voltou para Felicidade do Leste que o estômago se revoltou, e ele se debruçou em um hidrante para vomitar, a boca pingando acima da poça de arroz colorido na calçada. Em meio à comoção, um homem, cujos cabelos e rosto davam a impressão de que tinha acabado de ser eletrocutado, parou de revirar uma lata de lixo e foi andando lentamente na direção de Hai. "Ei, tem um trocado? Tem um trocado, irmão? Preu comer uma coisa." Ele empurrou o sujeito para o lado com o corpo enquanto andava, limpando a boca no ombro da jaqueta. O sujeito continuou murmurando atrás dele por alguns passos até que o som do tráfego abafou sua voz. Hai seguiu andando e, depois de um tempo, passou pela velha boate Kahoots, que se preparava para abrir, as moças se maquiando sob as luzes do painel dos carros no estacionamento de cascalho enquanto o glitter cintilava, como diamante em pó, em seus rostos. Os grilos cantavam nos milharais à direita enquanto a noite se assentava sobre o vale. Ele andou mais um quilômetro antes de finalmente ter diante dos olhos uma construção de tijolos à vista. Era para lá que iria, Hai decidiu, se não por mais nada, porque estava escurecendo e ele não tinha mais para onde ir.

O prédio de tijolinhos à vista era uma escola de ensino fundamental até fechar depois de um incêndio criminoso. Metade do prédio tinha sido reformada e voltado a funcionar. Alguns carros estavam espalhados pelo estacionamento quando Hai se aproximou da entrada. Ele deu uma espiada pela janela com o rosto enfiado entre as mãos. Lá dentro, um abajur de mesa em cima de uma escrivaninha de madeira emitia um brilho fraco, dando ao lugar uma sensação de estar num passado distante. Ele puxou a maçaneta e uma campainha elétrica disparou, o carpete inundando o lugar com um silêncio denso e felpudo.

A porta atrás da recepção se abriu, revelando uma mulher com uma franja descolorida e um cardigã verde. Ela parou e o inspecionou de cima a baixo, a expressão em seu rosto se suavizou. "Você não está bem, hein?"

"Acho que preciso de ajuda", ele murmurou, depois colocou as juntas dos dedos em cima dos lábios para se calar, percebendo que jamais, em toda a vida, dissera aquelas palavras. Mas é isso que você dizia quando entrava ali. Havia lugares inteiros neste mundo construídos unicamente para que certas frases pudessem ser ditas, ele se deu conta. Frases como: "Declaro solenemente"; "Quais são suas últimas palavras?"; "Estou pedindo o divórcio"; "Quero fazer um aborto"; "Parabéns, Turma de 2006". Ou então: "Aceito, aceito, aceito". Naquele prédio você podia dizer "Preciso de ajuda", e eles não apenas saberiam bem o que você queria dizer com isso, mas também saberiam exatamente quem você era.

A mulher coçou o nariz e analisou Hai por trás de seus óculos de acetato. "Está tudo bem agora. Sei que dá medo. Aqui." Ela passou uma prancheta e uma caneta por baixo do vidro. "Preencha isso. Mas primeiro pegue uma água e relaxe." Ela fez um gesto na direção do galão de água no canto. "Vai com calma. Eu vou estar aqui quando você estiver pronto."

Ele agradeceu e se sentou. Por um breve e luminoso momento, sentiu uma benevolência fora de lugar por todas as almas da minúscula cidadezinha deles. Pelo fato de que algumas pessoas altruístas e angelicais tiveram a excelente ideia de transformar uma escola incendiada em um lar para as palavras "Eu preciso de ajuda". Ele deu mais uma olhada no milharal imóvel sob a noite quente e quieta do outro lado da rua, os vaga-lumes piscando na escuridão, e preencheu os documentos de sua admissão no Centro de Recuperação Nova Esperança.

A primeira pessoa que teve uma overdose na frente de Hai foi o pai de alguém.

Ele tinha doze anos e estava na casa de uma menina chamada Jennifer Knoxley para fazer um trabalho de história. Os dois estavam na sala cortando cartolina quando o pai dela entrou discretamente, como se estivesse sendo guiado por um fantasma, e se sentou no sofá. Depois de um tempo, a cabeça dele se inclinou para trás e a boca ficou aberta, os olhos revirados para dentro das órbitas. Parecia que alguém tinha apertado *pause* bem quando ele estava no meio de uma gargalhada depois de ouvir a piada mais engraçada do mundo. Essa era a imagem que estava gravada na cabeça de Hai quando ele deu entrada no Nova Esperança.

Toda geração diz isso sobre si mesma, mas ele verdadeiramente vivia em tempos interessantes e sem precedentes, um tempo antes de haver iPhones em toda parte, em que as pessoas ainda andavam olhando para a frente, com a cabeça cheia de pensamentos autogerados, vindos dos poços mais profundos de seus inconscientes. Uma época em que você ainda batia nas portas dos vizinhos e, se quisesse falar com alguém, precisava telefonar para a casa da pessoa, ouvir a mãe dela respirar por um tempo, talvez o som dela preparando um drinque ou raspando as pernas, para depois marcar um encontro em algum lugar, onde um dos dois ficaria esperando, chutando pedrinhas ou olhando para nuvens e árvores, ou para a arquitetura municipal, ou para os carros passando, com os níveis de dopamina mais altos por não terem sido exauridos pela luz azul das telas ao longo do dia. Uma época em que o traficante de drogas na esquina começava, por puro tédio, a sacudir um alambrado, incapaz de controlar sua criança interior, a calça caindo pelo esforço, revelando a cueca xadrez que você via pela janela de trás do ônibus escolar. Mas aí, aos poucos, um, dois ou sete de seus amigos descobrem os remédios, que inundam seus jovens cérebros com uma alegria artificial. E você se junta a eles, correndo pela mata perto da usina, rindo da imensidão da noite, a cabeça levitando trinta centímetros acima dos ombros. E suas mortes, que virão mais cedo ou mais tarde, por enquanto não serão usadas por políticos para agitar os eleitores. Aquilo não tinha nome, aquele morticínio, e, no entanto, as pessoas que você amava estavam sendo lentamente apagadas, até professores e tias da cantina tinham overdose da noite para o dia, e depois eram cremadas sem cerimônia, e seus rostos logo passavam a existir apenas em sua mente. "Que época boa", diriam, anos mais tarde, as pessoas que viveram aquilo sem saber do que estavam falando.

Embora nunca tenha sido sua droga favorita, Hai mal tinha completado dezesseis anos quando usou heroína pela primeira vez, numa noite de verão em uma pista de skate na periferia da cidade. Estava sentado com três outros meninos skatistas no vale de um *half-pipe*, a chama da vela imóvel no ar úmido, a colher chiando logo acima, enquanto "Waiting Room", do Fugazi, tocava no *repeat* em um aparelho de som na JanSport de alguém. Os meninos tinham tirado as meias, revirando os pés compridos e ossudos debaixo da luz em busca de uma veia boa. Eles preferiam os pés por ser mais fácil de esconder as marcas. Além disso, conseguiam sentir a velocidade do líquido quente e ácido literalmente subindo pelas pernas até o topo da cabeça, e alguns deles chegavam até a acompanhar o trajeto da droga com os dedos, como se apontando para cidades em ruínas num mapa. A sensação para Hai era mais a de se afogar no próprio sangue, esticando o pescoço para se manter acima da maré. Logo havia gargalhadas para todo lado na escuridão, mãos dando tapas na pele à mostra. Meia hora depois, porém, o único som que restava era o Fugazi tocando sobre os peitos nus e suados, as bocas ofegantes como as de peixes encalhados, enquanto os vaga-lumes piscavam acima deles na noite esverdeada.

A porcaria do seguro-saúde de Hai, que valia até ele completar 25 anos, só cobria três semanas de reabilitação — e, portanto, esse foi o período que ele solicitou. No segundo dia, vestido com pijamas novinhos da clínica, ele decidiu ligar para a mãe. Tinham confiscado seu Nokia, portanto ele estava em uma saleta toda de vidro onde havia uma linha fixa para que os pacientes conversassem com a família (e apenas com a família) em intervalos de vinte minutos.

"Ma?", ele falou, se endireitando na cadeira de metal.

"É você, meu filho?"

"Isso, estou ligando do telefone do dormitório e..."

"Você chegou. Ah, eu estava tão preocupada, quer dizer, não preocupada, mas... Sei que a primeira noite deve ter sido superocupada. Bom, e como é? Você viu a torre do sino?"

"É incrível. Alta e majestosa, igualzinho na foto. Até num dia nublado como hoje, aquilo brilha."

"Os dormitórios devem ser tão bons. Você comeu o bolinho de arroz? Estava bom?"

Ele esfregou a testa, pensando.

"Perfeitos."

"Não estava doce demais, né? A minha mão estava tremendo e acabei colocando açúcar demais." Ela riu, e ele percebeu o quanto já sentia saudade da voz dela.

"Nada. Comi tudo no ônibus. É tão bonito aqui, Ma. Os gramados são mais verdes do que o da nossa prefeitura, e dá pra ver tanta gente em todo lugar — tinha até um menino vietnamita —, todos eles futuros médicos, jogando frisbee no gramado. Nunca imaginei médicos jogando frisbee."

"Friss-bee", ela tentou dizer em inglês. "O que é isso?"

"Ah, é um... Desculpa, é aquele jogo que a pessoa joga um disco de plástico... Lembra, no parque Bushnell, quando a gente viu aqueles brancos jogando discos na cesta feita de correntes?"

Do outro lado do vidro, um sujeito esquelético com macacão todo sujo, uma das alças pendurada, estava sendo levado por duas enfermeiras para o consultório médico.

"Lembro", ela disse. "Como é que a gente ia adivinhar que era um passatempo tão popular entre médicos, hein? Olha só, você já está aprendendo coisas novas e é só a primeira semana. Mas..." Ela parou, seu suspiro audível do outro lado da linha.

"Ma, eu *sei.*"

"De verdade. Não exagere. Vá com calma, tá bom? Não leia rápido demais. Pegue um livro, leia por uns dez minutos, depois largue e olhe pela janela. O seu cérebro é igual a um carro, você tem que deixar ele..."

"Ma, eu sei", ele repetiu, com a voz mais ríspida do que pretendia.

Os dois ficaram em silêncio por um instante.

"Eu deveria ter te falado, quando você estava em Nova York, que não precisava se matar de estudar. Eu sei que foi por isso que você abandonou. Quero que dessa vez seja melhor."

"Tá bom, mas olha, eu tenho que desligar. Me chamaram pra ir jogar o disco com eles."

"Ah, claro, vai, vai, vai. Jogue longe, mas sem se exibir, hein? E não precisa ficar me ligando o tempo todo. Se concentre em você. Eu vou estar aqui quando precisar."

"Tá bom."

"Tá bom, *lup yoou*", ela disse em inglês. "Me liga se..."

Ele desligou antes que ela precisasse terminar a frase e ficou olhando para o gráfico plastificado na parede de cortiça: *7 Passos para Falar do seu Vício com as Pessoas que Você Ama.* Abaixo disso, colado com fita na parede e decorado com flores, havia um pedaço de papel impresso com a citação de Mary Oliver pendurada em praticamente todas as superfícies da clínica — a geladeira comunitária, o micro-ondas, as cabines dos banheiros, até no alarme de incêndio quebrado perto da desintoxicação, sua onipresença passando um tom seco e irônico:

> *Me diz, o que você planeja fazer*
> *com a sua única vida selvagem e preciosa?*

O lance dos comprimidos era que ele se sentia, depois que a magia deles se infiltrava em seu corpo, como se finalmente estivesse dormindo nu numa cama quentinha e seca com um cobertor grosso de lã depois de andar na chuva encharcado até os ossos.

Embora os três primeiros dias não tenham sido nem um pouco fáceis, a equipe basicamente o deixou em paz, exceto na hora das refeições e das consultas com o médico. Com o remédio de liberação lenta, ele não estava passando tão mal tirando a dor de cabeça e o calafrio nos ossos que o incomodaram nas primeiras noites, o travesseiro encharcado de suor drogado. Os viciados em metanfetamina passavam por coisa pior. Uma menina, que largou o ensino médio em Hebron, tinha crises de abstinência tão infernais que eles a deixavam dormir num quarto escuro embaixo de uma pilha de cobertores com câmeras monitorando 24 horas por dia em caso de convulsões, o que tinha acontecido duas vezes. Clínicas de reabilitação eram, antes de qualquer coisa, um depósito onde as pessoas ficavam guardadas por um tempinho. Eram também, ele logo aprendeu, um reino do tédio — mas talvez esse fosse o ponto, até mesmo o *objetivo*: ficar consigo mesmo, o que não deixava de ser um tipo de inferno. Todos os clichês que tinham a ver com isso eram verdadeiros. Você espera até que seja lá qual for o veneno que está te consumindo esvazie seu corpo e volte para o mundo na forma de tempo. Depois preenche esse vazio com mais tempo. Falando, andando à toa pela sala de recreação, falando mais, ouvindo as pessoas desabafarem, pintando aquarelas de animais de zoológico, lendo livros infantojuvenis ou de ficção científica (os únicos gêneros permitidos). E, depois de toda essa espera, você fica parado em frente às janelas gradeadas e observa os arcos dourados do McDonald's do outro lado do estacionamento se acenderem, o que significa que é hora da troca de turno das enfermeiras, e um alcoólatra com síndrome de Down chamado Jordan está a seu lado apontando pela janela, gritando: "É hora do nugget! É hora do nugget. Ei, pessoal, é hora do nugget."

Os quartos são batizados com os nomes de várias espécies de abóbora que crescem na Nova Inglaterra, com um desenho plastificado de cada tipo colado nas portas. Hai dividiu o quarto "Cabotiá" com um viciado em sexo chamado Marlin, que estava amarrado à cabeceira da cama para impedir que se masturbasse. Ele se virou para Hai uma noite e comentou, intrigado: "Ei, cara. Sabe o que eu estava pensando? Que nunca vejo asiáticos na reabilitação. Já estive em, tipo, umas cinco dessas, e você é o primeiro que vejo."

"Glutamato monossódico", Hai disse, se sentindo louco.

"Quê?" Os olhos de Marlin se arregalaram na escuridão azul úmida.

"Absorve tudo que é veneno. Por que você acha que o governo odeia essa parada? Não querem que você saiba da verdade. Porque senão todos esses lugares vão à falência. Eles ficam dizendo que glutamato faz mal. Sempre que o governo te disser que uma coisa faz mal, você sabe que tem que comer o máximo que puder."

"Puta que pariu", Marlin disse, se sentando.

"Mas pro seu caso não funciona."

"Não, não, eu sei, eu sei. E você? Não conseguiu absorver todo o teu glutamato ou o que aconteceu?"

"Eu sou adotado. Basicamente só comi waffles a vida toda e me ferrei."

"Que merda, cara." Marlin ficou em silêncio a noite toda, com esse conhecimento se enfiando na cabeça dele, as tiras elásticas tilintando enquanto ele se remexia.

Havia uma camarilha de mentores no Nova Esperança que se reuniam toda manhã na sala de recreação, assentindo diante de suas pranchetas, e que depois se espalhavam como bolas de bilhar depois de uma tacada, cada um seguindo para uma ala. O mentor de Hai era um sujeito chamado José, que tinha um bigodão grisalho e um piercing no nariz. "Escuta, meu chapa", ele disse certa manhã durante a conversa individual deles, "você está clinicamente deprimido, ok? Isso significa que está pra baixo sem precisar ter motivo pra isso".

"Então a parte do clínico quer dizer que não existe uma causa?"

José inclinou a cabeça e semicerrou os olhos. "Mais ou menos. Mas não se preocupe, a gente vai acertar os seus remédios. Enquanto isso… aqui." Ele pôs a mão no bolso da frente da camisa e deu a Hai o que parecia ser um papelzinho de biscoito da sorte, com as bordas manchadas de gordura. Hai leu em voz alta:

"Guerreiros vitoriosos vencem antes, depois vão para a guerra. Guerreiros derrotados vão para a guerra e depois tentam vencer."

"Sun Tzu, meu amigo." José se recostou na cadeira e sorriu. "Ele não erra uma, hein? E, ei, não ache que estou te mostrando isso porque, sabe", ele fez um gesto apontando para Hai. "Eu coleciono esses negocinhos." Ele indicou um velho balde do KFC na mesa, cheio de tiras de biscoitos da sorte enroladas.

"Valeu, mas que tal um transplante de cérebro?"

"Claro, mas acho que o seu plano não cobre." Ele riu, torcendo o bigode.

Além de Sun Tzu, Jesus também estava no Nova Esperança. Jesus em toda parte. Umas catorze versões do Filho de Deus, pelas contas de Hai, todas penduradas com diferentes formas e tamanhos e expressões variadas de dor e exaustão, olhavam para ele da Cruz enquanto ele comia seu pudim de tapioca no refeitório, ou enquanto alguém chorava ou ria — depois de um tempo ficava difícil discernir — nas sessões em grupo, esperneando com apenas um pé de meia. Uma vez um professor de matemática aposentado da faculdade comunitária de Suboxone teve uma crise nervosa e mijou a parede do saguão inteira, Jesus com um olhar tristonho para o drywall manchado enquanto os funcionários arrastavam o matemático aos gritos para receber tranquilizantes no centro médico.

As sessões em grupo eram, ironicamente, o lugar onde as drogas eram vendidas, já que enfim todos estavam em um mesmo local ao mesmo tempo. Não demorou para que a mesa com muffins e café se transformasse num vibrante mercado clandestino, embora basicamente para coisas mais leves trazidas pelos responsáveis: sertralina e alprazolam, de vez em quando um comprimido de oxicodona ou brisadeiros feitos em casa.

Isso tudo não era diferente de *Um estranho no ninho*, curiosamente, os pacientes com seus pijamas padronizados e braceletes com código de barras no pulso (que as enfermeiras escaneavam toda vez que te davam um comprimido ou quando você pegava uma bandeja de comida no refeitório). Afinal de contas, a reabilitação, sob a proteção de Deus ou não, continuava sendo um negócio. Hai achou, porém, que as enfermeiras eram legais. Mulheres honestas, pé no chão. Nenhuma enfermeira Ratched ali. Todas usavam jalecos roxos (uma cor que supostamente ajudava a baixar a pressão sanguínea) e de algum modo estavam sempre sorridentes, mas de um modo depressivo, sentimental, como mães do meio-oeste cujos filhos acabaram de sair para a faculdade. À beira das lágrimas, mas também sempre prontas a enfiar uma agulha em seu braço sem piscar, elas andavam de um lado para outro, antecipando suas necessidades antes que você pudesse pensar nelas. Elas passavam pelos corredores e diziam coisas como: "Como é que estamos hoje?" Ou então: "Consegue sentir Deus sorrindo para nós? Eu estou sentindo." Ou: "Avise se quiser chocolate quente, beleza? Preparo com marshmallows de verdade, não com aquela porcaria congelada." Ou uma das favoritas de Hai, dita por uma enfermeira chamada Susan Bean (ela insistia que todo mundo a chamasse pelo nome completo): "Por que você não transforma essa carranca numa banana split pra mim?" Tinha outra chamada Wanda, que falava com sotaque espanhol. Toda vez que media a pressão e a temperatura de Hai, ela enfiava uma balinha de caramelo no bolso dele, dava um tapinha no lugar e saía rindo sozinha. Seria de endoidar qualquer um se elas não fossem tão sinceras. A maioria começou como voluntária e tinha perdido alguém — um irmão, uma irmã, um marido ou um filho — que jamais teve a chance de ir para um lugar como o Nova Esperança, ou que teve a chance, mas o tratamento não foi suficiente ou já era tarde demais.

Dentro daquelas longas horas em branco, ele muitas vezes se perguntava por que tinha enganado a mãe. No fim, não havia uma boa resposta — apenas a imagem do rosto sorridente dela quando ele contou que ia curar os doentes, os cancerosos, os fraturados, os mutilados, ao se tornar médico. Depois que Bà ngoại morreu, a luz da mãe dele diminuiu, e, vendo ela ali, murcha no canto do sofá, com a cabeça baixa, o rosto iluminado pela luz azul do Game Boy, jogando *Tetris* infinitamente dia após dia, os cabelos escasseando, ele imaginou que tinha que fazer *alguma coisa*. Você perde os mortos quando a terra os leva embora, mas, no caso dos vivos, ainda é possível fazer algo. Por isso ele fez. Por isso mentiu.

6

Era a vez de Hai fechar a loja no fim do expediente. Normalmente, havia mais alguém da equipe para ajudar, mas BJ tinha saído mais cedo para levar a irmã a uma peça de teatro na escola e era vez de Sony preparar o jantar na casa comunitária em que morava. Então Hai ficou sozinho.

Depois de um breve pico de clientes, a maioria saindo da reunião dos Alcoólicos Anônimos na igreja Episcopal na rua Mill, o lugar passou o restante da noite vazio. A certa altura, o calor das lâmpadas incandescentes deixou a cabeça de Hai pesada e ele cochilou encostado no balcão. Ao acordar, assustado com o silêncio, viu que o som tinha sido desligado. O relógio na parede acima da janela do drive-thru marcava 21h16, e ele precisava fechar tudo até as 21h30.

Hai bocejou, esfregou os olhos e estava prestes a desviar o olhar quando viu alguém passando pela janela do drive-thru. Correu e se debruçou no ar da noite, olhando ao redor. "Olá?", ele disse baixinho. "Posso ajudar?" Apenas os grilos, letárgicos com o primeiro frio do outono, cantavam fraquinho nos arbustos. Durante toda a noite, ele teve a estranha sensação de estar sendo observado, mas talvez fosse a abstinência mexendo com a sua cabeça. Hai trancou a janela e fez o fechamento meio zonzo. Já tinha limpado os fornos do bolo de milho, passado o esfregão no salão, empilhado as cadeiras em cima das mesas, lavado os banheiros, limpado os pelos pubianos embaixo da tampa dos vasos, recolhido o bolo de carne pela metade que alguém tinha jogado no mictório, tirado o lixo — com cuidado de sempre segurar pelo topo para evitar as agulhas deixadas por viciados que usavam as cabines do banheiro para se injetar —, limpado a gordura da rotisserie e embalado os quatro frangos que sobraram em papel-alumínio. Ele andava entre os cômodos vazios, evitando olhar novamente para o drive-thru. Só faltava limpar as bandejas de comida e fechar o balcão, mas, quando ele estava apagando as lâmpadas e desligando os fornos, a porta da frente se abriu.

Era um homem de cinquenta e muitos anos usando uma jaqueta de couro marrom larga. Ele se aproximou do balcão, o rosto flácido e assimétrico, como se os olhos fossem duas bolas de gude pretas em uma tigela de purê de batata.

"Já fechamos por hoje", Hai disse, em tom de desculpas.

"Não estava trancado." O sujeito olhou para as bandejas esfriando no balcão. "E parece que ainda tem um grude aí."

Quando Hai perguntou o que ele queria, o sujeito apontou para o creme de espinafre sem nem olhar direito e depois para a torta de batata-doce. Quando Hai começou a raspar a crosta seca do topo, o sujeito o impediu. "Não, me dá assim mesmo. Tudo."

"Certeza?"

Ele assentiu, emanando um bafo de bebida.

Hai encheu as quatro seções da quentinha dele até a borda com os dois pratos e empurrou a bandeja para ele. "É por conta da casa", disse. "Não precisa pagar."

"Valeu, amigão. Ah..." O sujeito enfiou a mão no bolso da jaqueta e tirou um pedaço de papel. "Tem problema se eu pendurar isso no quadro de cortiça ali?"

O panfleto pedia informações sobre um sedan preto e mostrava uma imagem pixelada do carro tirada de uma câmera de segurança.

"Já ouviu falar de alguém chamado Rachel Miotti?", o homem perguntou.

"É sua filha ou algo assim?"

O sujeito pôs a mão no bolso e mostrou seu distintivo.

"Detetive Lippman. Distrito de Hartford."

"Ah." Hai endireitou o corpo. "Aconteceu alguma coisa?"

"Dá pra dizer que sim. Ela morreu." Ele fez um vago movimento de corte de um lado a outro da garganta. "Já faz sete anos. Arrastada pra fora da porta do passageiro deste sedan por quase dez quilômetros. Provavelmente por um cliente. Eu não estava de plantão naquela noite, mas precisei investigar o rastro no dia seguinte. Eu ainda estava na ronda. Aconteceu bem aqui na frente", ele fez um gesto com a cabeça por cima do ombro, "passou por Griswold e foi até o parcão do Cook's Park. Foi lá que os vestígios dela no asfalto acabaram". Ele balançou a cabeça, as bolas de gude pretas cintilando. Hai estava se lembrando — ele estava no fim do ensino fundamental e o caso chamou atenção na época, a mãe da menina aparecia na tevê quase toda noite, as olheiras mais escuras a cada dia. Por anos, o Distrito de Hartford ficou em sétimo ou oitavo lugar no ranking de assassinatos do país, e a morte de Rachel Miotti, o recorde de morte por arrastamento em quilômetros.

"Aquele lava-jato do outro lado da rua era só um terreno vazio na época. Servia de estacionamento para aqueles prédios meio ferrados lá no fundo. Viciados e mulheres da vida, basicamente. Mas ninguém merece morrer assim, sabe?" Fechado havia tempos, o caso estava sendo reaberto. "Estou aposentado, mas esse ficou na minha cabeça. Além disso, é alguma coisa pra se fazer além de ficar sentado numa cadeira de praia vendo os sprinklers do meu quintal ligarem e desligarem." Ele sorriu só com os olhos. "Então você pode ficar de olho e ligar pra gente, se vir alguma coisa?"

"Claro, detetive", Hai disse, tocando na viseira do mesmo modo como viu Wayne fazer.

"Muito bem. E obrigado." Ele ergueu a quentinha, pegou uma colher e começou a enfiar a comida morna na boca enquanto andava.

Hai ficou observando enquanto o sujeito se arrastava até um carro econômico bege do outro lado do centro comercial, dava a partida e depois saía dirigindo. Talvez fosse esse o cara que ele tinha visto na janela do drive-thru. Depois de trancar tudo e apagar as luzes, deu uma última olhada na loja, só por garantia, mas estava tudo escuro, a não ser pela placa luminosa de saída, que brilhava em vermelho acima da porta dos fundos. Ele estremeceu, fechou o zíper da jaqueta e foi para casa.

A noite estava escura e sem estrelas. Em todo o entorno, ouvia-se o som das folhas, que se desprendiam dos galhos, farfalhantes e invisíveis, levadas pelas rajadas de vento que cortavam o rio. A calçada acabava bem quando os postes de luz amarela ficaram para trás, e a escuridão se espraiava como um mar. Enquanto ele passava por baixo de uma passarela, algo se iluminou rapidamente acima de uma mureta de concreto. Um homem, envolto em um saco de dormir, estava mexendo num celular de flip. O rosto dele, bêbado e azul pela luz da tela, todo dentes e barba, estava tão concentrado na pessoa para quem mandava mensagem que nem percebeu os passos de Hai. Quando o garoto chegou à rua, o sujeito começou a rir, e a voz, amplificada pelo concreto, repicou pela noite, dando a impressão de que o próprio vale gargalhava às suas costas.

A casa estava escura e absolutamente silenciosa quando ele entrou; Grazina estava adormecida havia muito tempo. Ele passou a mão pelas paredes e, sob as luzes da ponte que se estilhaçavam pela casa, subiu a escada rumo ao quarto. Pendurou a jaqueta com a viseira e o avental, tirou a camisa manchada de gordura e de água sanitária e os coturnos da Nike que a mãe tinha comprado para ele no shopping antes de partir para a faculdade pela primeira vez, ao custo de meia semana de salário.

Hai ficou deitado esperando que a escuridão se tornasse mais real do que era. Desde pequeno, ele se incomodava com o fato de que nunca dá para lembrar o momento exato em que você cai no sono, como se alguém te desligasse logo antes de a mente desacelerar, como se soubesse que você não escolheria aquilo, que continuaria acordado caso visse o sono chegando como a sombra de uma onda colossal o atingindo.

Ele não sabia bem quanto tempo fazia que estava dormindo, mas a primeira coisa que notou quando acordou foram as explosões. Pareciam trovões, porém mais rápidos, rasgando o ar lá fora. Pensou em Grazina e se deu conta de que, em sua exaustão, tinha se esquecido de conferir se ela havia tomado os remédios das nove da noite. Hai saltou da cama e olhou pela janela. Lá, do outro lado do rio, na margem oposta, feixes de fogos de artifício explodiam acima das copas das árvores. Vozes humanas empolgadas eclodiam e atravessavam a água, seguidas por saraivadas de candelas romanas flamejando pela escuridão, disparadas de um silo no moinho abandonado. Adolescentes.

Em pânico, Hai atravessou o corredor, mas, quando chegou ao patamar da escada, encontrou Grazina parada ali de camisola que nem um manequim e quase deu um grito. Ela estava olhando direto para ele, com os cabelos desgrenhados e uma espátula na mão como se fosse espantar uma mosca. Os coiotes na mata estavam enlouquecendo com o foguetório, e os uivos deles enchiam a casa como ganidos horripilantes.

Ele agarrou a mão de Grazina e a sacudiu suavemente. "Calma, calma. Está tudo bem. Vem aqui comigo. Você está bem." Grazina se soltou e foi arrastando os pés, mais rápido do que ele poderia esperar, até o quarto de Hai, se ajoelhou no carpete e começou a chorar com o rosto escondido na gola da camisola. Quando ele a tocou, ela teve um sobressalto e disse algo em lituano.

"Em inglês, tá?", ele pediu. "Se não, eu não consigo te entender, lembra? Estamos nos Estados Unidos. Sem guerra, Grazina. Não tem mais guerra, juro."

Dessa vez, ele estava preparado. Passou os braços em volta dela, colocou a mão atrás da cabeça para que ela não ficasse se mexendo e começou a cantar de novo a canção de ninar de sua avó, com a voz mais rouca, gasta depois de uma semana gritando pedidos, as notas crepitando como se cortadas pela estática.

Quando isso não funcionou, ele começou a cantar "Noite feliz", mas de repente só conseguia se lembrar das palavras do título e decidiu simplesmente cantarolar. Mas Grazina já tinha partido de vez para uma terra distante, revirando os olhos loucamente, o rosto e o pescoço molhados de lágrimas e suor. "Meu irmão, Kristof." Ela arremessou o corpo para a frente, gritando com a mesa.

Com os braços em torno da cintura dela como um cinto de segurança, ocorreu a ele um pensamento insano. Se Grazina estava tão afundada no passado, talvez ele pudesse encontrá-la lá também, algo que ele tinha feito uma ou duas vezes com a avó quando estava em uma de suas crises de esquizofrenia. Com cenas de *Matadouro-cinco* frescas na cabeça, os soldados e a paisagem alemã devastada, ele tomou fôlego e fez uma voz mais profunda e máscula, fincando raízes profundas. "Senhora", ele começou, pausando para examinar sua autenticidade. "Senhora, não se preocupe. Nós vamos encontrar o seu irmão." Ele apontou para o peito dela. "Mas a senhora precisa me ouvir, certo?" Ele vasculhou sua mente, ainda enevoada pelo sono, em busca de um nome militar e acabou falando o primeiro que lhe ocorreu. "Eu sou o sargento Pepper do Exército dos Estados Unidos, Segunda Divisão." Só mais tarde ele ficaria sabendo que a pizzaria Sgt. Pepper's da cidade tinha sido batizada em homenagem a um álbum dos Beatles. Ele nunca tinha ouvido Beatles a não ser por umas poucas músicas no rádio ao longo dos anos e presumiu que aquele era o nome original da pizzaria, uma abreviação de "sargento Pepperoni".

Grazina ergueu a cabeça, em alerta, e se virou na direção dessa voz nova, mais velha.

"Senhora, estamos sob fogo pesado de artilharia e precisamos evacuar esse vilarejo agora." Ele falou rápido, com um tom decidido e rouco, ao estilo Bruce Willis.

Ela assentiu vigorosamente, com os olhos brilhantes. "Sim, sim, claro, sargento."

"Sua família, incluindo seu irmão, está em segurança. Eles já foram removidos para a zona de evacuação C, um campo para pessoas deslocadas perto de..." Ele percebeu que não sabia nada de Segunda Guerra Mundial, da Europa, do mundo. "Perto de Gettysburg." Sony ficava tagarelando sobre a Guerra Civil durante os turnos deles no HomeMarket, embora Hai conseguisse ignorar a maior parte. Mas pelo menos era uma batalha. Tinha alguma coisa a ver com alguma guerra.

"Gettysburg?" As pálpebras de Grazina tremeram, tentando localizar a vila em seu mapa mental. Ela assentiu, com o rosto franzido. "Alemã, é? Ainda estamos na Alemanha?"

"Infelizmente, senhora." Ele trincou os dentes e se recompôs. "É um vilarejo pequeno. Ocupado para armazenar suprimentos para nosso próximo ataque no front de Hitler."

"Hitler!", Grazina o interrompeu, depois o analisou com um olho só, o jeito que tinha, ele descobriria mais tarde, de avaliar o caráter das pessoas.

"Não se esqueça do Stálin, sr. Pepper", ela disse com frieza. "Existe mais de um diabo hoje em dia."

"Evidente."

"Me escute, sargento." Ela se aproximou. "O senhor precisa enviar um telegrama para o meu pai. Diga que a filha dele, Grazina Vitkus, está com saúde, não está assustada, e que mantém a fé em Deus forte. Diga para ele: espere por mim em Londres. Este era o plano dele antes de fechar a padaria: ir pra Inglaterra, depois achar um navio pros Estados Unidos."

Imbuída dessa nova missão, ela tirou a mão de Hai de seu ombro e, cambaleante, se pôs de pé, quase fracassando na tentativa até que ele apoiou as costas dela e firmou seu corpo. Ela o encarou, de queixo erguido.

"Já vou, sargento Pepper." Ela ajeitou a calcinha na cintura, desamassou a camisola como se fosse a saia de uma moça e bateu continência para ele. "Deus o abençoe. Estou indo para Gettysburg."

Confuso por aquela repentina e vigorosa vitalidade, ele segurou as mãos sob o próprio queixo e pensou qual seria seu próximo movimento. "Hum. A senhora não pode ir."

Ela estava olhando em volta no quarto, e ele ficou pensando se ela conseguia realmente *ver* uma estrada, ou sequer uma trilha de terra batida se estendendo pelos verdejantes campos alemães.

"Nós precisamos ficar aqui, senhora."

Ela o ignorou. "A estrada está desimpedida. Estradas rurais. Empoeiradas, é verdade, mas dá pra ir a pé. Se a gente seguir as árvores, os aviões não nos verão. Agora, pra que lado, sargento Pepper?" Ela virou a cabeça para trás, esperando.

"Está vendo isso?", ele sussurrou por fim, enquanto fazia um gancho com o dedo. "Isso é um anzol. É assim que nossas linhas defensivas estão postadas naquela montanha ao longe. A senhora consegue ver a luz fraca dos acampamentos dos oficiais entre aquelas árvores?"

Os olhos de Grazina seguiram o dedo que apontava na direção do corredor escuro. "Estou vendo, Sargento", ela disse, assentindo.

"Ótimo." Hai decidiu que ia simplesmente substituir a posição do exército do Potomac pelos norte-americanos da Segunda Guerra Mundial.

Lá do fundo de sua mente, ele se lembrou de Sony falando sobre as forças da União usando uma formação de anzol para se defender de Robert E. Lee em Gettysburg. "O anzol, ou linha em S", ele disse para Grazina, "vai impedir que os alemães manobrem contra nosso flanco. O que significa que não têm como nos surpreender pelas laterais".

"Entendi", ela disse. "Os americanos têm miolos. Se os alemães vierem para cá", ela apontou para a curva interna do gancho na palma da sua mão, "o topo do gancho vai cercar eles por trás e eles estarão acabados". Ela olhou para ele, que parecia surpreso com o fato de que essa estratégia militar fosse tão acessível para ela, uma adolescente presa no tempo. "A guerra é um jogo. Igualzinho a *The Price Is Right*." Ela assentiu.

"Igualzinho a *The Price Is Right*."

Mas até onde ele poderia levar aquilo? Até o banheiro? O closet na sala do andar de baixo? O porão? A rua? Em que lugar da casa — ou melhor, em que lugar do passado, do passado dela — ficava Gettysburg?

Ela deu um golpe no ar em frente a ele. "Mas os seus homens *também* precisam impedir o avanço dos Vermelhos a leste! A minha mãe disse que Vilnius já foi tomada. Aquela carta chegou faz só quatro dias, mas estava datada de julho!" A saliva caiu fria no rosto dele.

"Ok... Me dá um segundo. Quero dizer..." Ele pigarreou. "Precisamos ser pacientes e avaliar nossas opções, senhora." Ele pôs as mãos na cintura e estufou o peito, mas sabia que o rosto o traía.

Ela desviou o olhar para aquilo que deveria ser uma paisagem incendiada de 1944, o ano, Hai viria a saber mais tarde, em que Grazina fugiu de sua casa no vilarejo de Bubiai quando os soviéticos avançaram pela última vez. "Por favor, me chame de Grazina."

"Ok, olha, vamos fazer o seguinte. Vamos pegar o meu jipe." As imagens dos filmes da Segunda Guerra que ele tinha visto na tevê apareceram num lampejo diante de seus olhos: *Patton*, *O resgate do soldado Ryan*, *Fugindo do inferno* etc.

Grazina coçou o queixo. "Então a gente vai *de carro* até Gettysburg."

"O meu jipe está bem ali." Ele apontou para o outro lado do corredor, na direção do banheiro. A banheira ia servir.

"E os ataques aéreos? Vamos ficar expostos nas estradas."

"Está escurecendo. Posso dirigir com os faróis apagados. Vamos devagar. A lua está cheia." Ele olhou para o teto, onde uma velha mancha de umidade pairava acima deles.

"Gosto da sua coragem, sargento Pepper." Mas, depois, ela fez uma pausa, baixou os ombros e o examinou com uma careta: a camiseta branca, rasgada no pescoço, a cueca vermelha xadrez, as pernas pálidas e os joelhos magrelos. Ele tinha sido pego — sem uniforme. Era o fim da farsa.

"Você está magro demais", ela disse, balançando a cabeça. "Como é que você vai lutar assim, só pele e ossos?" Ela se abaixou e pegou algo da caixa no chão. Quando ergueu o punho até a altura do rosto dele, Hai viu um pacotinho de biscoitos de morango na mão dela.

"Coma isso no caminho."

"Boa ideia." Ele pegou o braço de Grazina e a guiou até o banheiro, e ela foi arrastando os pés atrás dele.

Os fogos de artifício continuaram, as ígneas florações já abafadas pela janela de vidro jateado do banheiro. Grazina ainda se encolhia toda vez que um dos rojões maiores espocava. Ele fechou a cortina do banheiro com estampa de minúsculas corujinhas amarelas. Havia uma longa rachadura de ferrugem que atravessava a velha banheira. Ele pensou em tirar a cadeirinha plástica branca de banho, mas, como meio que parecia o banco de um jipe, decidiu deixar.

"Depressa." Ele se virou para ela. "Entre. Precisamos ser rápidos. O dia vai raiar daqui a poucas horas."

Ela agarrou o braço de Hai e entrou, a mão livre latejando com o esforço. Com a outra mão, ela seguia segurando os biscoitos. Hai secou um fio d'água no fundo da banheira, depois disse para Grazina se sentar com as pernas esticadas por baixo da cadeira de plástico. Ele entrou no jipe e se sentou de costas para ela.

"Muito bem. Está pronta?" Ele ajustou um retrovisor invisível e apertou o cinto de segurança. Aquelas horas todas brincando de faz de conta com a avó, construindo fortes enquanto o cérebro dela falhava — embora de outro jeito —, estavam valendo a pena.

"Preocupe-se com a sua segurança, Pepper magricela. Estamos no campo." Ela fez um gesto na direção de uma toalha de mão pendurada na parede. "Não tenho medo de morrer aqui."

Hai fingiu dar partida no motor. "Ok, vamos lá!" Ele chacoalhou um pouco a cadeira e algumas gotas d'água caíram nos dedos dos pés dele. "Está sentindo? Chacoalha bastante."

"Claro. Essas estradas estão péssimas já faz anos." Ela gritava como se houvesse um motor a diesel e pedriscos batendo na carroceria no jipe. "Desde os czares que isso aqui é só terra e lama. Estradas de camponeses. Estradas honestas."

Devia ser perto de uma da manhã. Eles seguiram em frente por um tempo sem falar, os campos uma faixa de terra índigo dos dois lados deles. Um carro passou perto da casa e, embora o som estivesse abafado, dava para ouvir "I Gotta Feeling", dos Black Eyed Peas, saindo dos alto-falantes. Hai olhou para a janela de vidro jateado, que já não se iluminava com os fogos de artifício, e ouviu a respiração de Grazina desacelerando.

Ele ouviu um *tec* e se virou. O bracelete de âmbar dela tinha batido na porcelana.

"A noite está clara. E tem um lago lá, sargento", ela observou, sem interesse. "Está escuro, mas dá pra ver. Como se um pedaço do céu tivesse caído." Ela olhou para cima, estudando o teto enquanto ele dirigia. "Quando era menina, eu nadava no lago Rèkyva. Com o meu irmão." Mais um *tec*. "Mas isso ficou pra trás. Bombardearam a água. Os peixes ficaram flutuando, todos fritos e cor de laranja, apodrecendo. Horrível. Terrível."

"Bombardearam um lago?"

"O quê? O senhor acha que eu estou inventando? Os nazistas bombardearam tudo, até água." *Tec*.

Isso mexeu com algo em Hai, e ele percebia agora como era estranho que, apesar dos sentidos perturbados, ela conseguira entrar num estado de linearidade tão claro e lúcido como aquele em que eles estavam. Mas, óbvio, ele não entendia nada de demência, das paisagens ainda intactas que ela podia guardar dentro de si.

Ele virou o volante invisível, como se estivesse espanando algo. "Ei, por que a senhora não dorme um pouco?" Era a chance de encerrar aquilo, de colocar Grazina de volta na cama e enfim apertar o botão de reiniciar. "Eu te acordo quando estivermos perto."

"Você é um soldado." Ela endireitou o corpo. "E quer que eu durma? Até os cachorros sabem que não se dorme durante uma invasão." Houve um barulho de papel-alumínio amassado. Depois uma casca áspera começou a raspar a lateral do rosto de Hai. "Coma", Grazina disse, cutucando o rosto dele com o biscoito Pop-Tart. Pedacinhos frios de recheio caíram no seu colo.

"Mais pra baixo", ele disse.

"O quê?"

"Mais pra baixo! Isso, *hum, hum.*" Ele deu uma mordida, inclinando a cabeça para trás para que não caísse.

"Não podemos deixar você dirigindo com fome. O caminho é longo, eu sei."

Grazina também deu uma mordida, e seus lábios estalaram alto enquanto ela relaxava na banheira. Ele passou a terceira marcha e o motor do jipe rateou antes de acelerar, entrando suavemente na noite líquida à sua frente. Ele sabia que os dois não estavam se movendo, mas sentia que estavam ficando cada vez menores na paisagem, como se estivesse se vendo de fora do próprio corpo, olhando de uma distância de anos. Ele se recostou no assento e fechou os olhos. Pensou na mãe, na Bà ngoại, em Sony, na tia Kim, nas pessoas que conhecia na cidade, todas elas distantes no futuro enquanto ele ainda estava em 1944 com Grazina, três anos antes de sua avó nascer em Gò Công, no Vietnã. Então começou a falar. Sozinho. "Boa noite", ele disse. "Boa noite, pessoal eu amo vocês. Obrigado por terem vindo. Quantas colheradas de purê a senhora quer? Cuidado, o prato está quente. Sim, senhor, nosso macarrão com queijo contém glúten." Seus murmúrios soavam ocos nos azulejos, e ele já não sabia mais se estava falando, se estava apenas pensando ou se tinha desmaiado. Mas seguiu em frente com os campos de colza se desdobrando sob a luz das estrelas à esquerda e com a lua pairando sobre seus pensamentos.

Foi só quando Grazina gemeu que Hai voltou a ver a banheira. De tão absorto que estava imaginando a estrada à frente, nem percebeu que a janela diante de seus olhos começara a ficar rosada com a aurora. Ele se virou e viu Grazina dormindo, as mãos com as palmas abertas ao lado do corpo. Um biscoito pela metade repousava sobre seu peito.

Silenciosamente, ele saiu da banheira e entrou no quarto de Grazina, pegou um travesseiro e a colcha verde e branca que era a favorita dela. Ele pegou o biscoito largado e jogou — devagar, para não espirrar água — no vaso.

A cabeça dela tinha caído para o lado, então Hai colocou o travesseiro ali, depois estendeu o cobertor por cima do peito dela e o prendeu ao lado do corpo, protegendo os braços da porcelana fria. Foi então que ele viu o pedaço de madeira que saía de trás da cortina do chuveiro.

A borda de uma moldura de retrato.

O retrato estava pendurado na parede acima da banheira, mas tinha ficado escondido esse tempo todo pela cortina opaca. Ele afastou a cortina e viu a foto em preto e branco, protegida por um vidro, era surpreendentemente grande, mais ou menos do tamanho de um capacho. Nela, um homem, uma mulher e uma menininha sorriam, vestidos para uma festa ou alguma ocasião formal. Os tons monocromáticos e o estilo das roupas indicavam os anos 1950 ou 1960. A filha estava sentada no colo do homem, os cabelos da mulher eram claros e estavam presos num coque alto e volumoso. Ela ria, de dentes à mostra e olhos fechados, num lugar onde as vozes pareciam pontuadas pelo tilintar de copos. Ela estava segurando nas mãos um cartão onde se lia "$300". Uma loteria? Uma rifa? Devia ser por isso que ela estava rindo, devia ser por isso que parecia tão triunfante, como se o mundo não custasse mais do que tinha nas mãos.

Ele ficou olhando Grazina dormir debaixo da foto dela mesma meio século antes, seu rosto — a única parte descoberta — pálido, enrugado e borrado com geleia de morango. O que ele sabia sobre a doença, afinal, além do fato de que quatro daqueles treze comprimidos diários tinham a função de "controlar" a doença, como se fosse uma espécie de criminoso dentro do cérebro? Como ele poderia saber que o cérebro dela na verdade estava colapsando lentamente dentro do crânio? Como a doença criava pequenos buracos que, por sua vez, construíam conexões neurais e bagunçavam as antigas? Devia ser como água, ele pensou, com a manhã se erguendo à volta deles. Devia ser como aquele lago de que ela falara. Mergulhar sob a superfície até que tudo estivesse quieto e enevoado, embora ainda *ali*. Ele ficou atento ao chiado da respiração dela e imaginou uma chama mínima arranhando dentro do peito. Uma pequena tocha que esqueceu que não devia queimar debaixo d'água. Porque lembrar é preencher o presente com o passado, o que significava que o custo de se lembrar de qualquer coisa, fosse o que fosse, era a própria vida. Nós nos matamos, ele pensou, ao lembrar. Aquele pensamento o deixou mal. E, sem se dar conta das próprias pernas se movendo, atravessou o corredor rumo a seu quarto, pegou o estojo de lentes de contato no bolso da jaqueta e, depois de quarenta e sete dias sóbrio, engoliu os comprimidos de oxicodona e codeína de uma só vez, depois voltou para onde Grazina estava deitada no chão do jipe.

"Boa noite", disse Hai, mas então ele viu os lábios dela se mexendo. "O que foi?" Ele se agachou.

"Eu disse..." Ela engoliu a saliva e piscou. "Conseguimos."

"Conseguimos?"

"Chegamos em Gettysburg."

"Como você sabe?"

"Porque eu estou te vendo. Se estou te vendo, é porque estou viva", Grazina disse com a voz arrastada de sono. "O senhor está me vendo, sargento Pepper?"

Um apito de trem soou a quilômetros de distância nos trilhos.

"Sim", ele respondeu. "Você está bem aqui na minha frente, bem aqui em Gettysburg."

Eles ficaram olhando um para outro na luz débil pelo que pareceu muito tempo.

Depois ela perguntou: "E então, já matou alguém, sargento?"

Hai ficou em silêncio.

"Perguntam isso para todo soldado, eu sei, mas uma mulher tem que saber." Ela estava tão inerte que só a boca parecia se mover. "Mas, sério, você já matou? Não tem vergonha nenhuma nisso. Não nesses tempos."

Os comprimidos começavam a fazer efeito, emoldurando a maior parte da visão de Hai. Ele sabia por experiência que, quando a droga chegasse a seu sistema límbico, a única coisa que restaria do mundo seria um pontinho de luz no centro de sua consciência, como uma câmera improvisada, deixando tudo tão escuro que ele poderia se recolher àquele buraco dentro de si mesmo, se possível em posição fetal, e descansar. Os fogos de artifício tinham parado havia muito tempo, mas ele conseguia sentir o enxofre passando pela janela rachada. Ele olhou para as próprias mãos, como se pudesse encontrar a resposta ali. Hai queria dizer para Grazina que o nosso corpo não passava de uma pá estúpida que usamos para cavar vida afora só para acabarmos cercados por tanto espaço vazio que nem sabemos como ocupar. Mas as drogas estavam se dissolvendo nele ao mesmo tempo que as dela estavam se dissolvendo nela, e, em seu estupor farmacêutico, a única coisa que ele conseguia ouvir era o movimento acelerado da estática preenchendo o cômodo. O ruído ficou cada vez mais alto, como se a casa toda fosse um grande rádio deixado fora da estação e ele estivesse lá dentro, esperando por um motivo. *Não*, ele disse a si mesmo. *Não, não, não.* E cobriu as orelhas para manter aquilo do lado de fora. Embora fosse apenas a chuva.

OUTONO

7

Ele atira na senhorinha e nada acontece.

Mira na boca da mulher e puxa o gatilho, e as palavras desaparecem do mundo. As mãos dela cobrem o rosto como se para manter o crânio no lugar. Ele mira no peito e dispara de novo, e ela cai no linóleo toda amarrotada, se contorcendo. Ele escuta o lento gemido debaixo do roupão e dispara mais um projétil nas costas. Depois espera.

Em algum momento, como sempre, ela se levanta, com as costas arqueadas que nem uma marionete. Rasteja de quatro e ergue o rosto ricto na direção do .32 dele, ainda erguido, e então implora que poupe sua família, a mãe de cabelos dourados que continua lá atrás, em meio ao campo de colza, no porão da casa que serve de esconderijo, agachada atrás de jarros de conserva do tamanho de um homem adulto, cheios de rabanetes e beterrabas. Ele morde o lábio e atira na testa dela. Ela sofre um solavanco antes de se dobrar sobre o próprio corpo.

Ele atira nela na cozinha, no quarto, na sala. Com a mira nas costas encurvadas, atira enquanto ela varre o corredor. Em toda parte da casa ela jaz, segurando o flanco, o roupão azul ondulando pelos cômodos enquanto morre. É como se ele mirasse no céu, mas sempre acabasse acertando uma vovozinha.

Porque eles estão em guerra, e isso não faz sentido. Estão brincando na vida real, mas é tão parecido com o inferno que dá a impressão de ser de mentira. Ela é a dona da casa em que ele mora. Mais ou menos. Ela é Grazina Vitkus e, quando a bala a atinge, grita e tropeça no patamar da escada. Mas dessa vez ela põe a mão no bolso do roupão, pega sua pistola (uma Walther P38), aponta para o coração do garoto e aperta o gatilho. Ele é atingido no peito durante o intervalo de *Dança dos famosos*, e imediatamente se encolhe, então agarra o saquinho de pretzels fechado ali perto e joga nela. A cabeça dele se inclina para trás enquanto desaba no carpete embolorado, contorcendo-se loucamente, soltando gemidos de gelar o sangue enquanto ela ri e sopra a fumaça do dedo torto, erguido como um vilão de James Bond.

Uma vez ele foi assassinado pelas costas enquanto tomava café da manhã. A boca dela disparou um *bangue* e o rosto dele caiu com um *plop* na tigela, e a aveia morna e cinza como miolos vazou pelas têmporas. Porque a Guarda Vermelha está a caminho e Stálin mata milhares de pessoas por semana. Mas eles não serão mandados para os gulags. Não se Deus e a Virgem Maria puderem evitar. Não tem como ser mais real do que isso. Estamos em Felicidade do Leste, na Alemanha. O mês é novembro, e o calor dos ferimentos sai como vapor por entre os dedos. Aquilo é um nada no meio da vida deles, mas mesmo assim é o mais perto da morte do que jamais estiveram.

É assim que as coisas são aqui, nesta casa ao lado de um rio marcado apenas pelo que faz desaparecer. Ele é o sargento Pepper, da Segunda Divisão da Infantaria dos Estados Unidos. Ele mira na boca porque nunca viu um ferimento tão grande quanto aquele. Não importa quantos anos o corpo se quebre nas pedras da vida, a boca permanece basicamente igual, leal em seu vácuo ermo e eterno. Há quem chame isso de fome. Outros chamam de perda. Ele só conhece como a lei. Nações inteiras queimaram a partir desse oval cercado por dentes. Será que sequer éramos humanos antes de Deus nos abrir ali, queimando de leve com Seus dedos um ponto na parte de baixo do rosto para que pudéssemos dizer, estreitando os olhos diante daquele candente novo mundo: “Mas que porra é essa?”

Ele mira na boca porque ela abre da mesma forma que o tempo se abre — o que passa por ali nunca mais volta igual. Como uma palavra. Como você. Como eu disse, é guerra.

Depois da noite em que ele fingiu ser um oficial de exército batizado em homenagem a uma pizzaria local para combater numa guerra da qual nada sabia, eles começaram, a pedido de Grazina, a fazer treinamento de tiro com armas de mentirinha. Toda vez que ela tinha um de seus episódios, os olhos enevoados com aquele olhar distante, Hai engrossava a voz e trazia de volta o sargento. "Não tenho o menor problema em atirar nos vermelhos e nos chucrutes. Basta me ensinar", ela disse, com as mãos na cintura, a camisola manchada de molho.

Esses tiroteios, um sonho dentro de um sonho dentro de uma ilusão, ocorriam cerca de três vezes por semana, com os dois trocando tiros pela casa toda, suas pistolas-de-dedo carregadas e prontas para disparar, eles agachados em meio à mobília floral. Estavam no pasto de uma antiga fazenda de gado leiteiro, ele dizia, ou tinham parado na beira da estrada perto de um vilarejo bombardeado, um bosque de pinheiros, a luz cor de chumbo atravessando os beirais.

Nesse teatro que eles construíam a partir das memórias dela, a guerra se aproximava do fim. Caso os soviéticos tivessem tomado Vilnius, Grazina informava, isso significa que os alemães estavam perdendo o front oriental, e seria mera questão de tempo até que os Aliados se aproximassem vindos da França. Hai concordava com a cabeça como se isso lhe fosse óbvio. Ele estava prestes a sugerir que voltassem ao jipe quando ela parou, olhou ao redor como se alguém na sala tivesse acabado de chamar seu nome, depois foi para a cozinha e serviu o chá na mesa como se nada tivesse acontecido.

E, assim, acabava.

A casa reaparecia saindo de trás das alucinações deles, tediosa e mofada como sempre. Era como ficar sóbrio depois da onda. Tomando xícaras de Earl Grey — que ele achava insuportável, como beber perfume quente —, ela lhe contou sobre sua vida, quanto daquilo era verdade seria impossível dizer. Ela falava da família na Lituânia. Que o pai tinha sido um padeiro famoso na região, criador de um strudel de framboesa sem igual, capaz de subornar os nazistas para que poupassem sua loja quando entraram em Rokiskis em 1939. "Os chucrutes estilhaçaram todas as janelas da rua. Quando meu pai viu que estavam chegando, correu para os fundos e jogou o rugelach de chocolate numa pia cheia de água suja e cobriu com panelas. Depois saiu com pães de centeio grandes como bebês e jogou tudo nos braços dos oficiais. Eu só tinha doze anos quando vi pela janela eles passarem marchando por nós — com os braços cheios de pães depois de tomarem nosso país, me observando por baixo dos capacetes, uma menina em meio aos bolos de ameixa e biscoitos — e pouparam as vitrines do meu pai." Ela falava com um misto de orgulho e raiva contida. "Claro, a gente não sabia do que eles eram capazes. O que estava acontecendo nos guetos. Se soubesse, teria ido embora como os outros, os espertos. Sabe, os alemães, eles viam a gente como meros eslavos, escravos, e queriam que a gente sumisse, mais cedo ou mais tarde."

"E o que aconteceu depois?"

"Minha mãe estava tão assustada que virou católica. E aí bombas. E mais bombas. Bum, bum, bum." Ela batia na mesa.

"E o seu pai, ele acreditava no quê?"

"Nada de catolicismo nem de judaísmo para ele. Mas ele se converteu ao alcoolismo." Ela mordeu o lábio e deu de ombros.

O pai, ela explicou, foi tolo e acreditou que os pães iam poupar sua família para sempre. O Exército Vermelho, depois de empurrar os nazistas de volta, invadiu a Lituânia em junho de 1944, só cinco anos depois de os nazistas passarem marchando pela padaria. Duas semanas antes de Vilnius ser ocupada, o pai levou Grazina e o irmão dela até um trem que ia para oeste, até a Alemanha, de onde com sorte eles conseguiriam entrar na França ocupada, depois talvez chegar a Londres. Embora os alemães pudessem ter tido planos para exterminá-los em algum momento, os comunistas representavam uma ameaça mais imediata, confiscando propriedades e separando famílias inteiras, deportando as pessoas para os campos de trabalho de Stálin nos domínios infernais da União Soviética, muitos deles para nunca mais voltar. "Como eu disse, tinha mais de um diabo naqueles dias. Você entende?"

Ele concordou com a cabeça, o chá já frio. "Entre a cruz e a espada."

"Parecia mais que a gente estava sendo esmagada por dois sacos cheios de sangue do demônio. Você já foi esmagado por um saco?"

"Não exatamente."

"Stálin só foi pior pra nós porque durou mais. Você já ouviu falar dos pogroms? Eu não me arrependo de nada, Labas." Ela empurrou os óculos com o dedo do meio. Quando viu que Hai sorria, completou: "Meu marido odiava quando eu fazia isso, dizia que era só um pretexto para mostrar o dedo pra ele. Não estava errado." Ela riu e os óculos voltaram a deslizar por seu nariz.

Ele queria saber mais, pelo menos para poder construir o mundo do sargento Pepper, fazer com que fosse crível e genuíno quando mais precisasse dele. Quanto mais tempo Pepper existia, Hai percebeu, mais fácil era lidar com os episódios de Grazina. Isso equivalia a ter um portal pelo qual ele podia guiá-la quando o presente se incendiava, assim como agora a neblina queimava sobre o rio enquanto os primeiros raios de sol se estilhaçavam nas montanhas.

"Sabe de uma coisa?" Ela ergueu um dedo, como se testasse a direção do vento. "Tem uma coisa de que eu me arrependo. Nunca fui num show do Gene Pitney."

"Quem?"

"Não importa. Ele nasceu em Hartford, depois ficou superimportante. Quando finalmente foi se apresentar na cidade, eu tinha que fazer um evento para arrecadar dinheiro para os veteranos de guerra. Achei que ia ter outra chance, mas é assim que as coisas são. Você vê as pessoas ficarem importantes, e aí, antes que se dê conta, elas se vão e o pessoal só quer saber de Duran Duran ou sei lá o quê. Estou cansada, Labas. Eu dormi ontem?"

"Não sei. Dormiu?"

"Não lembro." Ela deu de ombros.

"Lamento informar, mas o Pernalonga está *definitivamente* chupando um pinto", Maureen disse, analisando com os lábios contraídos a tatuagem de Russo. Era no antebraço, um rascunho do Pernalonga supostamente mordendo uma cenoura. Wayne foi o primeiro a dizer alguma coisa.

Quando Russo, já murchando, perguntou se ele também via um pinto, Hai tentou ser diplomático.

"Honestamente? Dá pra ser as duas coisas", disse. "Digo, com essas bochechas inchadas e tal, eu entendo o que Wayne está dizendo. Mas eu não ia, tipo, pensar nisso... imediatamente. Sabe?"

"Mas ia pensar nisso mais cedo ou mais tarde", Maureen disse, cobrindo o riso com a mão. "O seu Pernalonga está chupando um pinto. E quer saber? Eu acho bem massa."

"Massa nada, cara." Russo esticou a camisa até cobrir a tatuagem e esfregou como se ardesse.

"E tem outra, por que você ia querer uma tatuagem dessa?", disse Wayne, limpando seu cepo de açougueiro.

"Era meu apelido no colégio."

"Chupadinha?", perguntou Wayne. Hai tentou conter o riso.

"Não, cara. B-Rabbit." Russo se virou para Maureen como se ela fosse confirmar isso. "Sabe, o nome do Eminem no *8 Mile*? Eu decorava todas as letras dele. Era uma lenda no ensino médio. O quarterback Jimmy Nickels, quando o time passou para as semifinais estaduais no primeiro ano, chegou a me pedir pra cantar 'Lose Yourself' pro time no vestiário, antes do jogo." Russo coçou o nariz e olhou envergonhado para eles. "A gente perdeu, mas mesmo assim foi foda pra caralho."

"Tranquilo, cara", Hai disse. "A sua tatuagem pode significar B-Rabbit *e* ser uma mensagem sexual positiva, um duplo sentido. A maioria das pessoas tem tatuagens estúpidas, tipo arame farpado ou palavras chinesas que não sabem pronunciar. Mas a sua é massa."

"O que é massa?" BJ vinha dos fundos, com as mãos cobertas de massa de bolo de milho.

"O pinto do Russo", Maureen respondeu. "Quero dizer, a tatuagem que ele fez de um coelho chupando um pinto."

"Serião? Quero ver." BJ tentou erguer a manga da camiseta, mas Russo se afastou.

"Tô fora. Não sou *museu*." Russo deixou escapar um suspiro e voltou para a janela do drive-thru, onde um carro vinha se aproximando.

"Certo, já que estamos contando coisas, tenho algo melhor", BJ disse.

Hai parou de mexer o creme de espinafre.

"Vou adivinhar", Maureen disse, com um sorriso irônico enquanto cruzava os braços. "Você fez um príncipe Albert."

"Como é que eu ia fazer isso, Maur? Não, cara. Você acha que tenho cara de quem tem piercing no pinto?"

"Eu achava que príncipe Albert era um tipo de tatuagem!"

Uma mulher, de um lugar no salão de onde dava para ouvir a conversa, parou de desembrulhar o bolo de carne e ficou parada na cadeira, com o corpo todo em alerta. BJ afrouxou o cinto, tirou a camisa de gerente de dentro da calça e desabotoou até dar para revelar o ombro carnudo e nu. No centro da omoplata direita havia uma mancha escura do tamanho de uma das coxas de galinha que eles vendiam, lembrando uma queimadura química feia.

"Era pra eu estar impressionada?", disse Maureen.

"Você não vê? É uma nota musical, porra. Uma marca de nascença. Sabe o que isso quer dizer? Quer dizer que Deus me marcou e que estou levando adiante a obra dele. E você sabe que a luta livre é noventa por cento música, certo?" Ela estava quase curvada para a frente, a marca de nascença brilhando de suor debaixo das luzes incandescentes.

Maureen se virou para Wayne. "Pra mim parece o México. Não parece o México?"

Sony se aproximou e olhou por cima do ombro da Maureen. "Lembra mais a Flórida", ele disse, numa rara divergência de sua comandante. "O terceiro estado a se separar da União." E sacudiu a cabeça decepcionado.

BJ reagiu e pôs a camisa no lugar de novo. "Certo, todo mundo de volta ao trabalho! Vocês não são pagos pra ter opiniões." Ela abotoou a camisa e ajeitou o crachá. "E não se esqueçam de que é Dia do Tratado de Paz. E eu quero que você e você", ela apontou para Hai e Maureen, "façam as trocas".

"O quê? Eu já não fiz na primavera?" Maureen fez uma careta. "Lembro de trazer tulipas com o carregamento."

"Isso faz dois anos. Sony fez na primavera e ferrou com tudo." BJ já estava se afastando.

"Cacete. Certo, vem comigo, guri", Maureen disse enquanto mancava até os fundos. "Preciso pôr gelo nos joelhos antes de ir."

O Tratado de Paz, Maureen contou para Hai enquanto estavam sentados em cima de engradados de leite, com uma placa de macarrão congelado equilibrada nos joelhos, era uma troca de comida entre o HomeMarket e os empregados do arquirrival deles, o Panetta, que ficava um pouco mais adiante na estrada, em Millsap. Era o único fast-food de qualidade num raio de trinta quilômetros e tinha uma vibe notoriamente esnobe. "Eles acham que são melhores do que a gente porque têm *saladas*. É brincadeira? Quem quer comer folhas num fast-food?" Maureen passou a laje de macarronada para o outro joelho e fez uma careta. No ensino médio, o Panetta era o lugar aonde as menininhas ricas dos Heights iam, todas iguais com calças de moletom da Abercrombie por dentro de botinhas Ugg e coletinhos acolchoados. Elas se sentavam numa mesa, ficavam encarando você enquanto tomavam chá gelado de melão, sussurrando antes de explodirem numa gargalhada cheia de dentes.

O Dia do Tratado de Paz também dava a cada grupo de empregados uma oportunidade de comer algo diferente do que era servido todo dia. "Mas o lance é o seguinte", Maureen disse, se inclinando para a frente. "A comida deles é uma bosta. *Falsaudável* é como eu chamo. Falsamente saudável. Eles picam duas cabeças de alface, jogam numa tigela de maionese com pedaços de bacon e chamam de 'crocante consciente'. Isso não te deixa com vontade de espancar uma criancinha?"

Hai pensou no caso e concordou.

"Só espere pra ver os caras, superarrogantezinhos com aqueles aventais cor de noz-moscada e camisetas, como se aquilo lá fosse um mercado de orgânicos, e não uma franquia do lado de um Walmart."

Maureen largou o macarrão congelado, que caiu no chão com um baque moribundo, e se levantou. "Vamos. Você dirige?"

Hai balançou a cabeça. "Fui reprovado quatro vezes no exame."

"Meu pai amado."

Ela olhou o menino de cima a baixo. Hai se preparou para o esperado comentário sobre a relação dos asiáticos com a direção.

"Na próxima você passa. Afinal, cinco é um número da sorte." Ela saiu da câmara fria, acrescentando por cima do ombro: "Eu me divorciei do meu marido depois de cinco anos."

Dez minutos depois, ele estava no banco do passageiro da van, uma Dodge Caravan Passenger de 2002, com adesivos vermelhos do HomeMarket dos dois lados. Sony e a menina que lavava a louça já haviam colocado na parte de trás as formas de alumínio com todos os itens do cardápio, exceto as empanadas, que tinham acabado no dia anterior.

Logo estavam passando ruidosamente pelas estradas vicinais, pegando o caminho mais bonito para esticar o passeio. "Quanto mais tempo na estrada, mais posso ficar sentada. Aqui, toma isso." Ela passou para ele uma garrafinha de metal. Fedia a gim e mais alguma coisa. "Vai nessa, se quiser. Três golinhos disso e meus joelhos parecem ter trinta e cinco anos de novo."

"Não, valeu. Sou alérgico."

"A álcool? Essa é nova." Ela olhou de canto de olho para ele. "Mas é sério ou uma dessas coisas hipsters tipo alergia a glúten?"

Ela deu um gole, pôs a língua para fora e limpou com as costas da mão. Os dois ficaram em silêncio por um tempo, só o carro chacoalhando em meio a campos de centeio e brejos cobertos de taboa, passando por trechos que pareciam de ardósia onde a mata tinha sido derrubada para a instalação de linhas elétricas, a névoa se dissipando conforme o sol roçava as colinas em torno do vale. Então Maureen disse: "Eu vou te contar uma coisa que talvez você não esteja preparado para ouvir."

Ele olhou para ver se ela estava brincando, mas seus olhos estavam firmes e vermelhos nos cantos.

"Você ainda é novo e precisa saber umas coisas, entende? Esse conhecimento todo não serve de nada preso na cabeça de uma idosa de joelho rangendo. Pode não parecer, mas sou uma filósofa, sabia?"

"Como um filósofo deveria parecer? Além disso, você não é idosa."

"Ah, cai fora. Isso aqui não é um *encontrinho*, pelamor. Não precisa puxar meu saco, menino." Ela fez uma curva, depois bateu no para-brisa com um dedo nodoso. "Sabe, se a gente continuar em frente, tipo, depois de Millsap, depois do Panetta, de Hartford, depois do estado de Nova York, Pittsburgh, indo sempre pra oeste, e continuar em frente, e se essa van soubesse nadar e pudesse ir mais adiante…" Ela fez um barco com a mão e navegou na direção do rosto dele. "Bem ali, no meio do oceano, sabe o que ia acontecer?"

"A gente ia se afogar?"

"Tente de novo. Com mais imaginação."

"Ah, entendi. Você é uma *dessas* pessoas?" Hai se inclinou para longe e olhou para ela. "Tipo, a gente vai cair da terra plana?"

"Você está de brincadeira? Isso aí é coisa de amador, meu amigo. A Terra não é plana nem nunca foi, meu caro." Ela fez um círculo com a mão. "Ela é oca. E a entrada fica na Antártida. Então, se a gente continuar em frente, vai bater no grande bloco de gelo no sul. Todos os caminhos levam à Antártida. Literal e figurativamente."

Hai pensou nisso e sentiu a cabeça doer. "Um café agora caía bem."

"Escute, antes de você começar a me julgar…" Ela olhou para ele de canto de olho novamente, depois continuou falando sobre como a Terra estava dentro de uma caixa de exposição imensa. "Tipo aquelas maquetes de cidade que tem nos museus? Você sabe do que estou falando. Mas somos nós, você e eu, nesse exato instante, indo nessa van de merda pra merda do Panetta. Tudo é uma maquete. Uma simulação. O pessoal de jaleco sempre soube disso. Eles têm fórmulas, a matemática que explica isso."

"Não estou entendendo", Hai disse. "E a foto da Terra feita do espaço e tudo mais? Neil Armstrong e Bud Lightyear e essas coisas todas?"

"Buzz Aldrin!" Ela riu. "Cara, esqueci que você ainda é criança." Não existe esse globo que flutua no nada, Maureen explicou, porque a Terra era controlada por reptilianos que moravam debaixo da terra, e os túneis deles só podiam ser acessados por uma entrada secreta na camada ancestral de gelo no "continente proibido", e todos os políticos — incluindo todos os presidentes dos Estados Unidos desde Kennedy — visitaram sigilosamente a Antártida para fazer acordos com esses lagartos. Por algum motivo, Hai não tinha imaginado que Maureen fosse do tipo chapéu de papel-alumínio. "O quê? Você acha que todos eles simplesmente *adoram* icebergs? Inclusive o papa? Ah, dá um tempo. Eles estão checando a entrada, talvez inclusive desçam lá pra dar uma olhada. Por que você acha que não tem nenhum país na Antártida? Pense nisso agora. Pense mesmo." Ela engoliu a saliva enquanto paravam numa faixa de pedestres. Uma senhora com uma echarpe na cabeça estava brigando contra o vento, carregando um cachorrinho minúsculo e sujo nos braços. Quando eles passaram, ela virou o rosto e encarou os dois com olhos escuros sem expressão.

"Os dinossauros, eles nunca morreram, entendeu? Eles evoluíram, que nem nós. Só que têm milhões de anos de vantagem sobre a gente. Agora são lagartos inteligentes que se alimentam da nossa energia negativa", Maureen continuou. "Forçaram os nossos líderes mundiais a trabalhar para eles, prendendo a humanidade em ciclos infinitos de guerra e de máquinas letais. Alguns de nossos líderes inclusive são lagartos disfarçados. Digo, de que outro jeito você explica o Dick Cheney? Mas eles não podem exterminar a gente porque precisam da gente aqui pra mandar vibrações ruins. Eles se alimentam do nosso sofrimento, sabe? Pra eles, a gente não passa de uma plantação. Eles deixam que a gente viva nossas vidinhas perturbadas, deixam que a luz do sol e a chuva façam a gente crescer… Depois, de vez em quando, passam o rodo para continuar em superioridade numérica." Ela continuou falando sobre isso por um tempo. Hai começou a se distrair, olhando para os carros abandonados ao longo dos barrancos, alguns tão amassados e enferrujados que chegavam a parecer árvores caídas. Ela se virou para ele, as sobrancelhas arqueadas, e levou um instante para que Hai percebesse que tinha feito uma pergunta que ele não ouviu.

"Ah, é", ele disse, sem a menor ideia de com que estava concordando.

"Você acha mesmo?" Ela semicerrou os olhos e mordeu o lábio.

"Em geral, sim. Acho que sim."

"Certo." Ela assentiu. "Você não é tão bobo quanto parece, sabe?"

Hai jamais tinha ouvido falar de uma conspiração de lagartos, porém em uma van carregada de bandejas de comida, os cheiros poderosos dos vinte e um itens do cardápio se misturando, o mundo exterior se tornando uma mancha como numa máquina de lavar roupas, amorfo e fora de alcance com suas ruínas, era difícil não acreditar nela. De certo modo, até parecia fazer sentido. Não era assim que funcionavam os impostos? Nós não estamos vivos só para que eles possam pegar uma parte do que a gente ganha durante a vida? Mas e *daí* se fôssemos governados por dinossauros imortais que se escondem nos subterrâneos? Ele não estava em guerra com os dinossauros; só estava vivo dentro de pedaços de equívocos que a gravidade juntara num bote salva-vidas chamado presente. Ele estava em uma van de entregas, descendo o rio, na direção de qualquer iceberg que estivesse no caminho.

"É bastante coisa para assimilar de uma só vez, eu sei. Mas vou te explicando devagar. Com o tempo." Ela estendeu a mão e deu um tapinha no joelho dele com uma gentileza inesperada. Foi aí que ele viu o relógio no pulso dela. Um design com o tema de *Star Wars* com pulseira azul-clarinha, o mostrador com Han Solo cercado por minúsculas cabeças de Chewbacca que marcavam a hora.

"Como *Star Wars* se encaixa na terra oca?" Hai apontou com a cabeça na direção do relógio. Maureen continuou olhando em frente, quieta. Ele olhou pela janela. Eles estavam passando por um ferro-velho cheio de carcaças de carros dos dois lados. As folhas já tinham caído nos destroços dos velhos sedãs, alguns dos anos 1960. A grama, da altura dos trincos das portas, continuava azul-esverdeada e estava semanas distante daqueles tons de verde embolorados de inverno. Uma samambaia amarelada tinha gastado o verão passando por uma fresta no piso de um táxi e se balançava no banco do passageiro como alguém que cochila ao volante.

"Era do meu filho. Ele era obcecado. Nós dois éramos." Ela se permitiu uma risadinha. "O cara lá em cima levou ele pra casa em 1999. Leucemia. Sangue ruim, falaram. Engraçado que o pai caloteiro dele sempre disse isso também. Que meu menino tinha sangue ruim. Mas ele estava falando de mim. Que ele tinha puxado meu temperamento, o que era verdade. Aí meu menino realmente *tinha* sangue ruim. Que piada."

"Lamento."

"Pra que dizer uma idiotice dessas?" Depois, num tom zombeteiro, fazendo voz de menininha boba, acrescentou: "Ah, Maureen. Lamento pela sua perda. Toma aqui uma gelatina pela sua perda. Ah, Maureen, deve ser tão difícil perder o único filho. Lamento. Todo mundo lamenta tanto, mas não sabe de porra nenhuma."

De canto de olho, Hai viu Maureen balançar a cabeça, dizendo baixinho: "Você vai aprender a não se irritar muito comigo. A minha situação pode ser complicada, mas sou temente a Deus e respeito as pessoas que são honestas comigo." Ela explicou que seu filho adorava o Han Solo e que comprou o relógio quando ele fez dez anos, mais de uma década antes. O relógio nem funcionava mais. "Ele dizia que o Han Solo parecia uma versão melhorada do pai dele. Eu não queria acreditar, mas ele tinha razão. A gente via..." Ela tossiu no braço, pegou a garrafinha de metal e estava prestes a abrir, mas aí fez uma pausa e a colocou de novo na jaqueta. "A gente via *O império contra-ataca* juntos várias e várias vezes. Ele dizia que era o melhor."

"Ele não estava errado", Hai disse.

"O nome dele era Paul. Um nome tão tedioso, era de se imaginar que ele ia ter uma vida longa e tediosa."

Maureen ainda estava pagando as contas do tratamento de Paul. Tinha uma casa perto da King com a Main, mas, para economizar, só ligava o aquecimento da cozinha, onde dormia no chão, dentro de um saco de dormir.

Eles voltaram para a rota 4, e os postos de gasolina e as lanchonetes de fast-food cintilaram num intervalo entre as nuvens. Para além das lojas, como o cenário de papelão de um filme, ficava a usina Bowen, com suas duas imensas caixas-d'água contra o céu. Ao lado da usina, num bosque de pinheiros, havia uma base de lançamento de mísseis inacabada, construída durante a Guerra Fria. Quando ele estava no ensino médio, o pessoal ia para lá namorar, fazer festas, alinhar carreiras de cocaína em cima dos canos velhos enquanto bandas punk tocavam nas câmaras de concreto com geradores roubados da escola. Tudo isso passou pela cabeça dele como projeções de um slide.

Depois de um tempo, Hai disse, bem baixinho: "Posso te perguntar uma coisa?"

"Normalmente eu diria não, mas vai em frente. Ah... Ah, aquele lugar ali tem os melhores Oreos fritos." Ela indicou com o queixo.

"Onde você acha que ele está?"

"Quem?"

"Digo, com a Antártida, e os lagartos e tudo mais? Pra onde alguém como o Paul vai quando acaba de usar sua energia?"

"Rá! O meu bebê está com Deus." Ela olhou para Hai como que desejando que ele acreditasse, como se o fato de ele acreditar fosse confirmar a veracidade daquilo.

Ele virou o rosto na direção da usina enferrujada.

"Certo, faz sentido."

Eles estacionaram nos fundos do Panetta, que, ao contrário do HomeMarket, tinha uma doca para a chegada de suprimentos. Maureen tomou mais um gole da garrafinha. Não estava exatamente bêbada, só mais solta e calorosa. "Pronto pra festa?", perguntou, prendendo os cabelos atrás das orelhas.

"A sombra do seu olho está escorrendo um pouco", Hai disse. "Não sei se você se importa."

"Ah, puta que pariu." Ela se olhou no retrovisor e limpou as bochechas com as juntas dos dedos.

Já havia dois funcionários do Panetta esperando por eles na doca, um homem e uma mulher com sorrisos largos demais, idênticos, como personagens de Wes Anderson. Maureen subiu a escada e Hai foi atrás. Ele percebeu os tornozelos vermelhos e inchados dela, o calcanhar sem meias e com uma crosta de bolhas. Ela foi entrando e disse para os funcionários: "A van está aberta. Entrem lá e façam o que tiverem que fazer. Preciso de um muffin."

A loja estava agitada com os clientes que almoçavam cedo, a maior parte de terno ou *business casual*, gente que trabalhava em escritórios no conjunto comercial do outro lado da rua, cheio de seguradoras obscuras, empresas de TI e um ou outro especialista em verrugas ou doença de Lyme. Tudo ali era organizado e irradiava polidez e ordem. As paredes tinham um acabamento de tijolos falsos e eram decoradas com fotos genéricas em alta definição de pães e vegetais. Na parte de trás, onde os frangos do HomeMarket pingavam gordura, havia cestos de arame cheios de uma abundância de variedades de pães recém-saídos do forno, iluminados de forma profissional. Quando eles se aproximaram do balcão, uma loira com rabo de cavalo de instrutora de ioga empurrava um carrinho com assadeiras cheias de croissants quadrados, tão fresquinhos que estalavam ao passar.

"Me dá uma paradinha dessas", Maureen disse, apontando para os croissants.

"Ah", a mulher retrucou, "esses ainda não estão prontos". Apesar dos esforços de Maureen, a sombra dos olhos tinha borrado a outra bochecha, e parecia que ela tinha levado um soco na cara.

"Você não pode só dar um pra gente? Somos do HomeMarket. Dia do Tratado de Paz e tudo mais. Eles parecem prontos pra mim."

"Desculpe, nossos produtos de panificação são assados de hora em hora e saem do forno muito quentes, e eu simplesmente *não posso* servir enquanto não estão prontos. É uma questão de segurança." Depois ela acrescentou, mais fria: "Mesmo que você não seja cliente."

"Puta merda." Maureen continuou andando na ponta dos pés, quase perdendo o equilíbrio enquanto olhava as cestas por cima das bandejas de chá.

Hai perguntou se a mulher tinha alguma coisa parecida com o que estava nas assadeiras.

"Ah, você quer dizer nosso *pain au chocolat*? Bom, depende..."

"Que nome para um pão", Maureen disse. "Vocês são estranhos."

"Café com leite no caixa!", outro funcionário gritou, colocando um lanche sobre o balcão.

"Do que foi que você me chamou?", Maureen reclamou.

"HomeMarket!", disse uma voz aguda vinda de trás deles.

Eles se viraram e deram de cara com um sujeito de um metro e meio com um bigodão esfregando as mãos e sorrindo. "Vocês vieram." Ele deu uma olhada teatral no relógio. "Só quinze minutos de atraso. Mas, quando estamos a serviço da paz, o tempo também tem que esperar. Não é verdade?"

"Quero o pão de chocolate", Maureen disse, sem se deixar impressionar.

"Claro." O nome dele era Sam e era evidente que era o gerente. "Shelly, por favor, sirva aos nossos amigos *quatro*", ele ergueu os dedos para Shelly, mas tão perto do rosto de Hai que ele sentiu o cheiro de sabonete de lavanda nas mãos, "*pain au chocolat*, por favor". Ele pronunciou em francês, depois se virou para os dois, com o sorriso quase não aparecendo através do enorme bigode. "Acabaram de sair do forno, como sempre."

Shelly entregou a Hai o saquinho de croissants e imediatamente olhou por cima do ombro deles, chamando o próximo cliente. Só então um homem andou até onde Maureen estava e deu um tapinha no ombro dela. Ela se virou. "Nacho!", gritou e começou a prender o que pareciam ser mechas invisíveis de cabelos atrás das orelhas.

O sujeito deu uma grande gargalhada e puxou Maureen para um abraço. Ele estava com uma camisa estilo caubói molhada de suor nas axilas, a pele da cor de uísque de qualidade. "Como você está, Mama? Está com uma cara ótima."

Maureen deu uma risadinha e passou as costas da mão no rosto dele. "Agora eu estou. E olha só você. A Flórida mudou mesmo *certas pessoas*."

Nacho sorriu, tímido, e desviou o olhar. Ele dirigia um semirreboque para a Sysco, uma distribuidora que vendia suprimentos para restaurantes de uma ampla gama de franquias, incluindo tanto o Panetta quanto o HomeMarket. Ele estava estacionado do outro lado da rua para descarregar um caminhão de quatro eixos para um Subway dentro do Walmart.

Maureen ofereceu um croissant, mas ele não quis, dizendo que tinha acabado de almoçar comida chinesa. "Te encontro na van quando eles tiverem terminado", ela disse para Hai e se aconchegou nos braços de Nacho enquanto eles saíam, tontos de empolgação um com o outro.

Quando Hai voltou para a van, os funcionários do Panetta já tinham terminado o trabalho. A parte de trás estava lotada de caixas de papelão cheias de caixinhas biodegradáveis marrons amarradas com fitas amarelas. Havia um papel preso a uma das caixas com *Seja a melhor versão de você mesmo* escrito a mão com canetinha preta numa fonte que só podia ser descrita como a Comic Sans das mães que levam seus filhos à escolinha de futebol. Maureen tinha razão. Aquela gente era detestável. Hai olhou em volta, mas ela não estava por perto, então ele se sentou no banco do passageiro e esperou. Depois de mais ou menos meia hora, um caminhão da Sysco parou no estacionamento. Nacho desceu e ajudou Maureen a sair pelo lado do passageiro, um perfeito cavalheiro. Eles se abraçaram e lançaram beijos no ar, e ela foi correndo para a van, sorrindo para o chão, repentinamente ágil.

"Que rápido", ela disse, ofegante, enquanto fechava a porta. "Normalmente eles levam uma eternidade para enfiar essas saladas idiotas na van. Esperou muito?"

"Nada. Quem é o cara?"

Ela acenou para Nacho, que parou nos degraus do caminhão também acenando.

"Ah, o Nacho? Um velho amigo. Bom, vou dizer de uma vez." Ela tirou o boné e arrumou o cabelo. "Uma amizade colorida. Ele não é feio, hein? Nota dez em qualquer concurso de beleza de posto de gasolina, e ainda tem bom coração. Que foi, você não achou que eu estava aposentada para essas pequenas alegrias, achou? O apelido dele é uma abreviação de Ignacio. Ele disse que os nachos — sabe, os que a gente come — foram inventados por um cara chamado Ignacio." Ela olhou pensativamente para o caminhão de Nacho. "Mas ele é tão mentiroso que, se bobear, tirou essa história do cu só pra me comer."

"Parece que funcionou."

"Vá se foder. Tudo pronto?" Ela se virou para trás e pegou uma das caixas, apertando os olhos pra ler a etiqueta. "Ah, maravilha, *pavê de cocô*? Passo. Já vejo muita merda sem isso, muito obrigada." Ela enfiou o pavê de coco na caixa e deu partida na van.

"Pelo menos a gente ganhou isso." Hai ergueu o saco de croissants, sorridente.

Eram quase três da tarde quando eles voltaram para Felicidade do Leste. Todos ajudaram a esvaziar a van e pegar as caixas, que, para surpresa de ninguém, estavam cheias de salada. Havia quatro muffins minúsculos no canto de uma caixa com sachês de molho.

"Eu sabia!", Wayne exclamou. "Toda vez essa merda." E foi cortar o bolo de carne para todo mundo enquanto Russo preparava seus sanduichinhos de bolo de milho com pele de galinha.

Sony pegou com dois dedos uma fatia desconhecida de um verde doentio, lendo a descrição. "O que é um tomate-herança?"

BJ deu uma olhada por cima do ombro dele.

"É quando gente rica acha que coisas feias são mais especiais que coisas normais."

E a equipe ficava escolhendo algumas coisas em meio às caixas ao mesmo tempo que atendia o fluxo esporádico de clientes. Depois de limpar os molhos que tinham escorrido na parte de trás da van, Hai e Maureen se sentaram em engradados de leite nos fundos da loja.

"Quer que eu pegue um macarrão congelado pra você?"

"Não, o sêmen lubrifica minhas juntas. E o Nacho ejaculou um montão." Maureen deu uma piscadela.

"Vocês transaram naquele caminhão?"

"Tem uma cama lá, acredita? Ah, e ele também me deu um pouco de Purple Haze." Ela indicou com a cabeça um baseado lindamente enrolado que estava enfiado no bolso do avental. Um carro parou no drive-thru. A voz de Russo, entrecortada pela estática, perguntou como as pessoas estavam, e elas responderam com o pedido.

O sol tinha enfim saído, frio e fraco, mas projetava belas sombras nos cômodos ocos dos apartamentos do outro lado do terreno.

"Só achei que ia significar alguma coisa", disse Maureen, deixando escapar um longo suspiro.

"Do que você está falando?", Hai perguntou, sem querer olhar para ela.

"Que existe um sentido para a morte de alguém. Que a morte leva a alguma coisa. Mas não." A voz dela parecia vir de baixo da terra. "A única coisa que mudou é que agora eu não aguento mais flores. Aquelas cores todas me deixam puta. Às vezes flores me dão vontade de largar tudo, sabe?"

"Acho que sim."

Ela fez um beicinho e relaxou os ombros. "Toma." Cutucou a sacola de croissants com o pé. "Vai fundo. Ainda bem que você não contou pros outros que a gente ganhou isso."

Hai pegou um croissant do tamanho da cara dele, tirou da sacola, partiu em dois, o recheio cremoso refletindo o sol fraco, e passou metade para ela. "Come um *pé de chocolate*", ele disse. "Você merece."

Ela riu e deu uma mordida, espalhando migalhas pelos lábios. "Aqueles lagartos de merda", disse, olhando para o pedaço de doçura que tinha nas mãos. "Não sabem porra nenhuma disso."

8

Grazina não usava sua motinho elétrica fazia anos, mas Hai conseguiu tirá-la de baixo de uma pilha de casacos empoeirados no canto da varanda telada. A scooter tinha ficado escondida por tanto tempo que Grazina chegou a esquecer que tinha uma, até ver, numa reportagem na tevê sobre o aumento dos casos de diabetes, uma senhorinha usando coisa parecida. Então gritou: "Espera aí, eu tenho uma dessas!"

O modelo era considerado equipamento médico, não passava dos quinze quilômetros por hora e se chamava SpitFire2, a parte do "Fire" grafada com letras em chamas. Era como chamar um cateter de Eterna Primavera, Hai pensou. Na verdade, ele encontrou a moto plugada na tomada, provavelmente carregando havia anos, e passou uma hora limpando. Quando terminou, Grazina veio apressada e abraçou a motinho como se fosse uma pessoa. "Ai, obrigada, Virgem Maria", seguido de algo em lituano. "Eu tenho carro agora. Finalmente, tenho carro que nem americana de verdade."

"Dá pra dizer que sim", Hai disse, dando um chutinho nos pneus.

Minutos depois, saíram para fazer um test-drive. Grazina pilotava, embrulhada numa coberta xadrez para proteger a cabeça do frio, e Hai ia na garupa. Era domingo e as ruas estavam praticamente vazias. Enquanto passeavam, desviando lentamente dos buracos no asfalto, Grazina apontou para as casas que passavam por diversos estágios de abandono, dizendo os nomes das famílias que um dia lá moraram, o que elas faziam, do que morreram, de onde vieram. Os dois foram para lá e para cá pelos quarteirões desertos, Grazina dando gritinhos de prazer toda vez que acelerava, e a motinho dava um solavanco. Só foram para casa quando as mãos dela já estavam dormentes pelo frio e ela já não tinha mais nada para contar sobre as pessoas nas casas em ruínas.

No dia seguinte, Hai decidiu, por capricho, fazer para todo mundo no HomeMarket sua receita predileta, sanduíches de manteiga de amendoim com creme de marshmallow. BJ ficou mais intrigada do que com vontade de comer. "Você trabalha num restaurante e está fazendo todo mundo comer lanche de escola", disse, balançando a cabeça. Mas, com o cardápio cansativo e repetitivo, a equipe gostou do sabor relativamente novo da manteiga de amendoim com marshmallow.

"O importante é a proporção", Hai comentou, enfileirando os sanduíches numa tábua de corte para que Wayne tostasse. "Um terço de marshmallow, dois terços de manteiga de amendoim." Isso foi depois da correria do almoço e das coisas ficarem tranquilas. Sony estava nos fundos cortando tomates, e Hai conseguia ouvir o primo cantarolando "When Johnny Comes Marching Home", uma canção que o Exército da União cantava no treinamento.

Um tempo depois, a música foi interrompida por gritos no salão de refeições. Hai ergueu os olhos. O homem, a julgar pela logomarca na camisa polo, estava no intervalo de almoço da concessionária Nissan ali perto. "Você fede a merda", ele gritava para a mulher sentada atrás dele. Ele tinha se levantado, deixando a comida na mesa, para confrontar a mulher, que continuava imóvel. Ficou ali sentada encarando um dos pinguins de origami do Sony em cima da mesa. Hai demorou um minuto para perceber que a mulher era uma cliente regular que chamavam de Cookie. Ela aparecia mais ou menos uma vez por semana, pedia um copo de água quente e permissão para usar o banheiro, e a equipe permitia, supondo que era sem-teto.

O sujeito se virou para BJ com o rosto vermelho e os cabelos finos e escassos arrepiados na cabeça como uma fumacinha de desenho animado. "Como é que vocês deixam alguém assim entrar no restaurante? É péssimo para a clientela. Ela *literalmente* fede a merda."

Hai teve uma vontade repentina de jogar um bolo de milho no cara. Você sempre acaba querendo proteger os clientes regulares, mesmo que não comprem nada. A mulher estava encolhida na cadeira, com um casaquinho sujo pendurado nos ombros e um rabo de cavalo embolado saindo pela parte de trás da gola.

BJ pediu ao sujeito, com sua melhor voz de gerente, que se acalmasse, dizendo que ele podia se sentar no outro lado do salão, mas o cara não queria saber. Ele se levantou e fez uma cena jogando a coxa de galinha pela metade no lixo, depois marchou de volta até a mulher e parou ao lado dela com as mãos na cintura como um pai numa peça de teatro ruim. "Sério", o homem insistiu, exasperado. "Também sinto pena dela. De verdade. Sei que ela deve estar passando por algum problema sério. Mas vocês não vão mesmo pedir para ela sair? Eu é que estou pagando aqui."

A mulher estava debruçada sobre a mesa agarrada a uma garrafa de água mineral vazia. "Você não tem como me machucar. Você nunca vai conseguir me machucar. Já passei por coisa muito pior do que gritarem comigo", ela declarou, num tom arrastado e monocórdico, olhando para os dedos machucados.

O homem balançou a cabeça e foi embora. Ele tentou bater a porta, mas as dobradiças eram resistentes à pressão e por isso a porta fechou atrás dele lenta e discretamente.

Logo os sanduíches ficaram prontos, e toda a equipe se aglomerou em torno de Wayne enquanto ele servia um em cada prato. Ninguém percebeu que a mulher tinha entrado no banheiro, todos debatendo se alguém compraria um sanduíche de manteiga de amendoim com marshmallow se estivesse no cardápio. O consenso foi *não*. A certa altura, a moça que lavava os pratos precisou usar o banheiro e bateu na porta. Quando ninguém respondeu, BJ jogou a chave para ela. Segundos depois, um grito cortou o ar e todo mundo saiu correndo para o banheiro. A menina que lavava pratos saiu correndo, a respiração acelerada, com as mãos na cabeça.

BJ entrou e a única coisa que os outros ouviram foi: "Ah, caralho, ah, caralho. Merda, merda, não, não, não."

A mulher sem-teto estava sentada no vaso, com a tampa abaixada, a cabeça batendo na foto gigante de um bolo de milho em close pendurada na parede às suas costas. Havia uma seringa vazia no chão. Havia um fio de telefone amarrado em torno do bíceps e o sangue escorria das veias do braço. BJ tapou o nariz e gritou para que alguém ligasse para a emergência. Wayne tentou colocar a mulher no chão para que ela não caísse e batesse a cabeça. Ela estava com a boca aberta que nem a máscara de *Pânico*. No pulso fino, enrugado pelo sol, havia um bracelete de contas brancas e barbante de cânhamo; nas contas, letras que diziam TUTORA DO MEU IRMÃO.

Wayne pediu que Hai pegasse um dos braços da mulher, e eles a arrastaram pelo corredor para que os paramédicos pudessem atendê-la mais rápido, enquanto BJ gritava no telefone instruções para a atendente de como chegar ao restaurante. Quando eles passaram por um dos balcões, Wayne, se segurando na borda para se apoiar, sem querer derrubou um balde gigante de molho de queijo, dando um banho de queijo neles. O molho, que tinha sido deixado ali para esfriar e que seria usado para deixar o macarrão mais cremoso depois da massa descongelada, transbordou da boca aberta da mulher. Por sorte, já estava morno e ninguém se queimou. Wayne, com o rosto e os cabelos emplastrados, começou a limpar freneticamente a gosma amarela da boca da mulher. "Caralho", ele disse, tirando queijo dos olhos dela. "Que porra está acontecendo?"

Os bombeiros chegaram em sete minutos. O quartel ficava ali perto, e ultimamente eles vinham atendendo mais casos de overdose de fentanil do que apagando incêndios, por isso já chegaram com a naloxona em mãos. Precisaram fazer três longas aplicações no nariz para que a mulher voltasse a si. Os olhos dela tremulavam como mariposas moribundas enquanto os paramédicos a levavam numa maca. Ela agitava os braços furiosamente, como Hai aprendera na Nova Esperança que podia acontecer após a aplicação de naloxona. Maureen embalou vários bolos de milho, enfiou numa sacola de papel e entregou para uma das socorristas, uma mulher de mullet e piercing nos lábios. Ela enfiou a sacola num dos bolsos da calça cargo e disse "valeu, querida" enquanto empurrava a maca da sem-teto, que estava tão coberta de queijo que parecia Han Solo preso em carbonita.

A equipe do HomeMarket ficou ali parada por um momento enquanto a ambulância saía do estacionamento e BJ limpava o rosto com seu lenço de bandeira norte-americana. Maureen, que segurava o sanduíche na mão aquele tempo todo, mergulhou-o no que tinha restado do molho de queijo no balde e continuou comendo.

"Sério?", Russo questionou, encarando-a.

"Preciso mudar o gosto na minha boca." Ela deu de ombros.

Wayne estava sentado num banquinho perto da máquina de lavar louças estourando um plástico-bolha comprido que ele sempre deixava na mochila. Era o jeito dele de lidar com o estresse durante os intervalos.

Hai saiu para tomar ar, limpando o queijo que tinha espirrado em seus óculos com o avental. Já frio, o molho estava grudando nos cabelos dele. Ele se sentou num engradado de leite e tentou acender um cigarro, mas os dedos não funcionavam. Hai sentiu uma necessidade urgente de tomar cinco ou seis comprimidos de codeína só para deixar as coisas em sépia por um momento, tipo jogar corante alimentício amarelo para os peixes do aquário da própria cabeça.

Ouviu pegadas atrás dele, depois o som de alguém puxando um engradado de leite para se sentar. Era Sony. Eles trocaram um aceno de cabeça, mas ficaram em silêncio por um instante.

"Vi a sua mãe na farmácia."

"O quê?" Hai olhou para ele. "Você falou com ela?"

"Claro que não, nossas mães estão brigadas. Só achei que você ia gostar de saber."

"Se encontrar com ela, não comenta de mim, ok?"

"Por quê?" Sony tentou agarrar uma mosca que passava, depois abriu a mão — nada.

"Ela acha que eu estou em Boston", Hai disse baixinho.

"E por que você está aqui?"

"Porque estou *aqui*. É complicado."

Sony fez que sim, o que era típico dele. Era isso que Hai amava nele.

Hai devia estar suado, porque, quando Sony começou a desenhar com o dedo algo na bochecha dele, o dedo pareceu escorregadio e molhado.

"O que você está fazendo?" Hai se encolheu.

"Só fica parado. Estou escrevendo uma coisa."

"Escrevendo o quê?"

"Ok."

"Ok?"

"Isso. Escrevi *ok*."

"Por quê?" Hai olhou para ele.

"Porque eu estou falando sério."

Hai deixou que seu rosto dissesse *ok*.

Uma vez, quando Hai tinha doze anos e Sony tinha dez, eles estavam num parquinho perto da casa de Hai em Welles Village. Sony estava passando o fim de semana visitando o primo com a mãe, e Hai deveria levá-lo no parque, mas não estava a fim. Hai tinha ganhado um Super Nintendo naquela semana e queria passar o dia jogando *Castlevania*, por isso se sentou no balanço e deixou Sony no brinquedão até que se passasse tempo suficiente para ir para casa. Depois de um tempo, Hai ouviu uma agitação e viu Sony cercado por três ou quatro meninos da vizinhança. Eram adolescentes que sempre gostavam de parecer durões quando estavam perto de meninos menores. Hai nunca tinha sido convidado para brincar com eles.

"Por que você é tão esquisitão?", um deles perguntou. Eles tinham cercado Sony, que estava sentado no chão de pernas abertas e olhava para os meninos acima dele, perplexo.

"Ele está comendo um chiclete velho do escorregador", o outro disse. "Você não sabe que isso é nojento?"

Um menino magricela de cabeça raspada chutou terra no rosto dele, que entrou nos olhos, e Sony começou a chorar. Outro se virou para Hai. "Ei, ele é seu irmão ou alguma coisa assim? Porque vocês têm tudo a mesma cara."

Hai fez que não com a cabeça, desceu do balanço e passou por eles e por Sony chorando no chão. Só quando Hai já estava quase em casa que Sony o alcançou, com o rosto ainda mais sujo, e contou para Hai o que tinha acontecido, como se o primo não tivesse visto, como se ele fosse impedir o que houve se ao menos tivesse visto. Hai não conseguia olhar para o menino. “Que ridículos”, ele disse, sem parar. Na porta de casa, Hai fez Sony limpar o rosto com a camiseta antes de entrarem.

“Vira do outro lado”, Sony disse no HomeMarket. “Preciso fazer do outro lado.”

Hai se virou e ofereceu a ele a outra face. Sony escreveu *ok* no outro lado também. Hai sentiu as letras.

“Pronto. Agora você está duplamente ok.”

Hai estendeu o dedo para a testa do primo e também escreveu *ok*. Sony deu um sorriso que deveria ser tímido, mas que na verdade tinha certo orgulho por trás.

Naquela noite, Hai estava sentado no chão da cozinha com o radinho crepitando numa transmissão de Boston da Orquestra Sinfônica Nacional da Lituânia, um daqueles trechos melancólicos de ópera que nunca acabam. Grazina estava encurvada na cadeira acima dele, tirando com um pente pedaços borrachudos de queijo do cabelo do garoto. Àquela altura, ouvir lituano era um calmante... não como ruído branco, mais como amigos conversando na sala ao lado; inescrutável, mas ainda assim caloroso e familiar.

“O filé Salisbury da Stouffer’s é melhor do que o enlatado da Hormel”, Grazina disse com os lábios enrugados. “Não muito melhor, mas um pouco. Por outro lado, o espaguete está em promoção no Webster’s por 3,65 dólares.” Grazina estava marcando o ritmo da orquestra na cabeça dele enquanto limpava. “Sabe, a gente tem tanta sorte nesse país. Poder ir ao mercado e comprar qualquer coisa que queira comer.”

Quando ele não respondeu, ela se inclinou. “Dia difícil no trabalho, hein?”

“Não deu pra notar?”

Ela arrancou um pedaço de queijo do cabelo dele com um gemido. “Fica quieto, menino.”

A imagem do bracelete da mulher de repente relampejou na cabeça dele. “Ei, você tem irmãos, não tem?” Hai se lembrou de Grazina apontando para um irmão debaixo dos destroços durante um dos ataques dela.

"Um irmão. Há muito tempo. Mas isso foi em outra vida." A mão dela parou na cabeça dele enquanto a música continuava.

"O que aconteceu?"

Ela se levantou tão abruptamente que ele se virou. "Ah, acho que já estamos prontos!"

"Para quê?"

"Senta, senta. Senta ali, o seu cabelo já está bom o suficiente." Ela desligou o rádio e foi até o forno, abriu a porta e tirou de lá um bolo com cobertura de chocolate.

"Aqui." Hai foi pegar um descanso de forma, mas ela não deixou.

"Não está quente. Eu fiz de tarde." Grazina colocou o bolo na mesa junto com pratos e uma faca. "Viu?" Ela fez um gesto mostrando a cobertura de chocolate. "É um bolo de Nutella. Minha especialidade. Vai colocar água na panela para fazer um chá."

Enquanto ele preparava a bebida, Grazina disse baixinho atrás dele: "Feliz aniversário, Labas."

Hai fez uma pausa, depois lembrou que ela perguntara quando ele nascera um dia depois de se conhecerem. O olhar dele recaiu no calendário de parede com o tema do 11 de Setembro. No quadradinho que marcava 15 de novembro, rabiscadas com tinta azul, estavam as palavras *Aniversário do Labas.*

Ela ergueu os óculos com o dedo do meio e sorriu.

"Caramba. Que lindo." A voz dele tremeu um pouquinho. "Muito obrigado." Hai se inclinou e os dois trocaram um abraço constrangido, depois ele ligou o rádio de novo e o movimento final da orquestra correu pela casa cheia de rangidos, emudecendo o largo rio de águas escuras lá fora — e ele tinha vinte anos.

9

Como o HomeMarket era o lugar para comer comida do "Dia de Ação de Graças todos os dias do ano", seria de se imaginar que o lugar ficaria vazio na véspera do Dia de Ação de Graças de verdade, quando as pessoas teoricamente estariam preparando do zero as próprias versões dos itens do cardápio, cercadas pelos entes queridos, mas não era o que acontecia. O restaurante estava lotado. Na verdade, muita gente preferia comprar quentinhas dos acompanhamentos do HomeMarket para requentar no dia seguinte, provavelmente alegando terem feito elas mesmas a comida. Isso se somava aos clientes regulares: gente que não tinha tempo para cozinhar, que tinha dois ou três empregos, enfermeiras do turno da noite que dormiam durante o dia, veteranos do abrigo para soldados perto do moinho, gente que trabalhava a noite toda limpando escritórios, caminhoneiros que passavam o Dia de Ação de Graças estacionados em postos de gasolina fazendo ligações por vídeo com a família em laptops gordurosos de combustível.

Quando deu meio-dia, a loja já não estava dando vazão. Cinco minutos depois de Hai ter levado uma cuba borbulhante de torta de batata-doce, a espátula de Russo bateu no fundo metálico: a torta tinha acabado. Estavam tão atrasados que ficaram sem panelões e precisaram esquentar o saco da macarrão na água quente do ciclo da lava-louças para descongelar.

O bolo de milho acabou e Hai estava correndo para os fundos para pegar mais massa nas assadeiras quando ouviu a voz rouca de Maureen atrás dele.

"Você sabe que é bolo, não sabe?"

"É bolo, o quê?"

"A receita especial da BJ? É só bolo." Ela estava untando as formas com uma lata de óleo de cozinha do tamanho de um extintor de incêndio.

"Ela compra bolo de baunilha em caixinha no atacado no Costco, aí junta com a mistura de bolo de milho da empresa." Maureen se curvou e sorriu, o cheiro de uísque nítido no hálito. "É isso, novato. *Esse* é o grande segredo. Bolo de caixinha."

"Parece bem engenhoso pra mim." Hai tentou piscar com um olho só, mas acabou piscando com os dois.

"Eu também podia ter sido gerente, sabe?" Maureen pegou uma colher de metal e começou a encher as latas com massa. Ela contou que tinham oferecido uma promoção várias vezes, mas ela recusou. Gerentes ganham 15 dólares por hora, e Maureen já ganhava 13,50. "Um dólar e cinquenta não vale a dor de cabeça, menino. Nem a responsabilidade. Aqui, me dá uma ajuda."

Eles encheram uma assadeira juntos e Hai ajustou o timer. "Bom, seja lá o que tem aí", disse ele, "a receita da BJ é viciante. Todo mundo adora esse troço".

"Viciante é a palavra certa. Bolo de milho, como imaginado pela nossa destemida líder", ela se abaixou e colocou mais massa na cuba, "é basicamente um narcótico. É puro açúcar, e o meu médico diz que açúcar te dá picos de insulina, o que te deixa com fome mesmo que a barriga esteja cheia de bolo de carne. E fome é ótimo para o negócio". Ela pegou um bolo de milho que estava esfriando e deixou descansar na palma da mão.

Hai despejou a água e configurou o mixer enquanto Maureen tagarelava.

Ela partiu o bolo de milho na metade e mordeu, limpando os lábios com o avental, e entregou a outra metade para Hai. "A razão para esse bolo ser tão bom", ela ergueu a cabeça, "é que ele é uma mentira. E coisas inacreditáveis podem surgir de mentiras. Pode perguntar para o bom e velho Tio Sam".

"Você está me dizendo que este HomeMarket é o terceiro em faturamento por causa de açúcar?" Hai engoliu.

"Escuta, a gente engana as pessoas chamando *isso* de bolo de milho. Bolo de milho parece saudável. Você diz para as pessoas que isso é um bolo de milho sem graça qualquer, mas aí elas sentem o gosto e — bum — é outra coisa! E mesmo sendo o pior tipo de bolo, o que é, elas acham que comeram o melhor bolo de milho do mundo." Sony correu para pegar uma assadeira de bolo de milho que estava pronta e foi para a frente da loja. "Mas a questão é..." Ela se inclinou, o olho esquerdo injetado e borrado de delineador. "Em que momento, meu amigo, esse bolo de milho se torna outra coisa? Você consegue localizar a migalha em que essa mentira acontece?" Ela esperou por uma resposta, balançando os braços ao lado do corpo.

Hai pensou naquilo. Realmente, em que momento exato e específico o bolo de milho deixava de ser bolo de milho? Ou será que aquilo sempre tinha sido outra coisa, com um nome falso para tornar o produto mais vendável? "Isso é meio bizarro", ele concordou com a cabeça, comendo mais um pedaço. "Não sei dizer."

"Depois que você percebe que mentiram pra você, perde a fé nos sistemas de merda deles. Procura outro propósito e começa a torcer pelos azarões. Pelos que estão fora do sistema. Mas aí percebe que não tem como encontrar as pessoas de fora do sistema; a mídia escondeu todas elas, as prisões e os manicômios trancaram todas elas, e aí você pensa que é o único que está enlouquecendo, quando na verdade tem muita gente que nem você, presa no supostamente mundo livre do trabalho e do sono e das merdas dos bolos infinitos."

Ela parou para se recompor. Os olhos dele começaram a arder, de tanto uísque que ela emanava.

"Deixa eu adivinhar: tudo isso se conecta com os lagartos que vivem debaixo da crosta terrestre ou sei lá o quê? E outra coisa, você está bêbada? Quer dizer, tipo, *superbêbada*? Quer ir no freezer pôr gelo no joelho ou algo assim?"

Ela deu um tapinha no peito dele, e uma nuvem de farinha flutuou entre os dois.

"Eu, bêbada? E você, com essas pupilas do tamanho de uma agulha? Acha que não sei que você está chapado, sr. Papa-pílula?"

Ele estava consumindo o conteúdo do frasco de Dilaudid depressa, e ultimamente precisava de dois comprimidos para fazer o turno fluir um pouco melhor.

"Escuta aqui. Esse país", ela baixou a voz, "foi construído com base nas guerras de propósito. Os reptilianos se transformam em políticos e celebridades, depois usam essas marionetes para começar guerras, de modo que nunca fiquem sem energia ruim para consumir. Você não entende? A guerra é o fertilizante da plantação deles".

Normalmente silenciosa a não ser por eventuais comentários irônicos, Maureen era uma dessas bêbadas que se transformava num programa de rádio depois de meia garrafa.

"Mas os cientistas não iam ser, tipo, capazes de medir essas más vibrações de algum jeito?"

Ela riu. "Ah, meu pobre menino ingênuo. Em outros tempos, eles também diziam que as mulheres em Salém precisavam ser queimadas vivas porque a *ciência* dizia que eram bruxas. E aí aquela ciência virou lei. Agora eles usam essa mesma ciência para fazer as pessoas trocarem bombas. Como eu disse, novato", ela conteve um sorriso, "tudo nesse mundo é *Star Wars*. Bem contra o mal. Escuridão contra a luz. Tem os Jedi e tem o Império. E, caso você não tenha notado, eu sou Obi-Wan Kenobi, e o tempo está acabando". Maureen enfiou a mão no bolso do avental, pegou a garrafinha e sacudiu perto do ouvido — vazia. O forno apitou. Os olhos dela estavam úmidos. Outra fornada de bolos estava pronta.

Eles trabalharam sem parar e sem fazer intervalos. A voz de Russo ficou rouca pelos gritos constantes no interfone. E, somando o vapor das cubas aquecidas, a lava-louças e os fornos, a temperatura dentro do HomeMarket deve ter chegado a quarenta graus. A certa altura, Wayne pôs a cabeça debaixo da torneira do lado de fora para se refrescar. O top de Maureen estava encharcado e molhara a blusa do uniforme. Sony empurrou um banquinho para que ela pudesse trabalhar sentada pelo restante do turno.

Quando as coisas acalmaram e as janelas ficaram escuras, um senhorzinho de bengala entrou, sua coluna parecendo um agitado ponto de interrogação, pegou sua bandeja fumegante do balcão e simplesmente ficou ali por um tempo, tremendo. Ele abria e fechava a boca como se estivesse se aquecendo, depois ergueu o queixo. Dava para saber que, em algum lugar dentro dele, havia um escoteiro de pé com as costas bem eretas. "Eu só queria agradecer por vocês abrirem o restaurante no feriado. Estão evitando muita tristeza para muita gente, sabe? Por ter que comer sozinho no Dia de Ação de Graças. E... e..." Ele mordeu o lábio, com o queixo tremendo, depois balançou a cabeça, ergueu a bengala em uma espécie de saudação e se afastou com passos lentos.

A equipe não acreditava que estivesse salvando ninguém de nada — mas cada um deles foi tomado por um raro e inefável orgulho só de ouvir o homem dizer aquilo. Wayne ajeitou a postura e tocou na ponta da viseira, depois ajeitou cuidadosamente o uniforme, que estava todo manchado de gordura.

No dia seguinte, enquanto lia na cama, Hai sentiu cheiro de queimado e saiu para investigar. Encontrou Grazina no corredor olhando para a janela que dava para o rio.

"Grazina", ele chamou atrás dela, com a mão no ar, e esbarrou em uma das muitas caixas empilhadas no corredor. Ela se virou, secando os olhos com as costas da mão.

"Labas, é você?"

Ele fez uma pausa, sem saber ao certo se devia trazer à tona o sargento Pepper. "Sou eu. Está tudo bem."

"Labas, por favor, me ajuda. Vem aqui, menino."

Ela pegou o braço dele e o manteve ao lado dela, depois foi até a parte da casa iluminada pela luz da janela, onde ele viu que o rosto dela era o de outra pessoa. As mãos de Grazina tremiam ao pairar perto do rosto. "Olha", ela disse, inclinando a cabeça para o lado, deixando à mostra um emaranhado endurecido e luzidio de cabelo. Parecia que alguém tinha derramado xarope na cabeça dela. "Eu estava tentando cachear meu cabelo, mas acabei queimando tudo. Queria ficar mais bonita. Fico melhor com cachos." Ela apontou para o modelador de cachos no chão. Hai pegou o aparelho e viu que havia tufos de cachos grisalhos e pegajosos grudados no metal, que continuava quente e emanava o odor sulfúrico e enjoativo de cabelo queimado.

"Ei. Quem é o presidente agora?", ele perguntou, largando o aparelho em cima de uma prateleira.

"Quê? Ah, Obama", ela respondeu, irritada. "Não estou doida agora, estou falando sério." Ela olhou firme para Hai. "Consegue consertar meu cabelo? Derreti tudo."

"Claro que dá pra consertar. Cabelo cresce, lembra? *Você* não se queimou, né?" Ele olhou com calma o pescoço e as clavículas dela.

Grazina fez que não com a cabeça.

Sob a luz trêmula da penteadeira, em que das quatro lâmpadas só uma funcionava, Hai começou a fazer o primeiro corte de cabelo da sua vida. Grazina se sentou no vaso sanitário, imóvel e estoica, um sorriso suave enquanto os cabelos queimados caíam ao redor de seus pés como insetos mortos. A máquina, que parecia ter meio século de idade, zumbia monótona enquanto Hai trabalhava, parando de vez em quando para avaliar seu trabalho. Logo a cabeça dela tomou forma, a testa ampla e emoldurada por dois centímetros de franja. Sim, era um corte tigelinha, o mesmo que ele usava, embora um pouco mais curto por necessidade, já que parte dos cabelos do lado esquerdo tinham sido queimados quase até a raiz.

Ele deu um passo atrás para ver o que tinha feito. "Você está meio parecendo o Júlio César."

Ela olhou para o espelho, se virando para avaliar ângulos diferentes. "Estou mais para um Boris." Ela franziu a testa. "Eu já fui bonita, sabe? Mas o que é que se pode fazer?"

Depois que Grazina estava mais tranquila, Hai cruzou de bicicleta a ponte ferroviária em direção à cidade, o céu acima dele era de um cinza unânime. As ruas também estavam cinzentas, exceto por umas poucas abóboras esmagadas aqui e ali, esburacadas pelos esquilos ou arrebentadas por moleques que as roubavam de varandas para arremessar contra os cabos de telefonia. A maior parte das casas estava vazia, os moradores reunidos com parentes em casas melhores. Quando ele passou pela pizzaria Sgt. Pepper's, fechada naquele dia e já sem o cartaz de inauguração, retirado havia muito tempo, Sony já esperava na entrada do HomeMarket. Ele segurava uma sacola de farmácia e estava parado como um soldadinho de chumbo. "Por que você está de uniforme?", Hai perguntou, diminuindo a velocidade. "A gente não abre hoje, lembra? É Dia de Ação de Graças."

"Essa é a minha melhor roupa. Tem colarinho." Sony puxou a gola da camisa polo.

"Verdade. Bom, Grazina vai gostar."

Grazina, quando soube que Sony estava sozinho no abrigo, convidou-o para o jantar de Ação de Graças. O pessoal do abrigo ia fazer um jantar, mas Sony não estava a fim de participar, já que havia, sim, viciados no lugar, no fim das contas. As pessoas com necessidades especiais como Sony ficavam no primeiro andar, ao passo que o pessoal do programa de sobriedade ficava no segundo. E o jantar era no refeitório, para todo mundo do prédio, e um ou dois membros do programa de sobriedade deixavam Sony incomodado.

"Eu trouxe Doritos." Sony ergueu a sacola plástica.

"Então acho que nossa refeição de Ação de Graças está completa."

Sony sorriu e subiu na garupa, e a bicicleta partiu. O rio emanava cortinas de vapor ao longo das margens, um véu protegendo a correnteza dos olhares indiscretos. Os meninos não falaram no caminho, mas Hai sentia as mãos de Sony nos seus ombros e a sacola resvalando na jaqueta. Quando chegaram aos trilhos, um trem se aproximava e eles pararam, sentindo a força sacudir o chão, e o tremido subir pela bicicleta enquanto os vagões passavam.

"Então, você é o Sunny? Tipo de sol em inglês, é?", Grazina perguntou, tirando o olhar de sua panela de repolhos.

"Na verdade, não. É de uma empresa de produtos eletrônicos do Japão. Bom, de uma tevê que eles faziam, pra ser exato."

"Ah." Ela assentiu consigo mesma, provando uma colherada. "Então quer dizer que você é caro." Sony olhou para Hai, meio assustado, depois forçou um sorriso.

"Labas, prove isso. Não está perfeito?"

"Perfeito", Hai concordou, lambendo os lábios.

"Repolho fresco. Lucas trouxe, Deus abençoe meu menino. Ele deixou ontem na varanda, leite também. Não disse oi nem tchau. Só deixou ali e foi embora. Ele é sempre tão elegante comigo, esse menino."

"Ah, sério?", Hai disse, entrando na dela. "Ele veio de Paris dessa vez?" Ultimamente ele vinha ouvindo falar de Lucas, mas ao contrário do que acontecia com a filha, Lina, Hai não tinha visto uma única foto do rapaz em lugar algum.

"Não, não, não, ele está por aqui." Ela fez um gesto com a colher indicando o entorno. "Ele vai e vem o tempo todo, igual a um camundongo, aquele menino. Às vezes ele fala, às vezes você nem ouve ele andando por aí."

Hai deu uma olhada para a bandeja de remédios dela em cima do balcão, só para conferir, mas tudo parecia em ordem.

Ele serviu refrigerante de uva para Sony e tirou os filés Salisbury do freezer. Quando mencionou quantas refeições congeladas ele comprava por semana, Wayne se oferecera para fazer filés caseiros com as sobras do bolo de carne do HomeMarket.

"Ah! Esses são os filés Salisbury que o Wayne estava fazendo", Sony comentou. "Sabe por que eles se chamam Salisbury?"

Grazina parou e pôs a mão na cintura, de repente interessada. "Por quê?"

"Por causa de James Salisbury." Sony se endireitou na cadeira. "Ele foi médico durante a Guerra Civil."

"Será que só por hoje a gente pode não falar de guerra?", pediu Hai. "É Dia de Ação de Graças."

"Não, continue. Por favor. Eu como esses filés faz trinta anos e ninguém nunca me explicou isso." Grazina limpou as mãos num pano de prato, saiu da frente do forno e se sentou. "Esse menino é muito interessante", comentou para Hai.

James Salisbury, Sony contou, acreditava que a diarreia, que era epidêmica entre os soldados da União durante a guerra, podia ser interrompida com o consumo de café e carne moída. "Ele também acreditava que alimentos como arroz e batatas causavam tumores no trato digestivo, e foi o primeiro a defender uma dieta baixa em carboidratos. Por isso criou o filé Salisbury, para provar essa hipótese." Sony ergueu o ziplock com filés congelados e olhou maravilhado para aquilo. "É uma verdadeira façanha da era vitoriana em termos de inovação."

Grazina examinou os filés no saco. "Huh. Um tipo de médico inventou a melhor refeição do mundo. Não é de espantar que a gente ame essa comida." Ela se virou para Hai, com os olhos brilhando. "A gente não ama essa comida, Labas? É que nem as cenouras! Dá pra sentir o sabor da bondade no coração do homem. Mesmo cem anos depois." Ela se recostou e olhou para Sony. "Obrigada pela aula de história. Deus é bom, né?"

Sony deu uma risadinha nervosa. "Bom, imagino que sim. Levando tudo em consideração."

"Você sabe que o meu pai inventou a salada de frutas, não sabe?", Grazina indagou, erguendo uma das sobrancelhas em uma expressão de satisfação. "Mas claro que os Vermelhos não deram crédito pra ele. Bem que eu queria uma salada de frutas agora."

"O seu pai inventou a salada de frutas?" Sony encarou Grazina.

"Claro. Você acha que eu invento coisas? Pra quê?"

Quando a refeição acabou, depois que os pratos já tinham sido tirados e a mesa estava limpa e pronta para o chá, Sony ficou quieto de repente. Àquela altura, Hai tinha aprendido por osmose os ritmos do primo e sabia quando ele estava se afastando mais no mar de si mesmo. Grazina, também sentindo uma mudança no ar, serviu os Doritos numa tigela e se sentou. "Por que essa cara, menino?"

"Ei, cara." Hai se inclinou para o primo. "Você está bem? Quer ir embora ou alguma coisa assim?"

Sony olhou para sua xícara de chá intocada.

Grazina, entendendo a situação, terminou de mastigar um punhado de Doritos e disse: "Deu uma tristeza, é? Acontece nesta época do ano."

Ela deu uma olhada em volta na cozinha minúscula. “Que maravilha. Ainda por cima estamos sem pães para pisar.”

“Posso te levar pra casa e você pode ir dormir. Não tem problema”, Hai disse.

As mãos de Sony apertaram a mesa com tanta força que deixaram marcas úmidas na madeira quando ele finalmente se moveu.

“A minha mãe não vai sair.” Ele balançou a cabeça.

“O quê? Como você sabe?”

“Fui falar com ela uns dias atrás. Peguei o ônibus para a penitenciária de York depois do trabalho.”

“Por que não me disse? Eu podia ter ido com você.”

Ele deu de ombros.

“Por que ela não vai sair?”

“A sua mãe está na cadeia?” Grazina largou o chá, os olhos arregalados. “Você é bem interessante mesmo.”

“Não sei”, disse Sony. “Me falaram um monte de coisa, mas não entendi a maior parte.”

“Sua mãe vai ficar bem. Fica calmo.” Grazina levantou e abraçou a cabeça de Sony. “Afinal, ela está numa prisão americana. Não é tão ruim, certo? Ela não vai morrer. Você vai voltar a dar um abraço nela igual a esse. Você é caro, e Jesus não desperdiça coisas valiosas.”

“Eu podia ter ajudado”, Hai disse. “Não ligo se as nossas mães estão brigadas. Nós somos primos. Da próxima vez, fala comigo.”

“Você nunca ajudou antes. Como eu ia saber que ia ajudar agora?” Embora a voz dele estivesse abafada pela roupa de Grazina, as palavras machucaram.

Hai limpou a mesa. Sony não estava errado.

“Eu deveria ter feito minhas cenouras com mel”, Grazina disse com um beicinho. “Ia ser útil pra todos nós agora.” Depois ela olhou para a própria cintura e franziu a testa, as palmas das mãos abertas ao lado do corpo. “Espera aí, meninos, como eu desamarro isso aqui?” Ela deu uma risada nervosa e tentou outra vez, mas as mãos pareciam apenas balançar e pairar ali. Ela parou e olhou em volta, confusa.

Sony puxou o nó do avental, que se afrouxou.

"Rá! Olha só esse menino, Labas! Um gênio, esse guri."

Pouco depois, os três se ajeitaram no sofá para ver um filme. Sony tinha comprado uma fita VHS de seu filme favorito, *Gettysburg*, com Jeff Daniels no papel principal, um filme que ele assistia repetidamente desde os dez anos. Essa na verdade era a terceira cópia dele, as outras perdidas ou gastas de tanto serem tocadas num loop infinito. Toda vez que Hai visitava Sony na infância, o filme estava passando no fundo, como se fosse o tempo.

Sony estava ansioso ao colocar a fita no velho RCA e se sentar entre Hai e Grazina. "Sabiam que essa foi a batalha que mudou o curso da guerra?", ele perguntou enquanto passavam os créditos de abertura. "E foi tudo por acidente. Lee perdeu contato com o oficial de cavalaria dele, Jeb Stuart, e foi andando bem na direção do exército do Potomac. Dá pra acreditar? O ponto de virada mais importante da trajetória do nosso país aconteceu porque alguém se perdeu." Dava para ouvir o sorriso na voz dele no escuro.

"Eu acredito", Grazina disse, pegando um punhado de Doritos da tigela.

O filme tinha mais de quatro horas de duração, e Hai ouvia Grazina cochilando e acordando, roncando, depois acordando assustada por tiros de rifles e se lançando na tigela de Doritos. Sony ficou na ponta do sofá o tempo todo, repetindo as falas, discursos grandiosos de oficiais de cinza e azul incitando seus "rapazes" a morrer em seguidos ataques de baioneta.

"Não é tão difícil matar", Grazina disse, sonolenta, quando um soldado confederado foi empalado por uma baioneta enquanto subia uma colina ladeada por árvores. "Você só encosta em uma coisa até mudar de cor."

Foi uma coisa tão esquisita para se dizer que Hai se inclinou para ver se ela estava bem. "Grazina", ele sussurrou.

"Que foi?"

"Quem é o presidente?"

Ela apontou para a tevê. "Lincoln."

Justo. À medida que o filme se aproximava do clímax, ela já tinha dormido para valer. "Essa é a Carga do Pickett." Sony se balançava no sofá. "O maior erro de Robert E. Lee na guerra. É o que dizem. Uma marcha suicida contra a formação de canhões de Meade, a maior da história de todos os confrontos de infantaria no estilo napoleônico, com ricochetes sendo ouvidos até em Washington." Ele se inclinou para a frente, mastigando Doritos.

"Deixa eu adivinhar, você agora vai me dizer que foi daí que inventaram a palavra 'piquete'?"

"Não, o nome é de um dos generais, George Pickett, da Virgínia. Ele jamais perdoou Lee por ter dado essa ordem. E com razão. Pickett perdeu dois terços de sua divisão em apenas quarenta e cinco minutos. Lee era superestimado como estrategista, se você quer saber a minha opinião. Não chegava nem aos pés de Grant."

À medida que os corpos se empilhavam durante a "carga" fracassada, que para Hai parecia mais um desfile de homens barbados andando lentamente por um campo em chamas e sendo massacrados aos montes, Sony disse, tão baixinho que ele mal ouviu:

"Tudo de ruim sempre acontece para o sul." E cruzou os braços, recostando-se no sofá, desanimado.

"Do que você está falando? Ei, você está bem? Você está agindo de um jeito mais estranho que o normal."

"O sul sempre perde. Essa é a regra."

"E deviam perder mesmo. Eles eram os maiores babacas. Olha." Hai fez um gesto na direção da tela. "Eles atravessaram esse campo enorme e levaram um monte de tiros só para não perder escravos."

Sony não estava ouvindo, no entanto; estava mergulhando mais fundo em algo. "O meu pai foi cabo no sul e eles foram esmagados. Agora está num barraco em Vermont e a única coisa que faz é escutar discos velhos e chorar sozinho lendo livros sobre mapas."

"Você está de brincadeira, né? Essa foi *outra* guerra, totalmente diferente."

"Eu sei. Mas na bússola o norte e o sul são sempre iguais. É simplesmente a regra." Ele se virou para Hai com a boca entreaberta. "Ei. Você acha que a minha mãe vai ficar bem? Ela não tem nada a ver com sul nenhum, né?"

Lá fora, o luar atravessou as nuvens, fazendo com que as casas abandonadas que eles viam pela janela parecessem novas e limpas.

Por desespero ou burrice, ele não sabia dizer, Hai pegou um único Doritos e fez com que ele navegasse como um barquinho até Sony, depois até o ponto em que a cicatriz da cabeça dele começava. Sony fixou os olhos no salgadinho enquanto Hai o navegava pelo rio da cicatriz do primo — assim como o rio que corria do lado de fora da casa, a pele lisa refletindo a luz dos cadáveres na tevê — até a nuca dele, onde o Doritos deixou o rio e navegou em torno da cabeça, passando em frente aos olhos de Sony, que tinham se iluminado com uma mescla de confusão e alegria, e terminou aportando na boca aberta de Hai.

Sony riu, cobrindo os dentes como uma criança. "Que nojento!"

Hai deu de ombros, mastigando. "Ficou com um gosto muito melhor."

Eles se ajeitaram para ver o fim do filme. Depois dos créditos finais e depois que Sony tinha caído no sono, Hai subiu a escada para ligar para a mãe. Sozinho no escuro, era bom ouvir a voz dela. Ele lamentou não poder estar lá para o Dia de Ação de Graças, e ela disse que não importava porque eles nunca tinham celebrado o feriado mesmo. Mas ele sabia que a sua ausência, assim como em todas as outras vezes, doía. Ela devia ter passado a semana toda pintando as unhas de tantas mulheres com perus e folhas cor de laranja e abóboras, ouvindo as clientes falando sem parar sobre os grandes planos que tinham com suas famílias. "Estou bem, mãe", ele disse. "Estou até ganhando dinheiro. Sou assistente de um laboratório médico no campus. Não é muito, mas já é alguma coisa."

"Eu sabia que você ia conseguir, meu filho", ela sussurrou. Ele disse que ia mandar um cheque, o que ela recusou, dizendo que em vez disso ele deveria quitar a dívida com a primeira faculdade. E quando ela mencionou que tinha feito um mingau de arroz e sentado perto do altar "comendo com a Bà ngoại", ele não conseguiu mais aguentar e inventou um pretexto para encerrar a conversa e desligar.

Hai desceu com cobertas e fez colchonetes improvisados no chão para ele e para Sony, que despertou, desorientado, e depois escorregou do sofá e se esticou. Hai deitou Grazina no sofá, tirou os óculos dela, colocou a dentadura da parte inferior num copo d'água, cobriu seus ombros com uma colcha e finalmente se deitou. Ficou olhando para o teto. Dava para ouvir o primo coçando a cabeça, provavelmente passando o dedo pela cicatriz, algo que fazia nos momentos de tédio. Então Sony disse algo, baixinho — para Hai ou para o nada, não dava para saber. "Por que eu me sinto tão triste assim?"

E só.

Hai ficou absolutamente imóvel, fingindo dormir. Disse a si mesmo que, caso Sony repetisse, se pedisse qualquer outra coisa a ele, qualquer coisa no mundo, ele sairia correndo para atender, ia se jogar sobre o menino e responder qualquer pergunta que fizesse. Nunca mais passaria direto por Sony enquanto os valentões o ofendiam. Mas Sony não disse mais nada. E a noite se aquietou, ficou cada vez mais silenciosa e inerte, apenas o vento rangendo nos beirais da casa. E Hai não sabia qual deles caiu no sono antes, mas torcia para ter sido Sony. Torcia para ter sido o primo que tinha um rio correndo pela cabeça, cheio de barquinhos.

10

Eles estão em algum lugar na Virgínia. Do lado de fora do Toyota marrom de Ma, um mar de pastos verdes que se transformou em tons profundos de dourado ao sol do fim de tarde. Do outro lado do campo fica uma cadeia de montanhas que, de acordo com o mapa na última parada, se chama Blue Ridge.

"Tem galinheiros lá na frente", diz Bà ngoại. Ela está segurando a alça acima da janela com as duas mãos, um hábito que pegou ao andar em vans comunitárias passando por estradas esburacadas, sem asfalto, na província de Tiên Giang de sua juventude. "Uma hora atrás, os galinheiros estavam ao lado das casas." Como sempre, o único que escuta o que ela diz é Hai. A mãe dele está dirigindo, a irmã, Kim, no banco do passageiro, e ele no banco de trás, apertado contra a porta, com Sony no meio e a avó na outra ponta, e num lugar ainda mais distante na mente dela.

"Se eu morasse aqui, ia soltar todas essas galinhas. Ia sair de noite e abrir os galinheiros." Ela dá uma risadinha para si mesma e se vira para Hai, os olhos úmidos sem motivo.

"Qual é a graça, Bà ngoại?", Sony diz. "Você tem uma piada dentro de você?"

Ela passa o braço em volta do neto, que se encolhe para evitar ser tocado. "Helicópteros são engraçados", ela diz. "Esse aí quem pilota é a minha filha."

Sony se contorce e se liberta. "Eu vou pilotar um helicóptero no exército um dia, aí te levo pra dar uma volta e ver como constroem galinheiros no Canadá."

Bà ngoại enfia a mão nos bolsos do pijama, tira duas pastilhas Halls, desembrulha e enfia uma na boca de Sony. Depois olha para Hai. "Abre a boca."

Hai abre a boca e ela enfia a bala, batendo nos dentes da frente do menino. "Gol! Gol!", ela grita, batendo no teto do carro e rindo.

"O quê vocês estão falando aí atrás?", tia Kim pergunta em vietnamita. Ela está comendo pistaches e jogando as cascas pela janela.

"Para de jogar lixo na estrada", Ma diz.

"Ai, larga de ser tão certinha." Tia Kim joga mais cascas pela janela. "Não é lixo se for da natureza."

Eles estão a caminho da Flórida, onde a tia Kim vai dar uma olhada no salão de manicure que está à venda. É importante porque significa que Kim e Sony podem deixar a família para trás — e Ma está há uma semana nervosa com isso. Quando estavam se aproximando da Virgínia, Sony implorou para que a mãe pegasse o desvio em que estão agora.

"Quanto falta agora?", Ma pergunta. "Esse lugar é assustador." Eles passam por um ferro-velho improvisado cheio de brinquedos quebrados de parque de diversões.

Pendurado no pescoço de Hai por um cordão há um GigaPet, um equipamento do tamanho da palma da mão com um "bichinho de estimação" pixelado que pode ser alimentado e acariciado até que a pilha acabe, moda entre todos os pré-adolescentes em 2001, o que significa que ele tem onze anos e Sony, nove. O que significa que é agosto e que as Torres Gêmeas em Nova York vão continuar de pé por mais cinco semanas.

Tia Kim abre um mapa e olha para ele por um tempo. "Acho que mais vinte minutos. Talvez menos." Kim olha para Sony, aponta com um dedo. "É melhor esse lugar valer a pena. Fica uma hora fora do caminho e a sua tia está dirigindo mesmo com dor de cabeça."

Sony assente vigorosamente. "É muito importante, mãe, eu juro", ele diz em inglês.

A pastilha faz os olhos de Hai lacrimejarem, e as colinas douradas começam a ficar borradas conforme o carro percorre a estrada de mão única.

Logo os trailers e os ferros-velhos cedem lugar a uma cidadezinha adormecida no sopé de colinas que dão para fazendas de cavalos e gramados imensos do tamanho de parques municipais. Ma e tia Kim estão tentando descobrir onde entrar. O centro da cidadezinha não ocupa mais do que poucas quadras, que eles circulam enquanto tia Kim lê os números das casas. Quando viram numa das ruas, Sony grita: "É aqui! Essa é a rua. Vai pro número oito, tia! Número oito da rua Washington."

Eles estacionam numa ruazinha pitoresca de paralelepípedos e postes de iluminação pretos polidos, um café, uma loja de vinhos e uma boutique com um letreiro escrito a giz na calçada alegando que aquele é O LUGAR MAIS FOFO EM QUILÔMETROS. Um jovem casal de vinte e poucos anos para e tira uma selfie com uma Polaroid debaixo de um vaso cheio de crisântemos. Tudo está limpo. As calçadas, de um branco impecável, brilham sob o sol de fim de tarde.

Bà ngoại sai e estica os braços. "O que estamos fazendo aqui? Já chegamos na Flórida?"

"Paramos para Sony aprender uma coisa", tia Kim diz. "E é melhor ser rápido."

"Isso é uma escola?", Ma pergunta, franzindo a testa diante das janelas altas.

"Tem que ir nos fundos." Sony sai correndo pelo chão de brita para a parte de trás da casa, abre o portão de madeira que leva ao quintal e acena para os outros. A família entra no que parece ser uma pequena horta, com os nomes dos vegetais cultivados ali marcados nas estacas de madeira. Há um galpão onde trepadeiras cobriram a tinta cor de cobre, as folhas inertes na tarde morta. Tudo está parado e quieto, exceto pelos passos deles no pedrisco.

"Tem hortelã!", Bà ngoại diz, pegando umas folhinhas e enfiando no nariz. "E olha! Berinjelas!"

"Isso aqui é a casa de alguém", tia Kim diz. "Vão atirar na gente. Ouvi que em alguns estados você pode atirar sem nem fazer perguntas."

"Não seja burra. Ninguém vai atirar em ninguém. Ei", Ma chama Sony, "se apresse e aprenda sobre esses vegetais". Ela procura um chiclete na bolsa. "Estou morrendo de fome."

Bem nesse momento a porta dos fundos se abre e todos se viram. Sony está tão empolgado que literalmente segura a cabeça com as mãos.

Uma mulher de terninho com cabelos cheios aparece. "Olá? Posso ajudar?" A mulher analisa o rosto deles, inexpressivos como animais capturados.

"Diz alguma coisa!", Ma sussurra para Hai.

"Ah, oi, senhora", ele começa em inglês. "A gente, er... a gente quer aprender sobre, er..."

"Ah! Claro", a mulher exclama. "Não sejam tímidos. Entrem, vamos começar daqui a pouquinho." Ela segura a porta aberta com um largo sorriso inescrutável, os brincos balançantes cintilando como agulhas enquanto eles passam em fila com a cabeça baixa.

A porta de entrada leva a um porão com paredes de pedra, o ar drasticamente mais fresco ali do que o calor em que estiveram presos o dia todo. O lugar cheira a umidade e desinfetante.

A loura os guia até a um balcão. "Então, três adultos e duas crianças, certo? São trinta e dois dólares."

"Quanto dá isso?", Ma pergunta para Hai, enfiando a mão na bolsa.

"Três e dois", Hai diz em vietnamita.

"Cinco dólares?"

"Não, três e dois. Assim." Ele pega a bolsa de Ma, para grande surpresa da funcionária, e entrega duas notas de vinte para a moça.

"*Tudo* isso?", diz tia Kim olhando para Sony, que está radiante segurando a mão de Bà ngoại.

"Esse lugar tem fantasmas", Bà ngoại diz, percorrendo o teto com os olhos.

A moça entrega adesivos azuis para que eles colem nas camisas. Bà ngoại cola o seu na testa e convence Sony e Hai a fazerem o mesmo. "Isso vai espantar eles. Vão achar que somos xamãs."

A moça branca então fala o nome de uma certa Carol, que imediatamente se manifesta vindo de trás de uma cortina que separa aquele ambiente de outra sala. Carol, uma mulher de meia-idade, de fala mansa e alegre, com óculos sem armação, cabelos curtinhos e calça cargo verde, leva os cinco a uma área de espera onde há mais seis pessoas, todas adultas. Carol vai até a frente da sala, pigarreia, e diz: "Ok, pessoal. Bem-vindos à

Casa Histórica e Museu Stonewall Jackson! Meu nome é Carol e vou ser sua guia hoje. A sua presença e o seu apoio são muito importantes para a preservação da história e de seus artefatos. Mas antes", ela alegremente ergue o dedo indicador, "vamos mostrar para vocês um trecho de nosso premiado curta-metragem sobre o homem, a lenda...". Ela faz um giro de trezentos e sessenta graus e dá um passo para o lado. Segundos depois, a luz diminui e um filme passa numa tevê presa à parede.

O filme tem cerca de dez minutos de duração e fala basicamente sobre a vida de um velho, a narração sendo marcada por datas, não de suas conquistas militares, mas de coisas normais que ele fazia no dia a dia; o caminho que ele percorria toda manhã para chegar ao Instituto Militar da Virgínia, onde dava aulas; os livros de jardinagem de que gostava; citações de suas cartas para antigos cadetes; coisas que ele gostava de comer; que sua primeira mulher, Elinor, morreu dando à luz; o bebê natimorto; e os primeiros anos dele alfabetizando famílias de negros no condado de Lewis, na Virgínia Ocidental. Esse último fato foi mencionado três vezes. O filme acaba com um lento zoom na estátua de bronze de Jackson na Universidade da Virgínia, acompanhado por uma arrebatadora música no violino.

As luzes se acendem e, com as imagens de benevolência paternal de Jackson na cabeça de todos eles, Carol os leva pelo corredor até uma cozinha, onde vários alimentos estão espalhados por todas as superfícies disponíveis: empanadas, pãezinhos, broas fatiadas, peças de queijo, frutas e vegetais amontoados em cestas de vime ou posicionados em tábuas de corte — tudo em abundância, perfeito e falso, todos os itens moldados em plástico brilhante.

"O que está acontecendo?", Bà ngoại pergunta em vietnamita, alto o bastante para que algumas pessoas se virem. "Eles vão cozinhar para nós?"

"Isso é um museu", Sony sussurra em inglês. "Para aprender sobre Stonewall Jackson."

"Só fique em silêncio, Ma", tia Kim sibila. "Se estiver com fome, vamos comer frango depois." Tia Kim sorri para Carol, incitando-a a continuar.

"Certo. Já vou começar dizendo que, sim, os Jackson tinham pessoas escravizadas. Mas", Carol observa, com um sorriso que mais parece uma careta quando ela ajeita os óculos, "aqui nós podemos chamá-los de criados, já que era assim que a família Jackson se referia a eles". Ela faz uma pausa e olha ao redor. "Nós tentamos ser corretos de acordo com a contemporaneidade, só isso." Os outros visitantes, todos brancos, assentem. "Dois criados inclusive *pediram* para ser comprados por Jackson. O que era muito comum", Carol enfatiza. "Jackson até permitiu que um deles, Albert, trabalhasse e abrisse mão dos salários, de modo que ele acabou comprando a própria liberdade."

Uma mulher no grupo coloca a mão no coração, admirada.

Enquanto Sony presta atenção, em êxtase, Hai está entediado e só quer chegar a um hotel de beira de estrada e ver luta livre na tevê a cabo gratuita que eles não têm em casa. Ele dá uma checada no seu GigaPet, mas o bichinho virtual está dormindo e não quer brincar. "Inútil", balbucia, enfiando o brinquedo no bolso.

No escritório de Jackson, no andar de cima, Carol passa um tempo explicando os tipos de mobília usados no período: a passadeira de oleado, os capachos de fibras tecidas que ficavam enrolados durante o verão, as tapeçarias, a escrivaninha sem cadeira de Jackson — o professor tinha problemas digestivos, ela explica, e preferia preparar suas aulas de pé. Bom, eis a sala de estar na qual Jackson, contrariando suas austeras crenças presbiterianas, se empolgava e dançava a polca ouvindo a mulher tocar piano depois do jantar. Essa é a cadeira da sala de estar que fica de frente para a parede, onde o professor se sentava para meditar e memorizar suas aulas. Ali o tapete onde ele brincava com os filhos de seus convidados, já que preferia a companhia dos pequenos à dos adultos insossos.

No quarto dele, o grupo conhece o banheiro onde o general se aliviava, a cama com dossel, a cadeira onde estão pousados um uniforme azul e um quepe, do tipo que Jackson usava como professor na academia militar antes de entrar para os Confederados. Na beirada da cama há uma cestinha puída. Carol enfia a mão lá dentro e distribui fotos plastificadas de Jackson para os visitantes, a maioria mostrando um homem bem barbeado, com os olhos claros criando a curiosa mescla de uma expressão a um só tempo triste e bastante determinada. "Normalmente ele estava com a barba feita",

Carol diz, acenando na direção da mesinha original em que Jackson se barbeava, o espelho hoje emoldurando os rostos dos visitantes, que se revezam preenchendo o oval que um dia exibiu o rosto dele.

"Alguma pergunta antes que a gente siga em frente?", Carol pergunta.

Sony ergue a mão no fundo, mas ela não vê. "Ele chegou a voltar depois da Segunda Batalha de Bull Run?"

"Você precisa falar mais alto." Hai puxa a camiseta de Sony, mas Carol já foi para a próxima sala.

"Dá para imaginar morar aqui?", Ma comenta, examinando um aparador de madeira polida. "Imagina quanta coisa pra *varrer*."

"Eu aceitaria morar aqui se o meu marido fosse rico", tia Kim diz.

"E você pode encontrar um marido rico em Connecticut." Ma lança um olhar na direção dela.

Bem quando Ma e tia Kim saem, Bà ngoại pega no braço de Hai. "Hai, preciso da sua ajuda."

"Que foi, vó?", Sony pergunta em inglês.

"O que ele está falando?", ela pergunta para Hai. "Não importa. Preciso fazer xixi. Vocês podem cuidar da porta?"

"Certo, deixa eu procurar um banheiro", Hai diz em vietnamita. Antes que possa dar mais um passo, Bà ngoại pega um penico com tampa de uma prateleira na parede, claramente uma antiguidade, e o coloca no chão.

"Bà ngoại!", Sony grita enquanto ela se agacha no penico e o som de líquido escorrendo se espalha pela sala. Ela está virada para os meninos, com os olhos fechados de alívio.

Hai cobre a boca de Sony. Quando ela está terminando, um barulho de passos se aproxima. "Rápido."

"Me passa aquela toalha!", Bà ngoại diz.

Hai lhe entrega uma toalha bordada pendurada numa cadeira de balanço. Ela se limpa, joga a toalha no penico e fecha a tampa. Está colocando o penico de volta na prateleira quando Carol aparece. "Certo, pessoal, então vamos passar por aqui para voltar direto para o saguão... Ai, ai meu Deus! Espera, deixa que eu ponho, tá?" Ela corre até Bà ngoại enquanto Sony e Hai se encostam na parede. Carol pega o penico e ajuda a erguê-lo até a prateleira de cima com um gemido. "Uau… que pesado. Não fazem mais coisas assim." Ela dá um tapinha no penico na prateleira. "Certo. Por favor, não toquem nos objetos. Eles são *originais*. Eu sei, entendo, é tentador. A história é divertida." Ela se vira para os meninos. "Não é mesmo, meninos?"

Tanto Sony quanto Hai concordam com a cabeça. Bà ngoại dá de ombros e pisca para eles.

Depois de uma breve passagem pela sala de jantar, onde uma mesa está posta para um jantar sofisticado, o passeio chega ao fim. Lá, em uma mesa de apoio, ao lado de outra cesta de frutas falsas, fica a Bíblia em encadernação de couro de Jackson, do tamanho e do peso de uma tábua de corte. "Era aqui que ele fazia suas orações matinais. E, às vezes", Carol acrescenta com um sorriso, "ele chegava a trancar a mulher para fora se estivesse atrasada para as orações".

O passeio acaba ali — na fé. Fé e alimento, do mesmo modo que começou.

Um minuto depois eles são ejetados na lojinha do museu, uma minúscula salinha reformada no porão sinistro. Em meio a prateleiras com boinas militares tanto da União quanto dos Confederados, você também pode comprar um baralho de cartas impressas com as bandeiras de todos os estados do sul. Também está à venda um gibi fininho sobre os líderes confederados para crianças acima de sete anos. Em uma das prateleiras, ladeados por biografias ilustradas de Jackson e de Robert E. Lee, há exemplares de *Green eggs and ham*, do dr. Seuss. Acima, uma vibrante gama de pacotes de sementes para jardinagem, de abóboras a ásteres cor-de-rosa. Tia Kim compra uma latinha de balas de menta perto do caixa.

A porta se abre e eles saem para o jardim iluminado, o ar úmido pesado com erva-doce, feno e esterco de vaca de fazendas próximas.

Um termômetro digital acima da agência dos correios marca trinta e cinco graus. O sol da Virgínia brilha nos cabelos tingidos de ruivo de tia Kim, já com as raízes pretas no fim do verão. "Aprenderam bastante? Me digam, por que esse homem era tão importante, afinal de contas? Ou era só porque ele tinha uma casa grande?" Ela se vira para Ma. "Você não odeia quando as pessoas ficam famosas só por ter uma coisa grande?"

"Ele era um gênio militar", Sony diz, "igual ao meu pai".

"O seu pai é um vagabundo", tia Kim retruca, irritada. "Ele nem come comida vietnamita mais, sabia?"

"Parece que a única coisa que aquele homem branco fazia era ficar parado e posar para fotos", Ma diz, abrindo a porta do carro. "Se eu fosse famosa por ficar parada com a mão na cintura, nunca que ia deixar alguém entrar na minha casa... nem depois de morta."

Do outro lado da rua, duas cadetes, com seus uniformes brancos banhados de vermelho pelo sol baixo, passam pela família, quase batendo cabeça quando riem de uma tatuagem no braço de uma delas.

Meia hora depois, eles estão sentados no meio-fio no estacionamento do McDonald's, comendo nuggets.

"Feliz aniversário, menino!", Bà ngoại diz, mergulhando seu nugget no molho barbecue de Sony.

"Para, Bà ngoại, não!", ele diz, com uma risadinha, se afastando enquanto ela o puxa para perto. Ma e tia Kim estão ao lado dos dois, conversando, em meio a mordidas em seus McFish, sobre o salão de manicure na Flórida; quanto ia custar, o que significaria as duas ficarem tão longe uma da outra, longos silêncios se ampliando entre suas vozes.

Hai olha para o outro lado da vasta rodovia, onde carros passam roncando a caminho de setembro, para a escola e para o trabalho, e se inclina na direção de Sony, os ombros dos dois se tocando imperceptivelmente.

"Ainda bem que a gente saiu daquele lugar", Bà ngoại diz para Hai. "Estava cheio de demônios." Ela tira o adesivo da testa e o joga na brisa. Hai e Sony fazem o mesmo enquanto Sony sorri, com uma mancha de molho barbecue no queixo.

Foi então que Hai acordou e viu o rosto de Sony, que o sono e o luar deixavam azul e pétreo, sua respiração constante mesclada com o ronco de Grazina ali no sofá. Era Dia de Ação de Graças em Felicidade do Leste e Bà ngoại tinha partido havia muito tempo, junto com aquele dia de verão de tantos anos antes. Mas mesmo assim Hai sussurrou: "Feliz aniversário, Sony."

11

"Sargento Pepper, está na hora. Você sabe o que fazer, certo?" A cabeça de Grazina estava inclinada para o lado, a franja do corte tigelinha úmida de suor. Era de noite, e eles estavam sentados debaixo da mesa da sala de jantar, de volta às trincheiras. "Aqui." Ela levou a mão dele até o peito, onde um objeto liso e frio encheu sua palma. "Isso é âmbar. Da minha avó. Com isso vamos conseguir passar pela escuridão. O âmbar é uma pedra especial, dos espíritos da floresta... *shh.*" Ela colocou a mão na barriga e olhou em volta como se alguém pudesse ouvi-los. "Venha, eles estão se aproximando", sussurrou, erguendo a página de um catálogo de cupons pendurado em cima da mesa. O luar atravessando as várias cortinas de renda tinha o mesmo efeito da luz passando pelas copas das árvores.

Ultimamente, os remédios estavam fazendo cada vez menos efeito, e a mente de Grazina começava a oscilar antes da habitual janela de seis horas. A próxima consulta dela com o médico, a primeira desde a chegada de Hai, seria dali a um mês, e uma van enviada pelo hospital viria buscá-la. Ele estava torcendo para que os médicos aumentassem a dose e conseguissem controlar a doença.

Hai fingiu ouvir algo. "É alemão, com certeza. A uns cinquenta metros à esquerda. Um posto avançado. Não mais de três deles. Vamos nos afastar."

Ela se enfiou ainda mais debaixo da mesa, e ele a seguiu. "As vozes deles estão mais altas", ela disse por cima do ombro. "Não estou com medo. Você está com medo, sargento?"

"Estou muito longe de casa."

"Quantos anos você tem afinal?" Ela estendeu a mão para trás e examinou a mão dele, erguendo-a para a luz.

Ele pensou em mentir, mas disse a verdade. "Vinte."

"Só três anos mais velho que eu, então. Não sabia que dava para ser sargento tão novo." Ela deixou a mão dele cair e procurou seu rosto.

"Eu aprendo rápido."

"Estou vendo." Ela prendeu os cabelos atrás da orelha, e ele achou que tinha visto um sorriso.

"Venha." Ele saiu de baixo da mesa e entrou na noite de aroma adocicado, com toques de trigo e mato alto aquecidos pelo dia, que ele conseguia sentir na primeira semana de dezembro na Nova Inglaterra, irradiando da terra enquanto eles cambaleavam, de mãos dadas, pelas campinas ao fim de uma guerra hedionda e no início de suas anacrônicas vidas adultas.

O relógio cuco perto do calendário do 11 de Setembro marcava 4h51 da manhã. "O dia já vai raiar, e precisamos aproveitar o resto da noite para descansar. Aqui." Ele apontou para a despensa perto da porta dos fundos. "Parece algum tipo de galpão."

Grazina parou, se agachou e ergueu a cabeça acima das folhas de capim que oscilavam ao vento. "Mais provável que seja uma cabana de caçador", ela observou, erguendo o queixo para ver melhor. "Mas ainda não é estação de caça. Pode estar vazia. Vale a pena tentar, não?"

Acima deles, um avião, um avião de verdade, um voo doméstico saindo do Aeroporto Internacional de Bradley, zunia pela noite límpida, o motor zumbindo para além das janelas distorcidas. Grazina examinou o teto, alarmada. "De que tipo é esse, sargento?"

Ele revirou a cabeça em busca de algo que fizesse sentido. "B-52", arriscou, olhando para o alto.

"Vão bombardear?"

"Vamos entrar. O dia está raiando naquelas colinas." Ele passou por ela e fez um sinal na direção do matagal, as folhas arranhando seus braços.

Ele manteve a porta da despensa aberta e Grazina entrou. Os dois se sentaram no chão; ela se recostou para recuperar o fôlego, o rosto azulado brilhando de suor. Ele pegou uma folha de toalha de papel do rolo ali perto e secou as bochechas e a testa dela. O avião tinha passado e dava para ouvir o rio outra vez, também soando como o vento passando pelas folhas de relva do lado de fora da cabana do caçador. O passado se sintetizava no presente por meio de visões forjadas nos cérebros deles. Grazina empurrou uma lata de milho, depois encostou o rosto no oco da prateleira.

"Os Chucrutes devem estar dormindo", disse. "Mas tem uma luz vindo daquela casa de fazenda na colina. Você acha que são inimigos?"

"Acho que são só pessoas", ele respondeu para a cabeça de Grazina, exausto.

"Eles devem estar assustados. Devem ter crianças. É uma casa grande. Ah, olhe... uma raposa!" Ela se moveu para o lado e fez um sinal para que ele olhasse. Hai encostou o rosto na parede, e ali, para além das campinas, pouco antes de um aglomerado de árvores, uma pequena poça piscou duas vezes do ponto onde os animais atravessavam a rodovia.

"Lapės", Grazina disse em lituano. "Vi duas desde Vilnius."

O silêncio cálido da despensa deixou as pálpebras de Hai pesadas. Ele esfregou as têmporas e olhou as paredes em busca de algo que pudesse dar continuidade à trama e viu um interruptor, que acendeu. Uma lâmpada nua surgiu balançando. Grazina teve um sobressalto com o brilho e olhou em volta. Ela passou os dedos pelas latas na prateleira. "O que é isso?", ela perguntou, pegando uma.

"Vagens."

Ela franziu a testa. "Cadê a minha mãe? Será que ela já está com o agente de fronteira? Acabei de encontrar com ela nos correios." Ela examinou a despensa como se eles estivessem num espaço aberto, público, o que deixava Hai nervoso. Ele conseguia dar conta de duas cronologias, mas não de uma terceira. Grazina disse algo em lituano, depois pegou um pacote de macarrão, mas se assustou com o farfalhar do plástico e o atirou no chão como se estivesse vivo.

"Quem é o presidente?", ele se ouviu dizer. Mas essa frase, lançada na direção dela em horas de desespero noturno, tinha se tornado mais uma prece do que uma pergunta.

"Mama", ela disse, com a voz trêmula.

"Tenta de novo, Grazina. Você consegue."

“Minha mama, ela colocou meu cobertor na caixa de biscoitos.” Ela analisou Hai como se ele fosse um desconhecido que tivesse acabado de se sentar ao lado dela num banco. Ela se ergueu às pressas e começou a mover latas e caixas de uma prateleira para outra, derrubando algumas, que quase caíram nos pés dela.

“Para. Ei, a gente está no galpão, lembra? É uma cabana de caça, na Alemanha.”

Com as mãos, ela empurrou para o lado um pacote pesado de farinha. Caindo por um buraco, o pó se espalhou sobre a cabeça dos dois. Atrás do saco de farinha havia uma lata de estanho grande, redonda e enferrujada nas bordas. Ela pediu que ele a ajudasse a baixá-la. A lata era pesada e estava coberta por uma camada de poeira, do tipo que não sai quando você assopra, mas gruda nas mãos.

“Vá em frente, abra.” Ela fez um gesto na direção da lata, que parecia um dia ter contido aqueles biscoitos amanteigados dinamarqueses do Walgreens. Lá dentro havia um pano bege dobrado. Quando ele tentou pegar, descobriu que era maior do que esperava, e pouco depois um lençol king size se desdobrava sobre o colo dos dois, ocupando a despensa.

“Jesus, Maria e José!” Grazina perdeu o fôlego e segurou o lençol perto do nariz, inspirando fundo. Quando ergueu o rosto, seus olhos verdes estavam úmidos de lágrimas que acompanhavam um sorriso. “Sabe o que é isso, Labas?”

Labas, ele pensou. *Estamos de volta. Estamos dando a volta. Logo poderemos dormir.*

“Você pode me contar amanhã?” Hai olhou em volta na despensa, para ter certeza de que os campos alemães tinham desaparecido também da cabeça dele.

“Não, senta. Senta.” Grazina sorriu e deu um tapinha no chão ao lado dela. “Quero te mostrar.” Os olhos dela estavam límpidos e firmes quando ela piscou para derrubar as lágrimas. Ela desdobrou o tecido, com dedos agitados, como se estivesse tocando pergaminhos sagrados. “Olha”, sussurrou.

Havia desenhos por todo o lençol. Antes coloridos, os tons haviam desbotado ao longo dos anos, a costura cedendo. Os desenhos pareciam ter sido feitos por uma criança.

"Isso era da Marta, a menina-coruja", Grazina disse bem baixinho. "Era a minha melhor amiga. Ela era uma coruja gorda demais para voar. Era mais próxima de mim do que o meu próprio nome. Entende? Essa é a casa dela." Ela apontou com um dedo tortuoso para uma casa de madeira com telhas vermelhas, cercada por tulipas roliças. Ao lado da casa havia umas poucas galinhas sarapintadas e um carrinho. Marta morava ali com a mãe, o pai e um irmão menor, Grazina contou, as palavras saindo dela como se fosse uma gravação.

"Quem fez isso, a sua filha?", ele perguntou. "São bonitos."

"Cruzes, não. Minha filha desenha muito melhor. Ela não sabe que fiz isso. Eu tinha pesadelos quando menina, e por isso desenhava nos lençóis para me manter ocupada. A minha mãe viu e me comprou lápis de cor. Ainda faço isso — dezessete anos e continuo desenhando nos lençóis." Ela deu uma risadinha, e depois timidamente desviou o olhar.

"Não, espera. E o Labas? Labas, lembra? Você não tem dezessete anos. Tem oitenta e dois."

Mas ela não estava ouvindo. Grazina puxou o resto do tecido para fora da lata, procurando algo. "Esse é o lago perto do vilarejo. Marta nadava aqui no verão."

Hai olhou para o oval azul desbotado cercado de taboas e com uns patos tão sem cor que mais pareciam fantasmas flutuando sobre a água.

"Na Lituânia, você precisa esperar até agosto para nadar, senão é muito frio. Aqui..." Ela apontou para a prateleira, olhando mais uma vez pela janela da despensa. "Aqui na Alemanha é mais quente. Marta só aprendeu a nadar aos dezesseis anos", Grazina explicou. Um menino do vilarejo começou a ensinar para ela. Filho de mineiro, ele era quatro anos mais velho e, com ombros largos, nadava muito bem. Durante as aulas, as mãos dele debaixo d'água pareciam peixes. Hai percebeu que os olhos dela estavam fechados enquanto falava. "Os peixes nadavam em torno de Marta — e ela nadava bem devagar. Ela só era boa em boiar."

"Isso aconteceu muitas vezes", ela continuou. Toda vez que Marta nadava com o menino, os peixes vinham das profundezas para a superfície, saindo lá do fundo, fundo mesmo, do lago, e começavam a morder. Mas Marta nunca quis incomodar o menino. Já que ele estava se empenhando tanto em ensiná-la a nadar." Por isso Marta continuava nadando com ele, rindo, até ter centenas de peixes em torno dela. "Todo mundo adorava o filho do mineiro", Grazina disse. "Aos vinte e um, ele se alistou no Exército da Libertação da Lituânia e estava prestes a trazer grande honra para o vilarejo. Mas um dia, Marta e o menino nadaram pela última vez, duas semanas antes da data em que ele ia partir para o front."

Hai só notou que estava suando quando uma gota caiu da ponta do nariz no lençol.

"Naquele último dia, em setembro, estava bem quente. Àquela altura Marta nadava bem. Não precisava da ajuda do menino." Grazina foi em frente, contando como os peixes subiram de novo assim que o filho do mineiro se aproximou. "Os peixes, grandes como os antebraços dos fazendeiros", continuou. "E Marta fechou os olhos e estendeu as mãos." Grazina parou para imitar esse gesto. "Depois ela nadou o mais rápido e mais forte que pôde, bem como o menino tinha ensinado. Ela agarrava a água adiante, sabe, como se estivesse presa dentro de um grande saco de lixo, até rasgar." Mas continuava vindo mais água, água barrenta do fundo do rio. E por fim ela rompeu algo duro e subiu deslizando rumo à luz que passava pela superfície da água "como lanças arremessadas pelos antigos guerreiros nos contos de fadas". E aí ela chegou à superfície e viu o garoto, o filho do mineiro, que se chamava Filip. "Ele estava branco como uma rosa de verão. Absolutamente imóvel e silencioso ao lado de Marta, sorrindo para o céu." Grazina olhou para a prateleira enquanto dizia isso. "Um soldado morto que nunca matou ninguém." Grazina tocou em um dos patos do lençol. "Marta correu para casa, o mais rápido que pôde. Três dias depois, o padre fez um belo e glorioso discurso fúnebre sobre o corajoso soldado que tinha morrido afogado antes de poder se tornar um herói. E Marta ficou sentada na terceira fila o tempo todo, escutando enquanto o velho mineiro se ajoelhava diante do caixão do filho, chorando igual a uma criança."

Grazina parou e nenhum deles disse nada por um tempo, o ar de repente denso, sufocante.

"E o que aconteceu com Marta?"

Ela olhou fixamente para ele por um longo tempo. "Nada."

"Como assim? Alguma coisa tem que ter acontecido." Ele sentou direito, do nada precisando do fim de uma história que não tinha certeza se queria.

"Como eu posso saber o que Marta sabe? Tem coisas que são só da pessoa que viveu aquilo." Grazina estudou o rosto dele. "Quem pode saber o que acontece com corujas que são gordas demais para voar? Talvez elas nadem." Ela se virou para o outro lado. "Ela foi só uma menina de muito tempo atrás. Ninguém se lembra dela além de mim."

Ele sabia que devia assentir.

Ela tirou o lençol da lata. No fundo havia um envelope. Grazina entregou-o para Hai, as bordas macias como lenços, e fez um gesto para que ele abrisse. Hai rompeu o selo, revelando um maço fininho de notas de cem dólares. Devia ter mais de quatro mil dólares ali.

"Jonas deixou isso pra mim antes de ir para Deus. Ele sabia que ia ser útil numa jornada como essa. Use esse dinheiro para levar a gente até Londres, sargento. Os agentes de fronteira vão suspeitar de uma menina com tanto dinheiro."

A essa altura, Hai tinha se perdido nas cronologias. "O que eu faço com isso?", ele disse. Hai pensou em Sony, na fiança da tia Kim. Pensou em tudo, enquanto o envelope umedecia em suas mãos quentes. Ele tentou colocar o dinheiro de volta na lata, mas Grazina empurrou o envelope na direção do peito dele com um olhar suplicante. "Pegue", ela insistiu. "É meu dinheiro e faço o que quiser com ele. Na guerra, o dinheiro volta a ser papel." Ela empurrou o envelope contra o peito dele.

Enquanto Hai envolvia os ombros dela com o lençol, decidindo que era melhor deixar Grazina dormir onde estava do que arriscar mais uma desventura a caminho da cama, ela teve um sobressalto, olhou o cômodo de paredes apertadas, depois pegou uma caixa de sacos de lixo da prateleira, examinando o pacote. "Ah, meu Deus. É o Obama."

"Quem?"

"O presidente é o Obama, não é?", ela perguntou, com os olhos arregalados por trás dos óculos como num desenho animado.

"Isso", ele disse. "E estamos em dezembro de 2009."

"Claro, Labas." Ela bateu com o dedo no envelope que ele segurava, no qual o nome dela estava escrito num velho extrato do Banco First Eagle da Felicidade do Leste. "O que é isso? Lina me mandou uma carta?"

Checando a lucidez de Grazina, Hai virou o envelope do outro lado, escondendo o nome dela. "São só os meus contracheques. Pra pagar imposto e essas coisas." Ele deu de ombros e enfiou o envelope no elástico da cueca.

"Lembrei o nome do presidente dessa vez, certo?" Ela se recostou na parede e suspirou. "Ele tem um sorriso largo, igual você."

Hai estava com a cabeça entre os joelhos, incapaz de olhar Grazina nos olhos.

"Marta era uma coruja grande. Não podia voar, por isso flutuava, igual um pato", Grazina disse, pensativamente. Os olhos dela estavam fechados, a cabeça apoiada no ombro dele. O sono a estava forçando a se deitar, enfim. "Palavras definem destinos. Você que é escritor devia saber disso. É por isso que dizem que uma coisa 'está escrita', Labas."

Depois de um longo silêncio, que levou Hai a achar que Grazina tinha dormido, ela disse: "Queria ter te conhecido muito tempo atrás. A gente ia ter se ajudado. Não ia?"

"Ia, sim."

Bem quando a lâmina de luz na fresta debaixo da porta da despensa começou a brilhar com o sol, ele fechou os olhos e deixou o mundo por um instante, o mundo para o qual as mães deles os trouxeram, aquele em que eles, por pressa, mal sobreviviam. Mas Hai ia sobreviver, ele decidiu de uma vez por todas, sentindo o dinheiro pressionar a pele úmida. Ele nunca tinha sido tão rico.

12

Eles tinham acabado de sair e estavam sentados nos fundos, o cigarro uma pedra vermelha passada dos lábios de um para o outro na noite escura como cobalto.

Era um daqueles dias em que você rala pra caramba e não tem desejo, nem mesmo força para ir para casa. Há uma espécie de luxo em estar em meio a esse lugar de suor e dor e, no entanto, estar sentado e tragar um cigarro através do filtro umedecido sem que ninguém possa reclamar porque o expediente já encerrou. Um descanso digno, desafiador.

"Animal essa bota", Russo disse.

"Essa?" Hai inclinou a cabeça e olhou suas botas de lado.

"A Nike fez isso aqui pro exército, certo? O amigo do meu primo tinha uma quando voltou do Afeganistão. Disse que ele desviou de tanta granada que a bota deveria ser patrocinada pela NFL." Russo riu, e seus dentes de coelho relampejaram no azul.

"Pelo menos ele voltou."

"Pelo menos ele voltou. Ele também contou uma história pra gente uma vez, depois de uma maratona de metanfetamina. Tipo, o cara estava chapado fazia dias, beleza? Num galpão, sem um balde, sem nada, por tipo uns dois dias. Eu e o meu primo Danil, a gente estava fazendo um churrasco. Tá, não era bem um churrasco — tinha uma grelha e a gente estava assando uns pedaços de frango."

"Saquei", Hai disse.

"Eu estava ali virando um pedacinho de frango e do nada sai esse cara cambaleando do galpão. E eu olhando pro meu primo tipo 'Cara, quem é esse mano no galpão? Tipo, tem um cara adulto rastejando pra fora do seu galpão'. E meu primo, tipo: 'Esse aí é o Rob Jumentão.'"

"Rob Jumentão", Hai repetiu, concordando. "Certo."

"Rob era um desses caras viciados em guerra, manja?"

"Viciado?"

"Sabe, esses caras que não conseguem se adaptar quando voltam pra casa e aí ficam voltando pra guerra. Por causa do espírito de camaradagem ou alguma merda assim. O Rob era desses. Ele estava nessa parada, Operação Fantasma da Fúria e tals. Bom, aí o Rob Jumentão está rastejando de bruços na nossa direção, tipo soldado mesmo, a boca espumando, chapado pra caralho. Tô falando chapado nível psicopata. O cara parecia tipo *O exorcista*."

Hai tragou o cigarro e jogou a bituca na névoa, onde a brasa brilhou e sumiu. "E aí você fez o quê?"

"Meu primo viu que eu estava tremendo pra cacete e só tipo 'Vira esse frango, mano. Não se preocupa com o velho Rob. Ele é boa gente'. Aí eu estou virando o nosso frango e o meu primo tentando manter a calma, mas ele está se remexendo todo e eu tipo, mano, será que o meu primo também tá usando metanfetamina? Saca o que estou dizendo? E aí o Rob chegando mais perto da gente, tipo a um metro, tentando pegar uma cadeira de plástico. Aí o meu primo segura a cadeira pro cara poder subir nela, e ele leva um tempão, e eu só ali virando os peitos de frango e a cadeira estalando e o meu primo só ali, dizendo: 'Você está legal, cara. Você está bem, Robbie. Está tudo bem, Robbie.' Mas o Robbie não estava legal."

"Pelo menos você deu um frango pro cara?"

"Peguei um pedaço da grelha, uma bela coxa, tipo as dos frangos que o Wayne faz, e soprei pra esfriar e coisa e tal. Aí dei pro cara com a minha espátula. Ele pegou e enfiou na boca. Assim que ele terminou de mastigar, o Danil estava batendo na cara pra fazer ele voltar pra realidade."

"Como ele tinha entrado lá? No galpão, digo."

"Rob era amigo do Danil desde o ensino médio, e meu primo deixava ele usar o galpão para se injetar sempre que queria."

Russo acendeu mais um cigarro, protegendo a chama com a palma da mão. Hai olhava para ele sem ver. O rosto dele estava afundado e brilhando pelo dia de trabalho, o que levava Hai a querer secá-lo e a querer tocar a nuca dele com os lábios. O garoto não era lindo. Não era bonito nem mesmo com aquela luz suave, crepuscular. Era só que os dois tinham a mesma idade e trabalhavam juntos, tocando os ombros em meio às horas de calor excessivo e dolorosas de trabalho, passando cigarros de um para o outro naquele estacionamento, enquanto o gosto do filtro ia mudando: escorregadio e levemente mais doce em função do Gatorade azul que Russo bebia aos pouquinhos durante seu turno. Será que a camaradagem — o vínculo do trabalho em uníssono — pode bastar para que você deseje colocar a boca em um menino com o rosto todo ferrado, achar de alguma maneira que ele é mais completo apesar de sua beleza irreconhecível, do cheiro de seus sovacos que atravessa a camisa polo, aquele odor com laivos de alho e vinagre tão humano que cancela o desodorante de farmácia que ele passa para ocultá-lo? Sim, Hai se dava conta agora — pode.

Russo fez uma pausa para escrever uma mensagem no celular, com os lábios assentados num beicinho, e depois continuou: "Ele começou a contar sobre um lançador de granadas que explodiu dois carinhas da companhia dele. Dá pra imaginar? Ele disse que a terra ficou *preta*. Só pra ter uma ideia de quanto sangue tinha. Mas a cabeça dele ficava girando e se mexendo enquanto ele falava. Era assustador pra caralho. Então o que eu fiz, continuei dando pedaços de frango assado pro cara. Depois de um tempo, ele já tinha comido todo o frango, e o Danil e eu só ficamos ali. E foi aí que eu reparei nas botas dele. Iguais às suas. Gosto do modelo. Do jeito como ela é macia no tornozelo pra você não torcer. Ela te abraça enquanto você anda, não é?" Ele encarou as botas de Hai e sorriu para si mesmo. "O Sony, o seu primo, ele é louco pelo exército, hein? Aquele menino é, tipo, *obcecado*."

"O pai dele foi do exército. Igual ao seu, acho."

Russo lambeu os dentes. "Meu pai é um fracassado. Tipo, o major Fracasso."

"Major Fracasso." Eles riram mais do que o trocadilho merecia, a fumaça que subia pela garganta dos dois enfeitando o momento com uma ternura sitiada.

"Um amigo meu de muito tempo tinha essas", disse Hai. "Quando ficaram pequenas demais pra ele, ele me deu. Depois que aquelas já estavam gastas, minha mãe comprou outro par pra mim de Natal. Quando eu abri, ela falou tipo: 'Sabe quantas mãos eu tive que fazer pra pagar esse troço? Oito! Isso significa que tive que esfregar dezesseis pés só pra você poder calçar isso nos seus.'" Ele balançou a cabeça e sorriu.

"Minha mãe abandonou a gente um tempo atrás, mas minha avó vem segurando as pontas lindamente."

"E a Anna, como vai?"

Ele deu de ombros. No crepúsculo, a acne de Russo, que durante o dia parecia geleia de framboesa, se mesclava com as partes mais lisas do rosto, como uma escrita cuneiforme já meio apagada sobre mármore velho. Era quase imperceptível, exceto pelo band-aid que ele tinha colocado no meio do turno quando o sangramento aumentou, depois que uma mulher passou no drive-thru para pegar a comida e ficou irritada, convicta de que ele tinha sangrado na comida dela. A equipe ficou olhando Russo segurar o rosto com as duas mãos e sair correndo, roxo de vergonha, para o banheiro. O curativo tinha ficado mais frouxo desde aquela hora, preso agora só por um dos lados, e flutuava na brisa enquanto ele parava para pensar na irmã, que estava na reabilitação em New Hampshire já fazia dois meses.

Hai decidiu não falar para ninguém do período que ele mesmo fez de reabilitação.

"Dizem que ela teve duas recaídas até aqui." A voz dele estava mais baixa, distante do tom suave e cadenciado. Russo tinha dezoito anos, mas ainda tinha aquele timbre de voz rouco da adolescência, o tipo de voz que faz você querer dizer *sim* mesmo que ele esteja só perguntando a hora. "Mas dizem que isso é de se esperar, acho. A maior parte precisa de quatro recaídas pra ficar bem. Isso para os que chegam tão longe."

Ele não sabia muito sobre a situação de Russo, mas sabia, como todo mundo no HomeMarket, que o garoto estava trabalhando muito para colocar a irmã na reabilitação. Ele também fazia o turno da madrugada no depósito do FedEx colocando encomendas nos caminhões como um bico, o suficiente para manter a irmã em New Hampshire mais um mês, depois mais outro e assim por diante.

"Você não tem medo?"

"Estou acostumado." Russo mordeu o lábio. "A Anna é igualzinha à minha avó. É forte."

Eles ficaram um tempo sem dizer nada, embora por motivos diferentes. O silêncio se assentou entre os dois e Russo acendeu mais um cigarro, nenhum dos dois querendo ir embora.

"Eu não paro de pensar nessa história", Russo disse por fim, "sobre essa coisa que aconteceu lá na vila perto de Konstantinovo, onde o meu pai nasceu".

"É por isso que o nome dele é Konstantin?"

"Original, certo?" Ele deu um sorriso irônico. "Enfim, tinha um cara que saiu de casa um dia pra comprar um maço de cigarros na loja da vila. Quando ele não voltou depois de uma hora, a esposa saiu para procurar por ele. Tinha acabado de nevar e tudo estava branco e silencioso. Ela seguiu as pegadas dele, que levavam a uma cerca de madeira. Mas foi aí que elas sumiram. Bem ali no meio do quintal. Simplesmente as pegadas desapareciam no meio de um passo."

"O que aconteceu?" Hai pegou o cigarro dos dedos de Russo.

"Nada. Acabou. Meu pai disse que o cara simplesmente desapareceu. Tipo, ele *nunca* foi encontrado. Nunquinha."

"Certeza que ele não escalou a cerca?"

"Pode ser, mas nesse caso teria ido pra onde? É isso, cara. O cara sumiu. Aposto que na verdade esse tipo de coisa acontece o tempo todo no mundo inteiro."

"Sério?"

"Pessoas desaparecem o tempo todo sem deixar vestígios, mesmo aqui nos Estados Unidos, ainda mais nos parques nacionais. Porra, meu pai me contava essa história bem na hora de dormir, totalmente bêbado sentado no chão. Mas funcionava." Ele riu mostrando todos os dentes. "Eu fiquei tão assustado que o meu cérebro simplesmente desligou. Penso nessa história mais ou menos uma vez por mês. Tipo, onde esse cara está agora? Será que ele está flutuando em algum lugar numa terra distante?"

Os dois assentiram para si mesmos no escuro.

Hai terminou de fumar e jogou o cigarro fora. "Tá ligado que andam falando em voltar com o recrutamento obrigatório, né?" Sony tinha falado sobre aquilo antes, sorrindo de orelha a orelha. Era o único assunto na república em que ele morava.

"Que se foda. Os Federais só querem petróleo de graça", Russo disse. "Mas essas botas são animal mesmo, verdade verdadeira."

Russo apontou com o queixo para o couro encharcado em torno dos pés de Hai. "Caralho, eu podia me alistar só pra conseguir uma dessas."

13

Uma tarde, enquanto Grazina cochilava no sofá, um Aricept novinho de vinte e três miligramas tornando seu sono mais profundo, Hai desceu ao porão para pegar mais um livro. Quando voltou, com uma edição em brochura de *O país das neves*, de Kawabata, enfiado no elástico do short, ele se pegou parado diante do armário da cozinha, com a gaveta aberta. Ali, aninhados em meio a velhos cupons recortados, havia três frascos de Dilaudid de quatro miligramas. Ele estava atrás daqueles comprimidos fazia tempo e finalmente tinha batido o olho neles naquela manhã enquanto procurava os óculos de leitura da Grazina.

Hai ficou ouvindo o ronco dela no cômodo ao lado, a casa gemendo pelo vento forte que vinha da água, e esperou, passando o peso de um pé para o outro, os frascos deslizando de um lado para outro como se estivessem no casco de um grande navio. Só restavam nove comprimidos no primeiro frasco, e isso ia dar força a ele durante os turnos mais longos no HomeMarket, daria a ele um apoio para suportar as horas de trabalho. Não era muito diferente do modo como Wayne tomava bourbon de seu cantil metálico entre um espeto de frango e outro. *Eu não sou viciado*, Hai dizia para si mesmo. *Viciados não têm controle.* "Eu estou no controle", ele sussurrou olhando para os dedos dos pés, que se mexiam dentro das meias.

Na manhã em que foi liberado da reabilitação, estava chovendo sem parar. Ele não tinha dormido a noite toda e só ficou lá parado no quarto com cheiro de alvejante enquanto Marlin, o viciado em sexo com quem dividia o quarto, roncava. Quando as paredes se tornaram cinzentas com a aurora, uma das enfermeiras apareceu e tocou no ombro dele, o rosto enluarado pairando na semiescuridão. Dava para ver que era Marilyn pela franja platinada. "Hoje é o seu dia, amigão", ela sussurrou. "São quase sete horas. Está pronto?"

"Pode me dar mais uma Werther's? Pra dar sorte?"

"Ai, não. Isso é a marca registrada da Wanda", ela disse, franzindo a testa. "Eu não tenho marca registrada. Foi por isso que pedi para fazer sua liberação. Essa é a minha marca registrada."

"Beleza. Eu não preciso." Ele ergueu a coberta até o queixo, abraçando as próprias pernas.

"Você está mais forte agora. E vai estar mais forte amanhã." Ela deu um tapinha no travesseiro dele. "Vamos, estou com as suas coisas no corredor."

Ela entregou uma sacola plástica com as roupas que ele usava quando deu entrada, todas lavadas e dobradas. "Vai se trocar ali naquele banheiro. Vou estar aqui."

Hai jogou o pijama branco no cesto de material contaminado debaixo da pia e se vestiu. Teve um vislumbre de si mesmo no espelho, e o que viu foi algo como um manequim. Tão magro, tão pálido, as faces encavadas com olheiras se acumulando sob os olhos. Ele se apressou e saiu dali.

Passaram por cômodos com as luzes apagadas onde outros pacientes tremiam em seus suores noturnos, com olhos vagando sob sonhos febris movidos a drogas. Na recepção, Marilyn pegou a mochila e a mala de Hai que estavam no guarda-volumes. "É para estar tudo aqui, mas é melhor conferir para ter certeza."

"Não tem muita coisa mesmo."

Ela entregou a Hai uma prancheta com documentos a serem assinados e depois o levou na direção da porta, que destravou com um zumbido. "Bom, a gente sabe que nada é perfeito. Mas eu sempre digo..." Ela fez uma pausa e contorceu as mãos. "Eu sempre digo que não quero te ver de novo aqui. Embora conheça muitos de vocês, digo... a maior parte das pessoas, elas voltam, sabe. Olha aqui, tem mais detalhes nesses panfletos — e os números pra onde você pode ligar, mesmo de madrugada. A gente sempre vai estar aqui, se precisar. Não é vergonha nenhuma tentar outra vez, certo? A maior parte das pessoas *precisa* de algumas tentativas."

"Ok."

"Normalmente eu teria um chá e um biscoitinho pra você, mas..."

"Ah, seria ótimo."

"Não, digo… ficou no carro, então…" Ela parou com uma voz murcha.

"Ah, certo. Sei. Sem problemas…" Ele deu de ombros.

"Ok."

"Ok." Ele baixou a cabeça, concordando.

Eles ficaram olhando em volta, a chuva tamborilando na manta asfáltica no teto acima deles.

Ela inclinou a cabeça, depois estendeu as mãos, com as palmas para cima.

Sem saber o que fazer, ele acenou — o que parecia insano, já que eles estavam a centímetros um do outro.

"Não, pegue as minhas mãos", ela disse. "A gente vai rezar por você."

"Rezar?", ele perguntou, mas mesmo assim colocou as mãos nas dela, quentes e escorregadias de hidratante.

"Pai Amado, olhai para baixo — não, feche os olhos ou não funciona. Pai Amado, olhai para baixo e protegei este jovem e perdoai suas transgressões, pois somos cordeiros do Teu pastoreio e a Tua luz é a lanterna que carregamos em meio à escuridão deste reino terreno governado pelo diabo e por suas legiões. Emprestai Vossa força a nosso amado irmão aqui, que foi maltratado pela magia do diabo, e mandai-o para casa curado na boa e misericordiosa luz do Teu perdão, pois eles não sabem o que fazem. Amém."

"Amém", ele repetiu.

"Essa é a oração da minha avó. Ela era pastora", ela disse e depois acrescentou: "Sabe, você não fala muito, mas eu te vejo."

Ele tinha imaginado que aquelas enfermeiras acabariam perdendo a sensibilidade por verem horas infinitas de formas humanas devastadas cujas faces deformadas ao serem inspecionadas mais de perto frequentemente revelavam um vizinho ou um amigo, mas Marilyn era terna com ele, consigo mesma. Esta era a marca registrada dela, ele decidiu: mandar as pessoas para casa — seja lá o que isso significasse.

"Alguém vem te pegar?"

"Eu moro perto", ele disse. "Vou andando."

"Certo, então." Ela ergueu a cabeça como se para incitá-lo a fazer o mesmo, depois se virou e passou pelas portas duplas, voltando à enfermaria.

Ele abriu a mala nos degraus da frente. Setembro ia pela metade, e o perfume do verão se decompondo em folhas mortas, o último impulso do crescimento da grama, o fósforo e o óleo de motor no asfalto marcavam o ar úmido. A única coisa que ele pusera na mala para sua fraudulenta viagem para a faculdade foi a jaqueta marrom da UPS, um moletom com capuz, uns poucos livros de capa dura e uma calça jeans extra para dar à mala algum peso caso sua mãe tivesse a chance de erguê-la no dia da partida. Ele vestiu o moletom preto por cima da camiseta da Nova Esperança que tinha ganhado, depois a jaqueta por cima disso, mas deixou a calça jeans e os livros lá dentro, fechou a mala, e colocou debaixo de uns arbustos perto da entrada. Colocou a alça da mochila no ombro e seguiu andando.

Os pés de milho do outro lado da rua tinham crescido trinta centímetros desde a última vez que ele os vira, mas continuavam com as pontas verdes. As espigas, robustas e pesadas, se curvavam sob a chuva. Ele procurou nos bolsos da jaqueta até encontrar o maço pela metade de Marlboro vermelho que a mãe tinha dado antes de ele sair. Colocou um nos lábios, mas, como não tinha isqueiro, só sugou o cigarro até que a chuva o amolecesse e depois colocou na boca, mastigou e engoliu antes de cuspir o filtro. Ele ergueu o capuz para se proteger do vento e apressou o passo, se aprofundando em Felicidade do Leste.

Depois de andar por uma hora, as botas completamente encharcadas, ele enfim passou pela agência de correio da rua Principal e atravessou o campo de beisebol atrás do Exército da Salvação antes de chegar à entrada de Welles Village. Construídos nos anos 1970 como um conjunto de casas térreas geminadas para veteranos do Vietnã, o local estava servindo como abrigo oferecido pelo governo para pessoas de baixa renda, e a ocupação dos imóveis era definida por sorteio. Ele morava ali desde que se dava por gente, mas não se lembrava de algum dia ganhar qualquer coisa que fosse.

Ele cortou caminho por um quintal cheio de pneus velhos e foi na direção da Risley, a rua sem saída em que a casa deles era a penúltima. Mas, quando as tábuas vinílicas manchadas pela fumaça entraram em seu campo de visão, algo aconteceu e ele se virou, como se estivesse seguindo uma trilha, e atravessou mais um quintal, se abaixando para passar por varais de roupas até chegar a uma horta murcha, um galinheiro silencioso, depois um Camaro abandonado sem rodas apoiado em blocos de cimento, antes de se aproximar de um sobrado bege amarronzado com musgo morto.

Sua imagem encapuzada refletia na janela da cozinha quando ele bateu no vidro ao ritmo de "Skunk in the Barnyard". Lá dentro, viu uma luminária acesa acima de uma pia cheia de louça suja. Pendurado na parede havia um bordado de fundo preto onde se lia, em letras cor-de-rosa: COMO POSSO SENTIR FOME QUANDO ESTOU SACIADO PELA FAMÍLIA? Um vulto passou na frente do bordado e as palavras sumiram atrás de uma imensa camiseta.

A janela se abriu e Randy já estava sorrindo, com seu incisivo dourado cintilando sob o céu de bronze. A casa rescendia a sono e a café velho. "Mano velho! Eu tenho o que você precisa!" Randy chamava todo mundo de *mano velho*. "Pode confiar que eu tenho o que você precisa." Ele apontou para Hai e bateu no vidro da janela; as covinhas de seu rosto mais fundas do que Hai lembrava. Randy era do tipo que batia em tudo à sua volta enquanto falava.

Hai olhou para ele com uma perplexidade fingida. "Você tem o que eu preciso, certo?" Então me mostra, sr. Vou-Estar-na-NBA-em-Dois-Mil-e-Vinte-e-Dois."

Randy se debruçou, colocou a cabeçorra para fora da janela, tão perto que Hai sentiu o cheiro do chiclete que ele estava mascando. "Não mexe comigo hoje, valeu? Está chovendo, não está legal. A minha mãe está com as costas doendo. Eu tenho o que você precisa — se é que você precisa. Não vem dar uma de sacana na minha janela."

"Estou zoando contigo, Rand. Minha semana também não foi das melhores, ok?"

"Por quê? Qual é o seu problema? Perdeu o cartão da biblioteca de novo?" Randy caiu na gargalhada. Ele sempre ria das próprias piadas.

Uns meses antes, sob ação de uma mistura de um genérico de oxicodona e codeína, Hai tivera uma bad trip e batera na janela de Randy gritando histericamente que tinha perdido o cartão da biblioteca. Randy também curtia tirar sarro dele por ler, já que ele acreditava, como muita gente em Welles Village, que ler é aquilo que as *escolas* te forçam a fazer, e que, quando você completa dezoito anos, deveria estar livre para sempre da tirania da palavra impressa. Uma pessoa de dezenove anos deve ser idiota para *por vontade própria* recusar a utopia livre de livros da vida adulta.

"Depois te conto. Olha, vou querer dois comprimidos de oxicodona e dois de codeína. Ainda está dez dólares cada?"

"Certinho, meu mano velho. Vamos resolver isso aí pra você, não esquenta." Ele deu tapinhas no peitoril, se abaixou e desapareceu dentro da casa.

Randy era conhecido em Welles Village como Baleiro. Quando Hai era menino, todo dia depois da escola ele parava com as outras crianças na janela de Randy e batia no ritmo de "Skunk in the Barnyard", que era o código. Randy aparecia com uma caixa de sapatos cheia de balas de todos os tipos e até uns biscoitinhos chiques que comprava no atacado da fábrica em New Britain. Um dia, quando Hai estava no final do ensino fundamental, Randy mostrou um doce novo pra ele. Tão novo, ele disse, que ainda nem tinham inventado uma embalagem. "Esses aqui são especiais", Randy arrulhou. "Você não quer ser o primeiro a provar? Não dá pra comprar isso aqui na loja, mano velho." Os doces estavam sobre um plástico transparente, como se levitando no ar, como um campo de força mágico. Alguns deles até tinham carinhas ou raiozinhos de David Bowie impressos.

Randy voltou à janela com os produtos. Eles deram um longo aperto de mãos, durante o qual foram passados de um para outro os comprimidos e as duas notas de vinte do Hai, dobradas no tamanho de moedas.

"Só dessa vez, vê se não mistura, beleza?", ele disse com um longo suspiro.

"Certo, doutor. Ah, na verdade", Hai sacudiu os comprimidos na palma da mão, "você tem alguma coisa pra eu guardar isso? Perdi meu rolo de filme na..." Ele fez um gesto por cima do ombro. "No outro lugar."

Randy entrou de novo e logo voltou com um estojo de lentes de contato. "Acho que serve. Pode ficar." Ele sentiu uma vaga tristeza — ou seria pena? — nos olhos de Randy. Hai devia passar uma má impressão parado ali na chuva com aquele corte tigelinha de bosta que ele mesmo tinha feito no banheiro da reabilitação, na noite anterior. "Ei, você lembra…", Randy perguntou, coçando a barba. "Lembra que você vinha correndo até a minha janela, todo dia às 3h40 da tarde, bem quando o ônibus deixava vocês aqui, gritando meu nome? 'Baleeeiro! Baaaaleeeeeiro!' Você tinha a idade do Elroy, mais ou menos." Ele fez um gesto na direção do filho, que estava em algum lugar da casa, depois meneou a cabeça, mergulhado numa memória ao mesmo tempo que tentava dizer algo. Finalmente, deu um tapa no próprio peito, sugou os dentes e sorriu. "Foda-se."

"Sweet Home Alabama" tocava num vizinho e vazava pela janela aberta.

"Você também chegou longe, Rand. Nada mal para um cara que nunca conseguiu acertar uma cesta de três pontos durante todo o ensino médio."

O motivo para o fracasso da carreira de Randy no basquete era o fato de ele ser um cara alto que não conseguia enterrar. E os olheiros das faculdades, na maioria homens brancos de camisa polo com pranchetas, esperavam que ele fosse um perito em cestas de três, e ele era péssimo nisso. "Tudo por causa de caras como o Shaq e o Shawn Kemp", ele disse para Hai. "Eles foderam tudo pra quem faz a finalização com finesse!" Quanto mais alto você é, Randy explicou, mais esperam que você faça enterradas, e como ele era um ala-pivô que penetrava no garrafão com uma preferência por fazer bandejas, jamais chegou às ligas profissionais. Ou pelo menos essa foi a versão que ficou.

"E aí, você anda treinando?", Hai perguntou, fechando o estojo com os comprimidos dentro. "Ouvi falar que os Celtics andam precisando de um cubano com barriga de cerveja perto dos quarenta anos pra fazer bandejas. Com *finesse*."

Randy soltou uma gargalhada que era só língua e dentes. "Cai fora do meu quintal, menino." Eles sorriram antes de entrarem num silêncio profundo e constrangedor, depois de exaurido o uso que um tinha para o outro.

Enquanto Hai se afastava, Randy parou pouco antes de a janela fechar e pôs a boca na fresta. "Ei! Você vai ficar legal, mano. Confia em mim, ok?"

Sem olhar para trás, Hai fez um joinha para Randy e continuou andando.

Ele foi para o parque para desanuviar, tentando tomar coragem para partir mais uma vez o coração da mãe. Até onde ela sabia, ele estava a um mês de se tornar médico em Boston.

Hai estava sentado debaixo de um escorregador em formato de hipopótamo, e a chuva tamborilava no telhado de plástico. Ele conhecia aquele parquinho desde sempre e, desde a infância, se sentava debaixo desse mesmo escorregador e ficava ouvindo a vizinhança fluir à sua volta. Em alguns dias, passava horas ali, ouvindo as pessoas conversarem com vozes abafadas nas árvores, os isqueiros se acendendo aqui e ali nos galhos, suspiros e gargalhadas presos nas sombras. Uma vez, depois de uma tempestade de neve, cansado de fazer um boneco de neve de uma peça só por conta própria, ele foi descansar ali e viu, na linha de árvores, um sujeito se ajoelhando na neve enquanto outro cara, de pé, se segurava num galho e vasculhava o céu, dizendo o nome do Senhor várias e várias vezes. Até hoje, aquela segue sendo a oração mais estranha e graciosa que ele viu.

A chuva começou a soar abafada, como se caísse dentro de um sonho. Ele mexeu no estojo de lentes no bolso, depois o abriu e olhou para os quatro minúsculos comprimidos (dois azuis, dois brancos), um par em cada cápsula. A codeína ia ajudar a falar com a mãe, ia fazer com que o choro dela parecesse vir do porão do mundo, e não como algo acontecendo bem à frente dele. Ele deu um peteleco no comprimido, o menor bote salva-vidas que já conhecera, mas depois fechou o estojo. Quando colocou o estojo de volta no bolso, houve um farfalhar. Enfiando a mão mais fundo, encontrou uma balinha Werther's perdida, dada pela enfermeira Wanda. Ele colocou a balinha na boca e chupou, saboreando a doçura do caramelo. Hai estudou seu reflexo deformado na embalagem de papel dourado. "O que eu faço, Wanda? Não sei o que fazer", ele disse, sua voz à deriva.

Era começo da noite quando ele acordou. O céu continuava tomado por nuvens, mas nada caía. Ele abriu o celular e percebeu que tinha dormido por quase três horas.

Hai atravessou o campo de beisebol infantil, com as botas absorvendo a lama, e voltou para a rua. Ao se aproximar do sobrado de Ma, ele percebeu que a luz da sala de estar continuava acesa e se agachou debaixo da janela. As cortinas de renda estavam fechadas, mas, através do tecido diáfano, ele conseguiu espiar a sala. Sua mãe estava no sofá, com a cabeça inclinada sobre o telefone, em seu lugar de costume. O corpo dela estava mais ereto do que antes, os ombros sacudindo enquanto ela escrevia uma mensagem de texto. Ao lado dela, na mesinha, havia uma vela acesa, daquelas caras da Yankee Candle que custam vinte e seis dólares, que só dá para comprar no shopping. O cabelo de Ma estava preso por algo brilhante, o rosto tocado por rouge. Ela estava com um elegante vestido azul de linho que abraçava seu corpo — coisas que jamais fizera enquanto ele morava lá. *Você não precisa estar bonita para deixar as outras pessoas bonitas*, ela disse certa vez para o filho, fumando um cigarro e suando na salinha dos fundos durante o intervalo no salão de manicure, seu corpo minúsculo engolido por uma calça de moletom e uma blusa com capuz dos Red Sox.

Agora ela parecia saudável, até mesmo contente — as argolas douradas refletindo a luz da vela enquanto sorria para o celular. Uma brisa ondulou a cortina e ele teve um vislumbre da mãe pela abertura. Como era raro alguém poder ver a própria mãe perdida num contentamento desarmado e desconhecido, tornado possível na privacidade em uma liberdade escassa e conquistada a duras penas. Ele se sentiu como um voyeur e, como um, não conseguia desviar o olhar.

Como ele poderia fazer isso agora? Como poderia ir até a porta dos fundos e bater — só para que ela o visse daquele jeito? Como poderia acabar, dando uns poucos passos, com essa versão de sua mãe que ele jamais tinha visto e que, no entanto, quis a vida toda testemunhar? E talvez o que mais revirasse o seu estômago: como ele poderia fazer isso pela segunda vez?

Na noite em que voltou de Nova York, ele tinha batido naquela exata porta. Como tinha sido capaz de dizer a ela na época que havia abandonado a faculdade porque Noah teve uma overdose, como quase uma dúzia de meninos e meninas de sua turma no ensino médio, por causa de um fentanil estragado, e que um menino cujo rosto ela nunca tinha visto se tornara o menino cujo rosto ele não conseguia esquecer? Que depois da morte de Noah, apenas oito meses após um câncer ósseo ter carcomido o quadril da Bà ngoại e a colocado numa urna sobre o altar, a faculdade, os livros, as notas e os trabalhos tivessem parecido tão minúsculos, tão exatamente como Randy havia dito: "Os destroços da infância que o mar joga na praia"? Além disso, ele devia para a faculdade quase vinte e cinco mil dólares por não ter cumprido as exigências da bolsa de estudos. Naquela noite, a mãe quase derreteu diante dele. "Como assim vinte e cinco mil dólares?", ela indagou, cobrindo a boca com a mão como se tivesse ouvido falar de um assassinato. "A faculdade não deveria ajudar a gente? Eu não entendo. Como isso pode trazer uma dívida de um dinheiro que a gente nunca teve?"

Ele simplesmente ficou ali, de queixo caído, segurando a caixa de bombons que tinha comprado na rodoviária com o caótico delírio de que aliviaria o golpe.

Depois, com a catástrofe se abrindo diante dos olhos, ela mordeu o lábio e apontou um dedo a dois centímetros do rosto dele. "Eu sabia que você ia foder tudo — como todos os outros lixos que moram aqui. E sei que também tenho culpa. Escolhi criar você nesta cidadezinha quando todos os outros vietnamitas foram para a Califórnia ou Texas. Todo mundo foi inteligente para ir para cidades melhores, mas não, pensei só no meu filho, não quis tirar as raízes dele de novo depois de vir de tão longe. Aí fiquei aqui nesse inferno cheio de neve." A presilha tinha se soltado e os cabelos revoavam enquanto ela falava.

"Ma, eu tentei. Mas as coisas ficaram difíceis. Coisas que você não entende e..."

"Você sempre foi uma criança egoísta. Toda vez que a gente ia no McDonald's, você comia a minha batata frita antes, mesmo tendo uma só pra você!"

"Sério. Sério que vamos entrar nessa? Sou uma pessoa ruim porque quando eu era *criança* comia batata frita?"

"É um sinal. Eu deveria ter me tocado do que ia vir pela frente. E por que eu sabia que isso ia acontecer? Hein?", ela disse, com um sorriso irritado. "Até a senhorita Tran disse isso, sabia? Que você tinha sido deixado na praia como um peixe morto. Mas eu disse para ela: 'Não o Hai.' Ela disse que um viciado não ia durar muito naquela cidade, mas eu te defendi. Como sou burra. Trabalhei igual a uma jumenta, te dei comida e um teto por esses anos todos. Pra quê?"

"Desculpa se o seu investimento não valeu a pena. Eu não sabia que criar filhos era igual a jogar dados no cassino." Era tão raro que eles brigassem, o apartamento pequeno demais para aguentar tensões violentas, que os dois foram subitamente atingidos pelo raio de explosão das próprias palavras.

"Está certo você." Ela limpou o nariz. "Xingue a sua mãe. É isso que todo o aprendizado e o gosto pelas palavras fizeram por você, hum? Foi o suficiente pra aprender a fugir da sua mãe, mas não para te levar longe demais desta casa, é isso?"

"E você? O que você fez depois de vinte anos nesta merda de país? Vocês todas no salão de manicure ficam dizendo pra gente ir lá e 'virar alguém', como se isso fosse um passe de mágica. Mas você, você teve vinte anos e fez o quê?"

"Nem comece." Ela sabia para onde ele estava conduzindo a conversa e ergueu as mãos como se estivesse contendo uma rocha. "Já deu..."

"Você só fica ali sentada esfregando os pés dos outros?", Hai disse enquanto a mãe tentava dar as costas para ele.

"Vá se foder. Esfrego pés dos outros para a gente poder ter este apartamento de merda. Acha que eu gosto de baixar a cabeça pros brancos vinte vezes por dia como se eles fossem deuses?"

A visão dela, tão pequena e magoada, tão perplexa e destruída, acabou com ele — e num raro surto de raiva, ele jogou a caixa de bombons na parede. A mãe soltou um gritinho, cobriu a boca e subiu correndo a escada.

"Desculpa. Ma, desculpa, por favor", ele gritou atrás dela, depois ficou parado com as mãos no rosto enquanto a porta do quarto dela batia.

Eles ficariam semanas sem se falar, um esperando que o outro deixasse o quarto minúsculo antes de se cruzarem como desconhecidos num vagão de metrô.

Através da cortina, o ser inteiro da mãe cintilava, ele a viu largar o celular, pegar a vela com ambas as mãos e inspirar. Estremecendo diante dessa vergonha ácida, ele assimilou por uma última vez a visão antes de se afastar da janela e voltou para a rua, indo na direção contrária do beco sem saída, até cortar a cidade, até as vigas superiores da ponte Rei Felipe se erguerem sobre a periferia da cidade, o que o levou a andar, minutos depois, sobre seus trilhos, e então ele estava ali naquela casa onde Grazina dormia a um metro de distância, e continuava de posse de sua única, insana e preciosa vida.

A casa estava se assentando sobre seus ossos, e em meio aos estalidos ele ouviu seu coração bater em sua gaiola. Depois, fosse por possessividade ou abandono, pegou um dos frascos e abriu a tampa, colocou a pequena boia salva-vidas branca sobre a língua e engoliu. Hai fez uma pausa, pensando, depois pegou os três frascos restantes e foi às pressas para seu quarto, jogando-os numa gaveta e se deitando para olhar o teto até que a escuridão girasse ao redor, cobrindo todas as distâncias, e ele estivesse quente como uma célula sanguínea sendo levada pelas veias de um anjo caído, finalmente bem.

A cidade cinzenta ondulava atrás dos vidros escuros do Fusca de Maureen enquanto ela passava a quarta marcha e o carro engasgava pela Orchard em direção aos lamaçais de terra devastada com abóboras murchas salpicadas pela geada de dezembro e rejeitadas pelos catadores de comida. O Fusca tinha pisca-piscas na parte de dentro, ligados no acendedor de cigarros. As lâmpadas eram daquelas de vidro jateado dos anos 1980 e deixavam o carro com um ar delicado e aconchegante, um efeito que o imbuía de uma estranha ternura. Como era domingo na hora da missa, o carro deles era o único na estrada desde que saíram dos limites da Felicidade do Leste.

"A gente está atrasado", Russo informou do banco traseiro, com a cabeça encostada na janela.

"Vamos chegar em cinco minutos." Maureen mexeu no câmbio e o carro estremeceu sem acelerar, fazendo as lampadinhas baterem no vidro da janela.

"Você disse isso meia hora atrás."

"Alguma dessas lindezas deu certo?", ela perguntou a Hai, que estava raspando uma pilha de bilhetes de loteria que ela havia entregado na mão dele uns poucos quilômetros antes. "Se a gente tirar a sorte grande", Maureen disse, "dá pra fazer meia-volta".

Por trás de uma sequência de olmos, um par de silos de aço se erguia das colinas enlameadas, com seus domos cintilando sob o céu nublado. "É ali", Russo disse. "Wayne falou que era pra pegar à direita nos silos duplos."

"Melhor isso valer a pena." Maureen estendeu a mão para pegar seu cantil metálico e virou o uísque na boca como se fosse enxaguante bucal antes de passar para Hai.

Dessa vez ele deu o gole obrigatório e repassou para Russo. "Meu pai é alcoólatra", Russo disse, devolvendo.

"Acho que você não é *tão* alérgico." Maureen piscou para Hai. Aquecida pela bebida, ela se ajeitou no banco enquanto eles entravam numa pista de pedrinhas depois dos silos, com as luzes de Natal criando um brilho doentio nos rostos deles.

A trilha mergulhou em direção ao fundo de um vale onde deu para ver um terreno coberto de cascalho. Havia uns poucos carros estacionados, na maioria caminhonetes com eixos retráteis emplastrados de lama. Wayne já estava à espera quando eles pararam. De braços cruzados, ele estava com a boca repuxada, como se alguém estivesse cutucando os lábios para baixo. "Parece que temos um rabugento entre nós hoje, meninos", Maureen disse.

Wayne bateu na janela de Maureen com o cabo de uma ferramenta. Foi só quando ela abriu uma fresta que Hai viu o facão de lâmina preta nas mãos de Wayne. "Sério, Maureen. Eu falei onze da manhã. Você está superatrasada." Ele apontou para um relógio invisível no pulso.

"É domingo. Pegamos o trânsito da hora da missa", ela mentiu. "Você quer que eu atropele os meninos indo pra catequese? E por que caralhos você está com uma espada?"

"Eu te disse — a gente vai cortar carne hoje." A respiração dele virou vapor no ar frio. Wayne estava com barba por fazer e seus lábios estavam rachados e esbranquiçados nos cantos. O ar ácido do inverno, branqueado por ozônio e grama morta, misturado com toques de esterco e gasolina, entrou no carro, fazendo os olhos de Hai arderem. "Estou aqui desde as sete da matina", Wayne suspirou, os cabelos crespos e brancos das têmporas balançando no vento. "Teve um cara que já quase desistiu."

Maureen lançou seu olhar cético para Hai, depois disse para Wayne: "Não vem com essa pra cima de mim, Wayne. Eu te conheço faz o quê? Vinte anos?"

"Vim pra cá só faz onze anos."

"Você disse pra gente...", ela apontou para ele com a garrafa, "... que precisava de ajuda para *empacotar* carne. Por que você precisa de uma espada para embalar costelinha de porco?".

Quando Wayne não respondeu, Russo ergueu o capuz e puxou as cordinhas para deixar só o nariz de fora. "Eu sabia que isso seria má ideia."

Na sexta, quando eles estavam fechando, Wayne tinha perguntado para a equipe do HomeMarket se eles estavam dispostos a ganhar uma grana extra embalando carne em um depósito que ficava em Coventry, uma hora a leste dali. Wayne vinha trabalhando alguns dias lá para ganhar um extra no fim de ano — e o pagamento era bom. Uns poucos caras tinham pegado uma virose na semana anterior e não poderiam trabalhar no período de Natal. E, se a cota semanal não fosse cumprida, perderiam o bônus de mil e quinhentos dólares que cada um ia receber no fim do mês. Só Hai, Maureen e Russo toparam. Eles já lidavam com frango cru na loja — será que porco, *a outra carne branca*, seria muito pior? Como não estavam oficialmente na folha de pagamento dos embaladores de carne, os outros trabalhadores iam dar aos três voluntários parte dos bônus, o que dava quinhentas pratas limpas por um só dia de trabalho.

Eles desceram do carro, o vento cortando seus flancos.

"Vocês sabem que não tem bolo de milho lá dentro, certo, pessoal?" Wayne riu e apontou com seu facão para os uniformes pretos do Home-Market.

"Tem sangue nos seus dedos." Hai fez um gesto na direção do púrpura salpicado pelas juntas dos dedos de Wayne.

"O nome disso é carne de porco. Vem de um animal chamado porco, sabe? Aquele que tem sangue, vísceras e miolos?"

"Isso aqui é um abatedouro, certo?", Hai perguntou.

"É uma unidade de produção de carne orgânica de porco direto da fazenda para a loja", Wayne disse, de olhos fechados.

"Puta que os pariu!" Maureen se encostou no capô. "Eu não vou esfaquear porco nenhum, meus caros. Eu sou *tecnicamente* uma idosa — vocês sabem disso, certo?"

"O que eu imaginei", Wayne sugeriu, "foi o seguinte: a gente divide vocês para que cada um tenha em sua estação de trabalho um açougueiro de verdade. Aí vocês conseguem manter a coisa num grau mínimo...".

"*Açougueiro*?" Hai desviou o olhar, viu tudo à sua volta inundado por tons de cinza e marrom.

"E o que é uma *estação de trabalho*?", perguntou Russo. "Quantas *estações* são necessárias para um porco morrer?"

"O tempo de cortar as artérias."

Não parecia que Maureen acreditasse nele, mas ela começou a brigar com a tampinha de sua garrafa.

"Toma, usa a minha." Wayne pegou de seu bolso uma garrafa dourada no formato de um revólver.

"A sua pistola de seis tiros, massa." Maureen apontou a arma para o próprio pescoço e disparou múltiplos tiros.

"Pode ficar com isso por hoje. Você vai precisar."

"Ajuda meus joelhos. Doem quando tem explosões solares."

"O *sol* faz o seu joelho doer?", Russo perguntou, andando atrás dos outros.

Enquanto se aproximavam das portas do galpão, Maureen apoiada no ombro de Wayne, dois homens pararam de falar para olhar o grupo com seus uniformes pretos. Wayne tocou na aba da viseira e acenou para eles. O frio e o trabalho tinham endurecido as roupas dos homens e as deixado com tons de cinza, como se eles não estivessem cortando carne, mas sim combatendo incêndios florestais. Um deles, que tinha sotaque do Leste Europeu e o rosto castigado pelo vento, ergueu a mão, nitidamente chapado. "Você trouxe um esquadrão pra gente, Wayne?", ele disse. "Bom homem. E olha só! Tem até um ornamental." Ele sorriu com os poucos dentes que tinha. "Superbacana!"

"Você quis dizer *oriental.*" Wayne se virou para Hai. "Certo?"

Hai empurrou Wayne por trás e fez o grupo se mover, sentindo frio demais para se importar.

O galpão era feito de blocos de concreto cobertos por telhas de metal corrugado à prova do clima, o que mais o fazia parecer uma fábrica de armas de guerra. Wayne levou todos para dentro, onde foram imediatamente engolidos pelo fedor de urina fresca e ferro do sangue derramado. De ambos os lados de um corredor estreito entre grades de aço, havia currais onde porcos gigantes se amontoavam e se contorciam em massas de carne aveludada. Suas narinas, cuja umidade era a única coisa iluminada pela luz fraca, resfolegavam o ar infernal. Alguns estavam deitados amontoados em cantos distantes, com as barrigas cheias de bolhas, salpicadas de palha se erguendo quando eles respiravam, os lábios franzidos babando um fluido marrom e muco.

O motivo para que os porcos estivessem em currais, em vez de jaulas, Wayne explicou, era poder mantê-los legalmente com o cobiçado selo de "Criados livres" quando fossem embalados. Mas eles estavam amontoados a ponto de dar para ouvir o ruído de seus pelos roçando uns nos outros enquanto eles se batiam para se virar, alguns gritando de frustração.

"Jesus", Maureen sussurrou. "Vocês vão matar todos eles?"

"Até o Natal", Wayne disse, tirando o boné para limpar a testa, o suor transformando o pó em lama.

"Meio merda isso", disse Russo.

"Meio?", Hai respondeu, chutando um pouco de feno que estava aos seus pés.

A carne de porco também era "orgânica", Wayne disse para eles. Isso significava que os porcos eram criados à base de milho orgânico, que, nas quantidades gigantescas com que os animais eram alimentados, em cochos de borracha incrustados com lama, causava acidose nos bichos, fermentando o sangue deles a ponto de exigir antibióticos. "Não estou dizendo que eu não daria isso pra minha família. Porra, esses bichos são enormes e cheios de gordura", Wayne disse, olhando em volta. "Mas não é o que as pessoas *acham* que estão comendo."

Entre essas "pessoas" estava Linda McMahon — cofundadora da WWE —, atualmente candidata pelo Partido Republicano a uma cadeira no Senado por Connecticut. O boato era o de que tinham oferecido a ela trinta desses porcos para um evento de arrecadação de fundos que ela ia fazer em sua mansão em Stamford, ao qual superastros da luta livre deviam comparecer. "Sabe", disse Wayne com uma risadinha, "por algum motivo não consigo imaginar o Undertaker sentado cortando uma costelinha de porco com um guardanapo enfiado na jaqueta de couro".

"Olha", disse Maureen com uma expressão séria. "Com os meus joelhos eu não tenho como matar porco nenhum, ainda mais se forem grandes assim. Não consigo tração, entende?" Ela deu um passo na lama misturada com feno e exagerou o escorregão. Wayne tirou seu avental de trabalho e passou para Maureen, que o vestiu sem perguntar o motivo.

"Está vendo esse bolso na frente do avental? Isso aí são biscoitos de cachorro, sabor bacon", Wayne deu uma piscadinha. "Quando um dos caras abrir o curral, o seu trabalho é levar os porcos até a barraca de abate lá nos fundos. Use esses biscoitos e eles vão te seguir, sem problemas."

Maureen segurou um biscoito e franziu a testa olhando para ele antes de deixá-lo cair de novo no bolso. "Vou precisar de uma balinha de menta pra isso. Russo, você ainda tem?"

Russo pegou uma latinha de balas do bolso de trás da calça e abriu. Ela enfiou uma balinha em cada narina e respirou. "Hmm, com canela."

Russo e Hai fizeram o mesmo.

Wayne balançou a cabeça olhando para eles e começou a andar. "Frescos."

Com Maureen nos currais, Hai e Russo seguiram Wayne contornando o galpão. No outro lado, num ponto que não dava para ver da rua, ficava uma grande barraca de lona do tamanho de um lava-jato, as laterais cobertas de cima a baixo. Parecia um daqueles hospitais da Guerra Civil de que o Sony sempre falava. À medida que se aproximavam, uma onda de death metal começou a preencher o ar. Hai reconheceu a faixa do Slipknot que tinha sido popular em sua época de ensino médio e Russo balançou a cabeça se lembrando vagamente daquilo. Em torno do perímetro da barraca havia uma corrente enferrujada que impedia os porcos de saírem correndo quando percebessem que estavam condenados às mesas iluminadas por candelabros dos jantares de milionários. Uma placa de plástico, amarrada à corrente, dizia: CARNE DE PORCOS CRIADOS LIVRES MURPHY. UMA FAZENDA FAMILIAR DESDE 1921.

Só quando entraram na barraca Hai ouviu os gritos, que mais pareciam de meninas pré-adolescentes do que de porcos, mas era tarde demais para não seguir em frente, Wayne estava erguendo o plástico azul e um bafo de ar encharcado de sangue cobriu sua língua com uma queimadura metálica, como se alguém tivesse enfiado um punhado de moedas em sua boca. Isso, misturado às balinhas de menta nas narinas, lhe causou uma ânsia de vômito urgente.

"Puta que pariu", ele ouviu Russo dizer enquanto Wayne fechava o zíper da barraca e os olhos deles se adaptavam àquele submundo.

Uma das laterais era inteira tomada por ganchos onde os porcos eram pendurados por sujeitos corpulentos com bigodes e barriga de cerveja, a cena iluminada por holofotes presos por cordas ao redor do teto. Depois que os animais eram pendurados de ponta-cabeça, os facões começavam a trabalhar, e suas lâminas pretas, resistentes à corrosão, cortavam o ar em grandes e violentos golpes. Wayne pegou um avental marrom de borracha de um gancho e o amarrou, depois calçou as grossas luvas de borracha que iam até os cotovelos.

Aquela carne de porco era cara porque não vinha do sul nem do meio-oeste, como acontecia com a maior parte da carne de porco, mas sim dali, da boa e velha Nova Inglaterra com suas tortas-de-maçã-sobre--toalhas-de-mesa-xadrez. Outro motivo era que a "fazenda" garantia que os porcos seriam "abatidos no campo", o que sugeria que eles morreriam nas luxuriantes campinas por onde caminhavam livremente, olhando verdes pastos enquanto deixavam o plano terreno, quando, na verdade, o único acesso deles era um lamaçal, cuja grama havia muito tinha se desintegrado depois de ser pisoteada por mil porcos assassinados, e um minúsculo curral a céu aberto na lateral do galpão, tão pequeno que nenhum dos porcos jamais o usava.

"Toma aqui." Wayne passou a Russo e a Hai uma espécie de arma. "Vêm comigo."

"A gente vai atirar nos bichos?", Hai disse, se aproximando da fila de ganchos industriais. "Wayne, tá falando sério?"

"É mais *humano* assim, meninos." Ele olhou para os dois com um ar paternal e de cansaço. "O que foi, vocês acharam que a gente matava essas coisas na base da facada? Depois de dois ou três abates, os braços de vocês iam estar destruídos. Estamos no século XXI, meus caros. Dá pra atirar na cabeça de qualquer coisa."

Ele abriu o pequeno curral na entrada e puxou um dos porcos pela coleira plástica, depois pegou a arma da mão de Hai. "É só um pino, não é uma bala. Um pedacinho de metal entra na cabeça e derruba o bicho na hora."

"Parece uma bal... Meu Jesus Cristinho!" Hai deu um pulo para trás e agarrou o braço de Russo quando Wayne atirou na testa do porco. O bicho desabou na hora, se debatendo e berrando na lama.

"Normalmente, só precisa de uma", Wayne resmungou enquanto se ajoelhava ao lado do focinho do porco, que agora tinha sangue espumando na boca, e atirou outra vez no mesmo lugar. As pernas amoleceram, depois se agitaram como se o bicho estivesse sendo eletrocutado. Wayne passou um arame de metal no casco e apertou um botão numa máquina ali perto, que içou o porco pelas pernas.

Wayne entregou a arma a Hai. Depois, com um gesto rápido, como se acendendo um fósforo, cortou a garganta do porco. Um jato de sangue voou sobre eles. Russo olhou enlouquecido à volta, depois fixou um olhar apavorado em Hai, com a boca entreaberta, o sangue do porco lá *dentro* e pingando pelo queixo. "Ah, merda, merda. O que eu faço, o que eu faço, o que eu faço?"

Wayne se afastou da carcaça, pegou uma toalha suja com o que parecia ser óleo de motor de um balde no chão e limpou o rosto de Russo. Havia uma umidade quente na face de Hai subindo até a têmpora. Antes que ele pudesse tocar seu rosto, Wayne estava secando a testa dele com a toalha, com tamanha força que ele inclinava a cabeça para trás a cada toque. "Vocês se acostumam. Esse troço está dentro da gente também, sabe? As pessoas adoram comer carne, mas não têm a menor ideia do que se trata. Esses animais estão vivos. Isso significa sangue, mijo e merda." Ele riu com as próprias palavras, depois deu um tapa com força no peito de Hai e no de Russo. "Vocês dois vão ganhar um terceiro testículo em poucas horas — e podem me agradecer mais tarde."

Quantas pessoas realmente sabem como um porco é morto? A quantidade de força, de adrenalina, que isso exige — até mesmo uma espécie sinistra de carisma? O quanto aquilo se parecia, estranhamente, com um combate? Talvez fosse por isso que tantos caras bebessem no trabalho. Alguns tinham pesadelos cheios de porcos, Wayne contou para eles, os gritos entrando no sono quando eles estendiam a mão para agarrar a esposa ou travesseiros encharcados de suor à noite. Nos supermercados, a carne parecia tão serena, plácida e calma, como algo moldado em um estúdio. Ali — em meio a Slipknot e sangue coagulado, respiração e vapores gástricos borbulhando ao sair de esôfagos lacerados, a grama tingida de amarelo pelas vísceras estomacais, aqueles animais com rostos tão humanos, cílios louros e grossos, expressivos a ponto de parecer que deviam ter nomes, a ponto de Hai ter que desviar o olhar quando puxava o gatilho — o trabalho era um caos.

Ele atirava, tremendo quando os cascos batiam no chão, como se o animal estivesse se lançando para o alto, sem consciência de que o pino em seu cérebro provavelmente havia rompido seu cerebelo, destruindo seus controles motores. Depois ele atirava de novo. "Vai, vai lá. Vai lá, rápido", Hai sussurrava enquanto Russo, com os olhos vermelhos de lágrimas, puxava o ferrolho, e Rage Against the Machine tocava alto agora no estéreo em cima de um isopor cheio de cerveja Bud Light.

Lá pelo quinto ou sexto porco, Hai aprendeu a não olhar nos olhos deles, arregalados, atordoados com aquele terrível deus armado subitamente diante deles, e a olhar, em vez disso, para as orelhas, que, examinadas de perto, pareciam como um pedaço de tecido tremulando na brisa. *É isso*, era o que ele dizia para si mesmo ao puxar o gatilho: ele estava grampeando tecidos. Não estava pregando a morte em algo. E funcionava. Embora continuasse ouvindo os gorgolejos retorcidos e angustiados, que o heavy metal mal dava conta de abafar, isso criava uma distância suficiente em relação à morte para que a fila seguisse andando.

Durante as três horas seguintes, ele e Russo se revezaram apertando o gatilho nas testas dos porcos enquanto Wayne os sangrava, um a um, a pouco mais de um metro de distância, a torrente fluindo rumo a calhas metálicas colocadas no plano inclinado do campo para levar o material, como um escoamento demoníaco, até o rio. Maureen aparecia de vez em quando e levava um porco caso a linha de tiro estivesse andando rápido; caso contrário os porcos esperavam lá fora no curral cercado por correntes.

Depois de um tempo, Hai teve que sair para tomar ar. O calor dos corpos dos porcos tinha aquecido a barraca a ponto de encharcar as camisetas deles. A equipe do celeiro tinha um estéreo à parte, e algo em espanhol vinha do campo sobre os sons alegres que os porcos produziam ao sair das jaulas, seguindo os biscoitos caninos postos diante deles.

Hai se virou para Maureen. "Você ainda não vai desistir, vai?" Ela estava jogada sobre uma porca imensa, quase a abraçando por trás, apoiando o peso de seu corpo nas costas do bicho. Os cabelos dela estavam colados no rosto e ela estava atônita, como alguém que está no epicentro de um desastre natural prestes a contar algo terrível. "Vai valer a pena, ok?", Hai disse. "Só mais uma hora ou pouco mais, e deu. Aí a gente pode..."

Ela encarou Hai, inexpressiva, antes de se debruçar e lançar um jato de vômito nas costas do porco. Maureen abaixou a mão e pegou umas folhas mortas e sem muita disposição esfregou para tirar a sujeira do animal. Ela fez um gesto dispensando Hai, depois limpou o rosto com a manga da camisa, tirou uma das balinhas de menta da narina, colocou na boca e voltou claudicando para o galpão.

Ele sentiu algo no bolso e percebeu que era o celular tocando. Durante todo esse tempo, esquecera que o telefone estava ali. Era sua mãe. Já havia duas ligações perdidas.

"Ma?", ele disse, tentando sorrir enquanto ia às pressas para um fardo de feno ali perto, de onde não se podia ouvir o morticínio. "Não, não, não estou apressado, só... é... Só fazendo as coisas. Estou ofegante? Ah, nada, só andando por aí pra resolver umas coisas. Sendo produtivo. Você sabe." Ele tentou rir. "Você está no horário do intervalo? Certo. Normalmente a coisa pega na semana antes do Natal, não? As pessoas precisando pintar as unhas de vermelho e verde. E você faz os melhores desenhos com flocos de neve."

Wayne estava vindo. Um porco tinha fugido e ele estava tentando pegar o bicho. O animal passou roçando em Hai e gritou quando sentiu o toque. "Ei, cara, consegue pegar ele?", Wayne pediu, tentando alcançar o porco pelo rabo.

Hai cobriu o celular e sussurrou: "Estou no telefone."

Outro funcionário apareceu, um cara forte e bronzeado. Wayne mexeu várias vezes os dedos diante do rosto do sujeito, ao que o trabalhador respondeu com uma torrente de sinais antes de os dois encurralarem o porco.

"Você sabe língua de sinais?", Hai perguntou. Mas Wayne já estava longe para ouvir. "Quê? Ah, nada. Só um amigo, Ma. Ah, aquilo. Era... um porco. A gente usa pra dissecar. É... supostamente os órgãos deles são bem parecidos com os humanos, por isso a faculdade usa os animais para autópsias e coisas assim."

"Ah, pobrezinhos", Ma disse. "Você devia rezar pela alma deles depois, ok? Se não os espíritos deles vão te assombrar e encurtar a sua vida." Hai sabia que ela estava se levantando da cadeira no salão. "É sério. Faça uma oração por eles, ok? O sr. Vu morreu depois de trabalhar vários anos como exterminador. Ele nunca rezava depois de matar os camundongos e morreu de ataque cardíaco."

"Mas ele era cardíaco."

"Hai, por favor."

"Ma, eu sei. Eu rezo, prometo. Vou rezar, tipo, sete vezes."

"Oito. É um número mais auspicioso."

"Certo. Ei, preciso ir. Estão precisando de mim."

"Vai, vai. Claro. Me liga uma hora dessas. Só pra me dizer se precisa de alguma coisa."

Ele desligou e correu na direção de Wayne. O porco tinha seguido para uma poça rasa de lama e tinha começado a rolar ali, de olhos fechados e roncando de felicidade. Aquele porco parecia mais novo que os outros e provavelmente não tinha ideia de que seus amigos e sua família estavam sendo executados. Wayne olhou para o porco, inclinando o rosto para o lado. Hai pôs a mão no bolso e jogou um punhado de biscoitos caninos, que erraram a boca e caíram na barriga, que estava raiada com o vômito seco de Maureen. O porco pareceu não se importar. "Já vamos acabar", Wayne disse, recuperando o fôlego.

"Estou mentindo para a minha mãe", Hai se ouviu dizer.

Wayne olhou para ele de canto de olho. "Era ela no telefone?"

"Era."

"Dava pra ver." Ele pegou um dos biscoitos e deu uma lambida. "Nada mau. Parece páprica defumada."

"Dava pra ver o quê?"

"Que você estava mentindo. Pela sua voz. Eu sou pai, lembra? Ou fui. Ou sei lá o quê. Conheço o som de um filho mentindo mesmo sem falar chinês."

"Vietnamita."

Ele enfiou o biscoito de cachorro na boca e engoliu. "Uau. Isso aqui é bom pacas."

O heavy metal tinha parado. Ouvia-se o som das vozes dos homens atrás deles falando baixo na barraca. Houve um silêncio depois que soou como novidade. O porco estava deitado de lado. "Eu tenho um filho." Wayne encarou Hai com olhos apertados e subitamente pareceu dez anos mais velho. "E consigo ouvir. Todos vocês soam iguais", ele riu. "Todos nós soamos iguais." Ele cutucou as costelas de Hai. "Já fui você um dia, meu jovem. Cem anos atrás."

"Como chama o seu filho?"

"Knight. Dezesseis anos." Wayne meneou a cabeça como se a idade do filho fosse um boato em que ele não desejava crer. "Dei o nome dele em homenagem ao cavalo — sabe, a peça de xadrez? Fui campeão no ensino médio na Carolina do Norte. O cavalo era o meu ás, meu braço direito, e eu *detonava* com ele. Vush!" Ele fez um movimento de corte com a mão sobre a palma aberta, a carne tão inchada e cheia de bolhas que já nem se via mais a linha da vida. "Fazia meu L e — *bum!* — do nada a sua dama estava perdida, prontinha pra cantar 'Goodbye, Irene'."

"Você vai se encontrar com ele? Digo, no Natal, essas coisas?"

Wayne ficou em silêncio por um momento, depois se abaixou e tirou os biscoitos para cachorro da barriga do porco, como se aquilo parecesse indecente. "Sabe, faz três anos que eu retalho esses porcos. Não me arrependo. Eles nasceram para morrer. E eu sou só um martelo. Outra pessoa está usando o martelo, eu sei. Só não sei se é o cara lá em cima", ele olhou para o céu, cor de ardósia e ambivalente, "ou aquele corno lá embaixo". Ele bateu com a bota no chão. "Mas você está vendo aquela árvore ali?" Ele faz um gesto na direção de um teixo atarracado sozinho entre dois pastos além dos silos. "Meu avô me disse que quando as árvores ficam sozinhas, sem nenhuma outra árvore por perto, os galhos dela crescem tortos daquele jeito. Galhos retorcidos por toda parte, como se elas estivessem tentando agarrar alguma coisa por perto."

"Sei, estou vendo." Hai analisou a árvore sem folhas, seus galhos espalhados como se congelados em meio a um aceno pedindo ajuda.

"Mas, quando elas estão na floresta, com as amigas, sabe? Elas crescem retinhas, chegando o mais alto que podem. Não é estranho? Provavelmente é besteira, pra ser honesto, mas eu acredito."

Antes que Hai pudesse responder, Wayne tirou a carteira do bolso de trás e mostrou uma foto para ele: três pugs pretos em uns degraus em frente a uma casa, com laços cor-de-rosa na cabeça. Eles olhavam para a câmera com as cabeças inclinadas, seus olhos grandes, orbiculares exibidos e esperançosos. "Esses aqui são os meus bebês agora. Aquela meio vesguinha é a Lisa, em homenagem à Left Eye. Essa aqui é a Rosie. E essa pequenininha aqui, o nome dela é Bethel, em homenagem à minha avó. Elas são tudo pra mim." Ele deu um sorriso largo para a foto, segurando a borda com seu polegar escurecido pelo sangue. "Mas do Knight eu não tenho uma foto. Não é bom olhar praquilo que você não pode ter, certo?" Wayne olhou para Hai como alguém que conhecia os segredos das pessoas de cor, uma mistura de orgulho desdenhoso e sofrimento.

"Terminamos? Estou quase morta." Maureen veio por trás dos dois. Russo veio logo em seguida.

Era hora do almoço, Russo disse para eles. Os homens estavam se dispersando pelo pasto. "Eles foram pegar KFC pra todo mundo." Ele sorriu com seus dentões. "Vem em boa hora." Os braços de Russo estavam cobertos de sangue e, quando viu Hai olhando fixamente, acrescentou: "Esse último foi meio foda. O ferrolho emperrou depois do primeiro tiro e precisei recarregar antes de atirar de novo." Ele parecia exausto, com os olhos fundos e distantes. Hai percebeu, pela primeira vez, na luz esfumaçada que tingia de prata os cabelos suados e azuis de Russo, que o menino *era* bonito — mas no sentido que só se revela depois que você conhece a pessoa faz um tempo, do mesmo modo que o uso serve como polimento e deixa uma maçaneta brilhante. Hai agora achava os dentes grandes dele cativantes, um alívio depois de três horas vendo as presas amareladas e desfiguradas de porcos desgastadas na ponta.

Maureen pegou a garrafa de Wayne em formato de arminha de água, apontou o cano para a boca e apertou o gatilho diversas vezes. Com os olhos ainda fechados, ela ergueu a cabeça para o céu e a passou para Wayne, que também atirou na própria boca. Ele limpou os lábios com as mangas manchadas da camisa e deu a Hai um olhar sombrio e desanimado. Ele abriu levemente a boca, como se fosse dizer algo, algo que estava decidido a dizer fazia muito tempo. Mas, bem quando estava prestes a falar, um raio de luz preencheu o espaço escuro de sua boca, ficou ali, depois foi embora, e ele deu as costas.

Hai secou a garrafa. O vale que se estendia à frente deles parecia pleno e infinito.

"Olha, está nevando", Maureen sussurrou. "Vai ser um Natal branco. Sempre é mágico quando isso acontece". Ela suspirou e sacudiu a cabeça ao ver a luz tomada pela bruma que descia sobre a urze à frente deles.

"Eu já tinha falado pra vocês sobre esses porcos?" Wayne deu um meio sorriso para o porco, dormindo aos pés deles. "Lá atrás, tipo, no século XIX, tinha uma cidade chamada Berkshire."

"Eu sei onde fica", Hai disse.

"Não, não aquela cidade no Norte onde os ricos de Nova York vão acampar. Estou falando de Berk*shir*, na Inglaterra. Esse lugar tinha uma das melhores carnes de porco do mundo. E quando a Inglaterra estava tentando entrar no Japão — sabe, pra fazer essas coisas de missionário ou sei lá o quê —, eles tentaram conquistar o imperador dando esses porcos de Berkshire pra ele. Bom", Wayne lambeu os lábios, "o imperador ficou tão impressionado com o sabor desses porcos, tão ricos de gordura, doces e suculentos, que escancarou as portas para eles. E foi assim que o cristianismo chegou ao Japão. Usando carne de porco. É por isso que chamam eles de 'porcos imperadores'. Meu avô aprendeu isso quando foi para lá na guerra. O nome dele era Eustice. E aí tentaram criar uma raça deles aqui em Connecticut."

"Parece um monte de besteira", disse Maureen.

"Se pra ser chamado de imperador precisa ter a garganta cortada em nome de Cristo, pode me chamar de camponês", Russo disse.

"Hoje a imperatriz é a Linda McMahon." Hai olhou para a barriga do porco subindo e descendo.

Um caminhão parou no estacionamento. O KFC tinha chegado. Os homens, jogados em fardos de feno, ergueram as cabeças enfiadas nos celulares ou nas mãos. Do outro lado da barraca, numa carreta para ser levada até a unidade de processamento no fundo do vale, havia uma pilha de porcos recém-abatidos, as patas endurecendo no frio à medida que a neve caía nas cavidades esvaziadas de suas barrigas, os flocos se transformando em chuva dentro das paredes fumegantes de suas costelas. Pois isso é o que acontece quando você morre — o mundo entra em você.

"Olha só pra ela. Ela não está nem aí", Russo disse, balançando a cabeça para a porca adormecida, com neve cintilando nas costas.

Maureen olhou para a porca e suspirou. "E todos aqueles demônios lhe rogaram, dizendo: 'Manda-nos para aqueles porcos, para que entremos neles.' E Jesus logo lho permitiu. E, saindo aqueles espíritos imundos, entraram nos porcos; e a manada se precipitou por um despenhadeiro no mar."

"Legião é o meu nome porque somos muitos." Wayne piscou para ela e sorriu.

Os três deviam ter matado quase cinquenta porcos naquela tarde só na estação deles (Hai perdeu a conta depois de dezoito). Se Wayne não estivesse contando com eles para conseguir aquele bônus, Hai teria saído andando pela estrada para pegar carona para Felicidade do Leste assim que viu a cara dos animais. Mas o que podia fazer? Ele fazia parte de um time, e isso significava algo, não?

Ele ficou pensando até onde as almas dos porcos tinham chegado àquela altura. Ficou pensando se alcançavam as almas dos humanos mortos, se é que havia uma diferença entre elas. Que bobagem, ele pensou, acreditar que almas vão a algum lugar. Por que iriam? E se simplesmente se deitassem como aquela porca e decidissem que já era hora de parar? E se a alma estiver simplesmente tão cansada quanto o corpo? Tão exausta de ver sua família ser enganada e levada para uma barraca com biscoitos caninos para sair de lá eviscerada, logo mais sendo todos assados por uma candidata a uma eleição que vai gastar 50 milhões de dólares numa campanha que vai acabar perdendo de qualquer jeito? Onde é que a alma entra nisso?

Meia hora depois, o carro de Maureen vai resfolegar pelas colinas áridas, todos os três vestidos com sacos de lixo cortados para não sujar o carro com as roupas ensanguentadas — ninguém dizendo uma única palavra.

Russo vai roncar através do capuz amarrado, as lâmpadas de Natal batendo na janela a cada curva. No final, os açougueiros não cumpririam a cota de qualquer maneira; o bônus prometido nunca foi pago. Seja por pena ou culpa, Wayne vai entregar uma nota de cinquenta dólares para cada um durante os turnos da semana seguinte, e cada um deles vai assentir silenciosamente como se fosse uma irmandade secreta. "Um bom homem. Você é um bom homem, Wayne", Maureen dirá. E, à guisa de resposta, Wayne vai tocar a aba do boné antes de trinchar seus frangos em silêncio.

"Acho que ela sabe", Hai disse, a neve chegando pesado.

"Sabe o quê?", perguntou Wayne.

"Que a gente matou os parentes dela."

"Não diga besteira", Maureen repreendeu. "Os lagartos vão sentir a sua energia negativa. Olha aqui, em vez disso bata palmas. Às vezes, quando estou me sentindo ferrada, eu só começo a bater palmas. Tipo assim."

Maureen bateu palmas, e o sangue nas mãos dela, que o frio tinha secado, explodiu em nuvens púrpura, que encantaram todo mundo. E eles todos começaram a bater palmas, as nuvens de sangue florescendo diante de seus rostos.

"É tipo um chá revelação", Russo disse, com uma risadinha.

"Qual gênero é roxo?", Hai perguntou.

"Quer dizer que você está ferrado", Wayne disse.

Todos olharam para ele, o homem que tinha enfiado todos eles naquela fria, e riram constrangidos. Eles riram porque sabiam que o sangue em suas mãos não era deles, e em meio ao riso e ao pó púrpura que subia acima das cabeças deles, Hai se esqueceu de rezar.

14

Um sol baixo e vermelho roça a grama da estrada ao longe. Sony e Hai estão andando de patinete no estacionamento do McDonald's, onde a família parou depois da visita ao Museu Stonewall Jackson. O ar do verão está quente e grudento na brisa criada pelo movimento dos dois. Hai está atrás, enquanto o primo está encaixado entre os braços dele na frente e o patinete chacoalha no asfalto. Em algum lugar atrás deles, as mulheres riem. Só muito mais tarde vai ocorrer a Hai, depois de sua avó estar morta há muito tempo, como era fácil o riso delas, algo à beira de um superpoder, gargalhar com o rosto escancarado a ponto de parecer que ia se desmontar, e fazer isso sem o menor vestígio de vergonha num estacionamento ao lado de uma estrada em agosto tendo só dois litros de gasolina no Toyota, as barrigas cheias de batata frita, filés de frango e de Dr Pepper, que elas confundiram com Coca-Cola, mas tomaram mesmo assim, fazendo careta, sentindo o gosto parecido demais com uma marca de xarope para tosse do país de onde fugiram.

Esse riso, entrecortado pelo tráfego, anima Hai, que empurra com mais força. "Olha, é uma espaçonave! A gente está numa espaçonave, Sony!" Hai faz sons de bipe no ouvido de Sony enquanto o vento sibila pelos buracos deixados pelos dentes de leite recém-caídos.

Sony balança a cabeça, de olhos fechados. "Não diz isso. Não é uma espaçonave de verdade. É só um patinete. Não inventa coisa à toa."

"Achei que você gostava de coisas espaciais. Ou agora é só essas coisas da Guerra Civil?" Hai para de empurrar e deixa que a inércia os leve em frente.

"Curto a NASA — a coisa de verdade, não faz de conta tipo *Star Trek*. Minha mãe gosta de faz de conta, mas eu odeio. A coisa toda fica meio instável."

O patinete para. Sony se vira e Hai dá uma boa olhada no primo, a verruga debaixo do olho parecendo uma mera marca errante de pimenta-do-reino. Sony segura o livro de colorir do Stonewall Jackson que a mãe comprou para ele na loja de lembrancinhas. O livro é grande como o torso do menino, o que o deixa comicamente diminuto, como se estivesse carregando uma daquelas placas de homem-sanduíche anunciando os generais confederados. Em três anos, ele vai ser uma cabeça mais alto do que Hai, mas agora ele ainda está apto ao papel de primo mais novo. "Usar a imaginação te deixa tonto?", Hai diz. "Isso é maluquice."

"Eu consigo imaginar uma coisa vendo outras coisas — só não consigo fazer isso vendo coisas falsas. Mentir me deixa tonto."

"E esse tal de Stonewall?" Hai mexe no livro. "Você acha mesmo que ele dançava polca toda noite depois da janta igual àquela mulher branca disse?"

"Ela não ia mentir. Ela é uma docente."

Hai olha para as mulheres, suas camisas florais fundidas numa massa singular de dourado em meio ao crepúsculo que se aproxima. "Você ia cansar de dançar *qualquer coisa* depois de dois minutos. Aquela mulher não é decente coisa nenhuma. É uma mentirosa."

"Docente. Além disso, meu pai também dizia isso. Se você mente demais, tudo à sua volta começa a parecer como se estivesse bêbado, como o sr. Phuong em frente ao mercadinho A Dong, sempre falando com elfos invisíveis. Meu pai sabe de coisas desse tipo, coisas sigilosas. Ele é o Stonewall Jackson do exército do Vietnã do Sul."

"A vó disse que ele era zelador numa base militar." Hai deixa o patinete cair no chão. Tia Kim tinha comprado o patinete para ele quando a família parou na Chinatown de Nova York dois dias antes. É uma maravilha, não é de uma marca famosa tipo a Razor — que faz um supersucesso —, mas mesmo assim custa oitenta dólares. Ma deu uma bronca nele por aceitar um presente decadente daqueles. "Deixa o menino ter uma coisa bacana", tia Kim disse fora da loja. "Além disso, vou ficar um bom tempo sem ver ele." Hai viu Ma morder o lábio e desviar o olhar quando a multidão da Canal Street os engoliu, e ficou por isso mesmo.

"Meu pai era cabo e ele tem até um ferimento no pulso feito pelos vietcongues para provar." O rosto de Sony está todo enrugado, o queixo retraído.

"Deixa eu ver isso aí." Hai pega o livro de colorir e se senta no meio-fio, folheando. Sony se aperta ao lado dele, aliviado de passar para o assunto que ama. As páginas mostram Jackson em vários ambientes pastorais, frequentemente com cavalos. As imagens são em preto e branco, como era de se esperar. No entanto, estranhamente, o tom de pele de cada personagem já vinha pintado com um rosa meio pêssego, fazendo com que os rostos parecessem estar observando em meio ao desenho monocromático, vivos por trás do papel.

"Pelo menos eles já te dão um começo com a pele", Hai diz.

"Rostos são difíceis de colorir, é por isso. Muitas partes pequenas, tipo os olhos."

Hai para em uma página que mostra Jackson sentado em sua sala de estar fumando um cachimbo e lendo um livro enquanto sua esposa, Elinor, faz crochê ali perto na lareira. Ele olha por um instante a sombra de seus dedos escurecendo o sorriso de Elinor. Ele vem tendo estranhos novos pensamentos, principalmente à noite, logo depois que as luzes apagam e a tevê de sua mãe emite os zumbidos de infomerciais no quarto ao lado. No escuro, a mente dele se demorava nos traços de garotos de sua turma no sétimo ano: Chris, Nate, Tyler, Armando, Jason. Mas não exatamente nos rostos em si, embora cada um tivesse seu encanto distinto, uma franqueza comum a quem tem doze anos: Hai não via beleza neles, mas uma espécie de forte e ameaçador vínculo com uma amorfa *masculinidade*, aquele domínio que ele supostamente deveria possuir, mas que continuava parcialmente escondido dele. Embora aquilo não tivesse uma fonte que pudesse nomear, havia algo fora de seu alcance, um calor cintilante, o modo como alguém sabe, às vezes, onde a Lua está no céu durante uma noite nublada. Ou uma palavra que existisse antes de sua definição — e como todas as coisas sem significado, aquilo não fazia sentido. Aquilo mexia com ele como uma assombração silenciosa, mas insistente, fazendo suas pálpebras tremularem quando os rostos deles se aproximavam, e ele cobria a cabeça com o edredom para se proteger contra o frio que causava a si mesmo.

"Não ia ser engraçado se fosse outro homem ali sentado crochetando?", Hai diz, rindo, com os olhos voltados para Sony, que está analisando o casal.

Sony ergue os olhos. "Isso não ia fazer o menor sentido." Depois ele pensa no assunto, olhando fixamente para a imagem. "Não", então sacode a cabeça por fim, decisivo. "Isso ia ser esquisito. Primeiro, eles provavelmente iam ser colegas de oficialato ou instrutores na academia. O que significa que Elinor ia ter que sair da sala enquanto eles conversavam. Foi isso que a docente disse. Ela também..." Enquanto Sony tagarela, Hai pega uma pedrinha e gentilmente a coloca sobre o rosto de Jackson, como uma peça num tabuleiro de damas, depois faz o mesmo com Elinor.

É nesse momento que elas riem novamente. Hai se vira para ver as mulheres, de bocas escancaradas e olhos fechados, enquanto dão tapas brincalhões nas pernas umas das outras, segurando a barriga debaixo de uma lâmpada de estacionamento que acabou de acender. Depois ele olha para os dois rostos rosados, cada um coberto por uma pedra, e se deixa inundar pelas vozes das mulheres.

Hai tinha se esquecido de se lavar antes de sair do trabalho e agora limpava as mãos engorduradas no avental do HomeMarket enquanto olhava o cartaz do outro lado da sala de espera. O cartaz mostrava uma criança de pé numa praia debaixo de uma onda de tsunami feita de contraluz, como se a onda tivesse sido recortada. A sombra da onda caía sobre a criança, que era um mero contorno preenchido por luz. Debaixo da cena estava escrito, em caixa alta, a ordem NÃO DEIXEM NOSSAS CRIANÇAS SEREM ENGOLIDAS PELA DEPRESSÃO. Mais abaixo, lia-se o nome de um comprimido, Luminkind, prometendo resgatar seu filho desse desastre natural da mente. Hai se perguntava se era velho demais para tomar algo feito para crianças. Afinal, em que momento a tristeza infantil se torna uma tristeza de adulto? Será que o tsunami aumenta à medida que a pessoa cresce? Será que a onda dele já teria o dobro da altura daquela no cartaz?

Enquanto pensava nisso, a porta se abriu, revelando um sujeito vestido com terno cinza sem gravata. Ele bufou enquanto ia na direção de Hai, com seu rosto enorme parecendo massa sovada. Ele tinha o olhar perdido de um defensor público, mas era na verdade um psiquiatra, e aquele era o consultório dele. "Ei, você é o pai?", ele disse, depois viu que Hai era muito jovem. "Ou irmão ou sei lá o quê?"

"Eu só..."

"Aqui." Ele se virou para um mostruário com panfletos organizados como se fossem pequenos guias turísticos, cada um deles relacionado a várias doenças mentais. O médico escolheu dois, parou para pensar, depois devolveu um deles. "Leve esse, leia e depois converse com ele, ok? Vocês têm uma longa jornada pela frente como família. Mas esse tipo de coisa acontece. É normal, ok? Supernormal. O Mark vai ligar para marcar as sessões dele. Alguma pergunta?" Ele tinha uns trinta e poucos anos, mas tinha a voz de um velho, cheia de saliva. Era o único psiquiatra que aceitava o plano do Sony e que ficava num lugar perto o suficiente para ir de bicicleta. "Bom, os antipsicóticos que dei podem causar náusea nas duas ou três primeiras semanas, então ele tem que comer bastante antes de tomar, ok? Não deixe a palavra te assustar. O Sony não é doido. É um cara normal. Entendeu? Talvez normal demais." Ele tentou acrescentar um sorriso, mas abandonou a ideia e só tossiu no próprio braço.

Hai assentiu. "Obrigado."

O homem voltou para dentro. "Mark!", ele gritou para um secretário que estava em algum ponto da outra sala. "Marca mais uma consulta para ele daqui a um mês, depois fecha tudo. Chega por hoje. Quer ir no Hairy Harry's?"

Depois de algum murmúrio por trás da porta, Sony saiu, o rosto sem um sorriso, mas plácido. Ele continuava com o avental e a viseira preta. Aquilo quase fez Hai rir ao vê-los, dois trabalhadores de fast-food num consultório de psiquiatria, como num concurso de legenda para charges da *New Yorker*.

"E aí? Você é oficialmente doido ou o quê?", Hai disse.

Sony deu de ombros, depois olhou para o panfleto na mão do primo. Hai viu as palavras pela primeira vez: O SEU PRÉ-ADOLESCENTE NEURODIVERGENTE: OS PRÓXIMOS CINCO ANOS.

Hai ergueu o panfleto para que Sony visse, mas ele estava encarando o chão, a sacola de bolo de milho ondulando em sua mão. Hai olhou em torno na sala, quase torcendo para haver outro cartaz que o pudesse instruir, por meio de metáforas, sobre o significado daquilo, sobre o tamanho da onda que estava sobre a cabeça do primo. Mas as luzes só zumbiam e dava para ouvir Mark e o médico andando na direção da porta, vestindo seus casacos, e por isso Hai simplesmente abraçou o primo. Sony recuou e ficou rígido de início, depois relaxou. Eles ficaram daquele jeito por um momento, depois Sony, com uma voz falsa de desenho animado, que usava quando estava nervoso, disse: "Ai. Você está me esmagando!"

"Boa sorte, meninos. E se cuidem!", o médico disse enquanto eles saíam, do modo como se fala com alguém que entra no carro depois de uma festa. Eram só cinco da tarde, mas o estacionamento estava um breu e brilhava com uma fina camada de gelo. Hai pegou a bicicleta de um arbusto ali perto e foi andando até a rua.

"Você não me disse que foi por isso que eles te colocaram na casa", Hai disse, montando na bike. "Achei que esse cara era um médico."

"E é."

"Digo, tipo, pra tristeza ou algo assim."

"E é."

Hai enfiou o panfleto na jaqueta. "Deixa pra lá. Tudo certo, ok? Está tudo normal."

"Preciso tomar isso aqui", Sony disse, chacoalhando um frasco com os dois comprimidos de amostra grátis que o médico tinha dado para ele. "Estou meio assustado."

"Eu sei." Hai sentiu sua voz se suavizar. "Mas você vai conseguir, eu juro. Esses caras são médicos. Sabem o que estão fazendo. Eles foram pra faculdades de verdade." Ele tinha dificuldade de dizer coisas que achava que eram mentiras.

Sony deu de ombros.

Hai pegou um pedaço de bolo de milho da sacola de Sony e partiu em dois. “Quer?”

Sony pegou o pedaço e subiu na garupa.

“Está se segurando?”, Hai perguntou, mastigando enquanto pedalava.

Eles passaram pelas casas com janelas quadradas iluminadas espalhadas pelos dois lados da rua e não disseram nada um para o outro por um tempo, apenas suas respirações pairando sob os cones de luz dos postes que surgiam ocasionalmente. Depois Hai se ouviu dizer aquilo. E disse de novo, baixinho no começo, depois mais alto à medida que Sony agarrava seu ombro com mais força. E Sony se uniu a ele e os dois disseram aquilo juntos, acelerando ladeira abaixo, de volta a Felicidade do Leste, com sua caixa-d’água enfeitada com um cordão de coloridas luzes natalinas na neblina ao longe. “Isso não é uma espaçonave”, eles cantavam. “Isso não é uma espaçonave! Isso não é uma espaçonave!” Até que suas vozes cessaram e eles foram engolidos pelo vale que se aproximava, e tudo ficou escuro, exceto pelas suaves marcas azuis de gelo, veias cristalinas se arrastando pela rua no rastro deles.

INVERNO

15

Na vida de alguém, o apito do trem soou cortando o fim da tarde enquanto a composição seguia para Marlborough no primeiro dia de inverno. Dava para ouvir se você estivesse parado no estacionamento do HomeMarket, o asfalto salpicado de gelo enquanto os últimos carros saíam, as pessoas lá dentro cheias de gordura hidrogenada e sal iodado depois de passarem a manhã toda sentadas em bancos tortos de igreja, quase caindo no sono enquanto ouviam sermões que já tinham escutado centenas de vezes antes. Faltavam quatro dias para o Natal e a luz de inverno bafejava em torno da loja, que lá dentro continuava em brasas de um dourado profundo. Do outro lado das janelas amplas, lavadas diariamente, transparentes como o ar, uma mulher grande com uma camisa social branca e gravata borboleta virou a placa de PODE ENTRAR! para o outro lado, onde se lia A GENTE SE VÊ PELA MANHÃ! antes de voltar para o balcão. A equipe tirou as luvas de borracha, desatou os aventais e se reuniu em torno dela, com a atenção arrebatada, uma vez que ela parecia à beira de fazer um discurso de grande importância, que poderia ter a ver com o realinhamento das estrelas ou com o anúncio do surgimento de uma nova e benévola era.

Só restavam três clientes do lado de dentro, gente que já era de casa e que eles conheciam pelo nome e pelo jeito de andar. Duas prostitutas de uns quarenta anos, olhos esfumados pela maquiagem e jaquetas de couro com o zíper fechado até o queixo estavam apertadas em uma mesa comendo um frango assado inteiro, com as unhas pintadas em cores primárias cintilando em meio aos ossos. Wayne tinha feito aquele frango especialmente para elas, esfregando alecrim colhido de sua hortinha no parapeito da janela de casa e deixando para assar a ave pouco antes do turno da noite delas na rota 4.

O último cliente era um mecânico com um rosto jovial e maltratado, mãos sujas de graxa, cuja camisa azul-celeste Hai sempre via no instante em que ele passava pela porta, com a palavra TOM bordada sobre o coração. Ele estava sentado sozinho ao lado da janela que ia escurecendo e tinha à frente seu pedido de sempre: purê de batata e vagens temperadas com molho de carne. Ele comia de cabeça baixa, escondendo a saliência brilhante no buraco onde antes ficava sua orelha, furtando olhares das mulheres que comiam seu frango até os ossos.

A gerente bateu palmas para conseguir a atenção de todos, a plaquinha dourada gravada com seu nome, BJ, refletindo a luz conforme ela se movia. A mãe dela, com setenta e poucos anos e encurvada sobre uma mesa de plástico com um casaco de pele falsa e uma boina vermelha, tinha levado para todo mundo uma forma com sua famosa lasanha. Os funcionários comeram de pé, alguns de olhos fechados e balançando ligeiramente o corpo, o que levou a mãe a se recostar e a cruzar os braços, assentindo num orgulho sobrenatural. Ela ergueu o olhar na direção da filha com uma luminosidade ainda maior, a boca entreaberta enquanto a mulher que ela dera à luz andava com toda a sua estatura pelo lugar, cercada de atenção. "Certo, certo, certo", BJ falou com um jeito meio arrastado à la Matthew McConaughey. "Todos prontos para o show?"

Maureen estava conversando com uma das trabalhadoras do sexo, e por isso Wayne pegou um bolo de milho da cesta e jogou nela. "Quieta, Maur", ele disse enquanto o bolo caía na mesa depois de bater no peito dela.

Maureen pegou e deu uma mordida. "Não sabia que ia ter lanchinho no show."

"Se quiser mais um lanchinho, só avisar", Wayne sorriu para as mulheres, que riram dentro das golas de suas jaquetas.

"Você pode fazer o que quiser por esse dinheiro." Maureen piscou para as duas. "Que tal, meninas? Barato demais?"

BJ passou a língua pelos lábios e segurou as próprias mãos. "Vamos lembrar que isso é só um treino. O nome disso é ensaio, certo? Então não levem a sério demais."

"Você está se saindo superbem, Jean!" A mãe dela deu um soquinho no ar com o punho fechado e o braço coberto pela falsa pele.

"Eu ainda nem comecei, Maman." BJ ergueu um aparelho de som portátil que estava atrás das cubas para resfriamento e pôs na tomada, depois abriu o zíper de sua mochila JanSport, que nas mãos dela parecia mais uma pochete. O zíper se abriu e caiu lá de dentro um dicionário de bolso, junto com uns mangás da série *Death Note*. BJ pegou os mangás e enfiou de novo na mochila.

"Um dicionário, hein? E que tipo de mulher adulta lê livros de colorir?", perguntou Wayne, com um prato de lasanha comida pela metade nas mãos.

"Sabe quem mais lê o dicionário, de cabo a rabo?" BJ deu uma olhada à sua volta na sala. "O Eminem. É isso aí." Ela olhou para Russo, que confirmou com a cabeça. "E não menospreze o *Death Note*. Tem umas coisas maneiras."

"Claro que você lê muito", disse Sony, previsivelmente sincero. "Todo grande general lê muito."

BJ ligou o som e o ruído estático encheu o ambiente. Ela tirou sua gravatinha borboleta, prendeu na testa como se fosse uma bandana e sorriu cheia de dentes. A sala ficou em silêncio. As mulheres na mesa tomavam seus refrigerantes, achando aquilo divertido, porém mantendo o ceticismo.

"Vai que é tua, BJ", Hai disse.

"Você consegue, meu amor", a mãe acrescentou. "Você foi abençoada por Ele."

BJ sorriu, nervosa, depois apertou o botão do play no aparelho de som com o sapato, e a batida do heavy metal começou. O restaurante sacudiu com rifes pesados, dissonantes de guitarra, um zumbido muscular de percussão — e em pouco tempo as cabeças de todos eles começaram a balançar como se estivessem presas por fios de marionetes. A mãe de BJ estalou seus longos dedos ossudos, o casaco de pele oscilando em seus ombros. Ela abriu a boca para rir, mas só era possível ouvir a voz de BJ nos alto-falantes enquanto ela gritava sua versão de "Bodies", do Drowning Pool. Por trás do balcão, BJ andava para a frente e para trás enquanto o baixo soava sua fúria, e a visão da gerente deles tocando heavy metal onde em geral as vagens e o creme de espinafre eram servidos parecia invocada de um sonho febril.

A equipe vinha ouvindo falar sobre as aspirações dela como lutadora havia meses (e no caso de Wayne e Maureen, fazia anos) e sobre o caráter vital que uma música de entrada tinha para ressaltar a persona do lutador — mas nenhum deles esperava que ela fosse minimamente decente, quanto mais capaz de sons que a maior parte deles só tinha ouvido na tevê. Hai se viu tomado por uma rara sensação de triunfo coletivo. Inadvertidamente, ele deu dois passos em direção a ela, como se estivesse indo rumo a uma mística fonte de energia.

"Ok", disse Wayne, acompanhando o ritmo com a cabeça, de braços cruzados. "Ok, então você manda bem mesmo. Caramba, esses sons... soa autêntico. Tipo", ele se virou para Russo, "tipo aquela música maluca de gente branca".

Sony estava perto da máquina de refrigerante, enfeitiçado, de queixo caído, seu copo transbordando debaixo da torneira de Sprite. Ele olhou para sua Ulysses S. Grant pogando ao som de heavy metal. Até o mecânico bonito, que Hai continuava olhando discretamente de vez em quando, empurrou o prato com purê para o lado para se virar, com um sorriso nos lábios. As prostitutas gritavam o nome de BJ, colocando as mãos em torno da boca enquanto a caixinha minúscula de um restaurante num conjunto comercial era transformada de repente numa arena bizarra.

Quando a música acabou, com o pescoço encharcado, o rosto uma mescla de felicidade e alívio, emocionada com a exuberância do feito e assimilando o cenário ao redor, seu pequeno planeta girando com as pessoas que trabalhavam para ela e com ela, BJ saiu correndo do balcão e abraçou a mãe. "Vas-y, ma fille! Vas-y", a mãe dela gritou no ombro da BJ.

"Todo mundo, escuta aqui!", BJ gritou. "Dia onze de janeiro. No bar Hairy Harry's, na Churchill. Vou estar no lineup da Valley Grand Slam da Associação Amadora de Luta. Então isso aqui foi só um tira-gosto pra vocês se prepararem. Vai ser *pra valer* depois do Ano Novo, valeu?"

"Foi fantástico!" Hai abriu os braços para dar um abraço nela. "Como é que você conseguiu ficar tão boa nisso enquanto trabalhava *aqui*? Como teve tempo pra treinar?"

"Eu amo o que eu faço, novato. Porra, estou tentando ser, tipo, o Steve Jobs da luta livre, sabe?"

"Não seria, tipo, The Rock, ou sei lá?"

"Como eu disse", ela deu um tapinha na cabeça de Hai como se ele fosse um garotinho que ainda tinha muito a aprender, "o *Steve Jobs* da luta livre. Estou aqui para mudar o jogo".

Hai foi até Sony para abraçar o primo, mas parou antes disso, se lembrando de algo no panfleto sobre contato não solicitado. "Não tem nada que ela não consiga fazer", Sony disse, em êxtase. "Ela faz mágica. Ei, BJ!" Ele acenou como um fã na primeira fila do show. "Você é a general da magia!"

"Espera até você ver minha arma secreta." Um sorriso superior cruzou o rosto de BJ. "Você vai ver o que eu tenho na manga pra luta. Vai ser épico!"

À medida que a empolgação refluía, Maureen fez um sinal para Hai e Russo irem até o caixa. Ela se abaixou e pegou algo que estava debaixo do balcão. "Quero que vocês fiquem com isso, ok? E podem compartilhar, se quiserem. É pros dois, na real."

Antes que se desse conta, Hai se pegou segurando o que parecia ser um molde de plástico de um falo do tamanho de um troféu de beisebol de escola fundamental. Hai segurou aquilo diante dos olhos. "É perfeito", ele disse, "mas... o que é isso?".

"É o R2-D2." Maureen cruzou os braços, admirada. "Acho que, como fui eu que convenci vocês a irem ajudar o Wayne com aqueles porcos, eu queria pelo menos dar alguma coisa pra vocês. Um agradecimento, sabe?"

"Cara", disse Russo. "Meio que parece, você não acha?"

Hai concordou com a cabeça. "Nota seis em acurácia."

"Ainda não está terminado, claro. Paul estava fazendo pra mim antes de ficar doente."

"Ah, desculpa", Hai disse, se virando. "Ficou bem parecido, na verdade."

"Tenho um terminado do C-3PO na minha mesinha de cabeceira. É de papel machê, meio magricela, e ele não tinha tinta para pintar, mas dá pra perceber a essência. Digo... Não vou mentir, *parece* mesmo um pênis", ela deu uma risadinha. "Porra, até as rodinhas na parte de baixo parecem umas bolas encolhidas. Mas, se você olhar do jeito certo", ela fechou um dos olhos, "definitivamente é o R2-D2".

Eles ficaram por um momento estudando o objeto, com seus uniformes pretos que faziam com que parecessem agentes funerários inspecionando uma urna.

"É todo seu, novato." Russo deu um tapinha no peito de Hai e se afastou.

Hai aninhou o pênis em seus braços. "Obrigado."

Estava começando a nevar mais forte lá fora, e os flocos giravam em rajadas em meio à luz do drive-thru. Não se podia ver um único carro através da janela, apenas um suave brilho violeta que vinha do solo, o que significava que o chão já estava coberto de neve.

Depois que eles fecharam o restaurante e o estacionamento esvaziou, o minishow reduzido a um vago zumbido em seus ouvidos, Sony subiu na garupa da bicicleta de Hai e os meninos dispararam pela rua em direção ao centro da Felicidade do Leste, com parte do R2-D2 escapando pelo zíper da mochila de Hai. O asfalto, aquecido pelo sol fraco do dia, já tinha começado a derreter a neve, transformando-a num brilho úmido.

"Esta é a noite." Sony segurou o ombro do primo, sua voz estava tomada de entusiasmo. "Não acredito que você conseguiu o suficiente. Como é que você fez isso?"

Com a agitação do ensaio de BJ, Hai tinha se esquecido dessa missão secreta que eles planejaram para depois do expediente, e soltou um riso nervoso. "Você acha que a gente vai ter um Natal branco, Sony?" O panfleto mencionava que era útil repetir nomes na conversa, que isso seria uma espécie de âncora para o "acometido".

Sony tirou o boné e o segurou diante do rosto, deixando que os flocos de neve borrassem sua concavidade. "Sim", ele disse, sem fôlego. "Tem que ser, porque já faz três anos que não neva no Natal e nunca demora mais do que três anos. Eles não vão deixar isso acontecer."

"Eles quem?"

Sony pensou. "Os generais."

"O Robert E. Lee?" Hai baixou a cabeça à medida que a bicicleta se aproximava de um pequeno declive e eles ganharam velocidade.

"Não, tonto", ele riu. "Os generais da história. E eu sou um dos soldados deles. Está vendo?" Ele mostrou seu boné para Hai. Antes de eles saírem, Sony tinha ido até seu guarda-volumes e trocado o boné do HomeMarket pelo da infantaria da União, comprado no eBay, que tinha uma brilhante corneta dourada.

"Por que você está com isso?"

"Pra dar sorte. A gente vai precisar hoje."

Uma rajada gelada de vento vinda do rio bateu no rosto dos dois, os meninos se encolheram ao encarar o frio enquanto a bicicleta rumava para as luzes à distância.

Quando eles chegaram ao conjunto comercial, que ficava mais perto do coração da cidade, não estava mais nevando, mas havia uma névoa tão densa que os luminosos de neon se tornaram manchas coloridas suspensas espalhadas pelo estacionamento. Com frio e molhados, os dedos em carne viva, eles foram empurrando a bicicleta na direção das luzes e, um a um, os comércios se tornavam visíveis: uma distribuidora de bebidas, com garrafas de vinho e outras bebidas em exposição na vitrine e um pronto-atendimento que já estava fechado. E ali, entre um Subway e uma salinha que estava para alugar, ficava o Serviço de Fiança Bryon. Debaixo do luminoso amarelo, um cartaz dizia: SAÍDA EM 24 HORAS. ABERTO A NOITE TODA.

Eram quase dez da noite quando Sony tocou a campainha e um sujeito com cara de sapo apareceu vindo de trás do balcão de vidro. Ele estudou os dois por um momento, depois acenou e destrancou a porta. O lugar era pequeno, mas luminoso, como uma farmácia na periferia de uma distante república que estivesse desmoronando. Havia uma salinha de espera com painéis de madeira e um balcão onde o sujeito se sentou mastigando um sanduíche. Acima dele, havia um pôster de George W. Bush com um balãozinho de fala onde se lia: A LIBERDADE NÃO VEM DE GRAÇA.

"Ei." Sony foi até o balcão. "Voltei. E agora a gente tem o dinheiro. Podemos soltar a minha mãe."

O sujeito ergueu um dedo e fez uma careta enquanto engolia. "Um minuto. Só faltam duas mordidas."

Os dois ficaram ali parados, olhando para a sala, ouvindo o som de mastigação e de líquidos pingando na embalagem impermeável. O sujeito deu uma última mordida, tomou um gole do copo do Subway, jogou a embalagem vagamente na direção de uma lata de lixo ali perto e limpou a boca com a gola da camisa. "Certo, quem a gente vai soltar hoje, meninos?" Quando viu o boné da União, os olhos redondos e profundos em meio à pele rósea se iluminaram. "Ah, certo. Você de novo. Com a mãe na Penitenciária de York?" Ele esfregou sua papada e assentiu para si mesmo.

"Isso, senhor. Lê Thi Kim é o nome dela. Agora podemos pagar a fiança."

Hai não havia dito uma única palavra durante esse tempo. Nunca tinha entrado no escritório de um agente de fiança e de repente se deu conta de que o primo andava aparecendo ali fazia meses com aquele bonezinho inútil da Guerra da Secessão.

"Lembre. Cinco mil. Não pode ser menos. Isso sem incluir as taxas, que vão te custar mais uns quinhentos." O sujeito se recostou e cruzou os braços. "Não faço as regras, *capisce*? Se eu pudesse soltar a mãe de todo mundo por um centavo, faria isso." Ele não conseguiu evitar um sorrisinho. "Tenho um fraco por mães solteiras, sabe? Você é o outro filho dela? Quem vocês roubaram pra conseguir isso, hein?" Ele deu uma piscadela para Hai e ergueu a mão. "Não, não, não. Não me conte! Eu não sou advogado!" Ele deu um tapa na mesa e riu. Os óculos grossos davam a impressão de que os olhos dele estavam arregalados. A cabeça de Hai começou a doer. Ele se sentiu como um reflexo numa casa de espelhos num parque de diversões.

Sony virou o corpo inteiro para ver o primo, cujas mãos estavam escondidas na jaqueta da UPS. De repente Hai não conseguia se mexer. Algo o havia imobilizado debaixo da luz que zumbia. A respiração difícil do sujeito, que abria passagem por um nariz entupido, literalmente assobiava a cada vez que ele puxava o ar.

"Mostra pra ele, Hai. Mostra o que a senhorinha te deu." Sony inclinou a cabeça para trás e olhou para Hai com um desespero inflamado, como se estivesse olhando para um mapa de um lugar ao qual nunca tivesse ido. "Você disse que ela pagou por você ter cuidado dela, certo? E vou te ressarcir por isso. Sei que você nem quer que eu pague, mas vou pagar. Juro." Sony se virou para o funcionário. "Sou um homem de palavra, senhor."

Esse era o plano, pagar a fiança da tia Kim com os 4.274 dólares que Hai tinha pegado da lata de biscoitos de Grazina. Isso, junto com os mil e pouco que Sony tinha economizado, seria o suficiente. Hai fechou os olhos até que o som do rádio no canto e a respiração sibilante do homem tivessem se dissolvido, e através da sombra que se formou sob suas pálpebras, o rosto de Grazina foi na direção dele, franco e inocente como um lírio, e ele viu o próprio rosto refletido nos óculos grandes dela. Ela estava olhando algo por cima dos ombros de Hai, algo que ele não tinha estômago para ver: era ele mesmo de pé sobre a ponte ferroviária naquela tarde chuvosa de setembro, o início daquilo tudo. Depois ele viu a padaria, os soldados quebrando as janelas, Grazina aos dezessete anos chorando lá dentro, cercada por broas de centeio, os trens atravessando reinos onde imperava a ímpia morte criada pelos filhos de Deus. Ele só percebeu que suas mãos tremiam quando olhou para baixo e viu.

"Aqui está a minha parte, senhor", disse a voz de Sony.

Ouviram o som de notas sendo contadas.

Hai olhou para baixo, para além de suas mãos, e viu o pão esmagado a seus pés, a chuva da noite em que ele conheceu Grazina ensopando os pães. Depois emergiu e quase perdeu o fôlego ao perceber o que estava prestes a fazer — e mudou de ideia.

O dinheiro estava em dois maços, um em cada bolso. Ele só pôs um maço sobre o balcão.

O sujeito contou a pilha de Sony e a deixou de lado. Hai estava surpreso por ver como um maço de mil e duzentos dólares era tão fino quanto uma barra de chocolate Hershey's. A seguir o sujeito contou o dinheiro de Hai, depois parou, desviou o olhar rumo à parede e deixou escapar um dramático suspiro antes de empurrar as duas pequenas pilhas na direção deles. "Não dá", ele disse com uma cara de quem tinha esperado aquilo o tempo todo.

Os ombros de Sony caíram. "Não, não. Meu primo não ia se enganar. Ele fez faculdade. Senhor..." E foi aí que Hai precisou se virar. "Senhor", Sony disse, batendo continência para o homem, a mão trêmula na aba do boné da União, a corneta dourada brilhando sob as luzes. "A gente não ia aparecer aqui para brincar com o senhor. Por favor, com o devido respeito..."

"Ok, certo. Puta que pariu." O sujeito pegou os dois maços e contou de novo enquanto Hai ia na direção da porta, sem conseguir olhar para os olhos úmidos de Sony.

"Viu? Não. Não tem o bastante, irmão." Ele passou o dinheiro para Sony e disse, num tom quase animador, que faltavam só dois mil. "Isso não é nada. Você vai conseguir rapidinho. Todo mundo consegue."

Sony se virou para a direita como se alguém que fosse ajudar estivesse sentado em uma das cadeiras da sala de espera. Mas não havia ninguém ali. "Por favor", Sony disse, a voz quase um ganido. "Você pode aceitar assim mesmo?"

Hai voltou e colocou a mão no ombro de Sony, primeiro delicadamente, depois pressionando. "Vem. Eu fiz besteira, ok? Não sei contar."

"Tudo bem", Sony murmurou, olhando para seus sapatos. "Todo mundo tem limitações. Até o Lincoln." Ele devolveu o maço de dinheiro a Hai.

"A gente vai tentar de novo, ok? Da próxima vez você pode me ajudar a contar antes de vir. Eu me formei em educação geral e sou péssimo em matemática. Desculpa."

"Obrigado por entenderem, meninos. Eu sou só o mensageiro. Mas ei... na verdade", o funcionário se debruçou sobre o balcão desbotado, "vocês sabem alguma coisa de astrologia? Andei tentando aprender sobre isso aí. A minha nova namorada é *obcecada*. Falando sério, mulher de franja adora essas coisas. Olha aqui." Ele mostrou um texto da *Folha da Felicidade do Leste*. "Diz aqui que Áries vai passar por um 'acontecimento que vai trazer uma nova leveza para sua vida perto do fim da semana'. Mas o que é uma 'nova leveza'? A minha expirou ou algo assim?" Ele riu, nervoso. "Será que esse troço sabe dizer se os Bruins vão se classificar pros playoffs?"

Hai se virou e saiu.

"Desculpe, senhor", Sony disse, "mas eu só acredito em história".

"Quer saber? Eu também, irmão", o sujeito disse, concordando com a cabeça. "Eu também."

A respiração deles fazia fumacinha enquanto os dois olhavam para as lâmpadas de sódio espalhadas pelo estacionamento. Embora ainda faltassem dias, a cidade inteira estava tomada pelo estranho silêncio vazio da véspera de Natal.

"Queria não me sentir assim", Sony disse.

"Assim como?"

"Não sei... tipo...." Ele fechou os olhos, franzindo a testa enquanto pensava.

"Tá tudo bem...".

"Como um fracassado", ele disse, por fim.

Hai teve um sobressalto. Não porque doesse ouvir aquilo, mas porque ele sabia que algo do tipo ia acontecer. Sony se sentou no meio-fio e Hai se uniu a ele, seus ombros se tocando através das jaquetas.

"Ei, olha pra mim." Hai segurou o queixo de Sony e olhou nos olhos dele. "Sou um fracassado também. Ok?"

"Mas você foi pra faculdade..."

"Não. Você não entende? Eu abandonei a faculdade. Isso é, tipo, pior do que nunca ter ido. Eu larguei. Tive a *chance* e desperdicei. Sou mais fracassado do que você ou do que qualquer pessoa que a gente conhece. Você, você pelo menos não tem nada a perder."

Sony fez uma careta ao ouvir aquilo, mais perplexo do que magoado.

"Merda." Hai chutou um copinho de papel ali perto. "Não quis dizer isso. Só pensei... Sou um idiota e não sei contar, ok?" Ele escondeu o rosto nas mãos e teve uma vontade repentina de gritar. Sem saber o que fazer, pegou o celular e abriu.

"Pra quem você está ligando a essa hora?"

"Só me dá um minuto. Aqui, escuta isso." Hai tocou um MP3 da música que usava como toque do celular, a única música que ele tinha no seu Nokia.

"O que é isso?"

"American Football."

Sony olhou estranho para ele.

"É uma banda. E a música chama 'The Summer Ends'. Eu escuto isso quando estou pra baixo."

Sony escutou a música metálica, de cabeça baixa e absolutamente imóvel. "Mas esse som é triste. Por que você vai querer escutar coisas tristes quando já está triste?"

"Não sei." Hai desenhou círculos no asfalto. "Acho que te dá a sensação de um lugar para ficar. Tipo um ponto de ônibus." O luminoso em neon do Subway apagou, e no escuro repentino Hai percebeu as estrelas de inverno sobre o conjunto comercial, com uma claridade que elas jamais teriam no verão.

Sony puxou a manga do primo. "Olha isso", ele disse enquanto a música continuava.

Era uma foto. Hai se aproximou e viu o próprio rosto, depois o de sua mãe, o da tia Kim, Bà ngoại, todo mundo. Eles estavam na pista do aeroporto Tân Son Nhât numa foto coletiva, momentos antes de entrarem no avião rumo aos Estados Unidos, para sempre. Estavam vestidos com roupas de estampas florais espalhafatosas tão comuns aos plantadores de arroz, cujo tecido era comprado aos retalhos em mercados ao ar livre, depois costurados em casa debaixo de uma ruidosa máquina Singer que restara da ocupação francesa. Os rostos deles duros à luz do meio-dia, sem sorrisos, os traços do semblante transformados em nós pela preocupação. Ele examinou o borrão infantil chupando o próprio dedo pendurado no quadril de sua mãe, Ma no retrato com a idade que ele tinha naquele momento — no fundo do poço.

"Você sempre anda com isso?"

Sony fez que sim com a cabeça, a carteira na mão. Na foto, Sony ainda não tinha nascido, só chegaria dois anos depois, um instantâneo do que ele inevitavelmente viria a ser, deles para sempre a caminho da Felicidade do Leste, onde ele nasceria um mês antes da hora, tão terrível era a sua ansiedade para conhecer aquelas pessoas, aqueles fracassados.

Ele se inclinou e Hai viu as estrelas refletidas na corneta do boné de Sony. "Minha mãe não está bonita?" Sony olhou para a foto como se fosse a primeira vez, esticando o pescoço por cima do braço de Hai de modo que seu pomo de adão roçou o pulso do primo. "Todos eles estão lindos", a voz de Sony confirmou. "Até a vó. Ela ainda não está velha. E olha o meu pai, está vendo ele? Olha como é baixinho. Eu sou mais alto que ele agora!" Ele riu, sentindo uma vertigem por esse fato precioso. "A minha mãe bate na orelha dele. Mas na vida real ela bate no meu peito. Digo, nesta vida, hoje em dia…"

"Entendi."

Sony ficou em silêncio, olhou para os faróis fracos se arrastando pela rodovia. A música tinha terminado. "Mas, mesmo assim, somos uns derrotados. Todos nós. A gente só perdeu. Igualzinho ao Robert E. Lee, meu pai também perdeu a guerra dele no Sul. Minha mãe disse que o pai antes era mais alto, como eu, e que ficou baixinho depois de tanto lutar. A guerra encolheu ele, e a minha mãe perdeu a casa dela, depois o salão incendiou. E eu perdi minha mãe para a Penitenciária de York. E a Bà ngoại se perdeu no céu." A voz dele tremeu e ele mordeu a manga da jaqueta para barrar o que quer que estivesse se aproximando. "Nós podemos ser bonitos, mas não importa se somos uns fracassados. Somos fracassados baixinhos. Belos baixinhos fracassados. E isso não é vantagem pra ninguém."

"Belos baixinhos fracassados." Hai assentiu, olhando para os rostos amontoados que os encaravam vindo do passado. De que serve a beleza, qualquer beleza, se ninguém ganha nada com isso?

Cuidadosamente, Sony guardou a foto na carteira. "Você sabia que…" Ele se aproximou e soprou as palmas das mãos. "Você sabia que o meu pai tinha um diamante na mão?"

"Dá pra você parar de falar maluquice… só uma vez?", Hai pediu, subitamente irritado. Ele piscou com força ao sentir a visão nublada e limpou o nariz.

Sony sorriu, sentindo essa informação sobre o homem que ele idolatrava percorrer seu corpo com a força da eletricidade. Ele lambeu os lábios e falou sobre como o pai, um soldado do exército do Vietnã do Sul, estava em uma joalheria escolhendo um anel para tia Kim quando um carro-bomba vietcongue explodiu num restaurante ao lado. Contou como, depois da explosão, o pai dele tinha protegido os olhos da fumaça e viu as costas da mão direita cintilando em meio ao pó. Um diamante, do tamanho de uma ervilha, ficou incrustado na parte de cima da sua mão. Ele enrolou a camisa na mão e, quando chegou de volta ao hospital militar no acampamento-base, o trapo havia enterrado o diamante tão fundo que, quando a enfermeira estava fazendo um novo curativo, a mão já havia deixado de refletir a luz. O diamante se alojou nas profundezas dele. "Quando eu era pequeno", Sony meneou a cabeça para as estrelas, "sempre que eu estava tendo um dia ruim, ele pegava o meu dedo e passava pelo calombo duro na mão e dizia: 'Teu pai é feito de diamantes, meu filho. Você não tem um pai general de três estrelas. Tem um pai que é general de diamante.' Isso sempre fazia eu me sentir melhor."

Sony continuou, com uma voz melancólica e suave, contando que um dia ele e o pai estavam indo a pé até a biblioteca, onde ficava perdido por horas na seção de história americana sobre a Guerra Civil. Embora tenha ido morar com outra mulher depois do nascimento de Sony, o pai conseguia, muito de vez em quando, voltar para ver o filho.

Nesse dia, um punhado de meninos da vizinhança reconheceu Sony e foi atrás dele, xingando com os nomes de sempre. "Ei, Cuca-Rachada, você sabe que Deus rachou você na parte errada, né? Você coloca a cabeça na privada pra cagar?" Eles riam como hienas, e o pai de Sony, tendo aprendido inglês para trabalhar na base do exército, escutou tudinho.

"No começo ele tentou acelerar e agarrou a minha mão e nós corremos, mas os meninos foram atrás. Meu pai acabou se virando e mostrou a mão para eles. Ele disse que tinha um diamante na mão, por causa da guerra. Que a guerra tinha dado a ele mãos de diamante. E ele deixou os meninos tocarem suas mãos. Eles ficaram em silêncio por um tempão enquanto esfregavam a protuberância do diamante debaixo da pele dele. Um deles perguntou se meu pai tinha matado alguém, e meu pai disse que isso era entre ele e Jesus, e o menino entendeu no fundo da alma o que aquilo queria dizer, e os meninos sussurraram uns para os outros e recuaram uns passos. Depois eles simplesmente pararam e ficaram olhando a gente continuar andando. Depois de um tempo o meu pai começou a cantarolar uma música em vietnamita. E segurei a mão dele, às vezes esfregando o diamante por baixo da pele, até a biblioteca aparecer." Sony arqueou as sobrancelhas, perdido na vasta ressaca das memórias.

"O seu pai é o máximo", Hai disse. "Quem me dera que o meu fosse assim."

"Não tem problema. Nem todo mundo pode ser oficial do exército. Além disso, carros-bomba na verdade são muito raros, e as chances de nossos dois pais estarem em um seriam quase nulas."

Hai mexeu no boné de Sony. "Vamos andando, soldado." Quando já tinham pedalado para longe do conjunto comercial, a única luz que restava acesa era a do Serviço de Fiança Bryon, que era vinte e quatro horas. Sony tinha esquecido a mochila, com os remédios novos, e por isso eles voltaram até o HomeMarket para pegar. Ainda naquela noite, Hai ia entrar discretamente na despensa de Grazina e colocar os dois maços de dinheiro de volta na lata. Mas, naquele momento, enquanto eles se aproximavam da loja, Sony parecia ter esquecido completamente a missão fracassada, rindo sozinho toda vez que passavam por um buraco na rua. "Olha!", ele ria e apontava para o luminoso do HomeMarket, parcialmente apagado por causa de um circuito queimado. Eles atravessaram o gramado do canteiro, e a grama, endurecida pelo gelo, estalava sob os pneus conforme andavam na direção da palavra HOMEMAR pairando vermelha em meio à névoa.

16

"O que foi?", Hai perguntou. "Você está bem? Quer que eu pegue um leite quente?" Ele tinha acabado de sair do banho e encontrou Grazina sentada no topo da escada, largada.

"É véspera de Natal, Labas."

Sob a luz imutável da casa, todos os dias se pareciam, e ele tinha se esquecido completamente disso.

"Não entendo", ela disse, repousando o queixo na palma da mão. "Me sinto tão pesada. Era pra ser o nascimento de Jesus. Mas eu me sinto estranha, Labas."

"O seu novo corte de cabelo não ficou tão ruim, na verdade. É parecido com o meu. Nós somos gêmeos agora." Ele forçou um sorriso para ela.

Ela tocou as franjas. "Não, está bom. Você fez direitinho, menino. Eu só sinto... Não sei. Às vezes, fico assim. E... quero entrar na tevê e ficar lá dentro." Ela fez uma pausa, os olhos pensativos. "Parece loucura, não?"

"Você só está clinicamente deprimida", Hai se ouviu dizer. "Significa que está triste sem motivo."

Ela franziu a testa diante da ideia. "Não, eu não sobrevivi ao Stálin para ficar *deprimida*." Ela sacudiu a cabeça desafiadoramente. "A sua geração põe a culpa de tudo nos sentimentos. A culpa da fome é dos sentimentos também? Das enchentes? Dos terremotos?"

"Olha só, também tenho isso. É igual ao clima. Igual às nuvens e à chuva e a essas coisas. Passa. Mas tem gente que passa mais tempo em Londres, sabe? Ou em Seattle. Você só está com um pouco de chuva agora. Lembra? E os coelhos e a luz dentro das cenouras e tudo mais?"

Ela concordou com a cabeça. "Acho que estou chovendo na véspera de Natal, então."

Eles ficaram em silêncio por um momento, depois ela deu de ombros. "Ai, Maria Mãe de Jesus, a gente tem que ir ver o Lucas hoje! Fiquei de aparecer lá às cinco. Hoje é Kūčios... eu quase esqueci."

Hai piscou olhando para ela. "O quê?" Esse tempo todo ele tinha achado que Lucas era uma invenção, ou no máximo uma confusão criada com trechos da juventude de Grazina, mais uma aparição causada pela demência. Em todas as fotos sobre a lareira e nas paredes, nunca houve um Lucas, nunca um filho. Só uma menina loura, Lina, os retratos escolares dela, desde o jardim de infância até a faculdade, num leque sobre a extinta lareira como um acordeão do tempo. Hai se sentou. "Do que você está falando?"

"Sim, sempre que chega a véspera de Natal, a gente faz uma janta com muito peixe. Kūčios." Grazina resmungou ao se levantar e foi arrastando os pés até o quarto, pegou um pedaço de papel da mesinha de cabeceira e passou para ele. No verso de um envelope usado, estava escrito o endereço de um apartamento em Manchester — uma cidade-dormitório abastada que ficava a vinte minutos de carro atravessando o rio.

"Espera, você está falando sério? O que a gente faz agora, então?"

"Não se preocupe." Ela atravessou o quarto e abriu a gaveta de baixo da cômoda. "Toma, veste isso."

Ele desdobrou o que parecia ser a parte de cima de uma roupa de enfermeiro.

"Era da Janet. Fica grande para você, mas vai funcionar. Veste, isso. Espera... Agora sim." Ela ajudou a passar a blusa pela cabeça dele, vendo como tinha ficado.

Era dois números acima do que ele vestia, e as costuras caíam dos ombros, mas ele conseguiu enrolar as mangas e fazer caber.

"Você está parecendo um enfermeiro. Aqui, só tire a plaquinha com o nome." Ela removeu a plaquinha presa com um alfinete onde se lia Janet.

"O que vou dizer? Em que hospital eu trabalho?"

"No New Cross, em Bethlehem. E não se preocupe. Eu vou dizer que você é novo. Meu filho, ele respeita os asiáticos. Diz que eles dão ótimos médicos. O Lucas é um gênio, mas não é muito bom com relações humanas. Mas ele vai gostar mais de você do que da Janet. Ele achava que ela usava perfume demais." Grazina suspirou, com os olhos distantes. "Ele é tão puro, aquele menino."

Ela dava a impressão de que ia murchar novamente, por isso ele deu um pequeno giro. "Olá, madame", ele disse com uma voz que parecia de autoridade. "Estou aqui para ser seu enfermeiro-barra-chofer nesta noite. Que todos os seus Natais possam ser plenos de peixe e cooka."

"Kūčios." Ela riu e bateu no braço dele. "Agora me ajude a encontrar meu blusão de coruja. Eu comprei em Londres no meu aniversário em 1986. E foi com o meu próprio dinheiro."

Meia hora depois eles estavam na cozinha enquanto cebolas fritavam na manteiga numa frigideira. O dia estava sem vento, frio e nublado, o que significava que ia nevar. Grazina, enfiada até o queixo num blusão de lã cheio de dobras em que havia tricotado na altura do peito uma imensa coruja branca, com as mangas arregaçadas, girava pelo minúsculo cômodo com passos ágeis, joviais — a memória muscular auxiliada por uma dupla dose de Aricept. As mãos dela dançavam sobre as bocas do fogão, cortando e mexendo.

Hai estava sentado tomando café e roendo um biscoito enquanto lia *Os irmãos Karamázov*, a capa da edição barata transparente a ponto de permitir que se lessem as palavras na página abaixo. "O que é um samovar, afinal?" Hai largou o livro.

"Algum tipo de comida indiana, será? Jesus, eu sabia isso. Mas isso foi há muito tempo." Grazina franziu o nariz e tirou os óculos. "Olha naquela gaveta. Meu marido deixava um dicionário ali para fazer palavras cruzadas."

Estava escurecendo lá fora quando ela acabou. O relógio cuco marcava 16h05. Grazina envolveu num pano a caçarola fumegante cheia de pimentões verdes recheados com peixe e cobertos com tomates e cebolas. "O prato favorito do Lucas. Uma velha receita do meu baba", ela disse. Mas Hai se lembrava de ter esbarrado na receita semanas antes, recortada de um livro de receitas de Betty Croker, enfiada na primeira revista na pilha sobre a mesa.

Enquanto terminava e limpava as mãos, Grazina parou e só ficou ali, tão imóvel que Hai largou o livro e olhou para ela.

"Quase esqueci de ligar pra Lina." Ela balançou a cabeça. "Ah, eu nunca esqueço na véspera de Natal." Ela pegou o telefone de disco sobre a mesa, discou um número e esperou, os tendões nas mãos se destacando pela força com que segurava o aparelho. Continuou tocando.

"Vai ver ela saiu", ele disse. "Sabe como é, comprar presentes de última hora, essas coisas. As pessoas fazem isso o tempo todo."

"Verdade", Grazina sussurrou, olhando pela janela. Ela deixou tocar mais umas vezes antes de desligar.

"Será que a gente devia levar uma sobremesa?", ele perguntou, ainda sem certeza de que Lucas fosse real. "Ainda tenho um saco de bolo de milho no freezer. Vai descongelar até a gente chegar lá."

"Boa ideia. Não dá pra ser bons convidados só com uma forma de pimentão recheado. Ele tem filhos, sabe." Ela abriu a geladeira e passou o saco para ele. "É Natal, Labas. Dá pra acreditar?"

"É Natal", ele disse.

"Tem certeza de que é catorze?", Hai perguntou, olhando o corredor na ponta dos pés. Eles estavam do lado de fora do portão de um condomínio chamado Colonial Green enquanto as luzes do táxi que os deixara ali ficavam mais tênues na curva.

"Faz mais de dez anos que é o catorze. Eu acho."

Ele olhou para os olhos de Grazina, que pareciam lúcidos. Ele tinha dado meia dose além do normal do remédio para ela, só por garantia.

"E é o seu filho, o Lucas, certo? Ele é uma pessoa. Você viu ele?"

"Não seja burro. Ele saiu *daqui*." Ela apontou entre as pernas. "Por que eu não ia ver ele?"

A caçarola estava fria debaixo das mãos dele. "Olha só, vamos tentar isso." Ele tocou todas as campainhas do condomínio, todas as seis, e esperou.

Segundos mais tarde o portão destravou e eles saíram correndo do frio. No segundo andar, acharam o número catorze, de onde uma música sutil vazava pela porta. Grazina bateu, suas mãos com veias azuis fazendo zero barulho em comparação com a música.

"Vou tentar de novo."

"Tem certeza de que ele chamou aquele táxi pra você? Não foi você que chamou? Nem por acidente? Numa dessas, você chamou ontem."

A cabeça de Grazina oscilou para trás, a boca entreaberta. "Ah, meu Deus, ah, meu Deus." Ela colocou a mão sobre a boca e olhou para ele com olhos avermelhados. "Não tenho certeza. Agora eu já não sei." Ela sacudiu a cabeça.

"Está tudo bem, não chore. Ei..." Ele puxou Grazina para perto e ela disse algo em lituano encostada no ombro dele.

"Mãe? Você veio."

Abraçados, eles não tinham percebido a porta abrindo.

Um homem barrigudo de uns sessenta anos com um triste cardigã marrom sorriu e passou a mão pela barba grisalha no pescoço. Os dois se soltaram e piscaram na direção dele com seus casacos grandes demais. Hai fez um aceno constrangido, depois empurrou a caçarola para o homem, que ergueu o queixo, como se estivessem lhe entregando um estilhaço, e gentilmente a devolveu. "Hum. A gente tem bastante comida, na verdade. Aqui, entrem. Está superfrio. Que bom que o táxi te achou."

Grazina ergueu os óculos e entrou cambaleante, segurando a mão de Hai.

O apartamento era amplo, o teto coberto com vigas de carvalho polido. Tudo era iluminado por arandelas penduradas nas paredes cuja luz podia ser controlada. Havia *tanto* espaço. Aquilo era a riqueza, ele percebeu: morar numa casa em que todas as ferramentas necessárias para a vida ficam fora de seu campo de visão. Não havia vassouras, esfregões ou cestos de roupa suja, nada de infinitas caixinhas ou gavetinhas para recibos, contas ou para comprimidos e chaves. Tudo, do balcão aos móveis, das mesinhas aos aparadores — tudo aquilo estava ali para fins decorativos, pelo prazer dos olhos e para acesso do corpo. Nada ficava no meio do caminho. Aquilo fazia Hai se lembrar das casas que tinha visto em comerciais de medicamentos.

Grazina parou e olhou em volta. "Bem moderno", ela disse, assentindo. "Muito bom. Está vendo, Labas? A ciência pode fazer coisas inacreditáveis." Ela sorriu para o filho, que passou a mão pelo próprio cotovelo e olhou para a cozinha, onde apareceram uma mulher e duas crianças, um menino e uma menina.

"Ah, olha só, Grazina! Você está ótima." A mulher veio correndo e deu um abraço nela, sem de fato tocar Grazina com os braços, Hai percebeu. Ela se virou de uma bochecha para a outra, dando beijos barulhentos com os lábios vermelhos a quase trinta centímetros do rosto de Grazina. "E você deve ser o assistente dela. Ah, meu Deus, você é tão *novo*. Trabalhei no Corpo da Paz na Malásia, sabia? E eu tinha tanta inveja das mulheres de lá. Mas, ah, o que estou fazendo? Como você está?" Ela sorriu com todos os dentes. "Aqui, deixa eu pegar isso." Ela pegou a caçarola, ergueu o papel-alumínio com o mindinho antes de forçar sua careta a virar um sorriso. "Hmm, parece ótimo."

"Pimentões recheados com tilápia", Grazina disse para Lucas. "Para o Kūčios."

"Cúti", o menino sussurrou para a irmã. Ele tinha uns quinze anos, era magro e fora amaldiçoado com um rosto cujos traços todos haviam sido comprimidos no centro, como se moldados em argila por uma criança pequena.

A menina era um pouco mais nova e não tinha algo que se pudesse chamar verdadeiramente de queixo. Ela foi para trás da mãe e cobriu o nariz. "Ela tem cheiro de xixi."

"Abbey", a mãe dela disse. "Tenha respeito. Essa é a sua avó. Venham, o presunto está quase pronto, não é, amor?" Ela foi para a cozinha, onde largou a caçarola no balcão, atrás da máquina de café.

Hai segurou a mão trêmula de Grazina enquanto eles caminhavam lentamente, como se andando numa sala escura. "Josh, quando foi a última vez que você viu sua avó?", a mãe disse, acendendo três velas cônicas. "Já deve fazer uns cinco anos, passa tão rápido. Só quando você está ocupada, claro. E a gente tem estado. Eu nem sei mais como faz para relaxar. Nem nos feriados."

"Você só está sobrecarregada", Lucas disse da cozinha, em tom de brincadeira. "Você anda fazendo essas reuniões da Associação de Pais e Mestres, passeios com os alunos que não têm ninguém pra ficar com eles quando chegam em casa, conselho de educação." Ele se virou para Hai. "A Clara basicamente administra o sistema escolar daqui."

Clara, que parecia ser uma década mais nova que o marido, inclinou a cabeça e fez um biquinho. "É verdade, acho. E não recebo um centavo por isso." Ela deu um gole numa taça de vinho do porto e olhou para os filhos.

Ela era o tipo de pessoa que dizia "Você parece cansado", inclinando a cabeça para o lado numa falsa preocupação, querendo dizer na verdade que você era feio. Os cabelos dela tinham um tom de vermelho que ele só tinha visto antes em revistas. Concordar com a cabeça e ficar em silêncio era o bastante para lidar com ela, Hai decidiu. Ele sorriu e colocou o saco de bolo de milho sobre a mesa.

"Você não parece mais uma vovó", a menina disse. "Você parece o Regis Philbin."

"A versão cracuda dele", o menino acrescentou num sussurro, enquanto os dois riam escondidos por seus copos.

"Pessoal", Lucas disse da cozinha. "Vamos tentar ser um pouquinho maduros só por hoje, pode ser?"

"O que ele disse?", Grazina perguntou para a menina que estava sentada de frente para ela. "Ele fez uma piada? Ele é um menino engraçado. Igual ao avô. Sempre de bom humor."

"Ah, esse aí é todo metido a engraçadão." Lucas tinha se aproximado e mexido no cabelo de Josh antes de pôr na mesa uma vasilha com couve-de-bruxelas. "Temos um Jerry Seinfeld aqui." O menino ficou cheio de si com a atenção do pai, e a luz das velas se refletiu nos incisivos dele.

Lucas, que pelo visto era o cozinheiro, arrumou a mesa com frango assado com tomilho e metade de um presunto com uma camada de mel, as bordas pretas de tão tostadas. Suco de frutas foi servido numa jarra de cristal.

Grazina explicou que Hai tinha acabado de ser designado para ela enquanto Lucas concordava com a cabeça numa aprovação melancólica. Depois eles comeram acompanhados por um zumbido insuportável de conversa fiada. O filho tinha o hábito de colocar a boca na frente do prato e empurrar migalhas para dentro. A comida tinha uma aparência boa, mas todos os pratos tinham mais gosto de manteiga do que de qualquer outra coisa. Hai de repente sentiu um desejo imenso de comer a lasanha da mãe de BJ, ou até mesmo o creme de espinafre ou o macarrão com queijo do HomeMarket, em que o Russo sempre jogava umas migalhas de pão como extra.

"Agora, me conta uma coisa, hmm...", Lucas apontou para Hai com um mindinho gorducho.

"Labas", Grazina disse. "O nome dele é Hai, então chamo ele de Labas."

"Ah, que divertido. Labas", Lucas concordou com a cabeça. "Quer saber, me conta uma coisa: por que tantas enfermeiras e enfermeiros vêm das Filipinas? Será que as Filipinas têm uma parceria com os hospitais americanos ou algo do gênero? Li uma vez na *Atlantic* que estão fazendo isso agora. Tipo uma residência ou algo assim?"

Hai pegou o suco de cranberry e tomou, ganhando tempo enquanto a mesa esperava a sua resposta. "Bom..." Ele limpou a boca e tossiu na mão. "Não posso falar pelos outros filipinos, mas, quando eu era menino, assistia a um desenho animado, *Capitão Planeta*." A família se inclinou para a frente, arrebatada, percebendo que alguma pequena intriga estava prestes a ser contada por meio de uma exótica anedota vinda da própria fonte cultural. "E tinha um menino que parecia meio asiático. Acho que podia muito bem ser filipino."

"Certo", disse a mãe, fazendo sim com a cabeça.

"E as crianças do desenho erguiam os punhos para o céu, e cada um tinha um grito de guerra, baseado nos temas do *Capitão Planeta*. Tipo fogo, vento, água. Bom, o menino pardo, ele sempre dizia 'Coração', o que me deixava confuso porque aquele não era um elemento natural do planeta. Mas aí eu pensava, tipo, você precisa mesmo estar com a saúde em dia se quiser proteger o mundo. Por isso quis ser médico desde que eu me entendo por gente, mas…" Hai deu de ombros e garfou um pedaço de carne, "… ser enfermeiro é o mais perto que consegui". Ele olhou para os rostos das pessoas mastigando.

"Que palha", disse Josh, agitando no ar uma coxa de galinha. Ele encarava Grazina, ansioso, como se os dois fossem a fonte de entretenimento da noite.

"É verdade isso?" Clara fez uma careta. "Um *desenho animado* decidiu a sua carreira? Isso é meio… temerário, você não acha? Melhor não acontecer com você", ela disse para a filha, "com essa sua bobagem de *Avatar*".

Grazina pegou seu garfo, prendendo um pedaço de couve-de-bruxelas e deu um tapinha na mesa. "A gente devia fazer a oração do Kūčios , não? Lucas, você lembra?"

"Podemos não fazer isso este ano, mãe?", Lucas pediu. "Aquela coisa toda de peixe velho. É véspera de Natal. A gente *finalmente* está recebendo você aqui depois de todas as reformas. Não precisa fazer todo aquele velho discurso interiorano."

"Você fez reforma?" Grazina olhou em volta. "Acho que sim, hein?"

"Ela está piorando", o menino disse com preocupação genuína.

"Não seja grosseiro. Eu quero ouvir essa oração do cúti", a mãe dele disse, seus brincos de pérola balançando enquanto ela se ajeitava na cadeira e tomava um gole de vinho. Ela era a única que não estava tomando suco de cranberry.

"Clara, melhor não provocar, por favor."

"Ela tem um cheiro horrível. É tipo mijo de verdade", o menino sussurrou, alto o suficiente para todo mundo ouvir.

Hai queria que Grazina disparasse todos os seus comentários ácidos, algo inteligente sobre o saco escrotal minúsculo do Stálin ou uma resposta cortante comentando sobre os traços de ave do menino — mas nada disso aconteceu. Grazina só ergueu a cabeça, como se escutando algo distante, e murmurou em lituano. Depois começou a bater palmas, rindo.

"Eu sinceramente não sabia que ia ser tão ruim, meu amor." O rosto de Clara ficou tenso. "Vamos fazer isso de uma vez, por favor? Você pode só perguntar aquilo pra ela?" Ela jogou o guardanapo no prato e tomou outro gole de vinho. Qualquer máscara que ela estivesse usando foi dissolvida numa indiferença dura como osso.

"Num minuto. Ei, olá, sei lá... Labas... você pode levar a minha mãe até o banheiro e, sabe, dar uma ajeitada nela, por favor?" Ele deixou escapar um suspiro e desviou o olhar enquanto Hai guiava Grazina pelo corredor.

"Melhor ser a última vez, Lucas", Hai ouviu Clara dizer enquanto eles fechavam a porta do lavabo.

"Ei, como você está se sentindo?", ele perguntou, bem baixinho. "Quem é o presi...?"

"Ninguém."

"Certo. Tente mais uma vez."

"Eu estou aqui? Ainda estou aqui, Labas?"

Ele segurou a mão dela. "Olha pra mim. O que está acontecendo, de verdade? Você ainda está me vendo?"

Os olhos leitosos dela correram o ambiente antes de se fixarem no peito dele. "Sim, ah, é claro, eu estou te vendo, eu estou te vendo, Labas."

"Então a gente ainda está aqui, certo?"

Ela largou o corpo no vaso, e a coruja no blusão ficou enrugada. Grazina olhou para suas mãos sobre o colo, finalmente de volta a si, e pareceu mais perdida do que ele imaginou que alguém pudesse ficar.

Ele abriu a torneira para que não ouvissem a conversa deles.

"Eles que se fodam, ok? São só um bando de merdas."

Ela recuou diante do tom cortante da voz. "Do que você está falando?" Ela forçou um sorriso. "Eles são pessoas boas. Netos inteligentes. Meu Lucas, a mulher linda dele. Veja esta casa... Você já tinha visto uma casa assim?"

"Olha, você aguenta voltar lá, ou a gente devia simplesmente dar um pé na bunda deles?"

Depois de um tempo, ela fez que sim com a cabeça. "Consigo fazer isso, mas primeiro você pode me dar uma pastilha pra tosse?"

Ele desembrulhou uma do bolso e colocou na boca de Grazina. "Cereja."

Quando ele abriu a porta, Lucas estava esperando. "Ei, mãe." Ele se inclinou para ficar com os olhos na altura da mãe, seu rosto franco e suave. "Tudo bem aí dentro?"

Aí *dentro*, Hai pensou, como se ela estivesse numa espécie de caixa.

"Escute, estou feliz por você ter vindo. É importante pra mim ver você na véspera de Natal, sabe disso. E as crianças realmente gostam de você."

"Sentem falta de ter essa maluquinha por perto, hein?" Grazina sorriu de leve para Lucas, que a pegou gentilmente pela mão e a levou para a sala de jantar.

"Estamos todos revigorados!", Lucas anunciou enquanto eles tomavam seus lugares à mesa.

"Você vai na missa lituana na igreja São Pedro amanhã?", Grazina perguntou. "O seu padrasto sempre me levava..."

"Ah, deixa disso, você mesma não vai lá faz anos. Nem quando o Jonas ainda estava vivo. Agora..." Lucas respirou fundo e tirou os óculos, que colocou organizadamente sobre a mesa. "Eu quero contar uma coisa para o Josh e a Abbey. Uma coisa sobre a nossa família, sobre as nossas raízes. Como você queria fazer o Kūčios e tudo mais. E é importante", ele fez um esforço para olhar para os filhos, balançando a cabeça diante dos rostos inexpressivos deles, "que a avó deles esteja aqui quando eles souberem disso". Ele juntou as pontas dos dedos das mãos e falou baixinho. As velas, que haviam queimado até a metade àquela altura, dançavam de ambos os lados dele, criando sombras fortes no seu rosto robusto. "Sabe... Abbey, Josh... A avó de vocês já foi casada com um herói de guerra." As mãos dele flutuavam sobre a mesa. Clara levantou e foi na direção da cozinha, e os olhos de Lucas seguiram com ela.

"Continue, só estou pegando mais vinho." Ela sacudiu a taça esvaziada.

"O avô de verdade de vocês não era aquele maluquinho que vinha aqui e ficava no canto lendo quieto. Vocês lembram, certo? Com a corcundinha? Ele só ficava lendo e lendo, mas o que ele fez por você, mãe? Hein?" A voz dele soava afiada — a gentileza que havia demonstrado um momento antes havia desaparecido.

A cabeça de Grazina estava tão baixa que o queixo dela quase tocava a mesa.

"Nada. É isso que acontece quando você não faz nada com aquilo que sabe. É como encher o tanque do carro e nunca ter colhão para dar partida." Ele quase cuspiu a palavra *colhão*. "Não, o meu pai, o avô de verdade de vocês, de quem eu herdei o nome, Filip Lucas, foi um soldado da Resistência. Ele lutou contra Stálin *e* contra os nazistas. E morreu fazendo isso." O rosto dele ficou mais intenso à luz de velas.

Clara voltou com uma taça quase transbordando de algo escuro e vermelho. "Aos heróis", ela disse, sonhadora, e tomou um gole.

"Lina, a sua tia, ela era filha do corcundinha. Mas eu..." Ele se recostou, separando as pontas dos dedos e cruzando os braços. "Eu sou filho do soldado. Vocês são descendentes da coragem, da classe e da disciplina. É por isso que a Lina acabou bêbada no Texas. Ela tinha os genes do maluquinho. Certo, mãe?"

"Não seja tão duro com ela, Lucas", Clara disse. "A *pobrezinha*. Ela tinha um bom coração. E tentou fazer o melhor que pôde... Enquanto pôde." Ela dirigiu a Lucas um olhar de quem sabia das coisas.

Grazina teve um sobressalto como se tivesse acordado de um cochilo. "Claro, claro, meu querido. Meu filho, Lucas", ela disse para Clara, "ele é tão esperto. Tão puro também. Igual ao pai. Cabeça boa. Cientista".

"Eu sou *farmacêutico*, mãe. Eu pego comprimidos", ele disse para Hai, "principalmente estatinas, e coloco numa caixa na Walgreens".

"Mas por dentro você é um soldado", Josh disse, seu rosto enfim sério. "E eu também." Ele limpou os lábios engordurados e ergueu o queixo ossudo. Por um momento, a única coisa que todos eles ouviram foi a respiração nasal dele.

"Meu pai também era um grande nadador." Lucas se virou para a mãe. "Ele podia ter ido para as Olimpíadas se não fosse pela guerra. Ele até ensinou a vovó a nadar. Não foi, mãe? O pai não te ensinou a nadar?"

"No verão, sim. A gente nadava no lago Rekyva." A cabeça dela não se moveu enquanto ela falava.

Hai mirou seus olhos em Grazina, desejando que ela olhasse para ele, que desse a ele a ponte que poderiam atravessar juntos — mas ela não olhou.

"Ele foi baleado no front oriental, mas não antes de me colocar na barriga da vovó. Conte pra eles, mãe. Não era por isso que o Jonas não conseguia me chamar de filho, mesmo depois de quarenta anos?"

Grazina concordou com a cabeça.

"O velho sentia vergonha." Lucas se recostou, satisfeito. "E por que ele não ficaria com vergonha? Criando o filho de um herói enquanto a filha dele era uma bêbada dando aula de inglês para estrangeiros." Ele ergueu as mãos. "Desculpa, não quero exagerar aqui."

Os olhos de Clara estavam cristalinos de prazer, bebendo de tudo aquilo.

"Mas é por isso que vou cuidar de você, mãe. O seu filho vem de homens que cuidam de suas famílias." Ele balançou a cabeça lentamente em concordância, se recompondo. "Tem um lugar, ok? Fica só a quinze minutos da gente. Chama Lar Hamilton. O melhor que existe. Digno da mãe de um cientista."

Os olhos de Hai se incendiaram. Grazina finalmente se virou para ele, com o rosto entorpecido e limpo. Hai pegou mais uma pastilha para tosse e colocou na mesa perto da mão dela.

"Ah, vocês já querem se livrar de mim." Grazina riu de nervoso. "E a casa..."

"Ah, mãezinha", Clara estendeu a mão, fedendo a álcool, e apertou o pulso de Grazina. "A gente vende e usa o dinheiro para custear todas as suas necessidades, que não são poucas. A gente daria um novo sentido para aquele lugar que está todo estragado e deixaria você *confortável*."

"E lá ia ter pessoas iguaizinhas ao Olá. Só que mais gente. Você pode ter uma dúzia de Labas. Isso seria o que o pai ia fazer, eu tenho certeza", Lucas disse choroso, sem lágrimas. "Digo, a pensão do seu marido só te dá, o quê? Quatrocentos por mês?"

"Mas a casa está paga. E eu moro lá faz quase cinquenta anos. O seu pai... Digo, o Jonas..."

"Olha, Grazina." Clara colocou seus óculos. "Sério, você fez um bom trabalho com o que tinha. Só quero dizer isso para você. De mãe para mãe. E o Lucas é um filho maravilhoso. Eu só..." Ela fez uma pausa, procurou os rostos dos filhos na mesa, depois continuou: "Eu só acho que tem sido tão difícil pra você. Envelhecer sozinha e tudo mais. Minha mãe pelo menos tinha a fazenda do pai. Você precisa descansar. Não quero que você se sinta abandonada. Ninguém merece isso. E aquela casa, ah, meu Deus, provavelmente vai precisar ser reconstruída — quer dizer, se é que a prefeitura não vai demolir a quadra inteira. Mas o Lucas e eu vamos cuidar de você. A gente nunca vai te abandonar."

"Só pense nisso, ok, mãe? Eu já mandei fazer a papelada e você só precisa assinar. Vai chegar em algumas semanas, depois de ter resolvido o depósito."

Hai se recostou na cadeira.

"Desculpa", Clara disse para Hai. "Isso deve ser estranho para você. Obrigada por suportar a gente." Ela soltou uma gargalhada que ficou sobre a mesa em meio às carcaças de animais, as costelinhas de frango e os ossos de porco cobertos de cartilagem e gordura. "Parece bom, Grazina?" A voz dela tinha o tom que as pessoas usam para elogiar um cachorrinho.

Grazina fez que sim levemente com a cabeça.

"Ah, ótimo", Lucas disse para a mãe. "Claro que a gente vai discutir os detalhes mais para a frente, mas isso é ótimo, ótimo mesmo. Você está tomando a decisão certa, e nós ficamos muito aliviados por você. Feliz Natal, mãe."

"Feliz Natal, mãezinha", Clara disse, sorrindo para o marido.

Nenhum deles falou por um bom tempo durante o caminho de volta. Era aquele imenso vazio que se sente depois de qualquer reunião, em que os músculos ainda latejam com as vozes das pessoas, com a energia que foi expelida e também com a que não foi usada, e o táxi se tornou uma espécie de berço que ninava os dois, levando-os à imobilidade. O motorista tinha colocado "My Way", do Sinatra, e estava cantarolando baixinho enquanto eles flutuavam em meio à melancolia branca de neve. A forma de pimentões recheados, ainda cheia, parecia um bloco de cimento sobre o colo de Hai. As ruas estavam quase vazias e o azul-escuro estava tomado por aquele raro silêncio amplificado pela neve recém-caída e pela ausência de gente. Quando se aproximaram da rua principal, passando por postes de iluminação pública que brilhavam com guirlandas, um alto-falante metálico preso ao semáforo tocava canções natalinas que pairavam sobre as calçadas esbranquiçadas. Nas janelas das casas, com jardins do tamanho dos tapetes de gente rica, bonecos de neve de plástico e enfeites de Natal, desbotados depois de anos ao sol, cintilavam em globos amarelos contra o pano de fundo cinzento da noite que o vidro tornava ainda mais escura.

Ele não sabia dizer se Grazina estava dormindo. Quando eles passaram pela rota 4 e pelo conjunto comercial onde ficava o HomeMarket, a única luz vinha da Pizzaria Sgt. Pepper's. Hai viu o dono, debruçado sobre o balcão, apoiando a cabeça na palma da mão, seu turbante verde era a única cor debaixo da luz. Ele tinha aberto na véspera de Natal, talvez na esperança de que, com as outras lojas fechadas, fosse ter mais público, mas aparentemente ele estava ali sentado sem nada para fazer havia horas, com os braços colados ao balcão.

"Boa noite, sargento Pepper", Hai disse quando eles passaram pela pizzaria.

Grazina ergueu a cabeça e olhou para Hai. "Boa noite, sargento Pepper", ela sussurrou nas costas dele. Depois, passado um longo silêncio: "Ei, Labas? O que o teu nome significa? Na tua cultura. Você nunca me disse."

"Significa 'oceano'", ele disse, ainda olhando pela janela.

E era assim que ele se sentia na época, à deriva pelo amplo mar aberto da Felicidade do Leste.

Logo o táxi parou no número 16 da rua Hubbard, sua ruína familiar de algum modo tranquilizadora. Grazina pegou a garrafa de cidra espumante que Lucas tinha dado a ela e entregou para o motorista. "Feliz Natal, moço", e rapidamente seguiu para casa.

"Ah, quanta gentileza. Feliz Natal, pessoal", o sujeito disse, se demorando um pouco antes de seguir rua abaixo.

Grazina foi imediatamente na direção da porta e Hai teve dificuldade em alcançá-la. Lá dentro, ela tirou a jaqueta e foi em linha reta para a escada. Ele deixou a caçarola na mesa de jantar, cheia de frascos de comprimidos, e foi atrás dela. "Ei, você está bem? Ei!" Ele a seguiu até o banheiro, onde ela abriu a torneira. O vapor se derramando. O rugido dos canos. Ela tentando tirar o blusão de coruja, que ficava prendendo no queixo e fazendo com que ela resmungasse de frustração.

Quando ele tentou ajudar, ela disse, ríspida: "Eu consigo! Eu consigo tirar a minha roupa! Não preciso da tua ajuda, menino." Ela ergueu a roupa de novo, mas o blusão continuava preso no peito dela e se recusava a sair. Enfim, ela parou, ficou ali com o vapor enchendo o banheiro, os braços ao lado do corpo, o blusão envolvendo sua cabeça e seu rosto, parte do corte tigelinha aparecendo no topo. "Por favor", a voz abafada disse.

"Ergue os braços. Isso, assim. Pronto."

Grazina tirou a calcinha, o sutiã — zero vergonha ou medo entre eles agora. Ela testou a água, depois entrou na banheira, com os braços tremendo pelo esforço. Ele estendeu a mão e ela se segurou nele antes de se abaixar. Quando o calor subiu até a altura dos ombros, ela desligou a torneira. Pegou um sabonete em barra e esfregou vigorosamente os braços e os ombros, depois o pescoço, gerando vergões vermelhos na pele com os dedos.

"Pare, pare. Você vai se arranhar."

"Eles disseram que eu cheiro a *mijo*. Então vou me limpar. Está me vendo? Eu tomo banho como todo mundo, não tomo?" O sabonete caiu na água, e, enquanto ela procurava freneticamente, a dentadura inferior caiu na água com um *plop*. "Não, não, Jesus, Maria." Ela arfou, cobrindo a boca com as duas mãos, os olhos cerrados.

"Pare. Por favor, pare." Hai segurou o braço de Grazina enquanto ela tentava se libertar, mas ele não soltou. Hai chegava a ouvir o coração dela pelas veias latejando no pulso e segurou firme.

"Relaxe. A gente já encontra. E você não tem cheiro ruim. Você é limpa, Grazina. Você é uma pessoa limpinha, ok?"

Ela olhou para a própria barriga, que flutuava acima da linha d'água. "Meu corpo é um pesadelo." Ela olhava para Hai com vaga perplexidade. "O meu corpo é um pesadelo?"

O vapor, iluminado pelas luzes da ponte lá fora, subia e velava o rosto dela.

Ele negou com a cabeça. "Não."

Ela baixou o queixo como se para incitá-lo a dizer a verdade.

"Eu tenho pesadelo quase toda noite e você nunca apareceu em nenhum deles."

Ela olhou para o menino com uma expressão que ele não conseguia reconhecer, do mesmo modo que se olha pela janela de um quarto em que entra pela primeira vez para ver o que há lá fora. "Você não pode tirar a roupa uma vez?", ela disse, envergonhada. "Você sempre me vê pelada, como se eu fosse uma paciente."

Sem pensar, ele tirou a blusa de enfermeira, depois a camiseta, a calça e finalmente a cueca. Ficou em pé, com as mãos enfiadas nas axilas. Ela olhou para Hai pelo que pareceu ser um longo tempo, mas ele não se mexeu. Havia tão pouco que eles tivessem a esconder àquela altura, seus corpos enfim lavados pelos olhares um do outro.

"Eu te vi bem antes… Você sabe disso, certo?"

"Como assim?" Hai se sentou encostado na parede.

Ela fez um gesto na direção da janela. "Bem antes de você tentar pular, eu já tinha te visto. Assim que você chegou na ponte, tive uma sensação de que você estava com problemas. Ninguém anda por uma ponte linda dessas, ainda mais em setembro, sem olhar pra cima. Nunca. Então eu saí pra fingir que estava lavando roupa."

Ele estudou as lajotas entre os pés, florezinhas azuis pintadas em todas elas. "Desculpa."

"Por quê?"

Ele deu de ombros. "Por ser burro."

"Eu sou a mais burra de todos." Ela parou para engolir. "Criei meus filhos, alimentei eles, fiz pimentões recheados, aí um dia estou longe, muito longe de tudo e de todos. Eles são de outras pessoas. Não me conhecem. Eu não me conheço. Eu só..." Ela balançou a cabeça olhando para a água turva. "Não sei como isso aconteceu. Escapei dos tiranos na Europa e tive tudo que sempre sonhei. Tudo desapareceu tão rápido. Mas como?"

Hai olhou em volta. O banheiro encardido pareceu menor, mais sufocante do que em qualquer outro momento. Ele queria muito oferecer a ela uma resposta — um motivo. "Tinha mais alguma coisa, sei lá, além dessa casa e dos teus filhos? Você só ia trabalhar e voltava pra casa e fazia pimentões recheados durante quarenta anos?"

Ela piscou para se livrar das lágrimas e respirou fundo. "Eu era responsável pelo pessoal na Woolworth's... mulheres. Mas não era nada demais. Era comum elas chorarem e eu ficar lá ouvindo, por horas."

"Mas e uma paixão, uma coisa sua. Você nunca quer, tipo, uma coisa que seja sua?"

"Eu tinha uma vida, Labas." Ela parou e pensou nisso. "Começou no topo de uma colina. Aí ela desceu essa colina e fez assim", ela desenhou uma linha cruzando o rosto dele com o dedo. "Linha reta. *Kaput*. Nada. Só dias e dias e às vezes um pequeno solavanco. E isso basta. O Senhor me deu paz, e isso é bom."

"O que aconteceu hoje à noite, você chama aquilo de paz?"

Ela engoliu. "Estar viva e tentar ser uma pessoa decente, e não fazer disso uma coisa maior ou grandiosa, isso é o mais difícil de tudo. Você acha que ser presidente é difícil? Rá. Você não vê que todo presidente fica milionário depois de deixar o cargo? Se você consegue ser um ninguém e parar de pé sobre as próprias pernas por tanto tempo quanto eu consegui, isso basta. Olha a minha menina, aquele talento todo, e pra que, só pra se encharcar de Bud Light?" A água pingava do nariz dela. "As pessoas não sabem o que é suficiente, Labas. Esse é o problema delas. Elas acham que sofrem, mas na verdade só estão entediadas. Deveriam comer mais cenoura."

Ele olhou para ela e suspirou, exausto.

“Você vai mesmo pra esse lugar que eles arranjaram pra você?”, ele perguntou.

Ela se contorceu com a pergunta como se alguém tivesse atirado uma pedrinha na direção de sua testa. Os olhos dela estavam arregalados, as íris límpidas, sem brilho. “Ei, sargento Pepper. Os nazistas já ultrapassaram a linha do anzol?” Ela apontou um dedo respingando para o vaso. “Eu só estava dormindo neste jipe. É tão…”

“Deixa disso. Eu sei que você continua aqui comigo.” Foi a primeira vez que ele bateu pé com ela.

Ela ficou em silêncio e olhou para o teto. “Labas?” A voz dela estremeceu, a voz de alguém que olha para o fundo de um penhasco. “Labas, estou com medo de morrer. Quero viver mais um pouco, só mais uns anos, se for da vontade de Deus. Sei que quando a gente partir vai ser bom descansar… mas… ah, sentir o gosto de um chá novinho, com um pouquinho de creme. Ainda quero isso. Especialmente quando faz frio lá fora.” Não tinha como saber se era a versão mais jovem ou mais velha que pensava assim, e ele estava cansado demais para fazer força e descobrir. Que importava em qual cronologia eles estavam? Era tudo parte de um mesmo esqueleto no fim das contas.

“Já deve ser Natal”, ele sussurrou na direção do céu. “A gente ainda tem a caçarola que você fez para o Kūčios. Quer um pouco?”

Ela olhou em volta no banheiro minúsculo, mas não tinha relógio. “Claro, vamos comer um pouco.” Mas ele não se moveu. E nem ela.

Depois ela estendeu a mão e afastou a franja dele. “*Tu esi mano draugas.*”

“Isso é uma oração de Natal?”

Ela fez que não com a cabeça.

“Então o que você disse?”

Ela olhou para a água, dizendo baixinho: “Você é meu amigo.”

17

"Basicamente é um bagel de pizza. Algum dos gênios aí ficou confuso?" BJ segurou o panfleto e apontou com um dedo de unhas enormes uma pizza com queijo escorrendo no meio do papel. A sede do HomeMarket queria que as pizzas fossem acrescentadas ao cardápio na semana seguinte, e BJ, sentada no banco do motorista da van de entregas, estava instruindo a equipe sobre o novo produto.

"Não tem muito a ver com Dia de Ação de Graças, tem?", disse Wayne do banco de trás.

"Paul e eu comemos pizza no Dia de Ação de Graças no ano em que meu marido abandonou a gente", Maureen disse. "O melhor Dia de Ação de Graças que já tive." Ela estava ao lado de Wayne e observava mais uma noite enevoada e úmida da Felicidade do Leste. Sony estava na fileira do meio sozinho e Hai, no banco do passageiro. A van estava estacionada nos fundos do Hairy Harry's, um bar cercado por campos de centeio perto da Interestadual 84. Apesar da noite melancólica que se aproximava, a equipe estava ansiosa — eles estavam prestes a ver sua gerente na luta mais importante da vida dela.

"Mas isso é tipo ir num buffet de comida chinesa e comer filé de frango." Wayne fez um muxoxo. "Quem ia comprar pizza no HomeMarket?"

"Eu não ia achar ruim", disse Sony.

"Desde que eu não precise fazer", comentou Wayne.

BJ se virou. "A sede fez uma pesquisa no ano passado e as crianças adoram bagels de pizza. Aparentemente, nossos clientes estão envelhecendo e a gente precisa mudar." Ela estalou as juntas. "Vamos dividir o trabalho entre o drive-thru e a lavagem da louça. E vamos ser mestres nessas minipizzas antes daquele gerente regional magricela voltar mês que vem."

"Isso significa que a gente está tendo prejuízo?", Hai perguntou. Uma chuva leve molhava o para-brisa.

"Claro que não!" BJ deu um soquinho no ombro de Hai, mas rapidamente fingiu que estava vasculhando os bolsos à procura de algo. "Significa que estamos *expandindo*. Empresas como a gente não podem só ficar paradas vendo a Pizza Hut falar sozinha. Aqui, Sony, pegue isso e estude no fim de semana. Você tem memória fotográfica, certo?"

Sony colocou no bolso da camisa. "Foi o que a minha avó disse."

"Puta merda!" O celular de BJ estava aberto; a luz azul encheu a van. "Meu amigo Rob acabou de mandar uma mensagem. Aquele produtor que comentei com vocês, o DJ Red Card, está literalmente lá dentro neste instante, no bar. Uau." BJ beliscou as próprias têmporas. "Essa é a minha chance, cara. Tenho que mandar bem hoje. Vocês entendem? Qualquer lutador que ganhe uma música de entrada desse cara decola! Ele é tipo o Dr. Dre das músicas de entrada."

"Fica parada", Hai disse, pegando o estojo de maquiagem de BJ no painel. "Deixa eu arrumar essa parte." Ele pegou o pincel e passou um pouco de branco no rosto de BJ, que estava com uma cobertura monocromática que lembrava o Insane Clown Posse. "Pronto. Agora está joia."

Dentro de uma hora, BJ estaria num ringue armado na pista de dança do Hairy Harry's, usando o nome "Big Jean" num combate mano a mano com Miss Magician, uma avó de cinquenta e dois anos e favorita dos fãs, em um dos seis combates do Grand Slam de Ano-Novo, realizado anualmente com patrocínio da estação de rádio rock local, a PWR 89.7.

O DJ Red Card, que era também olheiro não oficial do WWE, segundo BJ explicou, era famoso por aparecer aleatoriamente em exibições e mostrar um cartão vermelho quando ficava impressionado com algum lutador. "Aí ele vai nos bastidores e oferece um contrato de gravação. Então eu tenho que *arrasar* hoje."

Bem nessa hora o para-brisa começou a estalar com pedacinhos de gelo. A chuva virou granizo. BJ baixou a cabeça e se crispou diante do céu escuro. "Sério? Ah, deixa disso. Neve? Neve!" Ela se virou para a equipe. "A noite mais importante da minha vida e vai cair chuva gelada na gente." Era a segunda semana de janeiro e a neve começava e parava. O chão tinha ficado branco como papel por uns dias, mas já estava marrom de lama. "Tá vendo? É por isso que não surgem bons lutadores em Connecticut. Assim que a gente se prepara para entrar no ringue, vem uma merda de um vento noroeste. Toda vez, caralho."

"Está tudo bem, querida", disse Maureen, sentindo uma emergência no ar. "É só uma chuva. Vai passar em dez minutos. Dá pra ver pelo jeito como os flocos giram." Ela acompanhou o movimento deles sem muito ânimo com o dedo.

Hai pegou um Dilaudid do bolso da calça jeans e pôs na boca. "Quer um?" Ele ofereceu para BJ. Quando ela fez que não, ele colocou o segundo comprimido na boca e o engoliu.

"Você está no controle." Maureen estendeu a mão do banco traseiro e massageou os ombros de BJ. "Big Joe vai chegar à fama neste ano da Graça do Senhor de 2010."

"É Big Jean. Eu já te disse." Ela se remexeu para se livrar das mãos de Maureen. "Só não se esquece de fazer a sua parte, ok? Você é a minha parceira."

"Espera", disse Wayne. "A Maureen vai lutar com você? Ela não deve ter nem um metro e sessenta!"

"Na minha carteira de motorista diz um e sessenta e dois."

Uma figura indefinida apareceu do lado do motorista e bateu no vidro. BJ baixou a janela, revelando um cara branco parecido com o Jim Carrey que sorria com seu bigodinho de ator pornô, o rosto estreito coberto por um capuz. "E aí, galera, sou o V-Bean, o MC da noite. Abreviação de Vanilla Bean, ha-ha."

"Imaginei", disse BJ, sem se deixar impressionar.

V-Bean pegou uma prancheta e começou a escrever. "Imagino pelo rosto pintado que você é quem vai lutar hoje, certo? Posso anotar seu nome como..." Ele recuou para olhar algo na lateral da van: "Colhões Enormes?"

"De que caralhos você está falando?" A neve caía e derretia nas sobrancelhas franzidas de BJ. Uma rajada de vento jogava embalagens de fast-food contra a van.

"Diz 'Colhões Enormes' na tua van, meu caro."

"Ela é mulher", Hai disse.

V-Bean forçou os olhos. Wayne abriu a porta de correr e examinou a lateral pintada com spray. "É verdade, está escrito 'Colhões Enormes'", ele confirmou e fechou a porta. "Aqueles merdinhas grafiteiros da rota 4."

"Na real", V-Bean deu de ombros, "é um puta nome pra um lutador. Corajoso, sabe. Tipo como se você não desse a mínima".

"Mas eu dou a mínima, cara", disse BJ com um suspiro, depois pensou um pouco. "Você acha bom mesmo?" Os dedos dela agarraram o volante. "Quer saber? Que se foda. Me põe como Colhões Enormes. O universo está me mandando uma mensagem."

"Beleza, cara. Tamo junto." V-Bean ofereceu o punho para BJ dar um soquinho, mas ela já estava subindo a janela.

"Colhões Enormes", Hai repetiu, deixando o som sair devagar. "Tem certeza disso?"

BJ estava mandando uma mensagem no celular. "Estou tentando fazer o Rob me dizer quantas pessoas já tem lá dentro." Havia carros parando no estacionamento, pessoas falando empolgadas enquanto seguiam em grupos na direção do bar vestidas para sair à noite, na maior parte motoqueiros com namoradas de moletom e meninos brancos usando blusas com capuz da Cahartt e bonés de empresas de jardinagem falidas.

BJ derrubou o celular enquanto escrevia a mensagem. "Cacete. Esses botões são um saco."

"Os dedos dela são gordos demais. Iguais aos meus", Maureen sussurrou para Wayne. "É por isso que você tem que comprar um BlackBerry."

Na cozinha do bar, que tinha sido esvaziada para servir de guarda-volumes improvisado, lutadores musculosos estavam sentados em bancos envolvendo as mãos com ataduras, os corpos brilhantes de óleo e suor, músculos arredondados cintilando sob as lâmpadas fluorescentes, o ar uma mescla de desodorante Old Spice e CC, látex e couro. Hai se sentou ao lado de BJ, fazendo companhia e acalmando os nervos dela. Ela estava sentada em um barril de uísque perto do armário do zelador com fones de ouvido, treinando suas sequências. Ela devia ganhar naquele dia, por insistência de Miss Magician. Magician estava invicta fazia mais de dois anos, e essa vitória apresentaria Big Jean, ou melhor, Colhões Enormes, para a comunidade. Aparentemente elas vinham trabalhando havia meses nisso. BJ foi espiar atrás da cortina que tinha sido colocada na porta da cozinha.

"Um, dois, três, quatro… talvez seis."

"O que você está contando?", Hai perguntou.

"Pessoas negras", BJ disse. Havia umas quarenta e seis pessoas no bar, a maioria parada de pé em grupos perto do palco, de mãos no bolso, balançando a cabeça ao som do rock dos anos 1980 que tocava entre as lutas. As primeiras duas lutas já tinham passado e BJ era a próxima.

"Só tem quatro", BJ disse.

"Eu vi seis, acho." Hai olhou para os rostos. "Você contou o Wayne?"

"Contei. E aquele casal é indiano." BJ soltou a cortina e resmungou. "Porra. Como pode ter tão *pouca* gente negra numa luta?"

"Você está brincando?", disse Hai. "É uma luta amadora. Em um bar onde gangues de motoqueiros vendem drogas."

"Não parece nem que são da Felicidade do Leste", BJ disse.

"Bom, eu estou vendo Russo com um dos amigos dele e… ah, parece que a Cherry também veio." Cherry era uma das prostitutas do ensaio. "Então você tem torcida. Não se preocupe, ok?"

"Espera, a minha mãe e o meu pai estão lá fora?" BJ afastou a cortina e inspecionou a plateia até encontrar Ruby com seu casaco de peles sentada perto da parede, com as mãos cruzadas sobre o colo como se estivesse na missa de domingo. Ao lado dela havia um sujeito com uma barba grisalha majestosa e jaqueta de couro.

V-Bean apareceu e deu um tapinha no ombro de BJ. "Ei, Colhões Enormes, está pronta? Você tem que entrar quente em cinco minutos."

“O DJ Red Card ainda está aí fora?”

“Não esquenta. O cara vê tudo. Só faz a sua parte e relaxa.”

“Espera, cadê a Maureen?”, Hai perguntou, olhando em volta. “Ela não faz parte do seu número?”

“Ela está no banheiro se preparando. Ela é uma verdadeira artista quando se trata do que faz, pode confiar. Tudo dominado.”

Hai estava feliz de ver que certa calma dominava BJ.

“Agora vai lá fora e aproveite o show, novato.” BJ deu um tapinha no peito de Hai e piscou. “Estamos prestes a ver Stone Cold Steve Austin parecer o Mr. Rogers.”

V-Bean subiu no palco, estendeu os braços e gritou no microfone: “Senhoras e senhores! Vocês estão proooontos para DETONAAAAR??? Estão prontos para o segundo show de luta livre da Nova Inglaterra, e estou falando do SEGUNDO, no ranking da luta livre amadora, que mais apresenta talentos locais?” A plateia, a essa altura visivelmente mais bêbada, se acotovelou e prestou atenção. Uns poucos punhos que seguravam canecas de cerveja se ergueram na primeira fila. “Muito bem. Então batam palmas para...” Ele mexeu no papel que tinha em mãos, inclinando a cabeça para entender a letra. “Ah sim! Batam palmas para... Colhões Enormes!” Umas poucas pessoas se entreolharam com sobrancelhas erguidas. O DJ Red Card, um homem branco robusto e careca que estava escondido debaixo de uma boina Kangol, sorriu para uma mulher ali perto e deu de ombros antes de tomar um gole em seu copo descartável.

Mas a plateia realmente aplaudiu quando a guitarra de “Bodies”, do Drowning Pool, cortou a fumaça da máquina de gelo seco e BJ atravessou arrogante a cortina num traje esportivo aveludado amarelo-táxi. Hai, Sony e Wayne olharam com a respiração suspensa enquanto Hai percebia, com súbito desânimo, que BJ parecia o Garibaldo da Vila Sésamo numa versão amalucada. Dois adolescentes que estavam a umas poucas fileiras de distância tinham pensado a mesma coisa e gritavam fazendo das mãos um megafone: “Pra cima deles, Garibaldo! É isso aí, Garibaldo!”

Mesmo assim, BJ manteve a pose, rugindo a música de entrada que tinha gravado no escritório do HomeMarket. Algumas meninas das primeiras filas chegaram a soltar as mãos dos namorados e começaram a balançar a cabeça ao som do baixo. Sony, que estava com fones de ouvido para abafar o ruído, chacoalhou a cabeça, de olhos esbugalhados e chocado. A general dele estava de fato *brilhando* no palco, com suor pingando do nariz e do queixo como verdadeiros diamantes.

Para grande alívio, e talvez até surpresa, da equipe, a plateia estava curtindo aquilo. BJ deu então sua última volta em torno do ringue, e aí aconteceu algo que ninguém esperava. BJ pegou o microfone de V-Bean e disse para a plateia bater palmas com ela. "Agora preciso que vocês se preparem para um presente da minha grande amiga, Maureen! Vocês estão prontos pra uma coisa realmente especial?! Uma coisa que só acontece uma vez na vida?" Ela apontou o microfone para a plateia enquanto as pessoas gritavam um *sim* coletivo.

Aí a música parou. A plateia murmurou, confusa. Maureen passou pela cortina usando um kilt irlandês cor de açafrão. Puxando os suspensórios que estavam justos nos ombros, ela respirou fundo, ergueu um banjo que estava na altura dos quadris e começou a tocar, dançando pelo corredor uma jiga que, por causa do joelho machucado, mais parecia alguém tendo uma convulsão. A plateia parecia ter recuado em uníssono. Uma mulher na primeira fila saltou na direção de Maureen como se estivesse tentando ajudar, mas aí percebeu que não sabia como fazer aquilo e voltou a se sentar. Maureen começou a andar a um quilômetro por hora no corredor.

"Que porra é essa? Cara, me diz que isso é uma piada", disse um jovem branco para os amigos, se divertindo com a comédia involuntária.

"O que está acontecendo?" Wayne se virou para Hai.

"Parece música bluegrass. Tocada pela Maureen", Hai disse enquanto a plateia começava a vaiar.

"Ela nunca me disse que sabia tocar banjo. Isso até que é sexy."

Hai viu o DJ Red Card, que ria de olhos fechados. Foi aí que as vaias cresceram e se transformaram num rugido tremendo, enraizado no chão, e que todo mundo no bar sentia entrar no corpo pelas solas dos pés. BJ, percebendo isso, agitou os braços para parar a música, mas por algum motivo o som continuou. Um motoqueiro calvo com um rabo de cavalo grisalho era o único dançando entusiasmado. Maureen, ignorando aquilo tudo, continuava tocando, as bochechas balançando quando ela tocava as cordas, mancando do lado de fora do ringue, enquanto BJ provocava algumas pessoas sem muito ânimo encostada nas cordas e as vaias se tornavam mais intensas.

Tudo isso ficou pior com a entrada lendária de Miss Magician, que começou com eternos vinte segundos de blecaute, aumentando a expectativa no ambiente antes de "Enter Sandman", do Metallica, começar direto do refrão enquanto um pandemônio de luzes cortava a sala enevoada, queimando os olhos de todo mundo. Os gritos de incentivo quase elevaram o teto do bar enquanto uma avó forte e bronzeada, cujo nome oficial era Nora Jiménez, passava pela cortina vestida com uma capa de lantejoulas e uma cartola de mágico cor-de-rosa incrustada de joias, que ela tirou com as duas mãos e colocou na cabeça daquela que talvez fosse a menininha de oito anos mais adorável num raio de cem quilômetros. O lugar veio abaixo. Um motoqueiro com costeletas secou uma lágrima, ergueu sua garrafa de Bud Light no ar e gritou: "Essa é a minha mãe, porra! Boa, mãe!"

A luta foi como se esperava. Na maior parte do tempo, BJ e Miss Magician trocando golpes com as costas da mão no peito uma da outra e uma jogando a outra contra as cordas, depois derrubando a adversária com um golpe em câmera lenta. Isso era considerado um repertório "leve", segundo Hai ficou sabendo, que evitava golpes mais fortes como o body slam e era comum quando você trabalhava com lutadores mais velhos com problemas nas costas. Tudo isso enquanto Maureen andava para lá e para cá do lado de fora do ringue, tocando seu banjo como um pedinte fora do contexto. A luta acabou com BJ errando uma cotovelada que passou a quase um metro da adversária. Miss Magician, que estava contra as cordas, mas foi lenta demais para chegar na cotovelada, caiu mesmo assim, como se tivesse sido atingida por um poltergeist antes de desabar formando uma pilha de glitter. BJ então tentou seu golpe de finalização, a "Bomba das Bahamas", que exigia erguer a frágil Nora Jiménez em seus ombros do jeito que um bombeiro transportaria alguém, depois bater a coluna dela entre as pernas da BJ. Mas, como esse golpe certamente levaria Nora para o hospital, BJ fez Miss Magician meio que deslizar, em câmera lenta, de seus ombros, fazendo com que a avó rolasse anticlimaticamente para longe de seus braços sobre o ringue. Pareceu menos um golpe do que uma tentativa de colocar uma vítima de afogamento na lateral da piscina. BJ ficou de quatro para imobilizar a adversária, cobrindo quase totalmente o corpo de Magician — sem soltar seu peso sobre ela — enquanto o árbitro fazia a contagem.

Foi horrível. Todos imediatamente começaram a vaiar quando a música de BJ tocou. Ela não tinha derrotado uma longeva força da natureza, tinha destruído, de maneira bizarra, uma idosa que era um símbolo amado da região. Mais tarde, o único sinal de que Colhões Enormes havia passado pelo ringue era um acúmulo de gotas de suor e glitter, em torno do qual estava enrolada uma única faixa cor de açafrão que havia se soltado do kilt de Maureen.

BJ encostou a cabeça no volante enquanto Hai sentava mudo ao lado dela e o calor do corpo de BJ embaçava os vidros. Os luminosos do bar coloriam de púrpura o interior da van. "Diz pros meus pais irem pra casa, mano. Diz pra eles não esperarem por mim", disse BJ para o chão.

"Pode deixar." Maureen, ansiosa por se afastar de seu papel no desastre, saiu apressada da van.

"E diz pra eles que eu peço desculpa", BJ falou, mas ela já tinha ido, cuidadosamente desviando das poças de gelo no estacionamento.

Foi só quando disse "desculpa" que BJ desmontou; seus ombros tremiam enquanto ela chorava. Hai colocou uma mão firme no ombro dela. A tinta branca e preta do rosto de BJ estava derretendo; aquilo que antes lembrava o Garibaldo tinha se transformado num Ronald McDonald do submundo. A van chacoalhou com o choro de BJ, e os terços que Maureen tinha colocado no retrovisor começaram a balançar. "A inscrição era trezentos dólares! Eu podia ter comprado um casaco e uma bota pra minha irmã. Ela precisava de uma bota nova."

"Tem que pagar para entrar naquele palco? Eu achava que era uma exibição de talentos locais."

"É um ringue. E sim, é uma competição. Você paga para entrar num concurso de tortas, não paga?"

"Olha, está tudo bem. Você...", Hai procurou as palavras certas no retrovisor, "desempenhou. Você fez o que sabe fazer. As pessoas agora te conhecem. Não era esse o objetivo?"

"Elas me conhecem como uma piada." Um fio cintilante de baba se estendia a partir do volante e pingava na perna da roupa amarela da BJ.

Havia risos do lado de fora da van, vindos de um grupo de adolescentes que tinham saído para fumar. "Cara, olha só. É a Colhões Enormes." As janelas estavam embaçadas demais para que eles vissem que tinha alguém do lado de dentro. Um deles se agachou do lado do grafite fazendo pose. "Meu nome é Colhões Enormes, mas pode me chamar de Garibaldo Caipira!" A risada deles irrompeu antes de se tornar mais fraca à medida que iam na direção do bar, onde o baixo abafado da próxima canção de entrada já estava tocando.

"Olha só, não se preocupe com esses..."

"Ah, merda. É o DJ Red Card. Ele está vindo pra cá. Merda, merda."

"O quê? Como é que você sabe?"

"Olha lá!" BJ desembaçou o para-brisa. "Ele está vindo aqui. Com a porra da Maureen!"

"Como assim?"

"Vai pra trás pra ele poder sentar, vai, vai. Abre espaço!" BJ agarrou Hai pela gola e basicamente o atirou para o banco de trás enquanto a porta do passageiro se abria. Maureen passou uma mão por seus cabelos ruivos e ajustou os suspensórios. "Achei esse senhor, ele quer falar com você." Ela deu uma piscada para BJ, que estava com a boca entreaberta. DJ Red Card saiu de trás de Maureen e desabou no banco do passageiro com um gemido.

"Vou buscar os outros", Maureen disse. "Vocês dois aproveitem para se conhecer." Ela piscou mais uma vez e se afastou. Red Card puxou sua blusa de gola alta e disse que estava quente no carro. A gola altíssima, Hai percebeu, era para esconder uma vermelhidão na pele.

"Olha", BJ disse, percebendo a chance de se redimir. "Sei que aquilo pareceu esquisito pra cacete. Mas tenho uma explicação, valeu? Eu tinha até um quadro onde planejei tudo pra esse show, e eu..."

"Quanto?"

"O quê?" BJ olhou para Hai atrás dela. "Como assim?"

"Quanto você quer?" Red Card falava num sussurro afetado, baixinho, como alguém que sobreviveu a uma facada na garganta ou, como Hai percebeu, como alguém imitando Don Corleone em *O poderoso chefão*.

BJ pensou e deu de ombros. "Sei lá. Eu.. eu... eu nunca pensei nisso." BJ se ajeitou no banco e piscou. "Digo. Nunca pensei quanto ia custar um agente. Acho... Acho que eu topo qualquer valor que seja meio padrão..."

"Você está de sacanagem comigo?" Red Card se inclinou para a frente. "Eu disse, quanto você *quer*? Tipo, de quanto você precisa? Somos um bando de amadores aqui ou o quê?" Ele olhou para trás, onde estava Hai, depois suspirou e se ajeitou para tirar algo do bolso. "Olha, aqui tem um pacotinho de vinte dólares e um de sete gramas. Também tenho uns menores, mas você parece precisar de mais." Na palma da mão dele havia dois saquinhos de maconha, um maior do que o outro. "Como eu disse, de quanto você precisa, minha cara?"

Hai se encostou no banco enquanto o queixo da BJ caía.

Red Card, percebendo isso, olhou para ela do banco do passageiro, enquanto seu choque se fundia com uma sincera e transparente pena. "Ah, cara. Você achou que eu estava falando de um contrato. Putz. Você está tentando me dizer que aquilo que você fez hoje não era uma brincadeira? Não era um troço tipo Weird Al Yankovic? Cacete." Ele olhou pela janela e balançou a cabeça.

"Você vai assinar com *alguém* que lutou hoje?", BJ perguntou.

"Aquele menino magrinho que lutou antes de você, o Young EZ? Ele é bom. O guri tem aquela vibe voadora do Rey Misterio, mas com uma carinha bonita. Além disso, ele tem uns oitocentos amigos no MySpace. Então, sim. Vai ser ele, claro."

"Aquele é o Mitchell Kelleher. O pai dele é dono da concessionária Ford em Millsap. Ele é uma fraude. O que estou fazendo é de verdade, cara. Tem raízes."

"Escuta, amigão, ou amigona, não faço as regras. Você acha que ganho dinheiro com essa merda? Por que você acha que estou aqui tentando te vender erva? Isso aqui não é nenhum *American Idol.* Histórias tristes não funcionam nesse negócio."

"Me dá logo esse de vintão." BJ passou uma nota de vinte e Red Card colocou o saquinho no bolso da camisa dela.

"Escuta, colega", Red Card disse, voltando ao tom de *O poderoso chefão*, "não odeie o jogador; odeie o jogo".

Ele deu um tapinha no ombro de BJ, fez um sinal de paz e saiu.

"Sei, feliz ano novo pra você também."

"Isso, feliz ano novo pra você também!", Hai acrescentou com mais força.

BJ olhou para Hai, exausta, depois limpou o nariz e deu partida.

Eles estavam voltando na van, a névoa mais densa a cada minuto, como se fosse tomar conta da cidade assim que as pessoas saíssem da rua e se fechassem em casa. BJ estava esfregando a marca de nascença em formato de nota musical por cima da roupa como se fosse uma ferida recente quando eles pararam no semáforo, o único carro na rua.

Wayne suspirou. "Bom, estou pronto para ir para casa, pôr as pernas para cima e comer um Twinkie."

Maureen se ajeitou no banco, com a sombra nos olhos tão borrada que parecia que ela tinha se maquiado para parecer um panda. "Você sabe que em outro universo essa noite nunca aconteceu, certo? Eu andei estudando isso. Chama efeito Mandela." O efeito Mandela, conforme Maureen explicou, é quando uma grande parte de uma população se lembra de algo que nunca aconteceu, pelo menos não no universo atual.

"Ah, por favor", disse Wayne, segurando o estojo do banjo de Maureen. "A última coisa que essa pobre menina precisa é continuar ouvindo as suas bobajadas de terraplanismo. No *meu* universo existe essa coisa interessante chamada física."

"Tipo o C-3PO, por exemplo", Maureen continuou. "Na minha cronologia, aquela de que faço parte, ele era inteiro dourado. Sabia disso? Ele não tinha uma perna prateada igual tem hoje. Agora a perna dele é prateada como se tivessem esquecido de pintar ele. De onde eu venho, o George Lucas teve o bom senso de pintar ele todo de dourado."

"Pode ser que tenham feito a perna prateada para representar uma deficiência", Sony disse, olhando pela janela. "Meu terapeuta diz que está começando a..."

"O ponto é, ele *nunca* foi todo dourado neste universo. É confuso. Eu fui ejetada neste universo, provavelmente depois de um evento de extinção em massa. Acontece com muitos de nós. O Paul continua vivo na minha cronologia original, e o meu marido..." Ela parou e se virou.

Wayne apertou o ombro dela. "Se é que isso serve de alguma coisa, ele era todo dourado na minha cronologia também", ele sussurrou.

BJ pisou no acelerador. "Certo, então. Tem um universo onde você não usa suspensórios?" Ela estava olhando para Maureen pelo retrovisor. "Por que você não me disse que ia se vestir igual a um vovozinho caipira?"

"Era isso que meu avô vestia quando tocava banjo, aquele que me ensinou essa coisa que você queria tão desesperadamente na sua encenação. Também é ergonômico. Normas internacionais do trabalho." Pela primeira vez, a voz da Maureen se mostrou cortante. Baixinho, ela acrescentou: "Você devia saber, já que a gente teve três violações só neste ano."

"Certo, certo, já deu", disse Wayne. "A gente não precisa piorar isso um pro outro. Foi uma noite legal."

"Na verdade, por que você pôs o banjo no show?", Hai perguntou, genuinamente intrigado.

BJ respirou fundo e manteve os olhos na estrada. "O banjo", ela deixou escapar um profundo suspiro, "tem raízes antigas, desde o tráfico de escravos. Antes daqueles caras do bluegrass usarem o banjo, ele era um instrumento da África Ocidental. Alguém aí sabia disso? Hein? Exatamente. Quando os escravos nos navios negreiros começaram a morrer a caminho da América, os traficantes descobriram que, se tocassem banjo, mantinha o ânimo das pessoas sequestradas até o fim da viagem. Por isso tocavam durante a viagem toda pra manter a carga viva. Antes de ser bluegrass ou low-grass ou sei lá o que, o banjo era africano. A minha mãe me ensinou isso. Era *isso* que eu estava tentando fazer. E pedi para a Maureen entrar nessa comigo porque ela toca banjo bem pra cacete. Eu estava tentando repassar conhecimento pra esses cabeçudos da luta livre". Ela cuspiu num copo e fez uma careta para a estrada. Não ficou claro se estava prestes a gritar ou a chorar de novo.

"Fascinante", disse Sony, assentindo para si mesmo.

"Eu te disse que a ideia era boa", disse Maureen. "E por acaso eu já sabia disso sobre o banjo antes de ela me pedir." Ela começou a esfregar o joelho. "Agora a minha cartilagem foi reduzida a zero. Escuta, você parecia uma estrela de verdade lá, ok? Ninguém pode tirar isso de você."

"Eu *sou* uma estrela de verdade", disse BJ.

Eles viraram à esquerda na rota 4, começando a longa linha reta rumo ao HomeMarket. Maureen deu um tapinha no ombro de BJ. "Você está à frente do seu tempo. Mandou bem, menina." Depois, decidindo que tinha feito seu papel satisfatoriamente, ela pegou o saquinho de Doritos no colo de Sony. "Esse aqui é Cool Ranch, né?"

Eles chegaram ao HomeMarket e BJ desligou o motor. O restaurante estava escuro e os únicos carros no estacionamento eram os de Maureen e Wayne.

"Agora eu preciso de uma erva-de-são-joão", Maureen disse, abotoando o casaco. "Estou ficando deprimida."

"Você e meio mundo", disse BJ.

"Não, sério, dá pra sentir isso chegando. Começa nos meus ombros e vai descendo."

"Até onde?", disse Wayne, cutucando Maureen com o cotovelo.

"Até onde *você* não ia alcançar."

Todos ficaram sentados por um momento, nenhum deles querendo realmente sair.

"Vou pedir uma pizza", BJ disse, decidida. Todos murmuraram concordando.

"Vamos dar uma chance pra eles." Hai apontou para a Sgt. Pepper's do outro lado da rua, a pizzaria resplandecente como uma espaçonave que tivesse feito um pouso forçado. BJ ligou para o número e pediu duas pizzas grandes especiais, sem cogumelo (para Maureen), com queijo extra (para Wayne).

Enquanto ficaram sentados esperando na calmaria aquecida da van, o único som sendo o farfalhar ocasional da jaqueta de alguém, o estacionamento enevoado parecendo um imenso vazio em torno deles, Hai pensou no multiverso de Maureen. Ele se perguntou se havia outra cronologia onde ele também estava sentado numa van em um estacionamento no começo de um novo ano. Se também havia um grupo de pessoas à espera de uma pizza depois de uma longa noite de aventuras desastrosas. Se a luta livre e os romances não eram meramente o resultado de pessoas tentando criar outro universo onde elas fossem versões mais heroicas, pacientes e capazes de si mesmas. Ele se perguntou se a aparência deles seria a mesma — se a mãe dele continuaria se deitando no chão ao lado da própria cama, olhando para o teto com os mesmos sonhos que tinha neste mundo. Ele pensou em Grazina, que devia estar caindo no sono diante da tevê, com uma bandejinha vazia de Stouffer's no colo, e a tia Kim na sua cela na Penitenciária de York, com a colega de beliche roncando embaixo dela. Ele pensou na Bà ngoại e em Noah, ambos transformados em cinzas na atmosfera. Pensou nos porcos que tinha matado algumas semanas antes, em seus cílios imensos se agitando com os últimos pensamentos.

"A pizza está chegando!" BJ encostou o polegar no para-brisa. Uma pessoa estava vindo a pé da Sgt. Pepper's, com uma bolsa térmica pendurada no ombro.

"Estou morrendo de fome", disse Sony, se ajeitando no banco.

Ao se aproximar da van, a pessoa que estava fazendo a entrega diminuiu a velocidade, depois parou a uns três metros do para-choque. Era uma moça vestindo um moletom com capuz da UConn, o cabelo preso num rabo de cavalo debaixo de um boné vermelho. Primeiro os ombros dela começaram a tremer, e o vapor saía de sua boca. Depois ela tirou a caixa da pizza.

"Que porra é essa?" BJ jogou os braços para o alto. "Ei! Pra que isso?"

"Será que ela está com medo?", Hai perguntou. "Não é melhor você sair e entregar o dinheiro pra ela?"

BJ suspirou e estava prestes a abrir a porta quando a menina arremessou uma das pizzas com toda força no carro. Todos gritaram quando a pizza aterrissou, com o queijo para baixo, no para-brisa. Depois ela fez o mesmo com a outra pizza, que se dobrou como uma luva por cima do retrovisor lateral.

"Não é de estranhar que eles não tenham clientes!", gritou Maureen.

A menina marchou até o lado de BJ e começou a gritar. De perto, não parecia ter mais do que quinze anos. Embora a voz dela fosse abafada pelo vidro, a equipe entendeu a maior parte. O caso é que ela tinha pirado quando descobriu que estava entregando pizzas para os funcionários do HomeMarket. "Isso é um tipo de piada pra vocês? Vocês colocam um cartaz gigante de bagels de pizza de manhã, como se já não estivessem roubando nossos clientes com aquele frango nojento de vocês! E agora querem pegar a única coisa que a gente vende? O meu pai trabalhou muito pra montar essa porcaria!" A sacola térmica oscilava ao vento enquanto ela falava. "Vocês são uma merda de franquia estúpida. E nem têm chá-verde! Nada disso importa pra vocês. A gente só tem uma loja. Sempre tivemos." A voz dela ficou embargada e ela teve que parar.

A equipe ficou se olhando, piscando. A menina ia dizer mais alguma coisa, mas desviou o olhar, rumo ao vazio sinistro do outro lado da rua, enquanto o rio corria em algum lugar além daquilo.

"Vão comer esses bagels estúpidos de vocês." Ela mostrou o dedo do meio e atravessou o estacionamento correndo, com a sacola vazia se debatendo atrás de seu corpo enquanto ela se movia.

"Certo", Maureen declarou. "Eu vou nessa. Isso é um sinal para eu ir pra cama."

"E eu estou com a minha injeção de insulina atrasada", Wayne acrescentou.

Depois disso, ela e Wayne saíram e foram se arrastando, seus boas-noites cada vez mais baixinhos à medida que chegavam perto dos próprios carros. Antes de seu Fusca sair do estacionamento, Maureen abriu uma janela e gritou: "A sua mãe e o seu pai estavam felizes, BJ. Eu vi com os meus próprios olhos. É só isso que importa." O carro acelerou antes que BJ pudesse responder. Ela ficou ali sentada olhando para a pizza grudada no para-brisas. "Foda-se." Ela abriu a porta, pegou uma fatia do vidro e a examinou. "Ainda está boa. Querem?"

"Claro."

"Sony?" Ela passou uma fatia morna para cada um, e eles ficaram sentados mastigando em silêncio.

BJ afastou a fatia do rosto. "Nada mal. Na verdade, tipo, é bem bom até. Cacete." Hai e Sony concordaram com a cabeça.

"Sabe qual é o meu tipo favorito de luz?", Hai disse depois de um tempo, mastigando e olhando para o luminoso da Sgt. Pepper's.

"Qual?", perguntou BJ.

"Aquela luz que sai de um micro-ondas aberto num lugar escuro."

"Como é?" BJ olhou para ele por cima da pizza.

"Não sei explicar. Mas é o tipo de luz que te faz pensar nas pessoas. Você se sente ao mesmo tempo perdido e em paz com tudo, e fica com vontade de ligar pra alguém sem ter motivo."

"Por que vocês dois são tão *esquisitos*?" Ela deu uma última mordida. "Todos nós precisamos dar o fora dessa cidadezinha morta. Tem uma luz que te atrai pra longe daqui?"

Sony se virou para sua heroína com um olhar magoado. "Mas eu adoro este lugar. Felicidade do Leste é o melhor lugar do planeta. A gente tem dois McDonald's *e* um GameStop. Quem pode dizer o mesmo? Só Nova York, provavelmente. Mas lá é barulhento e sujo demais. A gente também tem uma expectativa de vida mais alta do que o Mississippi inteiro." Ele se virou para Hai. "Setenta e quatro vírgula seis anos. E, além disso, quando eu precisei de um lugar pra ficar, a prefeitura me ofereceu um quarto no Centro Meyer. De graça."

"Você está brincando comigo? *Este* lugar?" BJ olhou pela janela. "Onde arrastam meninas num carro por, tipo, quinze quilômetros e ninguém sabe quem fez isso, nem com todas essas merdas de câmeras? Esse lugar onde neva durante sete meses e o verão é um pântano de suor 24 horas por dia, sete dias por semana, com uma tonelada de mosquitos? Onde os shows estão cheios de meninos brancos com bastõezinhos luminosos e os shows de luta têm um monte de caipiras diabéticos? Esse lugar onde ninguém curte música verdadeira, autêntica, nem uma boa técnica de luta?" Ela estava quase hiperventilando. "Não vou ficar aqui pra sempre. Eu..." Ela parou, com a cabeça completamente imóvel. "Que merda é essa?"

Uma figura deformada tinha aparecido na beira do estacionamento e estava indo na direção deles. A neve tinha congelado num pó fino e voava pelo asfalto numa tundra monocromática enquanto a figura, que cada vez mais se parecia com um verme gigante, arrastando a barriga pelo chão, se aproximava. Uma mecha de pelos saía do torso daquele ser, mas não havia traços distintos o suficiente para entender do que se tratava. Hai se inclinou para a frente. "Isso é real?"

"O que pode ser?"

BJ forçou os olhos. "Parece um coiote preso num tipo de saco de lixo. Não saiam. Ele pode ter raiva."

A coisa continuava se mexendo e girando, depois caiu, se enrolando sobre o próprio corpo e se debatendo, aflita.

"A gente deveria chamar o controle de animais", disse Sony. "Certo?"

"Espera. A coisa está indo pra loja." O animal se agarrou à parede de vidro e foi rumo à entrada, onde se colocou em posição fetal perto da porta da frente.

"Ótimo. Um coiote bloqueando a entrada", Hai disse.

Sony olhou para BJ. "Você é a gerente. É dever seu deixar o caminho livre. A gente te ajuda, claro."

"Não sei", Hai disse. "Como você falou, o bicho pode estar com raiva."

"Certo", disse BJ, se recompondo. "Sony, me passa uma daquelas bandejas que tem ali atrás... Essa mesma. Agora, quando eu sair, vocês vêm atrás de mim, estão ouvindo? Ninguém faz nada até eu mandar."

Momentos depois, BJ, agachada atrás da imensa bandeja de alumínio, ainda vestida com seu traje amarelo-táxi, o rosto coberto por tinta descascando, abria caminho rumo ao coiote, com Sony e Hai nos dois lados dela, numa espécie de equipe da SWAT pós-apocalíptica. Quando o animal se remexeu, BJ parou e bateu na bandeja, imitando sons de animal para assustar o bicho.

"Vai ver está machucado", Sony disse.

"Provavelmente está congelando." Hai se agarrou à roupa de BJ.

Quando eles se aproximaram o bastante para ver quão grande era o bicho, muito maior do que um coiote, eles pararam. "Ah, merda", BJ sussurrou enquanto a mecha de pelos se erguia do tecido, que parecia ser uma espécie de saco de dormir, e o par de olhos humanos encarou os três por cima do zíper. BJ soltou a bandeja e correu. "É um cara! Digo, você... você é uma pessoa!"

O homem, o rosto barbudo e imundo deformado pelo frio, disse algo ininteligível e tentou se sentar, mas caiu de lado. Ele estava mal, com os lábios intensamente roxos. BJ pegou seu molho de chaves e rapidamente abriu a porta. Depois se abaixou e pegou o sujeito minúsculo nos braços e o levou para dentro da loja enquanto Sony corria à frente dela para acender as luzes.

BJ colocou o sujeito numa mesa de jantar, onde ele continuou enrolado e tremendo. Só quando as luzes acenderam Hai conseguiu dar uma boa olhada nele. "Espera. Você é o cara de baixo da ponte. Você é o cara que fica no celular rindo o tempo todo."

"Normalmente encaro uma noite dessas sem problema." O homem tocou os lábios com as duas mãos, para ter certeza de que continuavam presos ao rosto. "Mas o meu segundo saco de dormir, que é o melhor e que eu deixo do lado de fora, o vento levou barranco abaixo e caiu no rio. Tentei pegar, mas torci meu tornozelo. Vocês..." Ele se esforçou para se sentar, mas não conseguiu. BJ colocou o homem sentado, e a cabeça dele balançou como a de uma boneca de pano na cadeira. "Vocês me viram. Graças a Deus. Digo, graças a *vocês*."

"A gente tem cenoura?", Hai perguntou, se lembrando da teoria de Grazina.

"Nunca vi uma cenoura aqui", BJ disse. "Vai pegar um bolo de milho."

Hai pegou um tanto de bolo de milho que tinha sobrado e que estava num saco plástico sobre o balcão.

BJ instruiu Sony a encher uma panela com água quente para os pés do sujeito. "Aguenta firme, meu chapa. Vou fazer um chocolate quente pra você. Eu podia te dar comida de verdade, mas vai levar uma eternidade pra ligar tudo agora."

O sujeito fez um gesto para que ela não se preocupasse. "Está tudo bem. Só quero ficar em um lugar quente um tempo. Depois eu vou."

"Fique quanto tempo precisar. Aqui." BJ pegou a sacola do homem, desamarrou os cadarços de suas botas sujas e congeladas e enrolou os pés dele, que pareciam raízes, em sua jaqueta amarela.

Sony voltou com a panela d'água. Eles ficaram sentados vendo o sujeito comer, com os dedos tremendo. Ele mordeu o bolo de milho e o rosto dele se abriu, e uma personalidade discernível saiu de baixo do cabelo e da barba engruvinhados, como o desabrochar de uma flor diabólica. Ele olhou para cada um deles. "Uau, isso é incrível." Ele balançou a cabeça, com migalhas na barba, depois colocou mais um pedaço na boca.

"BJ que fez", disse Sony, ansioso para apontar a obra-prima.

"Você que fez isso, meu caro? Caramba." O sujeito balançou a cabeça. "Muito bom, cara."

"Fui eu sim." BJ assentiu, ligeiramente inclinada como se alguém estivesse sussurrando alguma boa notícia secreta em seu ouvido. "É a minha receita." Hai achou ter visto os olhos dela brilharem, mas podia ter sido só a luz. Por baixo da jaqueta, ela estava com uma camiseta preta do HomeMarket que dizia CAMINHADA DE 5 QUILÔMETROS DO HOMEMARKET CONTRA A VIOLÊNCIA DOMÉSTICA: VERÃO DE 2003.

"Quer saber, que se foda", BJ disse, se levantando. "Vou ligar essa grelha e vamos comer como reis hoje. O que acham, meninos?"

"Jesus. Sério? Deus te abençoe, irmão. Deus abençoe vocês todos", o homem disse, enfiando o que tinha restado do bolo na boca. "Espera um minuto." Os olhos dele se arregalaram e apontaram para o rosto de BJ, com a pintura descascando, que ele só percebeu naquele instante. "Quem é você, afinal? Algum tipo de justiceiro?"

"Não, melhor." BJ levantou e pôs as mãos na cintura. "Eu sou a gerente."

18

Hai tinha encontrado um moedor de pimenta extra no HomeMarket naquela manhã e se trancou no banheiro, moendo seus comprimidos em duas pilhas de pó no estojo das lentes de contato. Estava sentado outra vez na sala de espera, com uma carreira de Dilaudid se dissolvendo rapidamente em sua corrente sanguínea. Ele estava naquele ponto, no começo do entorpecimento, em que as mãos zumbiam com um calor que se irradiava, como se os dedos fossem feitos de luz.

Dessa vez o consultório do psiquiatra estava mais vazio, as paredes de algum modo mais distantes. Ele mal conseguiu se virar para ver quando a porta se abriu e uma voz masculina chamou o nome de Sony, o que levou seu primo a se levantar imediatamente.

"Você vem?", Sony perguntou, com o rosto pálido e arrasado.

"Eu acho que sim." Hai passou pela porta atrás do primo, entrando numa sala maior com luzes fortes o suficiente para realizar uma autópsia. O rosto de uma mulher entrou flutuando em seu campo de visão, um rabo de cavalo revelando um conjunto de espinhas na testa cintilante. Só quando ela colocou o dedo no peito de Hai, ele percebeu o uniforme, um distintivo dourado com a inscrição: Sistema Penitenciário Estadual: Est. 1963. Sony tremeu quando as algemas dela chacoalharam batendo nos ganchos de metal da presilha no cinto.

"Tudo bem, amigão? Você está tremendo e isso está me deixando nervosa." Ela se inclinou para inspecionar o rosto de Sony, que estava com os olhos fechados. "Preciso te revistar. Pode ser uma boa ideia ou é melhor eu chamar ajuda?" Ela disse isso olhando para Hai.

"A gente está tranquilo, moça. Meu primo, ele é… ele tem necessidades especiais, só isso. Ele fica nervoso."

"George, pode revistar ele?" Ela fez um aceno para o guarda do sexo masculino.

Hai e Sony ficaram parados, com as mãos para o alto, ainda com os aventais do HomeMarket, o tecido preto manchado de batata-doce e farinha.

"O que é isso?" A segurança tinha entre os dedos um origami rosa de pinguim.

"É pra minha mãe", Sony disse, com os olhos ainda fechados.

O guarda atrás de Hai deu um tapinha de leve no ombro dele e pigarreou para indicar que tinha terminado.

"Pra sua mãe." O pinguim estava deitado de lado na palma da mão. "Bom... pode levar pra ela. Ela está na dezoito."

Ela saiu da frente e os meninos foram andando pela fileira de cabines, depois de deixarem os celulares para trás no detector de metais. As cabines eram separadas por placas de metal para dar privacidade, e eles só viram tia Kim quando entraram no cubículo dela e o rosto dela subitamente apareceu a trinta centímetros de distância, magro e taciturno... Tia Kim pareceu surpresa ao ver Hai. Ela cobriu a boca e desviou o olhar, depois olhou de volta para ele. "Você está tão mais velho, Hai. Meus Deus, já se passaram dois anos, hein? O que... O que você está fazendo aqui?"

Os dois se sentaram no banco de plástico parafusado ao chão. Tia Kim instintivamente estendeu a mão para tentar tocar a mão do filho, mas bateu as juntas dos dedos no intercomunicador. Hai queria evaporar, deixar Sony fazer aquilo sozinho — o que ele tinha a ver com aquilo, afinal? Só concordou em ir porque não queria que Sony andasse sozinho de ônibus por uma hora depois do trabalho. Ele poderia ter ficado na sala de espera e pelo menos aproveitado o entorpecimento que corria por suas veias.

"Como você está, tia Kim?", Hai perguntou, estranhando de algum modo seu vietnamita dentro das paredes de concreto. "A gente quis vir porque é Tết."

"Ah, meu Deus. É mesmo, não é? Como foi que eu esqueci? Como eu não..."

"É só mais um ano começando", Hai disse. "O Tigre é superestimado, de todo modo. Há quanto tempo a senhora está aqui?"

Havia outro guarda parado perto da porta atrás dela. Só mais uma cabine estava ativa, tão longe que eles só ouviam a conversa abafada de um homem e uma mulher, provavelmente namorados.

"Vai fazer um ano em junho. Con trai tôi okay không? Hãy cho Dì biết sự thật nghe." Ela olhou só para Hai.

"Nó vẫn tốt chu. Dì đừng lo. Con coi chúng em mà."

"Eles te dão macarrão aqui, Ma?", Sony perguntou. Ele estava passando um dedo de um lado para outro na cicatriz da cabeça, se acalmando.

Tia Kim forçou um sorriso, feliz com aquela pergunta vinda de um rapaz que raramente perguntava como alguém se sentia. Eles conversaram fiado, baixando a voz toda vez que o molho de chaves do guarda tilintava quando ele passava o peso de uma perna para a outra. Tia Kim contou sobre seus dias ali. Como a cadeia parecia para ela uma quadra coberta, como aquelas de sua infância em apartamentos no Vietnã. Contou como as mulheres andavam para lá e para cá em ilhas de alianças e amizades, jogando cartas, fazendo tranças umas nas outras, vendo o programa da Ellen DeGeneres, algumas simplesmente jogadas por horas, encostadas numa parede, esperando — seus olhos fixos no nada enquanto ela falava.

Hai observou os traços dela, estreitados nas extremidades, não angulosos como eram antes, os cabelos puídos e com centenas de mechas grisalhas que escorriam selvagens rumo aos ombros. A sagacidade férrea, cortante e abrupta que ele conhecera não existia mais. Das duas irmãs, ela sempre tinha sido a rebelde.

"No começo todo mundo achava que eu era nativa americana", ela deu uma risadinha. "Acho que sou a primeira vietnamita que viram aqui."

"O que ela disse?", Sony perguntou em inglês. Ele estava com um dos joelhos apertado contra o peito e mexia num furo do avental.

"As pessoas confundem a sua mãe com uma nativa americana aqui", Hai contou, e Sony assentiu sem olhar para ela.

"Como está a sua mãe?", tia Kim perguntou, se ajeitando na cadeira. "Ela não sabe que estou aqui, sabe?"

Sony e Hai se olharam e fizeram que não com a cabeça.

"Ótimo. A última coisa de que eu preciso é que ela saiba que a irmã malvada está na cadeia. Ela ainda tem aquele chaveiro que dei pra ela? Aquele da Louis Vuitton?"

No chaveiro da Ma havia um pingente do tamanho de uma caixa de fósforos feito para parecer uma miniatura de uma bolsa Louis Vuitton. A bolsa girava na fechadura toda vez que ela abria a porta ao chegar em casa depois do trabalho. Tinha até um fecho que você podia abrir, embora não desse para colocar nada lá dentro, inútil como um objeto de casa de bonecas.

"Comprei de aniversário para ela antes de ir para a Flórida, antes da nossa briga." Tia Kim meneou a cabeça, sorrindo. "Ela sempre quis uma bolsa da Louis Vuitton e eu queria comprar uma de verdade. Andei pela loja da LV no shopping, depois de economizar por meses, dei uma olhada nos preços e soube que nunca ia poder comprar. Fiquei tão constrangida, andei pela loja pegando as menores coisas que vi, até os itens ficarem cada vez menores conforme eu ia chegando perto do caixa. Àquela altura todos os vendedores sabiam que aquele não era o meu lugar." Ela direcionou um olhar murcho para os meninos. "Acabei pegando o chaveiro de uma pilha no caixa. Sabe quanto custa um chaveiro na Louis Vuitton? Duzentos e cinquenta dólares. Provavelmente o chaveiro mais caro do mundo." Ela lambeu os lábios partidos. "Sou uma burra. Mas pelo menos posso dizer isso, que eu comprei para a sua mãe o chaveiro mais caro que o dinheiro pode comprar. E ela adorou. A semana toda ela ficou dizendo: 'Você comprou uma Louis Vuitton de verdade!' Bom, o que posso dizer? Eu comprei mesmo."

"Ela continua usando", Hai garantiu. "Mesmo agora."

Tia Kim assentiu. "Ei, docinho", ela disse para Sony, mudando a voz, "quer ir comprar um refrigerante para o seu primo na máquina de refrigerantes ali? Ele veio de longe…".

Hai pegou dinheiro no bolso, mas Sony já tinha se levantado, feliz, ao que parecia, de ter uma tarefa que não fosse olhar para o chão. "Senhora, sim, senhora", ele disse batendo continência e saiu apressado.

Quando Sony não tinha mais como ouvir, tia Kim baixou a cabeça na direção do intercomunicador e massageou as têmporas. "Escute." Os olhos dela estavam apertados, quase fechados. "Preciso esclarecer uma coisa com você."

"Tia", Hai se inclinou para a frente, embaçando o vidro com o hálito. "Sei que você e a mãe não estão se falando, mas juro que ela não está brava. Ela só está... Sei lá... perdida."

"Ela? Perdida? Olha pra *mim*. Estou num bote sem remos no mar. É assim que eu me sinto longe dele. Quero saber como Sony está se saindo, mas tenho medo de perguntar. Toda vez que ele vem a gente só fala sobre essas coisas de guerra que ele gosta ou fica falando sem parar sobre esse emprego que ele tem com os frangos." Ela se recostou na cadeira e meneou a cabeça. "Eu só... Por que ele não pode ser um gênio da matemática ou algo assim, sabe? Não é isso que a doença faz com outros meninos? Eles não viram meio que prodígios? Alguma coisa útil?"

"Não é uma doença. E ele sabe mais de história do que qualquer outra pessoa que conheço. Ele é inteligente. Muito mais do que eu, e eu não estou falando só por falar."

"Eu sei, mas... Ah, que merda." Ela cobriu o rosto com as duas mãos. "O que foi que eu fiz? Vou pagar por ter sido uma mãe de merda. Ele parece tão cheio de segredos. Como dei à luz um estranho? Esses anos todos e eu ainda não conheço esse menino."

"Pare."

"Mas escute. Eu só quero te dizer isso. E por favor, por favor, mantenha entre nós." Ela olhou para a fileira de cabines vazias, piscando com os olhos úmidos. "O pai do Sony, Minh. Bom... ele era um homem estranho. Sony adorava ele mesmo assim... e eu devia ter te contado isso muito tempo atrás." Ela baixou a voz até quase sussurrar. "Mas o pai do Sony, o seu tio Minh, morreu."

O banco de plástico rangeu quando Hai se encostou no assento. "Tipo morreu *mesmo*?"

"Faz quase quatro anos."

"Você está falando sério? O tio Minh?", Hai sussurrou.

O pai de Sony tinha sido encontrado numa floresta perto de Brattleboro numa manhã de fevereiro, tia Kim disse. O carro dele estava estacionado depois das primeiras árvores, no fim de uma trilha. O carro estava carbonizado, depois de ficar queimando a noite toda sem que ninguém soubesse de nada. "Dizem que foi um vazamento de gasolina no tanque que pegou fogo quando ele acendeu um cigarro. Ele tinha o costume de parar perto da estrada e fumar e ficar pensando, mesmo quando estava comigo. Mas eu... eu não sei..." Ela sacudiu a cabeça, o rosto cheio de dúvidas e desorientado. "Ele andava..."

"E você nunca contou pra minha mãe?"

"Ela não fala comigo. E eu estou na *cadeia*."

"Então o Sony não faz nem ideia? De nada?"

O silêncio dela disse *Sim*.

"O que eu devo fazer?"

Os passos de Sony se aproximaram, o barulho da garrafa de refrigerante abrindo, a Sprite sobre o balcão. Por um momento, o chiado da garrafa foi o único som, o casal na outra cabine mais adiante tendo encerrado a conversa havia muito tempo.

Tia Kim sorriu apenas com a boca. "Vai, toma." Ela fez um gesto na direção de Sony. "Mandei você comprar porque eu sabia que você estava com sede."

Isso fez Sony sorrir. Ele se sentou e tomou segurando a garrafa com ambas as mãos. "Você está sempre pensando, mãe", ele disse em inglês. Depois: "Ei, será que posso ir ver o pai mês que vem? Tenho três dias de folga para tirar. Ele escreveu sobre o emprego novo no correio no mês passado, e eu queria ver ele de uniforme. Mudaram para camisa branca ano passado."

Tia Kim limpou o nariz com a manga do macacão. "Não sei. A gente devia deixar ele trabalhar. Lembre, ele também tem aquela mulher. E os filhos dela."

"A Maria é dona do maior restaurante mexicano de Vermont", Sony continuou. "Ele me falou disso também."

"Dá pra esperar um pouco?", ela disse isso num tom que fez o molho de chaves do guardinha chacoalhar. "Não dá pra esperar pelo menos a sua mãe sair daqui antes de ir ver aquele sujeito, que está livre e vivendo a vida dos sonhos lá fora?"

O guarda olhou o relógio e anunciou que eles tinham mais três minutos.

Os olhos de Sony estavam voltados para o chão. "Não vou sentir ódio por ele só porque você sente."

"Eu não tive juventude, está me ouvindo? Você foi para a escola. Não quer ter um diploma? Ter um pedaço de papel e ser alguma coisa na vida além de ficar falando dessa bobajada da Guerra Civil o tempo todo? Eu..." Tia Kim desviou o olhar e respirou fundo. "Eu nunca tive a chance de estudar e falhar num teste, e depois ir para a biblioteca com os meus amigos para estudar de novo. Para melhorar. Não tenho uma segunda chance. Só você. É isso. Você é a minha segunda chance." Ela estendeu os braços, o macacão marrom grande demais fazendo com que ela parecesse uma criança velha demais. "Eu tive você com dezessete anos. E precisei trabalhar na fábrica de armas da Colt junto com o seu pai." Sony só entendia parte do vietnamita, mas não era necessário. Ele conseguia entender. Por instinto, ele tinha se protegido com uma mão para não olhar a mãe nos olhos.

Ela baixou os braços. Hai pegou a Sprite e bebeu enquanto o guarda pigarreava.

"O seu pai não foi um bom homem." Ela ergueu o queixo. "Mas ele sempre te amou. Não vou negar isso."

"Estou treinando para ser guarda no Túmulo do Soldado Desconhecido. É mais difícil até do que entrar para os Fuzileiros Navais, e eu..."

"Tempo!", o guarda disse. "Encerrando, nove-dois-quatro."

Só então Hai viu o número bordado no peito da tia.

"Fiz isso pra você." Sony pôs a mão no bolso da calça e mostrou o pinguim cor-de-rosa sobre a palma da mão. Ela viu a ave de papel deitada de lado, seu olhar suavizado e distante. "É um pinguim rosa. Vou passar para o guarda e eles vão passar pelo raio x e você pode receber ele amanhã."

Ela balançou a cabeça. "É lindo, meu amor. Ei, ei, olha pra mim agora. Você é mais forte do que imagina. Está me ouvindo?"

Tia Kim ficou em pé bem quando o guarda abriu a porta de ferro que levava para o interior da penitenciária. "Se a sua mãe perguntar, diz que eu estou bem", ela disse para Hai por cima do ombro. "Diga que ainda estou na Flórida e que tenho um carrão e tudo mais, tá bem? Um Honda. Diz que tenho um Honda e..." Mas a porta fechou e de repente o único som no ambiente era o chiado da Sprite entre os dois.

Os primos saíram lentamente para a noite fria enquanto a porta de dois centímetros de aço se fechava atrás deles. Os dois ficaram parados em meio ao imenso silêncio que os envolvia, o céu no alto borrado de estrelas. O presídio era cercado por quilômetros de um imaculado deserto de gelo, cheio de florestas de pinheiros, brejos e áreas de preservação — o cheiro de terra vinha das árvores ali perto e enchia o ar. Tudo que a penitenciária produzia e usava estava agora novamente lacrado, nem mesmo o cheiro de água sanitária e desinfetante dos corredores esfregados passava pelos portões.

"Tem mais estrelas do que eu lembrava", disse Sony.

Antes que Hai pudesse responder, ele já estava atravessando o gramado na direção do estacionamento. O vento estava cortante e eles foram andando grudados um no outro, seguindo a cerca de arame farpado na direção do ponto de ônibus, os aventais voando como hábitos de frades numa fábula medieval.

"A que horas passa?", Hai perguntou quando os dois entraram tremendo no vestíbulo de vidro.

"21h02." Sony abriu o celular. "Daqui a meia hora."

Hai pegou seu exemplar de *Os irmãos Karamázov* e folheou o livro, que já estava na metade. Ele tinha chegado ao trecho em que eles carregam o caixão do adolescente Ilyusha pela igreja em ruínas para o enterro, e tinha parado semanas atrás, incapaz de continuar. "Sabe", disse Hai. "Dostoiévski pôs o nome do protagonista, Alyosha, em homenagem ao filho dele, que morreu de epilepsia com três anos. Ele fez desse o personagem mais bondoso do livro e...” Hai balançou a cabeça, sem saber aonde queria chegar com aquilo.

“Ei, quando você virar escritor, você pode...”

“Eu não sou escritor.” Hai enfiou o livro na jaqueta. “É só uma coisa que eu falava. É só brincadeira, tá legal?”

“Bom, você pode aprender, não pode? É por isso que foi para a faculdade, pra aprender as coisas rápido.”

“Sony.” Hai olhou fixamente para a mata do outro lado da rua coberta de gelo, os espaços entre os troncos de bétula tão pretos a ponto de parecerem pintados com caneta marcadora. “Olha, encosta em mim. Vai. Pega aqui.” Ele levantou o braço e Sony apertou, cauteloso. “Mais forte. Está vendo? Essa é a única coisa real sobre mim, o fato de eu estar aqui do seu lado neste ponto de ônibus. É isso. O resto todo, o que eu faço, o que eu fiz, os objetivos e as promessas, essas coisas são, tipo, fantasmas. No caso da maioria das pessoas, os fantasmas ficam do lado de dentro, esperando para sair flutuando quando elas morrerem. Mas o meu fantasma está em pedaços.” Ele apontou com o queixo para as árvores espalhadas. “Está em toda parte, agarrado em cada lugar onde fiquei preso. Entende?” Hai fez uma pausa. Ele jamais havia verbalizado isso antes, e a súbita clareza o deixou enjoado. Aquilo estava diante dele como um buraco escavado à perfeição, as bordas imaculadas e em ângulos perfeitos. “Eu não tenho mais nada. Você não entendeu ainda? Não tenho nada nem do tamanho dos seus pinguinzinhos de papel. Então pare com essa história boba de faculdade.”

Ele se arrependeu imediatamente do que tinha dito.

“Ei, eu não quero te assustar. Só estou cansado. Esse lugar é esquisito.” Ele se curvou e escondeu o rosto nas mãos.

“Mas eu não entendo”, Sony continuou. “Isso não é um sonho seu?”

Hai queria falar mais, contar tudo para ele, mas não tinha forças. “A sua mãe vai ficar bem. E é só o que importa.”

Sony tomou um gole de Sprite. “Mas você não tem como controlar a sua mente. Mesmo que ache que deveria, não tem como.” Ele estava sussurrando — e por algum motivo Hai teve medo de ver qual era a aparência do rosto do primo enquanto ele dizia aquilo, e por isso continuou olhando para baixo. "Minha mente só se atrai por algumas coisas", Sony continuou. "Às vezes quero que ela se atraia por outras coisas. Tipo minhas sessões com os terapeutas, os nomes das pessoas que eu vivo esquecendo, o modo como alguém está se sentindo sobre a CNN ou os Patriots, a hortinha no parapeito da janela que o Wayne ama tanto… a minha mãe. A sua mãe. Mas essas coisas não aparecem, não me escolhem. Elas me deixam de fora." Ele fechou o zíper do casaco até o queixo. "Às vezes eu quero pensar em ser bom, mas isso não me escolhe. Simplesmente não acontece. Não sou bom em ser bom."

"Isso pode mudar", Hai disse. "Isso se chama crescimento, aprendizado. As pessoas podem…"

"Mas as verdades não mudam nunca. Só as mentiras."

"Algum general tonto disse isso?"

"Não, foi a BJ."

Hai aceitava tanta coisa em Sony que jamais aceitaria em outra pessoa, ele percebeu. O primo podia dizer qualquer coisa e ele ia levar a sério. Sony podia estrangular alguém com as próprias mãos e Hai ia se sentar ao lado dele num ponto de ônibus convencido de que não havia outra saída, com uma pá nas mãos.

Sony estava tentando entender uma coisa. "Mas você escreveria alguma coisa sobre mim? Tipo numa história ou algo assim?"

"Não sei."

"Bom, se escrever", ele riu, nervoso, "não fala da minha verruga, ok?".

"Certo." Hai concordou com a cabeça, mas sua mente estava em outro lugar. "Ei, você acha que uma vida que você não consegue lembrar pode ser uma boa vida?" A pergunta soou quase tola em voz alta. "Digo, tipo…"

"Sim", disse Sony.

"E por quê?"

"Porque outra pessoa vai lembrar."

Ao dizer isso, Sony passou a mão pelo ar na frente deles — tão rápido que Hai recuou. "Que foi isso?"

"Uma mosca." Ele colocou o punho diante do rosto de Hai e abriu a mão. "Uma mosca imaginária."

"Você pegou?"

"Não." Sony negou com cabeça, olhando para a noite imensa à sua volta. "Ela escapou."

Eram quase dez e meia quando o ônibus os deixou em Felicidade do Leste. Depois de levar Sony na garupa para casa, sentindo a exaustão se infiltrar em sua medula, Hai atravessou o parque pelo campo de beisebol, a lama tão densa e profunda que ele precisou descer e ir empurrando a bicicleta pelo resto do caminho. Só quando o beco sem saída surgiu, junto com a casa cinza de poluição e neblina, ele se lembrou de por que tinha ido.

Hai largou a bicicleta e se sentou na sarjeta do outro lado da rua. A casa estava em silêncio, as cortinas de renda tornavam difusa a luz com seu véu de sonho. Ele tinha prometido a Grazina que ia ver sua mãe naquela noite para desejar a ela um Feliz Ano Lunar. "Vai, vai", Grazina tinha dito. "Vai abraçar sua mãe e agradecer. Acredite em mim, só agradeça. Não precisa explicar nada."

O plano era pôr a mãe a par de sua importante vida em Boston. Ele chegou a inventar uma anedota sobre a dissecação do fígado de um porco usando o que viu no abatedouro para dar verossimilhança, chegando até o tremor dos cascos. Mas agora, parado e tremendo de frio em frente à casa que eles compartilharam, o desejo de ver o rosto da mãe repentinamente se esgotou. Esvaziado da convicção necessária para desempenhar algo verídico, ele decidiu, no último minuto, ligar para ela em vez de entrar — e sendo assim discou o número que sabia de cor, enquanto os caminhões enormes rugiam atrás da grade de proteção da estrada e o telefone tocava.

"Ma?"

"Ah… é você!", ela disse, surpresa! Uma sombra sutil no quarto do andar de cima ocupou a moldura da janela. Ela devia estar dormindo e tinha sentado na cama. "É tão tarde. Você está acordado estudando?"

"Bom, eu só... Eu só queria desejar Feliz Têt. Imaginei que como você está sozinha e tal, e eu..." Ele ouviu uma voz no fundo, uma voz de mulher, em tom de pergunta, e se deu conta que a sua mãe tinha contido o riso quando atendeu.

"Você está aí, Hai? Acho que o sinal está ruim... não tem torre de celular perto dessa rodovia."

"Estou aqui." Ele engoliu, olhando para a janela. "E sim, estou na biblioteca do curso de medicina. Fica aberta a noite toda. Ei, desculpa não ter ligado antes. Eu só..." Ele se sentou num sofá encharcado que estava na calçada, a espuma amarela saindo pelas laterais. "Só estava cheio de coisas pra fazer."

"Ah, não tem problema."

"Só queria ser o primeiro a te desejar Feliz Ano-Novo. Então, Feliz Ano-Novo, Ma."

"Pra você também, filho. Você cortou uma mecha de cabelo hoje?"

"Merda", ele disse em inglês.

"Não diga uma coisa dessas numa biblioteca! Que tipo de médico fala assim?"

"Corto amanhã. Juro."

"Eu cortei hoje, do tamanho de um dedão. A gente tem que deixar as energias ruins do ano que passou pra trás, sabe? Tem que se livrar desse peso. E tem muito peso."

Ele assentiu olhando para a sombra dela na janela.

"Ei, Hai?" A voz dela estava ofegante. "Eu queria te dizer isso quando você estava aqui, mas só... sei lá... tinha tanta coisa acontecendo e..."

"O que foi?"

"Estou realmente orgulhosa de você aproveitar essa oportunidade. De tudo. Digo, não só de aproveitar a oportunidade, mas por ter criado a própria oportunidade. Você foi lá e fez acontecer. Sabe, a minha vida toda, depois que você nasceu e seu pai me abandonou, eu fiquei pensando que ia aparecer alguma coisa, e simplesmente não aconteceu. Sempre achei que alguma coisa ia parar na minha frente como se fosse um barco enquanto eu esperava na praia com o meu filho e a minha mãe, com nossas malas prontas. Mas nunca aconteceu comigo e…”

“Mãe, não.”

“Não, me deixa terminar. Nunca te digo nada, e isso eu preciso dizer. A verdade é: nunca aconteceu comigo, ok? Às vezes você precisa de sorte, mas também de coragem. E eu não tinha nenhuma dessas duas coisas. Mas você tem. Você abriu o seu próprio caminho usando só a inteligência. Ninguém te ajudou. Sei disso, ok? Só saiba que a sua mãe sabe disso.”

Houve uma longa pausa enquanto eles deixavam as palavras pairarem na rua entre os dois.

“Estou tentando”, foi só o que ele conseguiu dizer, a umidade fria do sofá atravessando sua calça. Ele ouviu a mulher falando no fundo, e na janela uma sombra ainda mais sutil se aproximou da silhueta da mãe. “Ei, tem alguém com você? Eu acho que ouvi…”

“Ah.” Ela forçou uma risadinha. “É só a sra. Do. Você sabe, do salão. Ela também mora sozinha, então a gente decidiu fazer companhia uma pra outra hoje. Fica menos triste assim.” A sombra da sra. Do se sentou ao lado da sombra da mãe dele.

“Boa sorte nos estudos, Hai!”, a sra. Do gritou de onde estava. “Estamos todas superorgulhosas de você.”

“Agradece a ela por mim, por favor”, ele disse.

Pela janela do andar de baixo, ele viu a luminária que a mãe deixava no balcão da cozinha. Debaixo dela, num pote de biscoitos de cerâmica com formato de macaco, era o lugar onde ela guardava as gorjetas, enroladas no formato de centenas de cigarros e enfiadas no pote. Quantas vezes ele tinha acordado no silêncio imenso e latejante que antecede o nascer do sol, se arrastado até a cozinha para erguer a cabeça do macaco e pegar alguns rolos antes de ir ao Baleiro?

“Ah, na verdade, eu queria te perguntar uma coisa”, a mãe dele disse. “Qual é a diferença entre Suz-anne e Susan?”

A mãe dele, assim como as colegas de trabalho, usava um nome americano no salão. A crença era que quanto mais “familiar” o nome fosse, mais gorjetas você receberia. Por anos, ela foi Julie, depois Stacey, mas depois de um tempo ela achou que o som do *e* longo no final deixava esses nomes infantis, e por isso nos últimos tempos era Susan.

"Não sei. De qual você gosta mais? Mas, sim, são dois nomes diferentes. Acho que Suzanne soa mais antigo, como algo de outra época."

Ela pensou no que ele disse. "Foi o que a sra. Do falou também. Ela usa o nome Lucy. Mas eu gosto de Suzanne. Fica forte no fim — você consegue perceber isso?"

"Realmente fica."

"Sabia que ia me entender." Ela deu uma risada entrecortada.

"Te amo", ele disse em inglês, a voz de algum modo estranha para ele, o Dialudid perdendo efeito rapidamente.

"Também te amo. Bom, vou indo, ok? A gente tomou o Hennessy da sra. Do e a minha cabeça está girando." As bordas das sombras delas se tocaram enquanto elas riam.

"Certo. Feliz ano-novo, Ma."

"Feliz ano-novo, meu filho."

Antes que Hai pudesse ver as silhuetas se moverem, os raios da bicicleta zumbiram debaixo dele, e ele já tinha se afastado meia quadra, sentindo a brisa fria e suave da noite em sua testa. Hai pedalou por um tempo pelas ruas escorregadias de orvalho, as árvores de fevereiro como esculturas de madeira entalhadas em outra era. As fachadas de lojas ficaram para trás à medida que ele entrava no profundo silêncio das ruas suburbanas — as luzes ainda acesas em um, talvez dois cômodos de cada casa. Existe uma impressão que as velhas cidadezinhas de Connecticut causam em você quando passa por elas à noite. Esvaziadas, implodidas e, no entanto, mantendo depois desse esvaziamento e dessa implosão um silêncio potente, tocadas por uma inexplicável beleza, como se o exterior repentinamente tivesse se transformado numa imensa sala de estar. E você sente que pode se sentar debaixo da luz sincera de um poste de iluminação pública sem que ninguém o incomode ou o mande sair dali, porque eles sabem que você está ali por algum motivo. Que foi levado àquilo por suas dívidas, seu sangue ou seu suor, e os carros salpicados de prata pela geada passam por ruas cujos nomes homenageiam milionários brancos de que ninguém mais se lembra. Que tédio, ele pensou, ser mais um garoto querendo se livrar da poeira da cidade natal que gruda nas roupas, voando como uma fagulha do cigarro de sua mãe. Ele flutuou por ruas vazias, com os olhos umedecidos pelo vento gelado. Passou por casas cheias de luz acolhedora e imaginou as pessoas lá dentro, sentindo a cabeça cada vez mais borrada com a ideia de que elas estavam agarradinhas em suas pequenas salas de estar cheias de mobília e de vozes que rompem a luz das roupas nos comerciais da tevê, o noticiário, sua série infinita de abjeções, seus corpos protegidos, temporariamente, da intolerância da luz do dia e de sua procissão de trabalho e enganos. Seu corpo era atravessado por fantasias de estar entre eles. Hai imaginou todos os garotos que queria conhecer deitados insones em seus quartos pequenos e cheios de coisas, os pôsteres encurvados e os troféus lascados, os cabos infinitos de antigos consoles de videogames, outrora o frágil altar de triunfos adolescentes, hoje detritos da puberdade. Ele andou sem destino pelas quadras, procurando em cada janela um rosto e, sem encontrar nenhum, emprestou seu rosto ao céu nublado, uma cavidade tão vazia que era difícil imaginar que pudesse conter algo, quanto mais revoadas inteiras de gansos. Quando cruzou a ponte Rei Felipe, ele delirava com o desejo de tudo que era inatingível. Vidas inteiras pareciam ao alcance da mão, e viáveis dentro desta vida, depois viravam vapor junto com sua respiração enevoada acima de sua cabeça. As luzes da ponte se espalhavam por toda parte enquanto ele chamava, numa voz tão aguda que o arrancou de seu estupor farmacêutico. "Bà ngoại! Tio Minh! Onde vocês estão?", ele gritava em vietnamita enquanto pedalava. "Tio Minh, Bà ngoại! Vocês estão aí?" Ele queria disparar com a bicicleta e pedalar a noite toda rumo ao horizonte, à procura deles. Se pedalasse forte o bastante, rápido o suficiente, ele pensou, seria possível atravessar o filme do tempo que o mantinha em seu lugar, atingindo uma velocidade de escape lateral, e encontrar os dois sentados sozinhos no estacionamento do McDonald's na Virgínia, com um filé de frango comido pela metade na mão de Bà ngoại, que sorriria para ele. "Vó!", ele gritou em inglês, enquanto largava a bicicleta no número 16 da Hubbard e andava até a porta. "Volta, vó!" Só quando o céu virou de ponta-cabeça diante de seus olhos, ele percebeu que tinha deslizado num trecho de asfalto coberto por gelo e o poste de luz, o último que restava na quadra, estava brilhando lá de cima.

Ele ficou deitado ali por um tempo ouvindo o rio, seu fluxo baixo ao longo das margens, o gorgolejo periódico quando as ondas se revolviam em torno de uma enseada. O som deveria ser o mesmo havia milhares de anos, a única constante, não importava o quanto as pessoas poluíssem. Não importava quanto lixo fosse jogado nas suas profundezas pelas indústrias químicas em Springfield ou Manchester, quantos corpos o rio houvesse engolido e cuspido, limpos como dentes, esse som de seu fluxo rumo ao mar seguia imutável. Ele ouviu a porta de tela se destrancar, abrir, depois passos sobre o cascalho.

"Quem é você? De qual acampamento você vem?" O roupão floral de Grazina se espalhou pela neve quando ela se ajoelhou e colocou a mão em sua testa.

"Meu nome é Hai Sargento Pepper", ele disse, olhando para o poste de luz no alto, "e estou levando a gente para os Estados Unidos".

"Você está ferido?" Ela passou a mão no peito dele em busca de buracos. "Ah, Virgem Maria, ele foi baleado."

"Estou bem." Os comprimidos estavam fazendo Hai se sentir uma âncora sem barco no fundo do mar. "É só que eu... Eu não consigo parar, Grazina. Eu não sei como parar, que droga." Ele começou a chorar em silêncio e rolou, encostando os joelhos na barriga. "Eu não consigo parar."

"Claro que você não pode parar! Você é do Exército dos Estados Unidos. Ninguém para, ninguém deserta, certo?"

"Eu não consigo parar — ah, eu estou tão ferrado. Estamos tão ferrados."

"Certo, certo, espera aqui. Eu sei o que vai ajudar." Ela entrou na casa e voltou momentos depois segurando algo com as duas mãos. Grazina passou algo pela gola da jaqueta de zíper dele, e pouco depois o rádio de mão crepitou e voltou à vida com uma onda de música orquestral — violoncelos, cordas, flautas e clarinetes — saindo do peito de Hai.

Ele ouviu a partitura que se mesclava com o rio, enquanto sua respiração se comprimia nas costelas.

"Calma, calma. Tranquilo, soldado." Ela secou os olhos com a barra do roupão, escurecendo as tulipas. "É só um ferimento nos olhos. Mas o seu sangue está claro, está vendo? Isso quer dizer que a sua consciência está tranquila. Agora isso, isso é a Orquestra Sinfônica Nacional da Lituânia. Eles fazem a transmissão direto de Vilnius, que Deus abençoe seus corações. A música vai fazer você se sentir melhor, soldado, confie em mim." Ela encostou o ouvido no coração dele e escutou, assentindo com a cabeça. "Não se preocupe, Pepper. Deus não vai deixar pessoas boas morrerem. Não hoje."

Ele vasculhou a jaqueta e pegou seu canivete. "Escute, preciso da sua ajuda com uma coisa, ok?"

"Você sabe que eu faço qualquer coisa, sargento."

"Preciso que você pegue isso", ele entregou o canivete para ela, "e faça uma cirurgia no meu cabelo. Aqui, só essa parte. Minha mãe disse que isso tiraria todo o peso".

"Eu não sou enfermeira, mas deixa eu ver."

Ela se aproximou, passou os dedos pelas franjas dele, abriu a lâmina e cortou. Os fios de cabelo preto desapareceram no vento enquanto a orquestra tocava.

19

Era tarde e a rodovia que atravessava os milharais silenciara, exceto pelo zumbido contínuo da chuva no asfalto. Ele deixou a água pingar do rosto na pia e se recompôs. No quarto ao lado, alguém estava assistindo a *American Idol*, os aplausos vazando pela ventilação enquanto ele se olhava no espelho do hotelzinho de beira de estrada, sua franja cortada curta e revelando sua testa alta.

Ele saiu do banheiro e entrou no quarto de trinta e nove dólares do Hotel 6, perto da rodovia Silas Deane, onde um homem estava deitado nu na cama, sorrindo constrangido para ele. O garoto ficou em suspensão por um instante, sem familiaridade com a coreografia do desejo nos hotéis de alta rotatividade. Mas o homem pegou a mão dele e o conduziu até que estivesse deitado sobre o peito peludo, os braços de ambos enganchados como pescoços de cisnes.

O jovem viu a luz amarela dos postes encher o vazio deixado pela orelha que o homem havia perdido — iluminado como uma moeda de ouro. O homem tinha acabado de voltar do Iraque, ele disse quando os dois entraram no quarto, no tom de alguém que pede desculpas. Por um tempo eles deitaram lado a lado, as queimaduras de cigarro no lençol fazendo coçar braços e pernas, a chuva tamborilando nas calhas lá em cima, ambos ejetados na praia de algo grande demais para se definir, encalhados agora um nos braços do outro.

Conforme o homem se aproximava, o garoto falava para a pequena moeda. “Ok, ok”, disse, sem saber o que estava afirmando. Os nervos dele estavam tão à flor da pele sob o aroma quente do homem, que não havia percebido seu erro; então parou e moveu a cabeça para o outro lado do homem, aquele que podia ouvir, e começou de novo. Mas enquanto fazia isso, as costas do homem se retesaram, os músculos fibrosos repentinamente retorcidos sob as suas mãos.

"Não", o soldado disse, colocando a ampla palma de sua mão no rosto minúsculo do garoto, pondo-o de frente para o seu. A chuva lá fora soava, de algum modo, como fogo consumindo folhas secas. "Continue falando na outra. Eu gosto mais da sua voz na outra."

"Mas não tem nada..."

Ele gentilmente levou o rosto do menino de volta à moeda, então menos iluminada. O uniforme do homem, da oficina mecânica Maybelle, estava dobrado na cadeira, com a palavra Tom bordada em letras cursivas vermelhas na altura do peito. O garoto leu o nome em voz alta para a moeda e descobriu o que o nome do homem fazia com os ossos da coluna dele, como as vértebras pareciam se inchar com aquela única sílaba enquanto encontravam seu ritmo de trabalho. Tom, o cliente regular. Tom, que apareceu havia uma semana e ficou sentado escondendo a orelha destruída enquanto comia o prato de vagens, purê de batata e molho de carne que o jovem havia preparado.

O garoto se concentrou no teto, cor de creme e imaculado, a não ser por um único círculo marrom causado pelas prováveis centenas de pessoas deitadas ali onde eles estavam, fumando e pensando, o círculo mais escuro no centro, depois em anéis mais claros à medida que chegavam mais perto da borda. Aquilo que você vê pode não ser o mesmo que sente. E aquilo que sente pode não ser mais real. Em algum lugar dentro dele, o jovem acreditava que essa lei era o que fazia o planeta girar em torno de seu eixo.

Depois, quando ambos estavam sentados na cama, com os corpos úmidos de orvalho enquanto se vestiam de frente para a parede vazia, ele perguntou ao soldado se já tinha pensado em usar uma prótese na orelha, lembrando que sua mãe uma vez tinha feito as unhas dos pés de uma mulher que havia perdido a panturrilha. O garoto olhou para a cavidade de sua bota antes de deslizar o pé para dentro do calçado.

"Eles não fazem próteses em dominicano ainda", o homem sorriu. As próteses que o Departamento de Veteranos ofereceu eram escuras demais ou muito claras. "Mas logo vão ter uma." Ele ergueu a mão, como se fosse sentir o buraco, mas, em vez disso, coçou o queixo. "O que é isso que você está lendo?" Ele fez um gesto na direção do livro que o garoto estava colocando no bolso da calça jeans.

"Só um romance. Sobre uma guerra antiga."

"Provavelmente eu poderia te contar uma ou duas coisas sobre isso."

"Aposto que sim. Quer comer uma pizza? Conheço um lugar que acabou de abrir."

O soldado olhou para ele com um alívio perplexo — depois riu com uma gargalhada tão escancarada e franca, que o outro ouviu um minúsculo grito dentro de si. "Posso comer", ele disse, assentindo para si mesmo. "Posso comer."

Eles se levantaram da cama, o quarto de algum modo mais vazio do que antes. Era tarde, mas não o bastante para alguém estar procurando por eles — e nenhum dos dois se moveu por um tempo.

O sujeito ficou de pé, seu corpo parecendo um pilar, austero, outra vez um soldado; depois ele direcionou ao garoto um olhar enrugado — como se ele fosse uma flecha que acabavam de arrancar do seu flanco.

Na parede, as sombras dele eram tão fracas que podiam ser confundidas com fumaça enquanto o som de aplauso na tevê vazava do quarto ao lado.

Choveu a semana toda. Março chegou com dias frios e ensolarados, água verde-escura passando pelos carvalhos da margem salpicados de geada. O ano de 2010 já ia bem avançado, e o brilho de um novo ano marcando o início da primeira década do novo milênio já havia se apagado, marcado por horrores. O imenso terremoto no Chile em fevereiro tinha causado uma crise humanitária, e a Cruz Vermelha mandava todo dia uma mulher com protetores de ouvido cor-de-rosa na hora de pico do almoço para pedir doações aos clientes. O país ainda estava tomado pela recessão, e a popularidade de Obama já estava minguando depois do esforço para salvar as empresas que eram "grandes demais para falir". No Chipre, três homens foram detidos por roubar o corpo do ex-presidente, e onze tigres siberianos em risco de extinção, de uma espécie que só tinha trinta animais vivendo na natureza, morreram de fome num zoológico chinês. O detetive que cuidava do caso da jovem Rachel Miotti, que tinha morrido arrastada por um carro, com o rosto inchado e olhos injetados de sangue, tinha voltado mais uma vez para interrogar os funcionários e os clientes — e saiu sem nenhuma pista nova.

Como sua mãe trabalhava seis dias por semana em Meriden, na direção oposta da Felicidade do Leste, Hai tinha conseguido evitar de esbarrar com ela durante todo esse tempo. Ele continuava pedalando com a cabeça coberta com o capuz só para garantir, mas, numa noite de quinta-feira, enquanto estava indo comprar Pedialyte para o estômago de Grazina, Hai viu sua mãe na farmácia meia hora antes de a loja fechar.

Ele ergueu os olhos da prateleira e viu a indefectível jaqueta de pelúcia da L.L.Bean, decorada com flores azuis e vermelhas, que ele tinha dado para ela no aniversário de quarenta anos. Ela estava com a cabeça abaixada, olhando para uma embalagem de xampu. Rapidamente ele passou para o outro corredor e ficou imóvel. Ela deu alguns passos na direção dele, depois parou para ler uma mensagem no celular. Através da estreita prateleira que os separava, ele conseguia ouvir a respiração dela, o tilintar dos brincos quando ela mexia a cabeça. Era o mais perto que eles ficavam em meses. "Ma", ele queria dizer, sem ter nada para dizer. "Ma, Ma, Ma." Mas continuou imóvel. Quando ela foi na direção dos fundos da loja, ele correu para o caixa, pagou e pedalou voando para casa.

No número 16 da Hubbard, Grazina estava piorando a cada semana. Ela se virava para Hai enquanto eles estavam assistindo a *The Office* e parecia estar retomando uma conversa de décadas atrás, em boa parte embaralhada, mais ou menos como quem muda de estação no rádio de maneira aleatória. "Você... você saiu e pegou o resto?", ela perguntou séria. "Fez o depósito para as aulas de dança do Lucas? Bom, ela deve ter enchido o carburador para conseguir, você não acha?" Ela também tinha começado a chorar do nada — não um choro longo, mas rápidos derramamentos de lágrimas que terminavam abruptamente, às vezes com uma risadinha sinistra, a memória tendo ido embora mas a tristeza ainda lá, como fumaça saindo de um fogo invisível.

A única coisa que permanecia constante era o HomeMarket, que continuava operando do mesmo modo que no ano anterior, e muito provavelmente como no ano antes daquele. O movimento tinha sido mais fraco nos dois primeiros meses, já que as pessoas estavam mantendo suas dietas pós Ano-Novo, mas a partir de março elas voltaram com toda força, como era de se esperar, e a cuba de macarrão com queijo precisava ser reposta perto de uma da tarde.

Também houve o vento noroeste que, numa noite, prendeu a equipe no restaurante depois da hora do jantar. Meia hora depois, todos eles estavam no salão de refeições cercados por velas esperando a volta da energia elétrica enquanto a neve se empilhava trinta centímetros acima das janelas. O único cliente com eles era a Cherry, que estava largando a heroína, não por escolha, mas porque o fornecedor dela estava na cadeia, e Wayne precisou ir no meio da nevasca até seu carro para pegar sua garrafa em formato de revólver para que ela segurasse as pontas. Quando a garrafa acabou, Maureen compartilhou um copo em forma de Yoda com uísque gelado enquanto cantava, com a voz arrastada e áspera, a introdução do que parecia ser uma antiga canção folclórica irlandesa. "Essa música salvou a minha vida, acreditem."

"Ah, puta que pariu", disse Cherry, pegando o copo da mão dela. "E eu sou a Princesa Diana no sistema de proteção a testemunhas."

Um dia Hai estava varrendo o salão de refeições quando um homem entrou parecendo agitado. Ele era calvo e tinha uma cabeça extraordinariamente pequena se comparada ao corpo, de modo que, se não estava olhando diretamente para ele, parecia que era um punho erguido no canto do olho de Hai. O cabeça-de-punho foi até o balcão, onde ficou parado com as mãos na cintura. Como ninguém reparou nele, bateu a campainha de metal sem parar.

"O que posso fazer por você, meu amigo?", disse Wayne, limpando as mãos no avental.

"Primeiro..." O sujeito falou como se seu nariz estivesse sendo apertado. "Tire as luvas sujas antes de limpar na droga do uniforme. E segundo, onde estão os bagels de pizza?"

Wayne olhou em volta como se o homem estivesse falando com outra pessoa, depois percebeu. "Ah, você é o gerente de relacionamento.

Olá, senhor. Er…" Ele leu o nome na plaquinha de plástico na camisa do homem. "Sr. Vogel! Eu sou o Wayne. Acho que a gente se conheceu no ano passado quando você veio aqui." Wayne estendeu a mão, que foi ignorada.

"Onde está a BJ?" O homem ergueu o queixo, e o punho se elevou em relação ao colarinho. Ele parecia o tipo de homem que usava o uniforme de escoteiro na foto oficial do último ano de faculdade.

"Vou chamar", Hai disse e encostou a vassoura na parede.

Hai bateu na porta do escritório e enfiou a cabeça para dentro. "Tem um cara que parece ser gerente de alguma coisa aí e quer falar com você."

"Um minuto." BJ estava encurvada sobre o teclado minúsculo, subindo uma faixa no SoundCloud. "Espera, *gerente*?" Ela girou a cadeira para olhar para Hai. "Tipo, de camisa azul?"

Hai assentiu.

"Merda." Ela se contorceu para sair da cadeira e foi apressada para a parte da frente da loja com Hai atrás dela.

"Opa, Mitch! O que é que você manda, chefia?" BJ abriu os braços e saudou o gerente de relacionamento com sua voz de atendimento ao cliente, aquela que ela usava quando alguém jogava sobre o balcão um bolinho de carne malpassado pedindo ressarcimento.

"Não vem com essa de chefia. Por que a pizza ainda não está no cardápio? A gente lançou isso faz *semanas*."

"Bom, estamos com dois cartazes no drive-thru e as pizzas estão vendendo bem. A gente só não conseguiu ainda um eletricista para consertar a luz do cardápio na parede, entende? O cara que faz isso pra gente precisou remarcar por causa da nevasca."

Vogel deu um passo atrás, incomodado com a altura de BJ em comparação com seus um metro e sessenta. "Isso não é desculpa. Se não está no cardápio, qual é o sentido? Que tipo de promoção não tem foto do que está sendo promovido? Fotos ativam as glândulas salivares das pessoas e elas pedem mais. Imagens aumentam o giro no balcão em vinte por cento. Você deveria saber disso." Ele fez sua voz viajar para que os outros funcionários ouvissem. "Que espécie de navio você está comandando aqui, Cheryl?"

"É Jean", ela murmurou. BJ tinha o hábito de tocar nos cabelos, como se estivesse dando tapinhas nas próprias costas, quando estava nervosa.

"Curioso, porque na sua *ficha* está escrito Cheryl." Ele alongou o nome para que ficasse mais tempo no ar. A essa altura, Maureen, Sony, Russo e Wayne tinham se aglomerado em torno do balcão. Vogel olhou de soslaio para BJ e continuou com a bronca.

"A gente pode fazer isso, tipo, nos fundos?", BJ perguntou. "E se entra um cliente?"

"Não se preocupe, dona grandona." Vogel sorriu como um aluno da quinta série que tinha acabado de acertar alguém com uma cusparada. "Eu tranquei a loja quando entrei. Sente, Cheryl."

BJ desabou numa cadeira de metal como uma marionete que tivesse os fios cortados. A equipe estava incomodada em ver BJ sendo tratada daquela maneira. Vogel começou a andar de um lado para o outro diante do balcão, com os polegares enfiados nos bolsos da calça.

"Escutem, crianças", ele respirou pelo nariz. "Enquanto a gerente de vocês aqui", ele fez aspas com os dedos enquanto dizia *gerente* "fica arremessando vovozinhas de collant por aí...". Ele olhou para BJ. "Vi o flyer da sua briga de bar lá fora. Colado em propriedade da empresa, aliás. Muito bem, enquanto ela fazia *isso*, um McDonald's novinho em folha acabou de abrir na esquina da Mercer com a Cumberland, a sete minutos de carro daqui. Sabem o que isso significa, pessoal? Você aí", ele apontou para Hai, "você sabe o que isso significa?".

"Mais sanduíches?"

"Você é burro ou está só dando uma de espertinho?" A careca de Vogel ia ficando vermelha conforme ele falava.

Hai deu de ombros — uma parte dele tinha um desejo insano de ser demitido ali mesmo.

"É *concorrência*. Um McDonald's num raio de dez quilômetros de um HomeMarket diminui as vendas em 7,4 por cento. Significa que estamos lutando por nossas vidas aqui!" Ele gritou essa parte tão alto que Russo derrubou o fone de ouvido do drive-thru. "Todas as lojas do litoral Leste que o Bill" — esse era o outro gerente regional — "supervisiona estão lutando para se manter. E adivinha só? A loja em Redding aumentou as vendas de bolinho de carne em quinze pontos. E, enquanto isso, os patetas aqui fazendo lutinhas para uma plateia de gente que abandonou a escola e viciados em drogas." Ele observou suas palavras entrando em BJ, cuja testa estava iluminada de suor.

"É aquele caso não resolvido", BJ disse, olhando em torno em busca de ajuda. "Os clientes não querem entrar aqui sabendo que aquela menina foi pega no estacionamento do outro lado da rua e arrastada pela cidade inteira até a morte, e aquele policial gordo continua vindo aqui, fazendo perguntas pra todo mundo. Isso deixa todo mundo com um gosto amargo na boca."

"Com todo o respeito, sr. Vogel..." Wayne saiu de trás da máquina de refrigerantes. "Redding é um distrito mais conservador, e pelo que ouço, conservadores comem mais bolinho de carne do que progressistas." Depois disso, ele deu um passo e ficou atrás de Maureen, que também deu um passo para o lado para evitá-lo.

"Conservadores comem mais bolinho de carne?", o sr. Vogel disse, com as sobrancelhas tão elevadas que quase chegaram *ao topo* da cabeça de punho dele. "Você está me dizendo que *bolinho de carne* é uma questão política?"

"Este é um distrito que historicamente vota nos Democratas." Maureen balançou a cabeça vigorosamente.

"Bom..." Todos eles se viraram para Sony, que estava de pé atrás de BJ. "Na verdade, existe um argumento para que o bolinho de carne seja, no mínimo, conservador do ponto de vista fiscal." Ele esfregou as mãos. "Afinal, como o filé Salisbury, o bolinho de carne é feito a partir de restos de proteína animal, às vezes com a carne de múltiplos animais. Isso também vale para a linguiça. Historicamente, o hambúrguer era um modo de utilizar restos de carne. Pode-se argumentar que o bolinho de carne é um prato de direita apenas porque as pessoas culturalmente conservadoras tendem a ser conservadoras também do ponto de vista fiscal, embora nem sempre..."

"Essa é a coisa mais *idiota* que eu já ouvi. E o que é essa merda?" O punho apontou para uma forma de bolo de milho recém-assada esfriando. "Tem um *brilho* nessa crosta. Isso significa que tem açúcar demais."

Ele pegou um pedaço, olhou contra a luz, depois pegou um pedacinho da crosta, colocou na língua, engoliu e fez careta. "Jesus! Isso é basicamente um muffin! Como? Se vocês querem vender muffins, vão para o Dunkin' Donuts junto com o resto das mães de universitários."

"Mas, senhor", Sony bateu continência para o homem, que recuou um passo, olhando para BJ em busca de uma explicação, "com todo o respeito, esse é o nosso produto mais vendido. E, além disso, é uma receita especial da BJ e...".

"Dá pra você ficar quieto?", BJ disse. "Deixa o homem terminar. Isso é uma ordem. Mas sim", ela acrescentou, cruzando os braços com orgulho ferido, "nossos clientes adoram esse bolo de milho".

O punho arremessou o bolo, como numa partida de beisebol, no lixo. Russo foi para o banheiro andando nas pontas dos pés, e Wayne, vendo uma brecha, foi na direção da porta dos fundos, pegando a garrafa em forma de revólver no bolso de trás.

"Primeiro de tudo", o sr. Vogel disse, "não se calcula a venda do bolo de milho, já que ele acompanha todas as refeições, portanto essa alegação não pode ser comprovada. Em segundo lugar, por que *você*...", ele apontou um mindinho torto para BJ, "está acrescentando açúcar ao meu bolo de milho? Você quer que os clientes fiquem com diabetes?" O mindinho tinha uma unha comprida, e Hai ficou se perguntando se o sujeito tinha cheirado uma carreira de cocaína no carro antes de entrar, o que explicaria aquela impressionante explosão contínua de energia.

"Já chega", Maureen disse baixinho, mas ninguém ouviu.

"E que porcaria é essa?" Ele fez um gesto na direção da parede de "Funcionário do Mês". "Por que tem uma foto de presidiário pendurada na parede?"

"Esse é um jogador profissional de basquete", Sony acrescentou.

"Sony." BJ cobriu o rosto com a mão.

Vogel conteve um riso de descrença, depois ficou olhando para Sony e piscando. "Certo, certo. Uau. Isso é *realmente* insano. Mal posso acreditar que Bill não viu nada disso. BJ. No escritório. Por favor." Pela primeira vez desde que tinha chegado, Vogel parecia genuinamente triste e desolado. A pantomima agitada deslocara os poucos fios avermelhados que ele penteava para tentar diminuir a careca. Mantidos no lugar por pomada de farmácia, agora pairavam sobre a cabeça como se estivessem debaixo d'água. "E você", ele disse para Hai, "se livre desses papeizinhos dobrados em cima das mesas. O que você está fazendo, varrendo *ar* esse tempo todo? Tem lixo espalhado por todo canto".

"Ah, aquilo não é lixo", Hai disse.

"Aquilo... aquilo são os meus origamis." Sony ficou tenso.

"Se não é relevante para o HomeMarket, é lixo." Ele andou pela loja e foi pegando um a um das sete mesas e jogou no lixo. "Agora abra essa tristeza de loja de uma vez", ele gritou enquanto fechava a porta do escritório.

Sony correu e pegou seus pinguinzinhos do lixo com a ajuda de Maureen. Hai estava irritado demais para se mexer.

"Por que ele foi fazer isso com os meus pinguins?", Sony perguntou, sinceramente confuso.

"Está tudo bem", Maureen disse. "Aqui, esse azulzinho vai ficar bacana depois que a gente tirar a batata-doce."

Hai foi até a porta do escritório e fingiu mexer no relógio de ponto enquanto escutava. A porta não estava totalmente fechada, deixando uma abertura da espessura de um lápis.

"Ei, cara. Olha só", Vogel disse. Ele ia se sentar, mas mudou de ideia. Hai ouvia a respiração pesada de BJ. "Você está bem? Ei, desculpa pela história da Cheryl. Eu não devia..."

"Tudo bem."

"Olha, você sabe que eu tinha que fazer isso, certo? Eu respeito você... Sério, respeito mesmo. Você está com a gente desde, o que, logo depois do Onze de Setembro, certo?"

"Isso."

"E, aliás, eu estava fazendo um grande favor pra *você*, Cheryl. Sabia? Porque no mês que vem", ele baixou a voz a um sussurro, "você vai ter que dispensar pelo menos uma pessoa dessa equipe, talvez duas".

BJ ficou em silêncio, mas a cadeira dela rangeu.

"E o que você vai fazer é botar a culpa em mim. O Bill está fazendo o mesmo discurso em Worcester. Você pode dizer, quando estiver pronta, que o bom e velho sr. Vogel, do maligno escritório central, obrigou você, ok? Boa menina." Ele soltou um suspiro profundo. "Assim você mantém os custos baixos e o moral alto. Até chegaram a mencionar esse método algumas vezes na sede. Deixe a gente da gerência de relacionamento ficar com a fama de mau."

"Obrigada?", BJ balbuciou.

"E, antes que você pergunte, não é negociável. Preciso que faça isso. E não é só a sua loja também, são todas, exceto a de Redding. Lembre, estamos em recessão."

Hai se afastou bem quando a porta se abriu e o camisa azul saiu apressado. Ele não sabia para onde ir e não estava disposto a falar com BJ, então abriu a câmara fria e entrou. Sentado numa caixa de alface, respirou fundo. Hai não sabia quanto tempo fazia que estava ali dentro, mas a certa altura a porta se abriu. Era Maureen. Na penumbra, iluminada apenas por uma luminária, ela não viu Hai e foi para o canto, onde ficou com a cabeça encostada na parede. Sem saber o que fazer, Hai ficou parado. Quando ela ficou por um tempo que pareceu muito longo sem se mexer, Hai finalmente disse o nome dela.

Maureen olhou assustada em volta. "Ah, é você. Por que não disse nada? E por que você está aqui?"

"Por que *você* está aqui?"

Ela tinha nos olhos azuis uma expressão dolorida, o olhar blasé de costume bastante distante.

"Ei", ele se levantou. "Aquele cara foi um boçal, mas a BJ vai ficar bem. E o Sony vai fazer pinguins novos. Ei, ei... o que foi?"

Ela não disse nada e só continuou olhando de um jeito estranho para ele, os olhos enchendo d'água. "Estou meio nervosa."

Ela meio que se virou na direção dos sacos de molho barbecue na prateleira. Ele ficou surpreso com o medo na voz dela.

"Estou com um caroço... no peito." Ela tocou o seio direito. "E eu sei o que é. Minha vó teve isso e a minha tia Patty também, e eu *sei* o que é. Já sabia faz meses." Ela sacudiu a cabeça, e as raízes brancas do cabelo tingido de vermelho apareceram.

"Você pode fazer um exame, certo? As pessoas não põem o peito naquela máquina que parece uma sanduicheira?"

Ela assentiu vagamente, mas parecia que não conseguia ver Hai com clareza. Ela ia dizer algo, mas uma réstia de luz cortou o ambiente em dois e a porta se abriu.

"Por que vocês estão escondidos aí?", Russo disse. "O cara já foi." Ele pegou uma torta folhada imensa da prateleira, com bordas de glacê cor-de-rosa. "Vamos lá, a gente tem um aniversário agendado pra meio--dia. Lembram?"

Maureen e Hai saíram atrás de Russo, que colocou a torta num balcão e acendeu as velas antes de levar para o salão. Wayne, Sony (parcialmente recuperado) e BJ, de novo com o boné, a gravatinha-borboleta de gerente no lugar, lideraram a procissão, batendo palmas enquanto saíam da cozinha cantando "Parabéns pra você", com os rostos transformados em máscaras de alegria enquanto atravessavam os tapetes de borracha e seguiam para as lajotas quentes do salão, onde uma família estava reunida em torno de uma menina com uma coroa cor-de-rosa na cabeça, enquanto a vela com o número seis flutuava na direção dela. A garota dava gritinhos de pura felicidade, olhando para os rostos dos funcionários, depois se virando para os pais — que no máximo tinham vinte e cinco anos —, olhando para eles com o que parecia ser a *invenção* da gratidão, sem nenhuma contenção, a ponto de levitar.

Russo pôs a torta sobre a mesa, com um Band-Aid pendurado na bochecha, e a equipe se balançava enquanto a canção terminava de sair deles, os aplausos crescendo e diminuindo, o pai apertando a mão de BJ, conspiradores naquele pequenino milagre, enquanto "Eletric Feel", do MGMT, começava a tocar nas caixas de som e, por baixo disso, por baixo das risadinhas, o barulhinho dos garfos plásticos sendo repassados para as pessoas e os passos de cada funcionário voltando para seu lugar, a tevê na parede no canto, sua voz anunciando que "múltiplos atentados suicidas a bomba, incluindo um em um hospital, mataram pelo menos trinta e três pessoas e deixaram pelo menos cinquenta feridos perto de Bagdá, no Iraque". E todos continuaram trabalhando, e a família colocou os presentes com embrulhos rosa em volta da menina enquanto Maureen ficou olhando a família comer o bolo por uma abertura nas máquinas de aço inoxidável que compunham aquilo que se chamava de "os fundos da loja". E o inverno acabou.

PRIMAVERA

20

Uma noite, pedalando sobre a ponte ferroviária depois do turno do jantar, Hai percebeu que a casa estava totalmente no escuro. Não era típico de Grazina deixar as luzes apagadas, nem quando estava dormindo, e pela primeira vez o número 16 da Hubbard pareceu mais uma das casas evisceradas da quadra. Ele deixou a bicicleta cair no jardim e correu para dentro. A sala de estar estava iluminada por nesgas da luz dos postes e o interior tão frio que a respiração de Hai pairava diante dele, que estava imóvel, tentando ouvir algum movimento. Se alguém tivesse invadido a casa, chamar Grazina em voz alta seria má ideia.

Lentamente, ele foi até a cozinha, tomando cuidado para evitar os trechos do piso que rangiam, tocando a parede com as pontas dos dedos enquanto avançava. Tirou o canivete da mochila. Na parte de baixo da escada, bateu no corrimão com o cabo e esperou que o ar mudasse. Ainda nada. Ouvia o rio por uma janela aberta no banheiro, mas, depois de subir a escada, encontrou o lugar vazio. Tudo estava impregnado de azul. As cortinas oscilavam aqui e ali no corredor. Ele checou o quarto de Grazina, que estava vazio e horrivelmente silencioso. A cama desarrumada, lençóis amarrotados, a fileira de corujinhas de madeira na cômoda em muda espera e sem se deixar abater pela ausência da dona. O quarto dele, igualmente, estava intocado.

"Grazina", ele chamou, guardando o canivete no bolso de trás. Quando não houve resposta, acendeu as luzes. Às vezes, quando ela estava afundada demais num de seus episódios, uma mudança de luzes bastava para arrancá-la do passado. Ele correu para o andar de baixo e acendeu todas as luzes, chamando pelo nome dela, em pânico. Imagens dela andando sem destino pelas ruas ou pela margem do rio, sobre a ponte, passaram por sua mente. Depois de checar o porão, ele foi de novo até a porta da frente e encontrou os sapatos dela, um velho par de mocassins desbotados, intocados na prateleira.

Pouco tempo depois, ele estava de volta à bicicleta, pedalando pelas ruas vazias, as casas com suas portas saqueadas parecendo bocas abertas enquanto ele gritava o nome dela na direção de seus interiores vazios e escuros. Hai pedalou até o asfalto virar lama antes de enfim voltar. Ele virava a cabeça de um lado para o outro, perdido, vasculhando as árvores, depois olhava para a montanha com sua torre de rádio piscando em vermelho.

De volta à cozinha, pegou o telefone fixo. Ligar para Lucas era arriscado. Se ele soubesse que Hai tinha perdido a mãe dele, tudo estaria acabado — *kaput*. Com a mão no fone, ele gritou o nome de Grazina mais uma vez. Quando só o rio respondeu, ele ligou.

"Como assim 'onde ela está'?", Lucas disparou.

Hai sentiu uma veia pulsando em sua têmpora. "Bom, ela não está... Eu não, eu não..."

"Você está ligando da casa da minha mãe e não sabe onde ela está." Ele soava como se tivesse acabado de se levantar e estava respirando com dificuldade.

"Não."

"E você é o enfermeiro dela. Você é uma fraude, por acaso? Quanto estão te pagando? Quanto *eu* estou te pagando? Ela está no *hospital*, pelo amor de Deus. Como é que você não sabia disso?"

Por algum motivo ele olhou por cima do ombro. "Como? Digo, o quê?"

"Ela caiu hoje de manhã e me ligou no meio de uma crise de mania. Perdeu todos os comprimidos. Onde você estava, afinal?"

"No trabalho. Digo, na... na clínica, o meu chefe tinha ido pegar suprimentos. Hum... um andador novo... Eu não tinha ideia. Ela estava bem quando eu saí, juro."

Lucas estava pensando, calculando, respirando rápido no telefone. "Encontrei minha mãe na despensa com o queixo sangrando", ele disse. "Ela ficou perguntando por você, te chamando de dr. Pepper ou algo assim. Olha..." Ele suspirou do jeito que as pessoas fazem nos filmes quando estão prestes a dizer alguma coisa sem solução: "Ela não tem muito tempo pela frente. Essa coisa do cérebro é rápida, você sabe. Daqui a um ano ela não vai reconhecer ninguém. Seis meses depois, ela vai estar vegetando numa cadeira de rodas. Estou tentando me manter à distância, me proteger, mas continuo sendo o filho dela. Olha, que tal isso: só tente deixar ela confortável até eu conseguir colocar ela no Lar Hamilton, ok? Você consegue fazer isso por mim, amigão?"

"Claro", ele assentiu. "Não vou deixar ela cair de novo."

"Ah, ela vai cair de novo. Não tem como isso não acontecer. Só me garanta que ela vai ficar bem. Por enquanto, apenas organize a casa e me ligue, você tem o meu telefone, ligue se encontrar um vazamento. Essa casa não vale um tostão se estiver tomada por mofo. Não que valha grandes coisas agora", Lucas murmurou. Ele disse para Hai que Grazina voltaria do centro de reabilitação para casa numa ambulância dali a uns dois dias. Hai conseguiu ouvir Clara no fundo perguntando se "é aquele menino" e desligou antes que eles pudessem dizer algo estúpido.

Ele ficou na cozinha escura, os rostos — humanos, em retratos de família, e as corujas — todos o encarando como uma plateia num parque de diversões. Depois ele abriu a bolsa de remédios de Grazina sobre a mesa de jantar, colocou a blusa verde-clara de enfermeiro, fechou sua jaqueta da UPS e saiu. A noite, com seus neons sinistros e a luzes esverdeadas de bares e docas, lava-carros vazios, virava um borrão enquanto ele pedalava. Dollar General, Burger King, Super 8, a caixa-d'água com suas antenas parabólicas e a usina de eletricidade, com suas chamas piscando como olhos monstruosos.

Se for a sua vez, e você nunca quer que seja a sua vez, você vai ser levado numa cadeira de rodas, sempre numa cadeira de rodas, por gente da idade dos seus filhos, talvez até dos seus netos. Você vai passar por corredores lavados com água sanitária, cujas paredes foram pintadas de um plácido tom azul-esverdeado ou cinza para induzir uma sensação de sedação. O linóleo, embora ondulado e brilhante a ponto de se poder enxergar nele o reflexo dos rostos distorcidos daqueles que passam por ali, de bocas abertas em gritos quase surdos, também é azul. Tão azul que você vai ter a sensação de estar sendo levado, porque é isso que está acontecendo, rumo a uma corrente de corredores propositalmente estreitos demais para que se dê meia-volta. Só os rodapés bege vão revelar há quanto tempo esse lugar está ali, quantas camas, cadeiras de roda, máquinas de eletrocardiogramas, suportes de soro, macas passaram por ali, levando tanto os vivos quanto aqueles que acabavam de enrijecer, se movendo por esses corredores nas mais diferentes velocidades, raiando de preto as paredes, as marcas da passagem do tempo ali. Você vai ver aqueles que chegaram enrugados à oitava ou nona década curvados em poltronas ou camas, deixados nos corredores encarando, por horas, um ventilador de teto ou um ponto na parede, algumas cabeças se virando a cada sombra que passa, chamando o nome que eles um dia deram a um filho ou a uma filha, rostos que não veem há meses, anos.

Entre eles há inclusive médicos, advogados, cuidadores, políticos de menor expressão, burocratas, pilotos, padeiros e barmen, várias posições da vida tornadas equivalentes na única ala verdadeiramente igualitária do sonho americano: a casa de repouso, onde o passado não é nada além do que fez com você. Em que "uma casa", como essa, é frequentemente um lugar para esconder o corpo envelhecido, a pele transformada em papel crepom, as feridas chorando uma seiva amarela, hematomas anêmicos que duram semanas, olhos marrons injetados de sangue. Como foi que passamos a ter tamanha certeza de que a visão dos anos, o resumo das décadas, pode infligir tal violência no espectador — incluindo a família —, a ponto de construirmos fortalezas inteiras para manter esses corpos fora de nosso campo de visão?

Enquanto passava pelos corredores, Hai se deu conta de quanto havia se afastado do "mundo exterior", como uma sombra passando por um círculo nos domínios infernais. A sala de tevê iluminada de branco pelas sombras, comerciais cintilando sobre copinhos de pudim pela metade e copos plásticos róseos de água, alguns poucos narizes escorrendo ou olhos molhados brilhando prateados. O mesmo com o refeitório, onde as cadeiras de rodas ficavam estacionadas ao redor de pequenas mesas, algumas pessoas conversando em voz baixa, outras sentadas com rostos imobilizados, e um dos homens, um sujeito com quepe da Aeronáutica, falando energicamente para o ar. Tudo isso enquanto os uniformes esverdeados flutuavam de um lado para o outro, mecanicamente reposicionando membros, como quem organiza a mobília, sob o zumbido constante de quatro tevês, todas passando a CNN, exceto por uma que exibia um programa de cachorros, para grande felicidade da mulher que bate palmas embaixo do aparelho. Essa "unidade" gerida pelo estado e subfinanciada como tantas outras não era a pior de todas.

Ele só precisou se aproximar da recepção, perguntar por Grazina e mostrar sua roupa de enfermeiro para que a mulher com permanente no cabelo simplesmente apontasse o corredor, suas mandíbulas mastigando um chiclete. "É o 217. Siga as placas até a reabilitação física. Só lembre que você precisa sair antes das nove. Hoje é dia da zeladora."

A ala de reabilitação estava quase vazia. Ao contrário do que acontece em hospitais comuns, com pronto-socorro, médicos de trauma transportando corpos com feridas abertas através de portas duplas, famílias aglomeradas em torno de máquinas de café em unidades de tratamento semi-intensivo, ali tudo era de um silêncio sinistro, o mesmo silêncio, curiosamente, das salas de estar de pessoas que moram sozinhas, embora ali todos ficassem juntos.

No meio do caminho, ele encontrou uma mulher que devia estar na casa dos oitenta anos deitada numa maca em posição fetal, com o braço debaixo da cabeça, como se estivesse acordando de um cochilo. "Quer ir na festa?", ela perguntou quando Hai se aproximou, acompanhando-o com os olhos. Ele olhou em volta no corredor à meia-luz, certo de que não havia festa e de que provavelmente não se fazia uma festa ali havia muitos meses. Passou por duas enfermeiras sentadas do lado de fora do quarto de um paciente, vigiando sabe-se lá o quê. Elas pararam de falar em seu espanhol baixinho para encará-lo. Ele seguiu em frente e entrou no quarto 217. Com um único passo, ficou escuro em toda parte e ele precisou fazer uma pausa na entrada para deixar que seus olhos se adaptassem. Logo os bipes verdes das máquinas se tornaram visíveis.

Ele se aproximou da cama onde um conjunto de ossos estava contorcido sobre os lençóis.

"Grazina?", ele sussurrou, estendendo a mão na direção do que parecia ser um braço. Bastou um toque para que ele soubesse que havia algo errado. Se você dá banho em alguém, segura a mão da pessoa quando ela está se deitando na cama, entrando na banheira, sentando-se numa cadeira, subindo numa scooter, você reconhece todos os vincos e dobras que marcam aquele corpo. Ele apertou suavemente a mão e soube que era a mão de um homem — que nem percebeu a presença dele —, então soltou. Foi aí que viu a cortina. Hai afastou o pano e passou.

Ali estava ela, levemente iluminada pela luz escassa que passava pela janela. Parecia uma coisa com pétalas, seus membros perdidos numa maçaroca de lençóis e toalhas. Os cabelos volumosos e brancos comprimidos em torno das têmporas e da testa. As subidas e descidas da barriga disseram a Hai que ela estava dormindo.

Ele se ajoelhou e tocou na testa dela com as costas da mão.

"Ei", sussurrou, tirando uns poucos cabelos da frente das sobrancelhas. "Grazina, você está aqui?"

De início, apenas os dedos dela se mexeram, depois o rosto contraído relaxou, os olhos se abriram e ela piscou olhando para a janela. Ele disse o nome mais uma vez, se inclinando mais perto. Ela se virou e olhou para ele com uma expressão tão simples, aberta e vazia que ele quase achou que havia entrado mesmo no quarto errado.

"Grazina? Você está aqui?" Ele acenou com a mão diante dos olhos dela, mas ela olhou para algo mais além.

Na hora ele percebeu que algo tinha mudado — as pupilas dela dilatadas e os olhos vidrados com uma película leitosa. É claro que ele tinha visto Grazina de olhos baços antes, mas dessa vez ela parecia completamente opaca. Quando tocou no braço dela, ela se afastou e sibilou algo em lituano.

"É o sargento Pepper", ele tentou. "Você precisa falar em inglês comigo, ok? Escute." Ele conseguiu segurar o polegar dela. "Estamos a apenas um dia de Londres. Estamos muito perto. Eu disse que ia te levar para os Estados Unidos e estamos fazendo isso. Você acredita em mim, não acredita?"

Ela olhou em volta, com a boca aberta. "Quem é você?"

"Sou um especialista", ele disse sem pensar.

"No quê?"

"Relações humanas."

Ele achou que a tinha visto assentir. "Willem."

"Não, meu nome é Hai Sargento Pepper. Exército dos Estados Unidos, Segunda Divisão, lembra?"

"Eu vi ele ontem à noite." Os olhos dela enfim estavam fixos no rosto do garoto, mas não havia muita coisa por trás deles. "O que você fez com a pazinha de lixo dele?"

"O que tem a pá de lixo dele? Eu conheço esse cara?"

"Ele estava pegando fogo. Do peito para cima. Ele estava incendiando na casa da Sigi enquanto eu estava lá."

"Lá onde? Aqui?"

"Este porão. Diga pra mãe dele, ok? Ela está com o grupo D."

"Ok, grupo D. Eu digo quando voltar."

Ela olhou para a direita, onde a cortina estava aberta, e tentou alcançá-la. "Como é que a gente abre essa porta? A gente pode ir por este caminho?"

Hai puxou a mão dela em direção ao seu corpo. "Não tem como sair. Você tem que ficar aqui por enquanto."

"Eu já cheguei no andar de cima? Continua doendo, mesmo aqui."

"Você está no primeiro andar de um hospital."

"Não estou no céu? Ainda estou aqui embaixo?"

"Ainda no andar de baixo. Todos nós."

"Por que Deus mata a gente?" O rosto dela ameaçava quebrar.

Ele foi surpreendido pela repentina raiva dela.

"Por que o meteorologista ia mentir assim pra gente?"

"Qual foi a mentira dele?"

"Levei todo mundo para o Missouri, sabe?"

"Ah, é? Certo, pra quê?", ele disse, com voz gentil e permissiva, se esforçando ao máximo para entender.

"Quando eu trabalhei na Woolworth's, minha maior conquista foi organizar uma viagem para o Missouri. A gente queria ver o grande arco em St. Louis."

Os ossos na cama ao lado tossiram, depois se ajeitaram no colchão.

"Ei… Me conta uma história, sargento Pepper. Me conte alguma coisa sobre você, bravo soldado." Ela se virou para ele com olhos vítreos.

"Eu não tenho uma história."

"Quando o alarme de bombardeio disparava, a gente corria pros abrigos. Às vezes a gente passava várias noites com lamparinas e velas. As pessoas lá embaixo passavam a noite contando histórias." Ela sorriu com a memória, uma nesga de clareza em sua voz. "Você sabe tanto sobre mim, mas não sei nada sobre você. Me conte da sua vida. Fale sobre os Estados Unidos. De que estado você vem, sargento? Eles têm vários estados, não?"

Ele pensou por um momento. Depois se lembrou do par de corujinhas que tinha pegado da mesa da cozinha, o saleiro e o pimenteiro, para alegrá-la. Tirou os dois do bolso do casaco e os colocou sobre a coberta. Duas corujas num campo nevado.

"Uma vez eu tive um amigo", ele disse, tão baixinho que soou como sussurro. Ele esperou um bom tempo depois disso, e aí: "Podemos chamar ele de Noah. Melhor, Noé." Ele ouviu o nome sair de sua boca. "Como o Noé da arca."

"Como o Noé da arca", Grazina concordou.

"Esse é o Noé", ele disse, sacudindo uma das corujas. "E esse aqui é o sargento Pepper, só que mais novo. Eles moravam num lugar que tinha muita neve."

Os olhos de Grazina seguiram as corujas enquanto ele movimentava as duas pela coberta.

"Por isso, nas noites de verão, quando o verão finalmente chegava, e a lua cheia iluminava os campos tão prateados, você podia forçar os olhos e ainda ia parecer do mesmo jeito que era quando nevava. Nessas noites, o Noé e eu corríamos juntos pelos campos de tabaco, tipo assim. E lá no alto tinha esse céu poderoso e sem nuvens, cheio de estrelas, que fazia você parar e olhar pro alto, a sua cabeça vazia como uma concha de sopa enquanto você tentava se localizar no meio de um universo imensurável. E ninguém sabia onde você estava e você tinha a impressão, por um minúsculo segundo, que não tinha país, que eles nunca nem existiram, e isso é uma coisa impossível e vergonhosa para se amar, mas eu amei mesmo assim. Amei aquela sensação."

Ele contou sobre a amizade dos dois, dos dias que passaram dirigindo uma caminhonete quase sem destino nas ruas de uma cidade muito, muito distante da Europa, da Alemanha, chamada Felicidade do Leste. Contou como eles andavam por horas em meio aos pinheiros, os terrenos baldios daquela faixa enferrujada de terra, cantando com vozes adolescentes que crepitavam como rádios do tempo da guerra. Contou das poças de águas claras que surgiam em meio às taboas e ao capim-doce nos ferros-velhos depois de uma tempestade, contou que uma vez eles nadaram numa banheira rasa de água da chuva que se formou na concavidade do teto de um antigo ônibus escolar. E a água era tão límpida, tão doce, que a sua pele parecia mais verdadeira do que na superfície, deformada e amplificada pela minúscula correnteza que eles criavam com sua gargalhada. Ele também contou sobre o celeiro de Noah, onde eles descobriram que o que havia de errado dentro deles era a única coisa que dava sentido ao lugar em que eles cresceram, onde os deuses, depois de perderem suas apostas e virarem a mesa, os deixaram sozinhos para ter uma vida de fugitivos. Contou que um menino ao lado de outro menino podia compor uma ilha chamada "conforto". "Com ele", Hai disse, "não é que eu fosse feliz... mas eu estava confortável. E estar confortável é até melhor do que estar feliz, porque eu achava que tinha mais chance de durar". Ele se virou e ficou perplexo ao ver que ela estava olhando para os olhos dele. "As pessoas subestimam o conforto. Você sabe o que é *subestimar*, certo?"

"Mais do que o Senhor planejou", ela disse.

"Isso. E a gente era muito subestimado. Mas a gente também estava confortável."

Ele pôs as corujinhas de costas uma para a outra. "A gente ficava sentado por horas assim debaixo de um escorregador no parque, conversando."

Um tinha o jeito de saber o que o outro estava pensando sem usar palavras. "Porque é assim quando você tem catorze anos", ele disse. O superpoder de ser jovem é que você está mais perto de não ser nada — o que também é o mesmo que ser muito velho. "Você pode seguir o curso de um pensamento dentro da cabeça de alguém, e isso causa um dano tão pequeno que você acha que qualquer coisa é possível. Pode dizer coisas tipo: 'Eu quero ser um pai gay com mulher e filhos', ou 'Quando eu estiver alto o suficiente, vou começar a sentir pena dos héteros, eles parecem estar sempre presos nos gramados do jardim de casa', ou 'Quando eu tiver sessenta e cinco anos, vou ser mais feliz que o meu pai'."

Grazina olhou com carinho para as duas corujas, a luz suave roçando suas cabeças.

"Você acha que um dia vai ter filhos?", ele imitou a voz da corujinha da direita.

Ele nunca tinha contado para ninguém na sua vida até aquele momento que havia tido esse amigo, e ali estava o sargento Pepper contando para ela. Alguém vai lá e morre e de repente você se torna uma caixa para essa pessoa, ele pensou, você guarda essas coisas que ninguém nunca viu e vai em frente vivendo com aquilo, a sua cabeça um caixão para manter vivas as memórias do morto. Mas o que você faz com esse tipo de caixa? Onde você deixa aquilo?

"Eu vou ter uma menina", a corujinha da esquerda respondeu.

"Uma filha?" A coruja da direita inclinou para um lado. "Hmm. Sempre achei que você ia querer um menino por algum motivo. Mas ia ser legal você ensinando para ela a atirar em garrafas com um daqueles rifles cor-de-rosa do Walmart. Eu ia ver vocês dois e ser aquele tio gay preocupado." A coruja da direita riu.

"Mas eu não quero ela atirando em nada", a coruja da esquerda disse.

"Não mesmo? *Sério*?" Hai olhou por cima do ombro, como se para encontrar as costas de Noah encostadas nas dele. "Pode ser que eu vire pintor. Você não queria ser pintor?"

Ele olhou para as próprias mãos. As corujas estavam ambas deitadas, separadas por um círculo de ar.

"Onde está o Noé hoje, sargento?"

Hai baixou a cabeça. "Ele estava invadindo a Normandia, como o J. D. Salinger fez, e foi ferido. Nós nos alistamos juntos. Para sermos os heróis da Felicidade do Leste. Depois ele tomou remédios para curar as feridas. Ele desejava muito um sentimento — e acho que o coração dele não aguentou por causa disso. Acho que a gente não foi feito para aguentar muito de uma mesma coisa." Hai olhou para as corujas mortas em suas mãos.

"Claro que não."

Ele limpou o nariz com a manga da blusa de enfermeiro enquanto pensava naquela época que mal lembrava. Ele tinha abandonado a faculdade em Nova York não porque estava tendo dores de cabeça de tanto ler, como a mãe dele imaginou, mas porque um dia Noah parou de respirar e uma semana depois disso foi enterrado na terra fria de novembro. O que ele poderia ter dito para sua mãe sobre um garoto que ela nem chegou a conhecer? Contar isso seria o equivalente a revelar que ele havia preferido a tristeza à alegria, ao orgulho de ter entrado na faculdade depois de tudo, depois da guerra, depois do campo de refugiados, depois do marido abusivo, depois da mãe morta e da irmã que não falava mais com ela. Mas ele tinha voltado para casa — tinha desistido — só porque queria estar perto dela, depois que Nova York se tornou algo insuportável no luto, sua imensa e infinita pulsação de magnetismo humano tornando as partes vazias dele mais ocas do que ele era capaz de suportar.

"Lamento", Grazina disse das profundezas da cama médica.

"Não lamente."

"Lamento que tenham te mandado para a guerra. Ninguém devia ir para a guerra. Meninos deviam ser corujas correndo por campos de neve. Lamento que você tenha precisado me encontrar." Ela tocou no braço dele, seu toque quente e firme. "Então você é elegebito", ela disse, fungando.

Ele olhou para a mão dela na manga. "O quê?"

"Você é...", ela fez um gesto na direção dele, "um elegebito. Menino e menino, menina e menina. Eu vejo isso no jornal. Comunidade elegebita."

"Ah… Ah, você quer dizer LGBT?" Ele secou os olhos e deixou escapar um riso de descrença.

Ela deu de ombros.

"Isso, eu sou elegebito."

"Um soldado elegebito", ela disse, deslizando a cabeça para o lado. "Deve ser raro."

"Claro."

Um brilho havia se acumulado no canto dos olhos dela enquanto eles começavam a desenhar algo no teto. Ela estava adormecendo outra vez. Ele não sabia o que dizer, por isso pegou as mãos dela e disse a única coisa que lhe ocorreu. "Tu esi mano draugas."

Ela piscou.

"Ei, Grazina. Ei." Ele se inclinou para a frente. "Tu esi mano draugas… Por favor." Ele deu um tapinha de leve na bochecha dela. "*Você é minha amiga*. Certo? Eu disse certo? Estou fazendo certo?"

Ela se virou para ele como se estivesse seguindo um som no quarto. Depois, bem baixinho, começou a cantar "Noite feliz". Os lábios tão imóveis que era como se uma caixa de música tocasse dentro dela.

"Espera um instante. Quem é você mesmo?" Ela começou a tentar pegar algo em seu colo, depois pareceu intrigada com a própria mão.

"Eu sou o Labas. É…"

"E quem sou eu?"

"Grazina. Você é a Grazina Vitkus."

"Não sei quem sou. Espera um minuto. Como pode…" E do nada o mundo estava desmoronando, sendo levado pela enxurrada e depositado nos arredores.

"Você está bem. Você *sempre* foi você." Ele estava começando a tremer.

"Mas continuo sendo eu se eu não lembrar quem eu era?"

"Não sei!"

"Ainda dá para ouvir o rio daqui", ela disse. "Ele está dizendo que fiz um trabalho excelente. Está dizendo que eu me saí bem."

"Mas eu não sou bom." Ele disse isso para as costas do seu pulso, para se acalmar. "Sou um filho horrível, sabia disso? Nunca fui um bom filho."

Hai tentou atrair Grazina de volta para o presente, mas, quando os olhos dela foram ficando vazios e cegos, não conseguiu mais aguentar e se levantou. Ele andou pelos corredores, com uma coruja de porcelana em cada mão, a voz dela se tornando mais tênue no seu rastro. As enfermeiras, ocupadas com seus celulares, nem perceberam. Quando chegou ao estacionamento, ele teve um desejo delirante e urgente de gritar. Fez uma bola de neve e atirou o mais longe que conseguiu e viu quando ela acertou um carro estacionado com um silencioso sopro branco. Queria tocar em algo até que sua cor mudasse. Só quando sentiu o gosto salgado do nariz escorrendo, se deu conta de que tinha caído de joelhos e estava chorando. "Por favor, me deixe em paz. Desculpa, ok?", ele gritou para o chão. "Noah, vó, desculpa que vocês precisaram morrer quando todo mundo continuou vivendo! Mas não é tão bom aqui, ok? É uma merda igual a como era antes. Confiem em mim."

A porta de metal atrás dele se abriu. Passos sobre o pó. "Ei, cara, você precisa sair daqui, está me ouvindo? Vamos saindo." Era um segurança. Ele parecia sentir compaixão genuína pelo garoto curvado na neve. "Tem gente doente lá dentro, cara, e as pessoas precisam trabalhar. Então seja lá o que você esteja passando, não dá pra ser aqui."

Hai se levantou e se espanou. "Desculpa", ele disse, sem olhar para o guarda, e foi em linha reta até a sua bicicleta. Com os dedos tremendo, abriu o zíper da jaqueta da UPS, a mesma que tinha encontrado pendurada num prego no celeiro de Noah no dia do funeral, tendo pedalado por estradas de lama congelada para chegar até lá, porque Hai não tinha sido convidado para ver o caixão. Porque, para a família de Noah, ele nunca existiu. Ele estava trancado dentro da cabeça do menino frio no caixão de pinho.

Ele olhou para a mão e viu que tinha ligado para o número de Sony no celular. Colocou o celular que estava tocando no ouvido enquanto pegava a bicicleta. "Sony, é você?"

"Ei, você está bem? Você nunca me liga depois das cinco."

"Tudo bem, cara. Tudo bem mesmo. Escuta", ele disse enquanto o guarda voltava para dentro do edifício, o silêncio nevado se espalhando à sua volta. "Quer ver *Gettysburg*?"

"Agora? São quase nove horas e eu... eu tenho que trabalhar amanhã..."

"Vai, por favor? Eu quero ver com você. Quero ver a Carga do Pickett de novo. Eu... acho que eu sei por que eles fizeram aquilo, por que eles atravessaram aquele campo imenso."

Dava para ouvir Sony pensando. "Tudo bem, beleza. Você consegue chegar aqui em meia hora?"

Como já era tarde e não eram permitidas visitas, Hai e Sony se sentaram no chão do saguão do Centro Meyer, com as costas contra a parede, olhando para a tevê pendurada em um canto que exibia o VHS deformado de *Gettysburg*, com uma caixa de salgadinhos entre eles. Era a cena em que o Vigésimo Regimento do Maine, comandado pelo coronel Chamberlain, estava prestes a fazer sua famosa defesa do flanco à extrema esquerda da União em Little Round Top. "Chamberlain era professor antes da guerra, não tinha nenhuma experiência militar", Sony explicou. Hai tinha tomado três analgésicos no caminho e mal conseguia acompanhar, mas tinha chegado àquele momento do entorpecimento em que tudo soava incontestavelmente verdadeiro. "Mas ele foi inteligente no julgamento que fez dos tiros dos Confederados. Isso porque ele era um retórico. E retórica significa 'a estratégia das palavras' — fui procurar. A retórica é tipo um campo de batalha, mas na mente. Tem a ver com posições e contra-ataques. Não é isso?" Ele pegou um punhado de salgadinhos, pôs na boca e mastigou.

"É isso", disse Hai enquanto o coronel Chamberlain desembainhava seu sabre, cujo brilho cintilava nos rostos dos homens que ele mandava avançarem rumo à morte. "A sentença é o fim da linha", Hai disse. "E não existem outros flancos. Ela é naturalmente vulnerável do lado direito.

Porque esse flanco precisa estar aberto para que as outras sentenças se sigam. Mas a margem direita fica fechada."

"É isso", Sony disse, se virando para ele enquanto Hai via o Vigésimo Regimento do Maine descer uma colina com um bosque. "Napoleão usava rios e montanhas para proteger um dos flancos para só precisar defender o outro." Ele colocou um salgadinho na boca entreaberta de Hai. "Mas me conte mais sobre essa linha de batalha da sentença", Sony disse. "É interessante."

Mas Hai já tinha perdido a ideia, o raciocínio tinha sido interrompido, e só balançou a cabeça bem lentamente até que eles voltaram ao filme, com seus rostos com a aparência adoecidas com o azul da União que brilhava na tela.

Hai estava de fato *lá* no dia em que Sony tinha se apaixonado pela Guerra Civil. Foi como testemunhar Larry Bird pegando uma bola de basquete pela primeira vez, ele pensou. Hai devia ter uns oito ou nove anos. Todo ano, no Dia da Memória, um dos quatro canais que a antena coberta por papel-alumínio sobre a Trinitron do Sony pegava passava uma maratona de filmes de guerra, transmitindo um loop infinito de carnificina, as guerras frequentemente ocorrendo fora de cronologia, os corpos interrompidos apenas pelos breves créditos e pelos comerciais de aspiradores e de lojas de carros usados.

O filme mostrava, de ambos os lados, os três dias de julho de 1863 em que a batalha decisiva ocorreu nos arredores de *Gettysburg*, na Pensilvânia. Assim que o filme começou, Sony ficou vidrado. Ele deixou sua tigela de macarrão com queijo da Kraft intocada, chegando cada vez mais perto da tevê até ficar a centímetros de distância. Ele ficava sentado passando o dedo pela cicatriz na cabeça, para a frente e para trás, tão estranhamente silencioso que tia Kim precisou ir dar uma olhada nele uma, duas vezes. Ela chegou e estava prestes a cutucar o ombro dele, mas parou e observou o seu menino, que estava enfim fazendo uma coisa normal de meninos — ver um filme de guerra com tal devoção foi o mais perto que ele chegou da paz.

O outro filme que normalmente passava no Dia da Memória era *Os boinas-verdes*, em que um John Wayne envelhecido é visto esvaziando seu M16 na direção de centenas de norte-vietnamitas que correm para tomar uma base norte-americana durante outra guerra civil. Hai não sabia na época, mas, sem haver asiáticos em número suficiente para fazer todos os papéis de mortos que o filme exigia, atores brancos usaram maquiagem para ficar com o rosto amarelo durante as batalhas noturnas, a pintura recortada pelo brilho do suor quando eles morriam em agonias comicamente exageradas, formando pilhas em torno de sacos de areia que formavam barricadas na base, filmados de uma distância que escondesse a brancura de sua pele, mas que não era o bastante para colocar no quadro os três milhões de vietnamitas que morreram ao longo da guerra. O filme foi lançado em 1968, antes do fim da guerra, e as mortes na tela previam as mortes na vida real.

Hai ficou olhando enquanto a tevê passava *Os boinas-verdes*, com Sony ao lado inspecionando os cadáveres em busca de um rosto. "Somos nós?", Sony perguntou, com seu dedo de menino de sete anos apontando para um emaranhado de membros. "Somos nós?"

O que acontece com a sua mente quando você vê o "seu povo" morrer em quantidades tão grandes que nem consegue perceber que, na verdade, eles *não são* o seu povo? Hai pensou, em retrospecto. Com que facilidade um rosto se desfigura na abstração que uma pilha de cadáveres cria com tanta naturalidade? Depois de um tempo, não eram os mortos, mas meramente a própria morte, que Hai via naquela cena de triunfo norte-americano. Teria sido por isso que, ao assistir a *Gettysburg* pela primeira vez, Sony havia simpatizado com os Confederados? Com os homens vestidos de marrom e cinza que estavam, assim como os "vietnamitas", morrendo às centenas, ceifados cena após cena por canhões e fogo de mosquetes, seus uniformes, como os dos vietcongues, feitos na maior parte das vezes a partir de trajes civis reduzidos a farrapos, seus corpos, parecia, transformados em roupa suja? E, no entanto, ao contrário dos "vietnamitas" em *Os boinas-verdes*, os rostos dos soldados confederados em *Gettysburg* são claros, a câmera se demora em suas expressões de agonia, mostrando suas mortes humanas como perdas que são sentidas, cheias de *pathos*. A ilusão se tornava possível pelo fato de que os corpos dos vietcongues eram filmados de passagem, de modo transitório, seguindo como manchas na direção da morte — e não como no caso de Robert E. Lee e Joshua Chamberlain em *Gettysburg*, mostrados em zoom e anexados a uma vida distintamente vivida.

"Somos nós?" Hai ouviu sua voz dizer, de volta ao saguão . "Somos nós, amigão?" Ele apontou para os homens brancos despedaçados na cena de 1863 no filme de 1993.

Sony olhava para a cena atentamente.

Hai pensou na vez em que eles visitaram a casa de Stonewall Jackson. No fato de que ninguém tinha contado para eles durante o passeio que em 1909 a casa tinha sido comprada pelas Filhas da Confederação, a organização que ajudou a erguer estátuas de Confederados por todo o Sul. E, embora fosse o general que estivesse em destaque no passeio, com seu rosto se repetindo pelos corredores, era a presença invisível que mais se sentia. Dentro de cada cômodo, da elegante mesa posta ao balcão da cozinha, a faca deixada na tábua de corte ao lado de um maço de cebolinhas, passando pelos corrimões e armários imaculados, os gaveteiros que deviam estar vazios, as roupas de baixo lavadas e secas, e depois, lá fora, em meio aos verdejantes canteiros de vegetais e flores em torno da propriedade, a carruagem que precisava ser conduzida e limpa, as rodas azeitadas, os cavalos alimentados, havia a presença dos seis escravos de Jackson, que Hai ficou sabendo mais tarde que se chamavam Albert, Amy, Emma e Hetty, junto aos dois filhos, Cyrus e George. Assim como os falsos vietnamitas em *Os boinas-verdes*, eles estavam em toda parte, mas era impossível encontrá-los.

Os comprimidos estavam apagando os contornos dele, fazendo com que sua pele parecesse permeável e possível. Ele estava sentado com o primo vendo o filme favorito dele, que estava rapidamente se transformando também no favorito de Hai. *Somos nós?*

Mas quem era esse *nós*, no fim das contas, se, como Maureen apontou, no fim tudo era bolo de milho e baunilha, ainda quando insistiam, retóricos como eram, que se tratava apenas de bolo de milho?

"Então, por que eles atravessaram o campo? Você não disse que tinha uma teoria?" O rosto de Sony estava cheio de expectativa.

Hai viu as ruínas em tecnicolor fumegando diante deles. "Quer saber? Esqueci completamente, cara. Eu tinha a resposta na cabeça quando estava vindo pra cá, e agora sumiu."

"Ah, sei…", Sony concordou como quem entende. "Isso acontece na guerra o tempo todo."

21

Ele ficou na sala de estar escura do número 16 da Hubbard, se recompondo, só com um quarto agora do frasco de Dilaudid. De algum modo, tinha chegado em casa e dois dias tinham se passado. De algum modo, ele tinha ligado para o trabalho e dito que não ia, duas vezes. Normalmente a tevê estaria ligada, zumbindo com o noticiário das onze ou reprises de *The Young and the Restless*, e Grazina estaria falando com os personagens como se fossem convidados que estivessem ali na sala, mas o silêncio tinha se tornado imenso e amplificado pelo ruído de um camundongo em algum lugar da cozinha.

Hai subiu a escada, olhando pausadamente para o secador de cabelos de Grazina pendurado com um prego na parede. Ele entrou no quarto dela e pegou coisas aleatórias na cômoda. Um pote de cerâmica, um estojo de maquiagem, a base havia muito tempo seca e acabada, uma caixa de cookies comida pela metade, os infinitos frascos de remédios. Um deles estava cheio de dentes de leite, provavelmente dos dois filhos adultos. Também havia uma foto dela com o marido e com a filha no colo, olhando para a câmera, dos degraus de uma casa, ao lado de uma única luva de lã cercada por embalagens de pastilhas para tosse. Tudo isso, os destroços da vida dela, de algum modo fazia a ausência dela parecer absoluta e rígida. Grazina estava em toda parte e ao mesmo tempo em lugar nenhum.

Uma forte agitação percorreu seu corpo. Ele pensou nas estúpidas pizzas de bagel e em como a pizzaria Sgt. Pepper's seria destruída por causa deles, no bolo de milho, no esquema fútil e engenhoso de BJ, na faculdade de mentira em Boston, na vida de mentira em Felicidade do Leste e nas mentiras que só prolongaram as noites deles naquela casa caindo aos pedaços na periferia do mundo.

Ele colocou mais um comprimido na língua e se deitou encolhido no piso ao lado da cama de Grazina, esperando que o sono subisse dos pés até o topo da cabeça à medida que o dia caía como uma fotografia arrancada pelo vento.

Eram quase três da tarde quando a van do hospital chegou. Ele se levantou do chão, esfregou os olhos e desceu a escada correndo. Um vento gelado havia apagado o sol e a rua era de um tom monocromático doentio. Um assistente vestido com macacão azul, que facilmente podia ser um zelador, empurrou Grazina, jogada numa cadeira de rodas, pelo caminho. Hai viu por uma fresta na cortina e abriu a porta quando a cadeira de rodas chegou aos degraus em frente à casa.

"Ela é sua..." O homem olhou para ele, contorcendo o bigode. "Ela é sua vó? Disseram pra deixar ela aqui. Disseram que ia ter alguém aqui pra receber ela. Você é...", ele conferiu o caderno no bolso, "Lucas Vitkus?".

"Ele é meu tio. Pode entrar com ela."

O sujeito ergueu a cadeira de rodas, subiu os degraus e a colocou no solário. Grazina resmungou, sem mover a cabeça. "Estou em casa? É a rua Hubbard?"

"É sim", disse o cuidador. "Assina aqui pra mim?"

Hai rabiscou na prancheta e o homem se foi.

Grazina inclinou a cabeça, atordoada. "Você tem alguma coisa pra comer?"

"Claro que a gente tem. Mas como é que você está?" Hai apertou a mão dela. "Te trataram bem lá?"

"Eu não morri." Ela se contraiu num sorriso. "Mas não quero voltar, Labas. É escuro demais lá. Não tem lâmpadas, e as minhas corujas?" Ela se levantou com dificuldade da cadeira de rodas e entrou andando lentamente. "Ah, meu Deus, as minhas corujas." Ela pegou uma coruja de plástico que estava sobre a lareira e apertou contra o rosto, arrulhando para ela. "É muito melhor quando elas estão por perto." A roupa do hospital caída nos ombros ossudos dela — parecia que tinha perdido cinco quilos em quatro dias.

"Aqui, vem sentar", ele disse, puxando uma cadeira. "Vou fazer chá."

Enquanto Grazina ficou sentada olhando para a toalha da mesa, ele colocou o conteúdo de um saco de papel num prato diante dela. "Bolo de milho", Grazina disse, alegre, e deu uma mordida. "Obrigada, Labas. Obrigada. Ah, essa fornada está perfeita."

"Pode agradecer ao HomeMarket."

"Isso, HomeMarket. Eles continuam sendo bons com você, menino? Já te deram um aumento?"

"Não, mas eu nunca pedi. Será que peço?"

"Pedir o quê?"

"Um aumento. Talvez para 7,50 dólares a hora?"

"Quem estava aqui?" Ela olhou em volta como se seguindo algo que ele não conseguia ver.

Ele pôs as xícaras na mesa e se aproximou. "Não importa. Escute, quer tirar uma soneca?"

"Eu ou você?", ela disse, ainda mastigando.

"Nós dois podíamos tirar uma soneca. Eu ia gostar."

Grazina deu de ombros.

A chaleira começou a apitar. Ele serviu o chá. Ela pegou a colher de açúcar e esfregou nos dentes, mas parou quando o metal bateu nos molares, depois segurou a colher diante dos olhos e fez uma careta.

"Ei, não faz isso. Você acaba lascando um dente."

"Não, isso não. Mas… Mas eu…" Ela parou. "O que eu estava dizendo?"

"Não sei. Você estava com uma colher na boca."

"Preciso escovar os dentes. Não me deixavam escovar lá. Eu ficava falando para a menininha na minha cama para me arranjar uma escova de dentes, mas ela só falava croata. Aí acabou tudo." Ela olhou para o teto. "Parece que o Timothy consertou o telhado. A gente não tinha um… bom, era um carro velho, por isso que quebrou. Nissan, coisa de japonês. Não prestava." Ela colocou o último pedaço de bolo na boca e parou. "Labas?

Eu estou ficando doida? Ou tudo está parado?" Ela ficou olhando com a boca aberta.

"Não, não. Você só está com dificuldade para lembrar, só isso."

Ela olhou para ele com um sorriso caloroso e cheio de dúvidas.

"Que tal isso? Vamos ver aquela fita do jantar de Páscoa de novo, pode ser? Dessa vez a gente termina."

Grazina tinha mostrado para ele, fazia alguns meses, um vídeo caseiro de um jantar de Páscoa naquela mesma casa em que eles estavam, com um adesivo colado no VHS que dizia PÁSCOA DE 89, escrito com caneta marcadora preta.

Pouco depois, eles estavam jogados no sofá e a sala se enchia com as vozes que um dia encheram aquela sala. As decorações e a mobília no vídeo continuavam idênticas, inclusive nos mesmos lugares. A única coruja no vídeo granulado, porém, era uma tapeçaria pendurada perto da tevê, o mesmo modelo RCA com painéis de madeira.

A câmera, que o marido dela, Jonas, segurava, estava apontada do sofá para a tevê, o mesmo sofá em que eles estavam sentados, de modo que a exata cena que eles viviam estava sendo duplicada na tela — a única diferença era que a sala era mais brilhante no vídeo por ser mais nova, os objetos menos empoeirados, luminosos pelo uso humano. Grazina ficava sentada balançando a cabeça e murmurava nomes à medida que rostos apareciam na tela: Ludva, Markus, Daiva, Sigitas, Patrukas, Lina, Darius, Fulano que mudou para o Missouri, outro que tinha morrido de câncer no pâncreas, um terceiro que tinha voltado para o país de origem. Mas, na maior parte do tempo, ela ficava indiferente, como se estivesse dizendo o nome das ruas no caminho para o médico. As tigelas de comida flutuavam entre um e outro sorriso, as taças de vinho saltando pelo filme distorcido.

Depois, no forno, virada de costas, com a nuca que Hai saberia reconhecer do outro lado do rio, estava Grazina. "Diga oi! É Páscoa, é Páscoa!", Jonas dizia de trás da câmera, seguido por algo em lituano. Grazina se virou, tímida porém feliz, rapidamente dando um passo para o lado para mostrar os latkes de batata que estava preparando, o brilho em seus olhos intenso e amplo — a personalidade por trás deles transbordando. "Aqui a Mama fazendo suas famosas panquecas!" A câmera fazia uma panorâmica e mostrava Lucas, com uns quarenta anos, plantado na mesma cadeira em que Hai estava sentado antes.

Ela começou a apontar algo na tela quando alguém bateu na porta.

Hai acendeu a luz do solário e olhou pela cortina. Estava ficando tarde. Nos degraus havia uma mulher com ares de autoridade segurando uma pasta — o que nunca é um bom sinal. Atrás dela estava Lucas, com seus cabelos ralos, de algodão-doce, tremulando na brisa. Hai entreabriu a porta e a mulher, ao vê-lo, parou a meio caminho.

"Sai da frente", Lucas disse. "Cadê a minha mãe? Ma? Você está aí?" Ele passou roçando pelo menino e entrou na casa. "É hora de te levar pra algum lugar *seguro*." A voz dele estava alterada, esganiçada por um estresse simulado. Lucas olhou à sua volta nos cantos do solário, procurando.

"Senhor, quem… pode me dizer seu nome?", disse a mulher. "E qual é a sua relação com a sra. Vitkus?" Ela era bonita e alta, tinha a presença de uma CEO, mas com uma blusa embolada.

"Nenhum parentesco", ele disse. "Mas eu moro aqui. Ela me pediu para morar aqui."

A mulher anotou isso e entrou. "Ok. E você percebe que a sra. Vitkus tem um histórico médico. E que ela sofreu uma queda séria na semana passada? Isso significa que este espaço já não é seguro para ela. E seja lá como vocês faziam as coisas, acho que a gente precisa…"

"Eu cuido dela. Faço o meu melhor e tenho um emprego. Não sou má pessoa, e ela não está louca. Ela está…"

"Ninguém disse que ela está louca." A mulher pareceu ainda mais alta. "E nós vamos fazer as avaliações adequadas para saber qual é a situação dela."

"Olha, ela não quer ir para um *lar*. Ela já tem um lar e você está nele."

Grazina gritou e sua voz distorcida veio do interior da casa. Hai foi correndo até a cozinha, onde a encontrou sentada na cadeira atrás da mesa de jantar com uma pilha de revistas, criando uma barricada contra Lucas.

"Ma, sério. Vou arranjar ajuda pra você. Lembra, *eu* sou o seu filho. O cientista." Ele estava agarrando a mesa com tanta força que as unhas ficaram brancas.

"Senhora, a senhora está bem?" A cuidadora entrou. "Chamo uma ambulância?"

"Vamos fazer isso de uma vez, Tonya. Chame a ambulância, numa dessas até a polícia." Lucas olhou para Hai.

"Não!" Hai se enfiou embaixo da mesa e passou o braço em volta de Grazina. "O que você está fazendo? É evidente que ela não quer ir. Você não pode levar as pessoas assim contra a vontade delas."

"Não ouse tocar na minha mãe." Lucas a essa altura estava cuspindo. "Eu sou o tutor. Também tenho o poder de *procurador*. E ela precisa ir. Para o bem-estar dela", ele acrescentou. A cuidadora da casa de repouso ficou na soleira, pensando, os olhos indo de um rosto para o outro. O vídeo de Páscoa continuava passando, as vozes vazando na cozinha.

"Sargento Pepper", Grazina disse, com a voz hesitante. "Eles vão me levar para os campos de concentração. Pepper, por favor."

"Eles não vão te levar. Eles não podem violar seus direitos humanos mais básicos." Hai disse isso alto, direto para a enfermeira. "O código internacional de pessoas deslocadas durante períodos de guerra", ele arremedou, "conforme o artigo 11.5, seção 12 da Convenção de Genebra, afirma que nenhum refugiado deve ser levado contra a sua vontade por nenhum representante de um Estado beligerante que não seja o seu próprio. Todas as demais autoridades são nulas durante o período de guerra segundo a proteção prevista pela legislação internacional. O que ficou muito evidente em Nuremberg", ele acrescentou, gastando os últimos fiapos de seu vocabulário da Segunda Guerra Mundial.

Grazina concordou com a cabeça. "Por favor, Lucas, escute o sargento. Seja um bom menino." Ela falou com ele no tom que as mães usam para colocar os filhos para dormir. "Não sou maluca, eu juro. Eu só estava fingindo, ok? É só um jogo, na verdade. Eu ainda tenho miolos. Inventei isso porque sou uma velha sozinha."

"O que está acontecendo aqui?" A enfermeira olhou para Lucas, cujos dentes eram cinzentos como dados viciados.

"Sargento, por favor..." Grazina fechou os olhos e agarrou o braço de Hai, as lágrimas escorriam pelo seu rosto. "Não deixe meu filho continuar usando esses nomes feios comigo. Por favor. Eu não tenho cheiro de mijo. Sou uma boa pessoa. Eu sou limpa."

"Lucas." A enfermeira deu um passo na direção dele. "Do que ela está falando?"

"Você está brincando?", ele gaguejou. "Eu nunca ridicularizei você e você *sabe* disso. E que merda é essa de dr. Pepper que você fica gritando? Esse guri de merda está brincando com a cabeça dela. Você não está vendo que ele manipulou ela? Ela nunca falou assim antes." Ele apontou para o rosto de Hai. "Você deu um jeito de entrar aqui e..."

"Lucas." A mulher ergueu a mão. "Vamos nos acalmar, ok?"

"Claro." Lucas endireitou o corpo e tirou algo da manga da camisa.

Enquanto a enfermeira se virou para falar sussurrando com Lucas, Hai pegou o saleiro e o pimenteiro em forma de coruja da mesa e pôs nas mãos de Grazina. "Está pronta para uma missão especial?", ele sussurrou. "Eu já deixei os pinos soltos pra você, e você sabe o que fazer, certo? Como no treinamento. Ao meu comando, ok?"

Grazina concordou.

"Certo, pessoal." A enfermeira olhou para eles.

"Saiam da minha casa, seus nazistas! Eles já mataram meu primo nos bombardeios. Por que vocês torturam camponeses simples como nós?", Grazina gritou. "Por que vocês vieram tomar o meu país?"

"Chega!" Uma veia pulsou na testa de Lucas. "Chame a polícia. Eu já..."

"Agora!", Hai gritou.

Grazina, num movimento que pareceu em câmera lenta, atirou a coruja-saleiro no armário em cima da cabeça da enfermeira — onde ela se estilhaçou. Ela fez o mesmo com a granada de pimenta, que ricocheteou no armário e explodiu nos azulejos. Depois ela ergueu a tampa do açucareiro que estava na mesa e arremessou punhados de açúcar neles.

"Que o diabo leve vocês, covardes! Malditos sejam! Eu amaldiçoo vocês com o sal sagrado!" A cozinha era pequena o suficiente para que o açúcar explodisse e ricocheteasse com violência surpreendente.

A enfermeira usou a prancheta como escudo e saiu correndo, chamando Lucas, que se abaixou atrás dela.

"Agora atira neles", Hai gritou.

"Com o quê?", Grazina perguntou.

"A sua pistola, lembra?"

Grazina ergueu sua pistola de dedo e disparou. E Hai fez o mesmo. "Bangue! Bangue! Estou atirando nas bolas deles", ela disse.

"Ótimo, eu também."

"Eu te dei uma chance, agora vou voltar com a polícia!", Lucas gritou enquanto eles saíam. Hai correu até a porta da frente e a trancou, depois montou guarda enquanto o carro saía a toda.

Na cozinha, Grazina se recostou. O açúcar, misturado ao suor, cobriu as mãos dela com cristais brancos. Ela deu de ombros para Hai e depois começou a lamber os dedos.

"Eles foram embora." Ele tirou a mesa do caminho e arrastou a cadeira dela para longe do canto, depois pegou uma corujinha de madeira do armário de louças e colocou nos braços dela. "Aqui, só segure isso e se acalme um pouco. Respira um pouco pra mim, ok?" Ele pegou uma segunda coruja, esta de resina, e se sentou no chão perto de Grazina, embalando a coruja no seu colo. Eles ficaram ninando as corujas ouvindo o barulho da calefação.

"Onde você arranjou essas, sargento Pepper?"

"Nos Estados Unidos."

"Ah, por isso elas têm essas carinhas tão boas." Ela examinou a coruja como se o bicho estivesse vivo, virando a cabeça para ver seus traços. "Os americanos são mais otimistas. Dá pra ver pelo jeito que eles fazem as corujas deles. As corujas romenas, tipo aquela ali", ela fez um gesto na direção da caixinha, "a coruja que a Lina comprou para mim quando era aluna de intercâmbio, têm olhinhos bem pequenos, mais céticos".

"Ei, quem eu sou agora?" Ele quis conferir para se reorientar. "Sou o sargento Pepper ou o Labas?"

Ele achou que tinha visto os olhos dela se agitarem. Ela inclinou a cabeça como se estivesse tentando ouvir vozes no outro cômodo, mas o vídeo da Páscoa tinha acabado fazia muito tempo. Então, embalando a coruja de madeira nos braços, ela levantou e abriu uma gaveta no armário de louças. Ela colocou sobre a mesa um pote cheio do que pareciam ser pedrinhas, depois sentou e o empurrou na direção dele. "Meu marido, ele colecionava isso."

"Eu sei, ele era um acumulador."

"Não, essas coisas", ela bateu na mesa com o dedo, "essas vinham de dentro dele".

Hai largou a coruja e pegou o pote, e as pedras amareladas mudavam de posição à medida que ele girava.

"No país antigo, eles tinham que enterrar os cavalos com pedras grandes do rio. Não dava tempo de cavar buracos com os russos vindo. Quando os cavalos eram mortos num bombardeio, as crianças como eu saíam para encontrar pedras. Eu nunca pensei que os humanos podiam produzir pedra dos rios que correm dentro deles… Mas disseram que o Jonas tinha muitas pedras nos órgãos. Esse tempo todo ele estava se enterrando. Eu achava que ele estava sendo promovido. Ele era condutor da Amtrak e estava ganhando mais salário, vendo nossos filhos crescerem, indo viajar e a piqueniques no acampamento lituano nos verões em Massachusetts, mas ele estava lentamente se cobrindo de pedras. Do mesmo jeito que ele cobriu o porão com lixo." Ela segurou a coruja com o braço esticado, fazendo uma careta, depois a trouxe de volta ao peito. "Você nunca conhece bem um cavalo até ter que enterrar ele."

Mas a mente de Hai estava presa em outra coisa. "Você disse pra enfermeira que seu primo morreu nos bombardeios… Mas não foi o seu irmão?"

Ele estudou o rosto dela, depois decidiu perguntar aquilo que queria perguntar fazia algum tempo. Por semanas, ele havia tido a incômoda sensação de que ela estava enfeitando um diagnóstico menos sério e transformando aquilo num caos pomposo.

"Grazina, você está inventando tudo isso? Pode me dizer se for o caso."

Ele disse isso de um jeito tão gentil que ela virou o corpo todo para olhar para ele, um sorriso quase imperceptível surgindo em sua boca, e depois desaparecendo. "Stouffer's", ela disse.

"O quê?"

"Só sobraram dois Stouffer's." Ela deu um tapinha na nuca da coruja. "Mas não fique pensando muito nessas pedras. Elas só vão te deixar triste."

Bem nessa hora o cuco disparou; uma coruja sem cabeça saiu pela porta e girou enquanto cantava acima deles.

"Acho que o Stálin está invadindo Vilnius outra vez", ele disse, fazendo um gesto na direção do som.

"Não." Grazina estava olhando para a ponte pela janela. "São 18h43. A hora que o Lucas nasceu."

Abril chegou. O vapor, que durante todo o inverno cobriu a metade superior das janelas do HomeMarket, se dissolvia à medida que a temperatura lentamente se igualava à do lado de dentro, o que levou Wayne a olhar para cima enquanto trinchava as aves e a gritar "A primavera chegou!" antes de fazer sua faca voltar ao trabalho, assobiando enquanto trinchava. Em um trecho de pasto marrom na rota 4, fazendeiros migrantes tinham começado a plantar batatas-doces, falando uns com os outros em espanhol em meio ao pó que o vento levava. Um deles, uma mulher de macacão e com um rabo de cavalo que passava pelo buraco na parte de trás do boné, tinha as unhas pintadas de azul-turquesa, provavelmente feitas num dos três salões de manicure vietnamitas num raio de dez quilômetros. Algumas daquelas batatas-doces seriam enviadas para a fábrica no Missouri, onde seriam misturadas com outras batatas da Louisiana e de Nova Jérsei, depois cozidas em cubas de seiscentos litros para serem mandadas de volta para o HomeMarket perto da mesma estrada em que elas cresceram, na forma de Tortas de Batata-Doce da Vovó.

Nos dias depois que Lucas e a enfermeira foram embora, Hai e Grazina ficavam espiando pela cortina meio à espera de vans médicas que poderiam chegar correndo pela rua. Mas já tinham se passado duas semanas, e até agora a rua que levava ao beco sem saída deles continuava silenciosa e vazia.

Grazina também tinha perdido um dente. Numa manhã, ela tinha erguido um biscoito de figo diante dos olhos de Hai, com o incisivo preso na bolacha e elevado como uma lápide num pedaço de chão. "E agora?", ela disse com prazer. Não era só o dente — parecia que a mente dela também estava ficando mais frouxa, o período de confusão no início da noite ficando pior. Uma vez no HomeMarket, Hai atendeu o celular e ouviu Grazina chorando enquanto falava de uma enchente, dizendo que a água do rio tinha entrado pela porta dos fundos na cozinha. Do lado de fora das janelas da loja, a chuva era uma cortina brilhante de água. Ele desligou e foi a toda para casa, quase escorregando na margem lamacenta na passagem de nível da rodovia. Quando entrou, encharcado, Grazina estava sentada à mesa da cozinha lendo uma revista, seca como uma pedra. "Por que você chegou cedo, Labas?", ela perguntou, sem tirar os olhos da edição de 1986 de *Melhores casas e jardins*. Ele respirou fundo, com paciência, depois se virou e voltou para o trabalho.

E o caroço de Maureen, para alívio de todos, acabou sendo um cisto, um aviso de potencial malignidade no futuro — mas não por enquanto, não às vésperas da estação verdejante e de os dias se tornarem um fluxo de horas sob luzes fluorescentes, o tempo tão vasto e vazio, levado adiante pela promessa do verão, de dias mais longos e de mais luz para se viver.

Mas chegou a manhã em que o sr. Vogel voltou. Wayne viu que ele estava chegando e o cumprimentou com um educado "Como vão as coisas?", ao que Vogel respondeu, sem diminuir o passo: "Segunda-feira." BJ estava no escritório mexendo em planilhas, a cabeça balançando ao som do baixo de sua nova música de entrada, quando o gerente de relacionamentos abriu a porta e a fechou com força.

A equipe, percebendo o perigo, fez silêncio e tentou ouvir, embora não conseguisse escutar nada. Dois minutos depois, a porta abriu e Vogel saiu, com sua cabeça de punho vermelha como se tivesse acabado de socar uma parede. Ele foi até a porta da frente, se virou e apontou para BJ, que estava saindo do escritório de cabeça baixa. "Eu te dei três semanas, Cheryl. Três!" Por alguma razão, ele ergueu cinco dedos ao dizer isso. "Sendo assim, agora eu fiz o seu trabalho por você. Então não venha me perguntar 'Por que não posso ser gerente regional? Por que vocês sempre me pulam na hora de promover alguém?'. É porque você não tem disciplina, Cheryl." Ele mordeu o lábio, depois, vendo três fotos idênticas de Samuel Dalembert na parede do "Funcionário do Mês", arrancou a última delas, amassou até virar uma bola e a arremessou na direção deles. "Agora conte pra eles o que eu te disse e acabe com isso de uma vez." Ele se virou e saiu. Uma cliente que estava prestes a entrar e foi pega pela diatribe dele colocou a mão na boca e foi embora.

O lugar estava vazio. Por algum motivo, até a tevê estava desligada.

"Contar o que pra gente?", Maureen perguntou, tocando no ponto de onde tinham acabado de tirar seu cisto. "Não gosto de segredos, eles me dão palpitações."

"Além disso, quem é *Cheryl*?", perguntou Wayne.

"Cala a boca, Wayne." BJ lançou um olhar para ele que podia ser usado para cobrar dívidas. Ela mandou Hai virar a placa para FECHADO e chamou todo mundo para a frente da loja.

Sony surgiu dos fundos, com Russo e a menina que lavava a louça.

BJ puxou a calça pelo cinto, pegou seu lenço da bandeira dos Estados Unidos e secou a testa brilhante. "Um tempo atrás, Vogel me disse que eu precisava demitir alguém." Um resmungo coletivo se espalhou pelo lugar. "Eu deveria ter feito isso há semanas, e… bom, não sei. Achei que a gente ia conseguir provar pra eles que tudo ficaria bem, mas…"

Ela se calou, com as mãos perdidas nos bolsos e os olhos fechados. Era a primeira vez que Hai a via tão desolada, sem dar conta nem mesmo da própria estatura. Houve um longo silêncio antes de ela anunciar.

"É o Sony", ela disse por fim, olhando o menino de canto de olho, depois baixando os olhos. "Ele disse algo sobre os pinguins de origami serem uma perda de tempo ou algo assim. Sei lá."

Hai conseguia sentir o calor subir por suas têmporas. Ele pensou ter ouvido Russo e Wayne dizerem *merda* num uníssono perfeito. "Mas e a mãe dele? Digo, a minha tia. Ele é meu primo." Hai deu um passo à frente. "Eles não podem fazer isso. Ele tem que ter uma rescisão ou algo assim. Ele tem uma rescisão?"

"Você acha que isso aqui é o quê?", BJ continuou passando o lenço no rosto. "Não tem rescisão aqui, não pra quem faz meio expediente."

Sony continuou imóvel como uma flor desenraizada ao lado da máquina de refrigerante. Hai ouviu o primo murmurar algo antes de perceber que ele estava recitando os nomes de batalhas da Guerra Civil. "Shiloh, Fredericksburg, Antietam, Segunda Batalha de Bull Run, Murfreesboro..."

"Ele vai ser demitido por causa de pinguins?", Russo disse, enojado. "Que filho de uma puta."

"Olha, numa dessas ele pode pegar um ou dois dos meus turnos", Wayne disse de trás deles. "Eu daria mais, mas tenho... meus filhos e os cachorros e tudo mais." Ele lançou um olhar tristonho na direção de Hai, depois cobriu os olhos com o boné.

"E se ele ficar com o meu lugar?", perguntou Maureen. "Me ofereceram, em sigilo, o cargo de gerente de loja no HomeMarket do aeroporto mês passado. Antes da minha cirurgia."

"O cargo foi preenchido faz duas semanas", BJ disse.

"Ok, então saca só." Russo tirou o fone do drive-thru. "Você pega um turno do Wayne, e eu te dou meio turno. A gente consegue..."

"Não", Hai disse, "a gente não vai mexer no seu. Não com a sua irmã e tudo mais".

"É só por um tempo", Russo disse baixinho, mas dava para perceber que ele estava aliviado.

Foi aí que Sony correu para a porta.

"Ah, espera aí", disse Wayne. "Não age como se você estivesse num filme!"

Hai correu atrás dele, mas, quando chegou à entrada, havia uns vinte clientes do lado de fora. Eles tinham acabado de descer do ônibus da casa de repouso em Millsap. Era a Segunda Sênior, ele lembrou, e se viu cercado por permanentes grisalhos e brancos e por coletes. “Aonde você está indo? Sony, para!”, ele gritou por cima das cabeças deles, mas Sony já estava contornando a esquina lá fora.

Os clientes, impacientes com a espera, passaram em fila pela porta, empurrando Hai de volta para dentro. Hai correu na direção do guarda-volumes para pegar as suas coisas, mas foi parado por BJ.

“Você pode só anotar uns cinco ou seis pedidos antes que a gente fique atolado aqui? Eu sei, eu sei. Mas já estou com um funcionário a menos e aquele merdinha do Vogel continua por aí e eu não preciso dele voltando e vendo essa porcaria de fila.”

Hai começou a atender os clientes, seus dedos tremendo na tela. Depois de alguns deles terem feito seus pedidos, ele correu para a câmara fria e ligou para a tia Kim. Um guarda da penitenciária atendeu e disse que ia levar de cinco a dez minutos para a levarem até o telefone. Hai ficou na linha enquanto batia o cartão e pegava as coisas.

Logo ele estava pedalando pelo estacionamento, o ar fresco e perfumado com a clareza da primavera. Tons azuis e brancos se exibiam no céu, e o vento vinha das colinas em ondas, batendo em sua bicicleta enquanto ele fazia força na via movimentada. Ele estava percorrendo as ruas de um lado para o outro, de pé na bicicleta e olhando ao longe para tentar encontrar o boné preto de Sony, quando a linha fez um clique e a voz da tia Kim surgiu.

“Preciso da sua ajuda. O Sony sumiu e estou com medo de que ele faça alguma coisa ruim.”

“Como assim *sumiu*? Onde está o meu filho?”

“Ele foi demitido e saiu sem dizer nada… Não sei.”

“Trời ơi chết cha rồi.” A voz dela ficou mais lenta, como se percebesse algo.

“Que foi?”

“Ele vai pra Vermont. Que idiota! Pelo amor de Deus. O que foi que eu fiz?” Ela estava falando sozinha, quase chorando.

Hai garantiu que ia pegar Sony muito antes de ele ir para Vermont. “Tentei ligar, mas ele não atende. Será que você pode tentar?”

"Tem mais uma coisa que você precisa saber." Ela contou a Hai que vinha escrevendo cartas para Sony da cadeia. "Mas eu finjo que sou o pai dele. Esse tempo todo, faz quatro anos, mesmo antes de eu estar presa. Faço isso com esse dicionário vietnamita-inglês de merda. E ele acreditou porque o pai dele também falava um inglês de merda." Ela estava chorando. "Eu disse pra ele, como tio Minh, que ele podia vir trabalhar comigo e com a minha esposa no bar de tacos se ele quisesse."

"Qual é o problema dessa família? Por que *tudo* precisa ser mentira?" Um caminhão estava passando e Hai estava gritando.

"De que família você está falando, garoto? Isso aqui não é porcaria de *família*? Você está vivendo numa fantasia? Você deixou essa bobajada americana apodrecer a sua cabeça. Quem é que teve tempo para sentar com você na mesa do jantar e ser uma família?"

Ele olhou para a estrada procurando o primo e não viu nada. "Desculpa."

Aquele tempo todo ela vinha escrevendo para o filho, inventando um futuro para o pai quando o homem era uma pilha de cinzas. "Sei que é horrível e eu me sinto supermal, de verdade." Ela assoou o nariz. "Você pode, por favor, pegar o Sony e trazer aqui? Eu conto tudo. Vou consertar isso. Juro." Ela instruiu Hai a seguir pela estrada. Sony sempre tinha desejado pegar o trem para o norte para ver o pai e andou estudando os mapas da Amtrak.

Hai desligou e disparou a bicicleta pelos trilhos no fim da estrada estadual, onde ela se transformava numa ladeira de pedras em direção a uma pedreira que seguia rumo aos trilhos. Ele olhou para os dois lados dos dormentes, mas não conseguiu ver o primo. Ele sabia que o rio de onde acabava de vir ficava no sul e, portanto, foi na direção oposta. Ele se ergueu sobre os pedais e seguiu com a bicicleta pela vala de cascalho ao lado dos trilhos até que, em meio à paisagem marrom de abril, surgiu um pontinho preto oscilante.

"Sony!", ele gritou. "Sony, pare!"

Hai se aproximou, gritando o tempo todo até ver o corpo magro se virar.

"Mas que merda você está pensando?", Hai disse quando alcançou o primo. Ele estava curvado recuperando o fôlego.

O rosto de Sony tinha a estranha calma de um personagem NPC num videogame. "Eles não me querem mais. Então eu estou indo ver o meu pai."

"Você não pode ir ver o seu pai." Hai parou para pensar. "Quero dizer, pode, mas não agora. A gente pode pegar um ônibus ou algo assim. Vamos conversar sobre isso primeiro."

Sony fez que não com a cabeça e continuou andando. "Não tem nada pra conversar."

"Pelo menos saia da porcaria do trilho. Ei..."

"Não tem nada para conversar quando esse país está desmoronando e eu estou aqui tentando preservar esta União, a nossa União." Sony fez gestos loucos com os braços, o rosto pálido. "E você sabe o que aqueles rebeldes fizeram no Kansas, não sabe? Eles criaram a própria milícia e esburacaram a prefeitura com canhões de dez libras. Um país não pode viver assim, general Hai. Não existe mais decência aqui."

"Não existe. Você tem razão. Olha..."

Sony se virou e foi andando.

"Você não pode ir, cara. Por favor." Hai deixou a bicicleta cair. "O seu pai... O seu pai não está lá. As cartas que você recebe dele são da sua mãe. Todas. Ele morreu, ok? A sua mãe me contou. O seu velho, o cara do diamante, ele se foi e..." Hai viu um lampejo de nuvens, um céu azul, o sol, e aí percebeu, com os cavaletes dos trilhos batendo nas costas, que Sony tinha dado um soco em sua boca.

Sony parou acima do primo e o olhou fixamente nos olhos, sem piscar, com seu avental voando no vento. "Eu sei."

22

Sony estava respirando pesado, o rosto a um só tempo calmo e magoado. Hai pegou os óculos sobre o cascalho e colocou no rosto, a haste esquerda da armação quebrada, que tinha sido consertada com uma fita. Ele se levantou com dificuldade e estudou o primo, olhando a verruga debaixo do olho, como se fosse a primeira vez.

"Que merda foi essa? Você não pode me bater. Você é autista."

"Desculpa. Eu precisava deixar uma coisa clara."

"Sei, e normalmente as pessoas fazem isso com palavras." Ele cuspiu no chão e tocou o lábio cortado. "E como assim você *sabe*? O que você sabe?"

"Você está sangrando."

"Responde."

"Eu não sou idiota, Hai. Meu pai morreu faz três anos, sete meses e catorze dias. Ele queimou dentro de um Nissan Maxima 98. Li tudo sobre isso na internet. Eles têm uma impressão dessa reportagem na minha ficha na república. Disseram que a morte dele foi uma desventura. Eu não sabia que as pessoas morriam em aventuras. Não sabia", ele parou e engoliu, "que fumar um cigarro perto de uma estrada era considerado uma aventura. Mas agora está na hora de eu ter a minha própria aventura. Ver meu pai finalmente, depois desses três anos." Ele endireitou o corpo, encheu o peito e bateu continência. "Soldado Sony Minh Le do Décimo Sétimo Regimento de Voluntários de Connecticut se apresentando para o serviço." O lábio inferior dele tremia.

Hai teve uma necessidade urgente de agarrar o pobre menino e arrancá-lo de seu delírio. Mas ele respirou fundo e tentou outra vez. "Você pode fazer tudo isso mais tarde, ok? A sua mãe está morrendo de medo do que pode acontecer com o soldadinho dela — que é supercorajoso, claro. Todos nós sabemos disso."

"Mentira tem perna curta. E ela não deveria ter mentido." Sony tirou o boné do HomeMarket e atirou num arbusto. Depois ele tirou do bolso do avental o boné da União e colocou na cabeça, cobrindo os olhos. "Além disso, eu preciso pegar o diamante." O diamante que a explosão no Vietnã prendeu na mão do pai dele. Um diamante daquele tamanho, do tamanho de uma ervilha, Sony explicou, valeria mais de duzentos mil dólares. "Tem uma teoria quântica que eu andei dando uma olhada", ele continuou, "especificamente uma coisa chamada Triângulo de Ouro. Está no *Heroes*, sabe — você já assistiu? Deixa pra lá. A teoria diz que o meu pai está vivo em algum lugar. E, se eu agir e encontrar o diamante dele, posso introduzir uma linha de ação no universo na qual posso uma hora ir ver meu pai no momento em que o carro explode — mas em uma dimensão paralela, claro, que uma hora vai acabar repercutindo nesta dimensão e mudar o curso…".

"Finalmente você endoidou." Hai secou o lábio ensanguentado.

"Ainda não."

"Não tem como o carro ainda estar lá. Isso aconteceu faz *anos*. E por que você não foi antes, logo depois que aconteceu?"

"As cartas começaram a chegar." Ele desviou o olhar e choramingou. "E eu… eu meio que me deixei levar."

"Vamos para casa por hoje. Você pode dormir comigo na casa da Grazina. A gente vê *Gettysburg* de novo se você quiser. A gente para na farmácia e eu compro um salgadinho pra você, um pacote tamanho família e tudo mais." Ele estendeu a mão, mas Sony recuou e Hai teve um sobressalto. "Não me bate de novo. Estou chapado e não estou enxergando direito."

"Os diamantes são para sempre", Sony disse baixinho, acariciando o lugar nas costas da mão onde ficava o diamante do pai. "A BJ me disse isso. Um diamante pode sobreviver a um incêndio. Ela me disse isso quando comecei. Ninguém me dava emprego por causa dos meus problemas mentais, mas ela deu. Ela acreditou em mim." As pálpebras dele tremeram. "Ela disse 'Todo mundo pode ser um diamante. Só precisa aplicar um pouco de pressão'."

"Por favor…"

"Um soldado..." Sony se encolheu e se corrigiu. "Um soldado *profissional* precisa de uma base de coragem, serviço e sacrifício."

"Mas você *não* precisa dessa merda. Isso é só bobagem que os comerciais dizem para te convencer a ir pra guerra. Deixa eu te dizer uma coisa, ok?" Hai olhou de volta para os trilhos para ter certeza de que não vinha um trem. "Você diz que eu sou inteligente, certo? Porque fui pra faculdade e tudo mais, não é? Então me escute." Ele colocou as duas mãos nos ombros de Sony. "A maior parte das pessoas é fraca e assustada. São uns molengas. Nós somos uma espécie de molengas. Você conversa com *qualquer um* por mais de meia hora e descobre que tudo que aquela pessoa está fazendo é uma fraude para evitar que ela desmonte. Dos agentes penitenciários aos professores, passando por gerentes, psiquiatras, até pais, qualquer um — até os seus generais estúpidos. As pessoas montam essa fachada de força. Agem como se tivessem um propósito e uma missão e a vida toda delas supostamente deveria levar a essa grande tese de quem elas são. Mas e o que aconteceu, hein? Robert E. Lee e todas aquelas pessoas que acreditaram nele naquele quilômetro infernal porque ele estava com medo demais pra dizer que tinha feito uma cagada e que não tinha cavalaria. Os generais disseram para ele recuar para as montanhas, mas ele se recusou a ouvir. Você me disse isso, certo?"

"Ele também teve uma disenteria", Sony murmurou.

Hai apertou os ombros de Sony, como se estivesse guiando um navio. "Eles só estão com medo de que alguém olhe pra eles e julgue. Com medo que alguém veja através da armadura falsa que passaram a vida toda forjando. E pra quê? Pra ter uma porra de uma disenteria enquanto um bando de gente que acha que você é uma espécie de deus entra na frente de uma parede de balas? Você não vê? Todos nós queremos uma história para tornar a vida suportável para a gente continuar vivendo por tempo suficiente para trabalhar como uns camelos até irmos pra debaixo da terra, tipo a vovó. Tipo o seu pai. Tipo..." Hai sugou o próprio lábio ensanguentado. "Olha, estar fodido na verdade é o mais comum. É a maior parte de quem nós somos. Estar fodido é a coisa mais normal do mundo. Você é ao mesmo tempo fodido *e* normal, entende?"

Ele estudou o rosto de Sony para ver o que as suas palavras estavam fazendo, sem saber ao certo se ele mesmo acreditava naquilo. Por que será que toda vez que dizia algo importante, parecia que aquilo estava vindo de outro lugar, de um repertório recolhido de filmes ruins que ficava na base de seu crânio?

"*Todo mundo* tem medo", Hai continuou. "É tipo aquele bolo de milho estúpido que a gente serve todo dia. Eles têm aquela crosta fininha dourada, mas noventa e nove por cento daquilo é um bolo macio, molenga com uma tonelada de açúcar. Então você não precisa ser soldado de *ninguém*. Você pode ser uma pessoa que faz aquilo que faz todo dia e está bom demais. Você não entende?"

Ele estava curvado, com os braços ainda nos ombros de Sony, recuperando o fôlego, depois prosseguiu.

"As pessoas não são tão ruins. Elas são só umas criancinhas assustadas tentando sarar, e isso leva elas a contarem histórias estúpidas umas para as outras", ele disse baixinho. "Você pode só ser quem você é e ficar comigo? Só por um tempo, enquanto eu tento resolver isso? Você fica? Por favor? Não aguento mais isso."

Sony ergueu a mão e tocou na corneta do boné.

"Você é uma pessoa muito melhor do que eu, Sony. Essa é a verdade. Eu me inspiro em você. Você é, tipo, a melhor pessoa que eu conheço. Você é o Alyosha." O lábio inferior de Hai estava fazendo uma coisa esquisita, e ele teve que colocar o punho sobre a boca para que parasse de tremer. Ele olhou para o rosto do primo como se esperando um dado parar de rolar. "Você vai mesmo assim, não vai?"

Sony balançou o corpo de um lado para o outro, depois parou, olhou de um jeito triste e encabulado para Hai, e confirmou.

Hai olhou longamente para os trilhos, para o calor recente trazido pela primavera que se erguia sobre os dormentes de ferro, o bastante para distorcer os trechos mais distantes da Felicidade do Leste, transformando-os num sonho mutilado. "Certo." Ele mordeu o lábio, com a cabeça baixa, derrotado. Ele tinha se enfiado demais naquilo e agora precisava ir em frente. "Vamos pra Vermont, então. De zero a dez, quanto a minha boca está estragada?" Ele se virou para mostrar o lado onde Sony o havia acertado.

"Seis", Sony disse e baixou os olhos. "Desculpa."

Hai pegou a bicicleta e indicou com um gesto de cabeça por cima de seus ombros a garupa. "Suba, soldado. A União não vai se salvar sozinha."

Se eles iam atravessar a divisa estadual, Hai precisava levar Grazina junto. Era muito arriscado deixar ela sozinha na situação em que estavam. A viagem também trazia o benefício de evitar o serviço social caso voltassem, o que fazia com que eles ganhassem tempo.

O carro de Maureen estava na oficina, portanto, decidiram tentar Wayne, o único outro funcionário que tinha carro. BJ nunca teve carro e ia para o trabalho de carona com a mãe todos os dias.

"Espera aí", disse Wayne. "Vocês dois vão até Vermont procurar um diamante do tamanho de uma ervilha que ficou preso *dentro* da mão do pai dele?" Ele ajustou o boné e coçou o queixo.

Eles estavam deliberando perto da caçamba nos fundos. BJ olhava para o chão, pensando. Hai ficou surpreso com a rapidez com que ela concordou em ajudar com algo que parecia uma expedição quase mítica.

"Você topa dirigir se a gente pagar a gasolina?", Hai perguntou para Wayne. "E ainda te der um troco?"

"Então, só pra eu entender direito. Você quer que eu dê carona para vocês dois e pegue uma senhorinha branca com demência com quem você morou esse tempo todo para ir até Vermont procurar no meio da terra queimada um diamante perdido para tirar a mãe deste menino da cadeia?" Ele colocou a mão no ombro do Sony e apertou. "Respeito o que você está passando e tal, respeito mesmo, mas eu não vou ser o Morgan Freeman em *Conduzindo Miss Daisy* dando carona pra lunáticos quando tenho contas pra pagar. Além disso, já vou dirigir cinco horas pra ver a minha namorada em Lancaster neste fim de semana. Adoro vocês. Mas desculpa, meu irmão."

"Quem é Miss Daisy?", Sony perguntou.

"Tá, já sei." BJ apertou as mãos debaixo do queixo e olhou para os primos. "Olha só o que eu vou fazer por você. E só porque aquele sacana demitiu você sem o meu consentimento." As unhas dela estavam roídas até a carne. "Se eu for buscar creme de espinafre — que a gente realmente precisa — naquela parada de descanso do HomeMarket perto de Thetford, posso autorizar o uso da van *e* contar tudo como horas trabalhadas desde que não passe do horário do expediente." Era pouco depois de três da tarde, e Thetford ficava a meras duas horas e meia dali e um pouco ao norte do lugar onde o pai de Sony estava. "A gente consegue voltar antes da hora do fechamento."

"Graças a Deus. Certo, os frangos não vão se trinchar sozinhos." Wayne voltou para dentro. Só aí Maureen foi até a porta dos fundos.

"O que está rolando? Metade da loja está aqui fora."

"O que está rolando é que você vai para Vermont", disse BJ.

"Delivery."

"Quase", Hai disse.

"Eu vou ficar na van com *ele*", BJ apontou para Sony, que bateu continência para ela, "e com *ele*, que precisa ficar de babá pra doida que é dona da casa em que ele mora ou algo assim. Não pergunte. Preciso de alguém para ter certeza de que a gente não vai virar mais um daqueles mistérios não resolvidos por aqui. Além do mais, vai contar como hora de trabalho. Topa?"

Maureen deu de ombros. "Melhor que ficar por aqui com meus joelhos ferrados."

"Pegue o seu casaco e me encontre aqui em cinco minutos. E mande o Russo e a menina da louça encherem aqueles isopores da van com gelo." Ela olhou para Hai. "O que aconteceu com você?"

"Levei um soco na cara."

Meia hora depois, eles chegaram no número 16 da Hubbard. "Volto num instante", Hai gritou enquanto corria para dentro.

Grazina estava sentada na poltrona do papai vendo *The Young and the Restless*. "Labas, pode trazer aquela pizza nova do seu restaurante hoje?"

"Não, mas posso trazer amanhã. Ei", ele foi até Grazina e segurou a mão dela com as duas mãos dele, "a gente vai ter que fazer uma pequena viagem, ok?".

"Sério?" Os olhos dela se arregalaram. "Ver o Lucas e a Clara de novo? Eles não são um casal simpático?" Ela estava tonta por causa da dose de Zoloft.

Hai lembrou Grazina sobre Sony e disse que eles iriam até Vermont para ver o pai do primo para uma ocasião bem importante. "Vai ser divertido. Vermont tem todas aquelas árvores bonitas."

"Antes de maio não tem. Eu fui lá há muitos anos, participar de um festival de música lituana. Montanhas enormes, nunca vi nada tão grande." Ela fez um gesto para representar as montanhas como se elas estivessem do outro lado da sala.

"Ótimo, então você sabe do que estou falando." Ele começou a pegar as coisas deles, enchendo o organizador de comprimidos dela e acrescentando doses extras caso fosse necessário. Pegou uns biscoitos e uma garrafa com água, catou um cobertor do sofá e enfiou tudo na mochila. Depois ele vestiu Grazina. "Aqui, sua blusa favorita de coruja." Ele passou a blusa pela cabeça dela e a ajudou a vesti-la, depois pegou a jaqueta Woolrich dela no solário, abotoou e envolveu a cabeça de Grazina com uma echarpe. "Ótimo, pegou os óculos? Cadê seus óculos?"

Grazina olhou para ele, piscando. "Não sei... Ah! No micro-ondas."

"Quê?"

"Eu estava fazendo chá."

"Tá, espera aí." Ele pegou os óculos que estavam dentro do micro-ondas e colocou no rosto dela. "Muito bem, está pronta? Ótimo."

Quando entraram no carro, Maureen olhou para trás, surpresa ao ver que a dona da casa realmente existia. Depois de todo mundo se cumprimentar e colocar os cintos de segurança, a van começou a trafegar pelas ruas esburacadas. BJ estava dirigindo, com Maureen na frente, Sony sozinho no banco do meio e Hai com Grazina atrás, todos amontoados como numa viagem macabra em família.

Hai olhou para o rio que corria, as ondas grandes e redondas, a água mais alta com o degelo das áreas mais elevadas. Era tão bom ficar sentado e olhar pela janela, ser levado a algum lugar e flutuar pela paisagem nua que ele havia muitos meses percorria só de bicicleta.

Grazina parecia lúcida o bastante por enquanto. Hai percebeu que ela andava mais autoconsciente, sorrindo otimista quando um pensamento lhe escapava no meio da frase. "Você está bem?", ele perguntou quando a van entrava na interestadual. Ela deu de ombros, ajeitou os óculos no nariz e olhou pela janela. De vez em quando, BJ olhava para eles, meio que esperando que Hai explicasse a situação.

"Isso é igualzinho a *Star Wars*", Maureen riu no banco do passageiro. "Juro que agora é assim o tempo todo."

"Como assim?", perguntou BJ.

"Bom, temos aqui um menino tentando pegar uma joia do pai morto. Desculpa, meu amor", ela disse para Sony. "É meio épico, você não acha? Darth Vader, Anakin Skywalker, uma jornada cósmica para salvar a princesa Leia presa na penitenciária estadual — essa coisa toda." Ela suspirou e viu que horas eram no seu relógio de Han Solo. "É uma coisa bonita. Um rapaz procurando sua família."

"Desde que a gente consiga manter a coisa mais parecida com *Star Wars* do que com *Duro de matar 2*." BJ olhou para Maureen, que espiou Hai pelo retrovisor. "Só estou dizendo, isso é meio insano. E se essa velhinha morrer nessa van ou algo do gênero? O que eu — e você sabe que vou ser eu — vou dizer pro corporativo?"

"Ela não vai morrer", Hai disse lá de trás. "Ela só tem problemas de memória. Ninguém morre disso."

"Ah! Que lindo!" Grazina repentinamente se endireitou no banco. "Por que a gente não continua falando como se eu não estivesse aqui? Como se eu fosse carne pendurada no açougue? Que bacana, hein? Não sou burra, sabe? Meu cérebro só desliga às vezes." Ela olhou para Hai, impressionada com a própria coragem.

Ele apertou a mão dela.

A van ficou em silêncio por um tempo. Quando atravessaram a divisa do estado e seguiram a uma velocidade constante pelas estradas vicinais ao norte, BJ cortou o silêncio. "Ei, pessoal, na real, posso fazer uma pergunta? Sabe, já que eu estou dirigindo e arriscando a minha carreira, minha fonte de renda e tudo mais."

"Não vai me dizer que você está pensando em desistir." Maureen se virou pra ela. "A gente já passou do aeroporto."

"Só quero tentar uma coisa... Prometo, não vou causar muito problema. É só que..." Ela parou para pensar.

"Diz de uma vez", Maureen disse. "Não sabia que lésbicas faziam tanto rodeio." Ela olhou em volta e riu, percebendo a própria piada.

"Então, conheço um cara, o Kenny. O primo dele é olheiro em Toronto — vocês sabem, no Canadá, distrito de Bret Hart. Bom, se não se incomodarem, eu dou uma passadinha lá e deixo a minha fita, pode ser? São só uns quilômetros depois de Springfield."

"A gente está tentando pegar um diamante secreto e você quer fazer contatos de trabalho?", Maureen disse.

"Você devia ir lá." Sony enfiou a cabeça entre os bancos da frente. "Você merece. A gente pode matar dois joelhos com uma cajadada só."

"Dois coelhos", Grazina disse para Hai, feliz com sua capacidade de fazer essa correção.

BJ pegou a fita no bolso do casaco e a ergueu. "Vou fazer isso valer a pena. Não esquenta."

"Esse era o seu plano o tempo todo, hein?", Maureen disse com admiração irônica.

BJ sorriu ao sair da rampa que levava à saída de Springfield. O contorno decrépito dos prédios surgiu no horizonte, âmbar sob a luz da tarde. "Uau! Foi aqui que fizeram metade dos rifles para o Exército da União. Era por isso que chamavam de rifle Springfield." Sony encostou o rosto na janela, como se fosse possível ver alguém na rua carregando um desses rifles.

"Como eu disse", Maureen cutucou o nariz e viu a cidade entrar no campo de visão deles, "tudo é *Star Wars*".

Eles tinham parado a van no estacionamento do Cracker Barrel, onde Kenny trabalhava como garçom, e estavam à espera do intervalo para que ele saísse. "Está vendo aquele lugar lá?" BJ apontou para o Blue Chuckie, uma cadeia de restaurantes regional, do outro lado da rua. "Ouvi uma vez, lá na Virgínia, que um dos funcionários teve um ataque cardíaco, certo? E eles estavam tão atolados que só arrastaram o cara até a câmara fria e deixaram lá até o fim do turno. Tipo, dois funcionários deitaram o cara lá e voltaram pro trabalho."

"Caralho", disse Maureen. "Ele morreu?"

"Deve ter morrido."

"Pepto-Bismol", Grazina murmurou. Ela estava tão quieta que a sua voz soou como algo novo na van.

"O que foi, senhora?" Maureen se virou. "Precisa de algo?"

"É 'abismal' em italiano", Grazina disse. Ela se virou para Hai. "Estamos esperando o pai do menino agora?"

"Estamos esperando o amigo da BJ. É um pit stop."

"Um o quê?"

"Um pit stop", BJ disse. "E ele não é meu *amigo*. Mal conheço o cara."

Mas o pit stop se transformou em uma hora de espera no estacionamento antes de um sujeito atarracado com um avental manchado de gordura enfim aparecer, correr até a van e pegar a fita de BJ. "Sem promessas", Kenny disse com um rosto inexpressivo, "mas vou ver o que eu consigo fazer". BJ deu um soquinho no ar enquanto via o sujeito voltar para dentro, com a fita fazendo volume no bolso de trás da calça. "Um pequeno passo para a humanidade, um salto gigante para a luta profissional."

Hai viu o luminoso do Blue Chickie girar sobre seu eixo enquanto a van voltava para a estrada e pensou sobre aquele homem na Virgínia, deitado absolutamente imóvel no chão de uma câmara fria, sua alma pairando acima dele esperando o fim do turno para ir para casa. Por algum motivo, isso o lembrou daqueles porcos imperadores, batizados desse jeito não para significar o ato de governar, mas para alimentar o governante com suas vidas.

O sol tinha mergulhado no horizonte, criando manchas cor de pêssego avermelhado nas colinas. O relógio no painel marcava 19h01. Grazina estava dormindo e acordando. Na van cheia com o calor dos corpos, a noite fria de abril vazando pelas janelas, Hai deixou que o vidro sustentasse sua cabeça e viu as réstias de luz que saíam das casas simples, dos postos de gasolina e dos conjuntos comerciais mal iluminados cruzarem os campos e se metamorfosearem em borrões coloridos à medida que a janela ia sendo tomada pela neblina.

Depois de alguns quilômetros, BJ parou em um hotel de beira de estrada na interestadual. "Onde é que a gente está?", Sony perguntou, esfregando os olhos.

"A placa lá atrás dizia Fim do Mundo, Massachusetts", disse Grazina, puxando a echarpe em torno da cabeça.

"*Northampton*, Massachusetts", disse BJ, descendo da van. "Está escuro para caramba e não adianta voltar tudo só para repetir amanhã."

"Diz que não tem vagas, querida", Maureen suspirou.

"Vou perguntar mesmo assim."

"Mas Brattleboro fica a só uma hora de distância." Sony se virou para Hai.

"É. E que diamante você vai encontrar de noite?"

A entrega da fita demo de BJ tinha atrasado o cronograma, e as estrelas já cintilavam acima deles.

"Eu trouxe uma lanterna." Sony pegou o que parecia ser uma engenhoca tipo canivete suíço e, apertando um botão, lançou um raio de luz do tamanho de um palito de dentes.

"Vamos ter que esperar até amanhã", Maureen disse. "Além disso, meus joelhos estão me matando."

Maureen viu uma ponta de preocupação no rosto de Sony e garantiu que eles iam para lá de manhã cedinho, bem no momento em que BJ saiu da recepção com uma expressão fechada.

"Está lotado", ela disse, entrando na van. "A moça disse que tem uma espécie de festival para celebrar o *aspargo*. Aparentemente isso deixa a cidade lotada por uma semana inteira uma vez por ano. Fazia tempo que eu não ouvia uma coisa tão de branco, garanto." Ela olhou para a marquise do hotel. "Mas liguei para o Wayne bater o cartão pra gente. Ele vai bater nossa entrada quando chegar amanhã."

"Tem um Stouffer's?", Grazina perguntou. "Estou morrendo de fome."

"Eu topava comer umas asinhas do Hooters", Maureen disse. "Não ia ser massa se tivesse um Hooters, mas só com avós com mais de cinquenta e cinco anos?"

"Eu iria", BJ disse, olhando para o câmbio.

Eles seguiram pela estrada até outro hotel e, quando descobriram que o outro também estava cheio, pararam num 7-Eleven para comer alguma coisa e encher o tanque. Maureen comprou um rolo de raspadinhas. Depois foram um pouco adiante tomando um milkshake enquanto um saquinho de Cheetos era passado de um para outro.

"Não consigo ficar muito mais tempo sentada aqui", Maureen disse enfim. Todo mundo concordou que era preciso parar para dormir — mas onde? Estavam debatendo se fazia sentido dirigir até em casa e tentar de novo cedinho no outro dia quando Hai viu algo à distância pouco à frente.

Era um celeiro, escuro e isolado num campo imenso. Tendo trabalhado em fazendas de tabaco na adolescência, ele conhecia a forma e a textura, os cantos retos, a estrutura imponente daqueles galpões que pontilham pastos ao longo do vale do rio Connecticut, e era capaz de enxergar um deles mesmo no escuro, como criaturas vivas se movendo pela paisagem. Ele sabia, além disso, que a maior parte dos fazendeiros morava a muitos quilômetros de seus celeiros, alguns até mesmo a horas de distância, e que o lugar provavelmente estaria vazio o suficiente para passar a noite.

Eles concordaram em parar na entrada de terra para se recompor e pensar, mas, quando Grazina abriu a porta e começou a andar na direção do galpão, todos saíram da van e foram atrás dela.

"Quando eu era menina", Grazina disse, entrando na escuridão fria do galpão, "dormia num galpão desses no verão. Na casa da Baba em Bubiai". Ela olhou para as vigas. A luz da rua filtrada pelas tábuas mal era suficiente para que eles enxergassem.

"Olha", Sony disse, "tem feno também. Igual nos desenhos animados".

"Bom, não é muito quente, mas é quente o suficiente." Maureen já estava testando a pilha de feno com as mãos. "Até que é macio", ela acrescentou, sentando e enrugando o rosto enquanto esfregava o joelho. "Mas isso é meio doideira, pessoal. A gente realmente vai fazer isso? Dormir num celeiro? Estou com a impressão de estar voltando de um baile ruim na época do ensino médio."

"Que tipo de escola você frequentou no ensino médio?", disse BJ, que tinha sugerido que eles dormissem na van, mas o joelho da Maureen precisava de uma noite esticado ou ia travar na manhã seguinte.

Hai abriu o celular e usou sua luz para dar uma olhada em torno, descobrindo uma série de latões de lixo metálicos com rodinhas. Ele colocou a mão em um deles e tirou de lá um punhado de objetos ásperos. Ao levá-los para a luz, reconheceu cabeças de alho, com seus caules ainda ligados, deixadas para cura em imensos latões espalhados pelo celeiro. Ele se virou para contar para os outros e viu que eles estavam se acomodando, exaustos. BJ tinha encontrado um sofá velho encostado na parede e estava deitada com o capuz puxado sobre a cabeça, mandando mensagens no celular.

"É pra ser bem seguro aqui." Hai andou até as pilhas de feno e fechou as portas por onde tinham entrado.

Maureen se virou de lado. "Tem um fedor de cavalo velho."

"Velho e esquisito", Sony acrescentou, cheirando o ar. Ele estava mais silencioso do que o habitual, à exceção da euforia quando eles passaram por Chicopee, onde ficou falando sem parar sobre a Ames Company, fabricante dos sabres padrão dos oficiais do exército do Potomac. Hai já ia deitar quando se lembrou da mochila com os comprimidos de Grazina na van. Ele pediu que Sony fosse pegar com ele.

Eles deixaram Grazina ao lado de Maureen e voltaram. O ar da primavera tocou na língua deles com perfumes de alfafa, mato e tomilho selvagem. Um bosque de cornisos, forrado de botões e na contraluz da iluminação pública, balançava com uma brisa que vinha das colinas. Hai entrou na van, com Sony ao lado dele no banco traseiro. Parecia um bom lugar para passar um tempo, o único som sendo o dos caminhões que eventualmente saíam da interestadual para estacionar num dos acostamentos ao lado das rampas de saída para passar a noite. Isso e os galhos estalando aqui e ali pelos campos.

Hai pegou a mochila e a apertou contra o peito. Ele colocou dois Dilaudids na boca, mastigando para extrair sua mágica mais rápido.

"Quando eu era pequeno, desde quando consigo lembrar", Sony disse, com a voz estranhamente distante, "eu tinha um sonho, sabe? Eu sonhava que estava sobrevoando Felicidade do Leste. É sempre de noite e consigo ver as ruazinhas aparecendo entre as folhas e estou voando, mas não escuto vento nenhum. Às vezes o sonho começa comigo lá em cima no céu. Às vezes eu estou subindo, às vezes estou descendo. Às vezes estou sobre a caixa-d'água, as usinas ou o Walmart grande perto da rota 7. E por algum motivo eu sei — sabe como a gente sabe essas coisas nos sonhos sem ninguém te contar?"

"Sei." Hai se virou para olhar para o primo.

"Bom, por algum motivo eu sabia que as pessoas dentro de cada casa da Felicidade do Leste, e mesmo mais além, no distrito todo, na verdade eram pinguins. Aves com asas que não funcionam. Os pezinhos borrachudos se arrastando pelos cômodos pequenininhos lá embaixo. E eu só continuava subindo. E o lance é: nesse sonho nunca consigo saber se também sou um pinguim ou não. E toda vez que tento colocar as mãos na frente dos olhos, eu não... eu não vejo nada. Mas devo ser alguma outra coisa, já que estou voando e tal, e os pinguins têm asas que não funcionam. Eu não sei dizer se, de acordo com a evolução darwiniana, os pinguins já voaram um dia, se algum dia as asas deles funcionaram, muito tempo atrás, ou se faltam, sei lá, uns cem anos pra elas funcionarem. Fico me perguntando se eu estou flutuando ali sozinho, o único pinguim com asas. E não sei se estou adiantado ou atrasado em relação aos outros. Sabe o que eu quero dizer?"

"Mas, seja o que for, é uma coisa boa, não é? Ter asas?"

"Pra ter asas você tem que querer ir pra algum lugar. Mas parece que em mim aquelas asas são um desperdício, sabe? Nos meus sonhos e na vida real, eu sempre quis ficar em Felicidade do Leste. Odiei ir pra Flórida, sabia disso?"

"Posso imaginar", Hai disse, o pinguim ainda voando na cabeça dele.

"Sabe, uma vez meu pai me escreveu." Sony se recostou e olhou para o teto descascado. "Ele me contou sobre todas aquelas árvores e plantas lá em Vermont. E, embora eu soubesse que era a minha mãe o tempo todo, de vez em quando eu acordava no meio da noite e fingia que era de verdade. Que era ele."

"Eu acho que o seu pai iria te escrever mesmo."

"Era legal ficar acordado na república. Eu não estava acostumado com o quarto, então imaginava que estava em outro lugar lendo as cartas do meu pai. Eu sempre lia as cartas assim que elas chegavam pelo correio. Mas aí, às três da manhã, eu lia de novo, dessa vez usando a lanterna, e fingia que eram dele mesmo."

"Acho que tanto a sua mãe quanto o seu pai estavam falando com você ao mesmo tempo."

"Isso, o melhor de dois mundos." Sony riu desajeitado para o teto. Depois ele se virou para Hai e disse: "Ei, pode me dizer alguma coisa interessante? Não estou com vontade de dormir ainda."

"Certo..." Hai mordeu o lábio e vasculhou a mente. "Certo, que tal isso? Lembra aquele verão — eu devia ter, tipo, dez anos e você uns oito —, que a gente foi remando naquele caiaque, tentando chegar até o Canadá?"

"Aquela vez que a gente viajou junto pros Grandes Lagos", Sony disse, bem baixinho. "Estava todo mundo lá. Minha mãe, a vó e o meu pai. E a sua mãe também. A gente alugou uma cabana no lago Michigan, não foi? Parecia uma cabana tipo a do Abraham Lincoln, e quando perguntei pro meu pai ele disse que aquela era exatamente a cabana em que o Lincoln nasceu. Mas eu sabia que ele tinha inventado essa parte."

Vozes abafadas vieram do celeiro onde os outros estavam.

"Por que a gente foi?", Sony perguntou.

"Para o lago Michigan?"

"Pro Canadá."

"Lembro de ver o caiaque amarelo na praia, e quando a gente estava testando o barquinho, você disse que queria ver se a gente conseguia chegar no Canadá. Eu nunca fui para o Canadá. Até hoje."

"Fica logo ao norte de Vermont", Sony disse.

"Depois de um tempo a gente estava no meio do lago gigante e a praia ficou superpequena e todo mundo estava na cabana, todo mundo menos o seu pai. Ele era um pontinho minúsculo nadando na nossa direção. Era tipo um pato batendo as asas na direção do nosso caiaque. E a gente nem ligou. Só continuou remando." Hai balançou a cabeça numa descrença nostálgica. "Você estava com medo?"

"Eu queria ir em frente. Era um caiaque, mas parecia tão grande, como se a gente estivesse num navio imenso, e eu queria ir pro Canadá."

"Do nada teve um baque no barco e ele inclinou pro lado, e o seu pai estava bem do nosso lado se agarrando na base e recuperando o fôlego. Mas, sabe, o curioso era que ele não estava bravo com a gente, lembra? Ele meio que não teve reação nenhuma. Ele só disse alguma coisa tipo 'Venham, meninos, vocês já foram bem longe'. Aí ele sentou do nosso lado, com os pés nas ondas, e a gente ficou à deriva por um tempo sem dizer nada. E me lembro de uma sensação meio esquisita, todo mundo superquieto. Só as ondas batendo no barco de plástico e o seu pai, o adulto, pareceu aliviado de estar flutuando com a gente, como se ele também não quisesse voltar. Aí você perguntou. Lembra o que você perguntou pra ele?"

"Acho que sim." Sony estava acariciando a cicatriz na cabeça.

Os murmúrios no celeiro tinham cessado e só a boca escura seguia ali.

"Você disse: 'Ba, você consegue ver o Canadá daqui?' E foi tipo como se a sua voz tivesse acordado ele de um longo sonho e ele disse: 'Sim, sim, está bem ali, filho.' Mas eu olhei e olhei e a única coisa que consegui ver foi mais água, até o horizonte."

"Isso, lembrei."

"Mas por que ele ia mentir sobre aquilo? Não faz sentido." As mãos de Hai estavam vagamente na frente dele, e ele fez um esforço para trazê-las de volta em sua direção.

"Pode ser que ele tenha visto. A gente não sabe." Sony estava segurando o rosto com as duas mãos e vendo o teto como se pudesse enxergar através dele.

Hai teve vontade de contar para o primo sobre a tarde em que tinha ficado sobre as vigas da ponte Rei Felipe no ano anterior, com aquela chuva toda na cara — mas achou melhor não. "Vamos lá, vou levar isso pra

Grazina. Ela precisa de mais uma dose antes de dormir." Hai se levantou, mas Sony não se mexeu.

"Te encontro lá dentro", Sony disse sem olhar para ele. "Só quero passar um tempo aqui. Até que é bacana."

"Beleza."

"Beleza pura", ele sorriu, mas Hai não conseguiu ver os dentes do primo cintilando no escuro.

De volta ao celeiro, Hai deu a Grazina a última dose dela, em seguida quebrou um biscoito em dois e colocou na palma da mão dela. Depois ele jogou a coberta sobre ela, colocou a jaqueta da UPS na altura do peito, para garantir, e se esticou entre ela e Maureen.

Grazina olhou para ele, com feno preso ao cabelo, mastigando. "Continua trabalhando naquele seu romance, Labas?"

"Na minha cabeça, sim", ele mentiu.

"Bom menino." Ela terminou de comer, mas pareceu perdida em pensamentos.

"No que você está pensando?", ele perguntou.

"Eu deveria ter notado de cara que você era um elegebito."

"Sério? Como assim?", ele sussurrou.

"Você faz muitas perguntas. Meninos normais não fazem tanta pergunta." Ela deu uma risadinha e se virou para o outro lado. "Boa noite, Labas."

"Boa noite." E logo a jaqueta que cobria o corpo dela subia e descia com respirações constantes.

BJ já roncava baixinho ali perto. Quando ouviu Maureen andando atrás dele, Hai ofereceu um Dilaudid do seu estoque.

"Olha só pra você", ela disse, bocejando e estendendo a mão. "Você é tipo uma farmácia aqui." Ela jogou o comprimido na boca e esfregou o joelho. "Valeu, queridão. Ah, bela camiseta." Maureen apontou para a camiseta de Hai, a que ele tinha comprado na reabilitação e que usava na maior parte dos dias por baixo do uniforme. "*Uma nova esperança.* Meu episódio favorito, caso tivesse que escolher."

"Ah, esse é um tipo de nova esperança bem diferente", ele sorriu. "Mas, ei, eu estava pensando uma coisa e queria ver o que você acha. E se..." Os olhos dele procuraram a luz das estrelas entre as tábuas do teto. "E se os répteis na verdade não forem maus? Tipo, se eles estiverem aqui como uma salvaguarda, só pra gente não se matar, sabe?"

"Continue", ela disse sem se mexer.

"Talvez seja o trabalho deles: em vez de tentarem fazer a gente se matar, vai ver eles estão tentando impedir a gente de fazer uma guerra nuclear. E depois que a gente tiver evoluído e passado desse ponto e chegado a um novo domínio do pensamento, eles vão levar a gente junto com eles para um lugar novo. Um lugar para onde só as pessoas boas podem ir."

"Boa tentativa, rapazinho. Mas agora você pareceu um líder de culto. Por que a gente não se atém ao bolo de milho por enquanto, hein?"

"Mas..." Hai mordeu o lábio e viu grãozinhos de poeira flutuando na direção de uma réstia de luz da lua. "Faz diferença se os répteis sugaram toda a energia dele se, tipo, no geral, no fim das contas, o Paul mesmo assim teve uma vida decente? Sendo que você deu uma vida boa para ele, mesmo com os monstros debaixo da Terra?"

Maureen ficou em silêncio pelo que pareceu ser um longo tempo, depois suspirou e disse: "Quando você é a mãe de alguém, nada é bom o bastante. O bem e o mal não existem."

"Mas *Star Wars* não fala justamente sobre o bem e o mal? Você vive dizendo que tudo é..."

"Vai dormir e para de pensar em lagartos. Provavelmente eles estão sugando o nosso éter neste exato momento em que a gente está conversando, e eu não posso ficar desperdiçando muito."

"Ok." Os óculos de Hai, com uma das hastes da armação perdida, deslizaram do rosto dele.

"Boa noite, Maureen."

Ele se sentou no feno e inclinou a cabeça, ouvindo. Para ter certeza de que era real.

Então escutou de novo. Alguém assobiando do lado de fora do celeiro, nitidamente e sem sombra de dúvidas — e perto.

Os outros continuavam dormindo. Maureen roncava de leve, e suas costas subiam e desciam. Pelas frestas das tábuas do celeiro, dava para ver que a névoa estava densa a ponto de parecer iluminada por luz artificial. Que horas eram? Por quanto tempo ele tinha dormido? Ele se levantou e saiu pela porta do celeiro, olhando em volta.

Era, ao mesmo tempo, tarde e cedo, a escuridão tocada pela aurora. O assobio continuou em intervalos irregulares, como se alguém estivesse esquecendo a melodia e precisasse parar para encontrá-la de novo. Ele se afastou da van, na direção do campo, onde o orvalho, que acabava de se formar sobre as folhas, brilhava em torno de seus pés.

A rodovia ali perto estava vazia. Ele olhava em volta, na direção da absoluta imobilidade, sua respiração soando maior do que a vida que ela mantinha. Foi aí que ele viu a luz esverdeada à frente, como estrobos sobrenaturais brilhando em meio às folhas das plantas. Enquanto ia na direção das luzes, com as mãos estendidas à frente em meio à neblina, as luzes esmeralda se moviam e floresciam sobre os galhos como três auroras boreais se fundindo numa massa esférica. A visão fez com que ele virasse a cabeça na direção do celeiro, onde seus amigos estavam trancados dentro do mundo do sono, para ter certeza de que não tinha passado por um portal.

Hai foi em frente, afastando galhos mais baixos até se deparar com um segundo campo, onde tudo ficou visível. Ele não notou que seus joelhos tinham tocado o chão enquanto olhava para aquilo que passava deslizando sobre ele. Um enorme navio, uma arca feita com características de um século primitivo, pulsando com uma luz verde doentia que parecia emanar de adesivos derretidos de estrelinhas fluorescentes, deslizou silenciosamente acima da cabeça dele. Em toda a volta, as árvores, sem vento, se inclinaram para um lado, e as folhas altas de capim foram pressionadas contra o chão, como se a nave emitisse uma força propulsora silenciosa.

Ele vasculhou o casco e os deques em busca de pessoas, mas não havia ninguém que pudesse ser visto. O navio continuava se movendo, mas suas velas seguiam imóveis e desinfladas. Quando o navio tocou as árvores mais à frente, os galhos não quebraram nem caíram. Logo o casco foi devorado por uma floresta que se estendia até o sopé das montanhas. E, em pouco tempo, só se viam faixas esverdeadas, ocultas atrás de copas de árvores cada vez maiores à medida que o navio se afastava. Foi aí que o assobio voltou.

Ele se ergueu e virou a cabeça na direção do som.

No caminho por onde o navio tinha vindo, viu uma figura lentamente se aproximando dele, se movendo com um passo preciso, elegante, suas pegadas sugando lama.

Quando os olhos dele se adaptaram, o contorno de um imenso porco preto, da altura de uma criança, ficou visível.

Com a mão protegendo os olhos da luz que vinha de trás do animal, uma luz que parecia não ter fonte, ele viu que o porco na verdade era de um marrom-acastanhado, com um trecho cor de creme sobre o olho esquerdo mais ou menos do tamanho de uma hóstia. Como se estivesse fazendo uma saudação, o porco começou a assobiar uma melodia que ele rapidamente percebeu ser o início de "Noite feliz". Ele caminhou na direção da música até estar a trinta centímetros de distância e conseguir ouvir os imensos pulmões do animal trabalhando.

"Olá", ele disse, com a mão estendida, e se pegou segurando o queixo do porco. Através da pele quente, sentiu a canção passar dilatada pelos dentes ocultos do bicho. "Eu não sei ser", ele disse, assustado pelo seu apelo atormentado. "Como você fica aqui? Como alguém consegue ficar aqui?"

Ele se lembrou da história que Russo tinha contado, do sujeito que foi até a loja para comprar cigarro e nunca voltou. Existe a possibilidade de um buraco se abrir e você entrar nele — não para ser destruído, mas simplesmente desaparecer? Em que lugar da Terra isso seria possível? Será isso que os comprimidos fazem no fim das contas? É isso que está acontecendo com Grazina? Um desarranjo do cérebro em relação a outras avaliações? É possível ser um porco num campo deixado para trás pela arca de Noé, assobiando "Noite feliz", e não ser a coisa mais solitária do universo?

"Não deixa o imperador te pegar, meu caro", ele disse enquanto o assobio se reduzia a um zumbido etéreo.

Os olhos do porco vagaram, como se ele estivesse à procura de uma fresta no garoto, de um ponto de entrada.

Então Hai começou a cantar junto. E, quando fez isso, o porco se mexeu sobre os cascos e seus olhos se reviraram, revelando duas bolas brancas de bilhar, antes de reduzir a velocidade e parar, como uma estátua que subitamente lembra que é feita de pedra. Hai se inclinou perto o suficiente para sentir o hálito do bicho no rosto.

"Desculpa, Bà ngoại", ele disse em vietnamita. "Desculpa. Desculpa, Noah. Desculpa, Ma. Sony, tia Kim, tio Minh. Decepcionei vocês. Dei o meu melhor, mas eu não sei estar aqui."

Ele olhou dentro da boca entreaberta do porco e viu um fractal da luz verde brilhando ali. E era a luz da manhã passando pelas tábuas do celeiro. E ele sentiu o calor irradiando de sua pele e, quando se virou, viu o rosto de Sony, a centímetros de distância. Ele estava assoprando no rosto de Hai do jeito que alguém assopra numa janela para escrever nela. "Você estava murmurando. E parecia muito triste", Sony disse, "então estou te dando um *ok*".

E, com o dedo, Sony escreveu a palavra *ok*.

"Pronto", ele disse, satisfeito. "Novo em folha."

"Labas." Grazina se mexeu perto dele. "Já é amanhã?"

"Acho que sim", Hai disse, olhando para si mesmo, ainda ali.

23

A réstia de luz escalou o rosto de Maureen como uma cicatriz ambulante, e ela acordou com um sobressalto. Ela piscou algumas vezes olhando para Hai, tomou um gole de sua garrafinha por hábito, limpou a boca e disse: "Por que eu estou vendo você?"

Hai moveu a cabeça na direção de Sony, que já estava de pé e pronto para sair.

"Ah, é. A cruzada do diamante."

A equipe entrou na van e seguiu por mais uma hora num estupor semiadormecido, dessa vez com Maureen ao volante. A cabeça de Grazina repousava nos ombros de Hai enquanto ele via Vermont passar, a terra enevoada sob os postes de luz à medida que o sol subia, fazendas de cabras e de laticínios surgindo à volta deles na direção de montanhas suspensas em todo o horizonte. Eles passaram por Brattleboro, uma cidadezinha sonolenta que ainda não tinha sido despertada pelo degelo da primavera, depois seguiram mais para o norte, enquanto o ar ficava mais rarefeito, e a certa altura uma rajada de vento de trinta segundos se agitou diante do para-brisa, levando todos eles a olharem para o céu, assustados.

Finalmente, depois de um longo trecho numa estrada local de pista única, Sony se endireitou no banco. "É aqui", ele disse, olhando para o mapa que tinha imprimido e que manteve dobrado no avental. "É aqui que ele está." Ele apontou para a placa marrom que dizia PARQUE ESTADUAL SALTO DO DIABO.

"Não sabia que hoje em dia o diabo consegue pular." Grazina olhou pela janela. Hai tinha dobrado a dose dela antes da partida, e ela estava subitamente mais alerta do que nunca, com os olhos velozes dardejando pela paisagem que passava.

Maureen parou no trecho de cascalho do acostamento. O Salto do Diabo não era um grande parque, era uma pequena pista de caminhada para que viajantes esticassem as pernas ou deixassem os cachorros correndo ou para solitários e pais de meia-idade que colocavam garrafinhas de licor de canela no bolso para fugir da família por algumas horas. O mato estava alto e não tinha sequer uma placa com um mapa da trilha.

"A gente tem que seguir em frente", Sony disse, apontando para a pista de cascalho que entrava no parque.

Depois de alguns minutos seguindo pelo caminho tortuoso, depois parando para que Maureen pudesse fazer xixi atrás de um carvalho caído, eles chegaram àquele que supostamente era o ponto: uma clareira em meio aos espinheiros pouco antes de uma curva.

"É isso?", Maureen perguntou, olhando para os galhos nus.

Era mais para dentro, Sony disse, o ponto em que o carro de seu pai tinha saído da estrada.

"Como é que ele ia sair da estrada a dez quilômetros por hora?", BJ disse do banco do passageiro.

Maureen passou a mão no joelho. "Ei, se atenha aos golpes de luta livre, detetive."

Eles estacionaram a van e desceram, com Sony à frente. Hai perguntou para Grazina se ela queria ficar, mas ela negou com a cabeça e forçou sua passagem até a frente, seguindo Sony.

A fita de isolamento da cena colocada pela polícia tinha sido retirada fazia muito tempo e não havia indício de que algo tivesse passado por ali, exceto por uma discreta abertura nos arbustos que, depois de mais de três anos, já estava coberta por uma densa vegetação nova. Jovens mudinhas, puxadas pela luz do sol de primavera, mostravam suas cabeças aqui e ali no terreno cheio de cicatrizes.

E então Sony parou. E, como eles estavam andando em fila indiana, um segurando os ombros do outro para manter o equilíbrio, Hai só viu a parte de trás do cotovelo de Sony tremendo quando ele tirou o boné da União e o apertou contra o peito.

“Que foi?”, BJ perguntou, empurrando para a frente. “Ah, ah merda, ele não está brincando.” Ela cobriu a boca e deu um passo de lado, com a cabeça virada. “Uau.”

Sony forçou o grupo a andar.

Não tinha um carro — nem um chassi carbonizado como Hai tinha imaginado. Em vez disso, havia um círculo de folhas escurecidas e gravetos mortos, mais parecido com um espaço onde um urso tivesse tirado uma soneca do que com o lugar em que um carro havia se incendiado. Você nem perceberia se não estivesse procurando. No entanto, não foi o círculo, mas sim o que havia dentro dele, que fez todos pararem onde estavam.

Ali, perto da extremidade do lugar do incêndio, quase irreconhecível, estava um encosto de cabeça parcialmente queimado, suas hastes de metal ainda presas como ossos impossíveis. O encosto era feito de tecido, que as chamas queimaram quase por completo, deixando o estofado exposto e vazando como gordura amarela cingida por poliéster derretido.

Sony se ajoelhou na terra, depois colocou seu boné de soldado no lado ferido do encosto de cabeça, de modo que ficou inclinado. Os outros ficaram vendo, mantendo uma distância respeitosa. Ele ergueu o encosto de cabeça com as duas mãos e olhou para aquilo como se estivesse olhando para um rosto, com uma das mãos alisando o tecido enrugado no ponto onde a parte queimada terminava. “Sinto tanto a sua falta, Ba. Nunca mais vou fazer nada que possa te fazer não sentir orgulho de mim. E não vou me esquecer de você enquanto eu viver.” Ele acariciou o encosto de cabeça. “Eu me esqueço de muitas coisas, mas estou aprendendo a ser melhor. Eu prometo. E prometo que nunca vou esquecer quem você é e tudo que a gente conversou.” Vendo o primo se ajoelhar no minúsculo círculo em que o tio Minh havia morrido, Hai sentiu um aperto no peito e vasculhou os topos das árvores em busca de um lugar para onde olhar. Uns poucos pássaros, que voltavam do inverno no sul, migravam entre imensos galhos de carvalho.

Maureen chegou por trás de Sony, desatou o avental preto que estava vestindo e, com o joelho machucado tremendo, envolveu-o no encosto de cabeça e no boné, deixando uma abertura na frente e amarrando as pontas embaixo para que o conjunto parecesse uma criança recém-nascida. Ela deu um tapinha nas costas de Sony e murmurou algo, que fez o garoto balançar a cabeça, concordando. Aquilo tudo lembrava um presépio num filme distópico.

Hai percebia, pelo sutil latejamento na veia do pescoço de Sony, que o menino estava se esforçando para não chorar. A sombra de BJ deslizou cruzando as folhas secas e cobriu Sony como uma capa. Ela segurou a cabeça do menino em sua mão, como se quisesse mantê-la no lugar, antes de se abaixar para dar um abraço nele. Ele se virou para retribuir o abraço enquanto Maureen pegava o encosto de cabeça nos braços, embalando-o como se fosse um bebê vivo. Hai se adiantou, com a boca parcialmente aberta, e passou os braços em torno do grupo, com o rosto enterrado nas enormes costas de BJ enquanto os galhos estalavam acima deles com o vento da primavera. Essas pessoas, que não tinham qualquer vínculo, exceto o trabalho numa cozinha minúscula que não chegava a ser realmente uma cozinha, remuneradas com pouco mais do que um salário mínimo, que tinham a presença reconhecida pelos outros basicamente por meio da memória muscular, a forma de seus corpos incrustada na psique pelas horas de manobras periféricas passando pelos estreitos balcões e pelos bastidores de uma lanchonete de fast-food projetada por um arquiteto corporativo, a ponto de eles passarem a conhecer os sons das tosses e dos suspiros uns dos outros melhor do que conheciam os de seus parentes e das pessoas que amavam. Eles, que nada deviam aos outros além de seu tempo, as horas aglomerados juntos num turno para poderem terminar *a tempo*, agora levados a se ajoelhar numa floresta para se reunir em torno de um encosto de cabeça parcialmente incendiado de um Nissan Maxima numa terça-feira em meados de abril, com seus corpos enfim se tocando, uma massa de trabalho cimentada numa só peça pela perda sagrada de um garoto — tudo isso contando como horas de trabalho.

BJ estava dizendo algo no ouvido de Sony, as mandíbulas e as têmporas dela trabalhando nas sílabas — mas em meio à massa de pessoas aglomeradas parecia que ela estava falando também com Hai e Maureen, todos eles fundidos numa espécie de Frankenstein do HomeMarket no meio da floresta. E era assim que as coisas deviam ter parecido para Grazina, encostada em uma árvore a poucos metros dali. "A minha vida toda", o monstro do HomeMarket disse, com a voz abafada por carne e roupas, "tentei convencer todo mundo de que eu era burro. Acabei me convencendo também. Mas eu sou uma pessoa esperta. Eu sou filha", o monstro disse, "irmã, lutadora. E você também é. Você é grande, Sony. É uma pessoa maravilhosa, ok? Você é o melhor soldado que já tive. Não deixe essa merda mudar isso. Não deixe que aquilo que seu pai é ou foi te derrube no ringue".

Por baixo da voz de BJ havia outra, indecifrável de início, mas Hai logo entendeu os nomes, nomes que ele tinha ouvido tantas vezes antes. Sony, quase soterrado por seus colegas de trabalho, fungou e continuou falando. "O Batalhão está preparado?", ele gritou para o chão. "E o Batalhão de Armistead, da Virgínia? Os meninos de Wilcox, do Alabama? E agora, sr. David, os seus homens do Mississippi estão prontos? General Anderson, o seu flanco direito está em suas marcas, e a sua brigada ligeira, está em posição à frente? Certo, então, todos vocês, a toda velocidade rumo àquele grupo de árvores!"

BJ olhou para Hai, intrigada, e Hai só conseguiu dar de ombros enquanto Maureen segurava o encosto de cabeça contra o peito.

"Senhores!", Sony falou com voz mais grave agora. "Vocês estão preparados para neste dia darem a vida por aquilo que vêm defendendo? Pois vocês vão pegar meus Virginianos do Vigésimo Quarto naquele cume, e nós vamos fazer esses azuizinhos recuarem, atravessarem o Potomac de volta e caírem no quintal do sr. Lincoln. Porque o inimigo está no encalço hoje, neste 20 de abril do ano do Senhor de 1863." Sony se virou para pegar o bebê de encosto de cabeça de Maureen e o ergueu com ambas as mãos acima da cabeça, do jeito que Rafiki fez com Simba em *O Rei Leão*.

BJ e Maureen deram um passo para trás, e o monstro do HomeMarket se dividiu, desmontando em vários pedaços.

"Senhores, preparar baionetas! E... ao meu comando..."

"Atacar!" Grazina saiu correndo de trás deles todos e ergueu o punho no ar ao lado do encosto de cabeça de Sony.

Todos imitaram Grazina e gritaram "Atacaaaar!". Mas só Sony correu. Ele saiu em disparada e percorreu uns quinze metros floresta adentro, depois abraçou o tronco de uma bétula e desmoronou, sacudindo os ombros enquanto chorava.

Os outros ficaram ali olhando, deixando que o garoto passasse por aquilo. Maureen começou a se balançar de leve, arrulhando para o encosto de cabeça em seus braços, e a cena toda era tão esquisita e comovente que Hai se curvou e amarrou o cadarço das botas outra vez só para ter o que fazer.

Depois de um tempo, BJ disse que eles deviam tentar encontrar o diamante, mas havia folhas por toda parte e a vegetação rasteira já tinha a espessura de várias estações, com folhas cobrindo as camadas do solo. Sony, com o rosto maltratado e vermelho, se apoiou nos joelhos e nas mãos e freneticamente afastava com os braços trechos de terra e detritos. "Ia ter caído por aqui, pessoal. Por favor, era para estar bem aqui no lado do motorista, onde estava o braço dele. O diamante ficava na mão dele." Mas eles tinham parado antes mesmo de começarem e BJ deu uma última e obrigatória cutucada num galho com seus tênis. Grazina já tinha se sentado perto da raiz de uma árvore ali perto, com a echarpe amarrada com mais força em volta do pescoço enquanto ela piscava por trás dos óculos. Será que algum deles acreditava que estaria ali? Será que *algum dia* aquilo tinha estado ali?

Na verdade, o pai de Sony, Hai descobriria muito mais tarde, não era soldado do exército do Vietnã do Sul, era meramente um funcionário da lavanderia de uma base do exército dos Estados Unidos que coletava roupas sujas da fumaça dos tiros e suor dos militares, suas roupas de baixo e regatas, uniformes que fediam a bebida e gasolina, maconha e pó de estilhaços, resíduos de dioxina. Foi assim que ele conseguiu o uniforme que usou, a boina verde e tudo mais, na festa de sete anos de Sony, cuja foto o garoto meteu na carteira e olhava religiosamente em seus intervalos. Aquela que ele mostrava para os clientes, contando que seu pai tinha sido oficial na guerra pela liberdade do sul.

Pior ainda, Hai descobriu que o ferimento do tio Minh não tinha sido causado por um ataque terrorista vietcongue, mas sim por uma granada do cinto de um soldado norte-americano que ele tinha esquecido de tirar e que se prendeu no relógio dele, soltando o pino enquanto ele estava virando a calça do avesso para lavar. Pelo menos foi o que a tia Kim contou para ele.

Hai disse: "Agora você já pode voltar pra casa, amigão. Você conseguiu."

Então BJ agarrou Sony pelos sovacos e o pôs de pé, depois ela se virou e colocou o garoto nas costas, como num body slam que ela não ia terminar. "Venha, nenhum bom general deixa um soldado para trás", ela disse, carregando Sony na direção da van. No entorno deles, a floresta parecia respirar. "Você parece aquelas naves TIE do *Star Wars* quando chora", Maureen disse para Sony, "até que é legal".

A tropa saiu cambaleando das árvores, atordoada. Grazina, que ficou quieta na maior parte do tempo, foi até Sony e gentilmente apertou o pé do menino. "Isso…", ela fez um gesto na direção da floresta, "não é novo. É a mesma história. Ok? Não fique triste demais, menino. Você ainda tem as mãos. E com essas o que você fizer é seu".

Uma mulher com calça de ioga fluorescente com um rabo de cavalo corria com um husky de olhos azuis na coleira. "A primavera chegou!", ela gritou, alto demais para a distância entre eles, depois inspirou teatralmente. "Dá pra literalmente sentir o cheiro das plantas crescendo. Aproveitem a caminhada, pessoal!" O rabo de cavalo balançava, e o cachorro tilintava atrás dela. Pouco depois, a van saiu do lugar onde o pai de Sony tinha morrido, com Sony sentado ereto e sem olhar para trás.

Quando eles chegaram na estrada que levava a Thetford para finalmente pegar os dois sacos de creme de espinafre, Maureen começou a murmurar uma pequena canção. A cabeça de Sony estava encostada no vidro — o encosto de cabeça, ainda vestido com o boné e o avental, enfiado debaixo do braço, Grazina ao lado dele.

As estradas estavam vazias, exceto pelos ocasionais tratores sem rodas parados em jardins com o mato crescido. Novos brotos pousavam ao lado de carvalhos, teixos e cornisos retorcidos, cada ponta de galho oferecendo um pequeno trecho de verde luminoso, recém-pintado, como se adornado por enxames de bebês grilos. Em breve as folhas despertariam e as copas das árvores ondulariam pelas ravinas numa impressionante presença do verde. A imaculada prosperidade da primavera. Em toda a enormemente minúscula vida de Hai ali naquele vale, ele jamais havia testemunhado as flores de abril brotarem. Sempre parecia que as árvores ficavam nuas durante meses cinzentos, e então, como se da noite para o dia, as novas folhas, do tamanho de cartões, surgiam, tremulando com a brisa da manhã, abertas e espessas e já tendo terminado de chegar. Mas, naquela manhã, pela primeira vez, ele viu a estação chegar — e aquilo parecia falso para ele, as pontas fortes e densas demais contra toda aquela madeira morta, como se colocadas por um artista com o uso de pinças e Superbonder numa inútil tentativa de alegrar o mundo.

Mas não importava, porque Maureen tinha começado a cantar — ela não estava bêbada nem chapada, mas seus olhos estavam fechados e a cabeça dela balançava —, interrompendo o canto para contar a eles que seu pai havia ensinado a ela aquela canção no funeral da sobrinha, quando ela era menina em Wiles-Barre.

De toda a grana que eu ganhei,
Gastei com tudo que eu vivi.
De todo o dano que eu causei,
Ninguém, só eu fui quem sofri.

A voz dela falhava e tremia como se ela estivesse cantando na parte de trás de uma carruagem, mas deu para ouvir o bastante enquanto a falsa primavera surgia em todo o entorno da pequena van, ainda tendo na lateral o grafite Colhões Enormes. E eles seguiram em frente cercados por um pandemônio de pura luz.

Se agi por mal não lembro mais,
Só aproveitei a ocasião.
Então me encha a taça aqui.
Adeus, e muita diversão.

E então ela parou, lembrando algo. "Olha só, ganhamos." Ela se virou e entregou a Sony uma raspadinha da noite anterior. "As outras não deram em nada, só esta aqui."

"Ah. Ah, caramba", ele disse. "Obrigado. O que a gente ganhou?"

"Só mais uma raspadinha."

"Legal." Ele colocou o bilhete no bolso da camisa e deu um tapinha no tecido.

"Sabia que o meu pai...", Grazina disse sem se dirigir a ninguém em particular. "Sabia que o meu pai inventou a salada de frutas?"

BJ se virou e mordeu o lábio. "Eu até acredito."

24

A equipe pegou os sacos de creme de espinafre na loja em Thetford. Uma dupla de funcionários lacônicos jogou a encomenda na van, como se fosse sacos de cadáveres, e fez um joinha para BJ antes de voltar para seu turno. Houve longos trechos de silêncio na volta, pontuados por Sony ou Grazina lendo em voz alta quaisquer palavras que vissem do lado de fora: CHICOPEE MUTT RESCUE, PRÓTESES DR. KLEIN'S, PONTA DE ESTOQUE VELAS YANKEE, VOCÊ VIU ESSA MENINA?, GAVIN DEGRAW NO MOHEGAN SUN, e uma placa que dizia, enigmática, DEUS SABE.

A certa altura, Hai abriu a janela para deixar entrar a primavera e isso pareceu melhorar o humor de todo mundo lá dentro. Então, eles recostaram as cabeças para desfrutar da perfumada floração. Só na primavera, parecia, a gravidade funcionava ao contrário por lá, o pólen dos dentes-de-leão subindo em grandes tempestades, as flores em botão crescendo, cada vez mais longe do solo, como se puxadas por uma súbita necessidade que o céu tinha delas, tudo isso sob o brilho tonificante do sol de abril. Vendo aquilo, Hai se sentiu deslocado por uma gratidão maluca, insustentável.

Depois de duas horas de viagem pela Interestadual 91, eles chegaram à casa de Grazina. Maureen e BJ ainda precisavam ir ao HomeMarket para o turno da tarde depois de deixar Sony no albergue. Hai e Grazina ficaram acenando na calçada malcuidada enquanto a van partia. Ele precisou se virar quando viu pela janela traseira Sony segurando o encosto de cabeça, como se para ter certeza de que aquilo ainda estava ali.

"Pobre menino", Grazina disse. "Nada de diamante. Sério?" Ela olhou para Hai como se ele tivesse uma explicação.

"Sério."

"A gente merece um Stouffer's agora, hein?" Ela chutou uma pedrinha. "Acho que ainda tem alguns no freezer."

Hai estava indo pôr a chave na fechadura quando viu a notificação oficial feita em papel-carbono amarelo, daquelas que têm múltiplas cópias, o que queria dizer que alguém tinha uma cópia — o que queria dizer problemas.

"O que é isso, Labas?" Ela forçava os olhos para ver o papel.

"É um aviso do Serviço Social do Distrito de Hartford. Diz que eles vão voltar às 16 horas de amanhã para te 'escoltar' até o Lar Hamilton."

"Claro! Todo prisioneiro tem uma escolta."

"Você é de um tipo especial", ele disse, sem saber como brincar com aquilo. Ele arrancou o papel da porta e enfiou no bolso do casaco. Os ombros de Grazina murcharam. Ela parecia genuinamente derrotada.

Eles passaram o resto do dia vendo reprises de *The Office*, comendo Stouffer's e tomando chá como se nada tivesse acontecido. Depois ele deu um banho nela e ficou grato pela calma de vê-la sentar na água morna, ouvindo os pingos caírem enquanto ele esfregava as costas de Grazina com uma esponja. "Ah, aí está bom. Muito bom aí", ela disse enquanto o sol mergulhava por trás da janela com seu vidro leitoso, deixando o ambiente em um vermelho profundo.

Eles estavam a uma noite do fim, ele pensou e quase riu do absurdo daquilo. Ela devia ter percebido, porque se virou para Hai e sorriu. "Labas, a gente fez muita coisa, hein? A gente não fez bastante coisa?"

Horas mais tarde, no meio da noite, uma noite em que ele não tinha dormido nem por um segundo e em que ficou encarando as paredes de seu quarto com seus painéis de madeira descascados, ele ouviu Grazina andando pelo corredor. Ela chegou à porta dele e entrou. Hai fingiu estar dormindo e através das pálpebras viu Grazina ir até a mesa dele e ficar ali olhando pela janela, com a luz da ponte inundando seu rosto branco. Depois ela se virou para ele, como se estivessem no meio de uma conversa e ela estivesse prestes a dizer algo decisivo, importante. Ela o cutucou no ombro.

"Labas, está acordado? Ei, menino Labas."

Ele piscou, olhando para ela. "Agora estou."

"Quer ir num restaurante?"

"O quê? Qual?" Eles nunca tinham ido a um restaurante naquele tempo todo. Ele se sentou. "Você está se sentindo bem?"

"Estou me sentindo perfeitamente bem."

Ele tinha dobrado a dose de todos os remédios na noite anterior, o que àquela altura podia muito bem ser a prescrição certa para ela.

"Quero tomar um café no restaurante. Por favor? Um café."

"Claro, claro. Por que não?"

Pouco depois eles estavam andando pela escuridão das ruas às três da manhã na motinho dela, o vento em seus rostos, nem uma única alma em Felicidade do Leste até onde eles podiam ver.

Hai já tinha ido antes ao Town Line Diner. Ele e Noah compravam muffins ingleses de dois dólares depois de andar sem destino na caminhonete de Noah. Era um lugar casual e aconchegante que servia ovos em pratos de papel, e ninguém jamais perguntava se você queria mais alguma coisa, como se o seu pedido não fosse grande o suficiente.

Hai e Grazina eram os únicos no restaurante, exceto pelo garçom, um rapaz esquelético com olhos de guaxinim e lábios que jamais se moviam quando ele falava. Ele anotou o pedido e se afastou como se eles fossem parte da parede.

"O que você pediu?", Grazina perguntou, mesmo tendo acabado de ouvir o que ele tinha dito.

"Iscas de frango." Era o prato favorito da avó dele, e por algum motivo ele estava sentindo a falta dela mais do que o normal. Ela costumava mergulhar o frango no vinagre, dizendo que catchup "não era forte o bastante". Talvez fosse a falta de sono, mas por um minuto ele desejou loucamente que Grazina começasse a falar com ele em vietnamita, e a consciência da impossibilidade disso fez com que ele desmoronasse na cadeira.

"Por que chamam isso assim?"

"Como?"

"Iscas. A gente não é peixe pra morder isca." Ela olhou em volta, com os lábios franzidos.

"Boa pergunta. A gente devia escrever um e-mail."

"E-mail nada. O computador de quem a gente ia usar?", Grazina questionou, testando o café com o lábio.

"Como está o café?"

Ela deu de ombros. "Café."

A comida chegou e eles comeram. Na maior parte do tempo ele ficou vendo Grazina mastigar.

Ela estendeu a mão e pegou uma das iscas dele e deu uma mordida, depois sacudiu a cabeça. "Parece borracha."

"E o seu bolo de carne está bom?"

"Eu queria filé Salisbury."

"É basicamente a mesma coisa. Você passou de um bolo de carne achatado para um que tem volume. É uma evolução."

Ela continuava com a jaqueta, e por baixo estava a blusa favorita de coruja que ela insistia em usar, os olhos tristes da coruja encarando Hai por cima da borda da mesa.

"Então esta é a última ceia", ela disse dando uma risadinha e colocando um pouco de purê de batata que tinha ficado no lábio para dentro da boca.

O garçom veio e encheu de novo as xícaras de café, que estava causando um efeito estranho ao se misturar com o Zoloft que ele tinha tomado junto com ela horas antes, na esperança de que isso os fizesse dormir.

Grazina olhou para algum lugar atrás dele e Hai soube que ela estava indo para longe. Ele bateu na xícara com a colherzinha e ela acordou com um susto.

"Você pegou os formulários do Jerry Bathhouse?", ela perguntou.

"Vou pegar amanhã quando ele voltar do Alaska." Ele sabia que não era o caso de perguntar quem era Jerry Bathhouse.

"O filho dele está no Corpo da Paz no Chile, mas não conseguiu subir as montanhas por causa da asma, aí deram um trabalho de escritório para ele. Que fraude."

"Queria eu ter um trabalho de escritório."

"Você não ia querer. É péssimo pros ossos."

"Certo", Hai disse, largando a última isca de frango.

Bem nessa hora o sino da porta soou. Era o detetive de meses atrás, dessa vez com um sujeito roliço e sem pescoço que devia ser parceiro dele. Os dois olharam para a dupla na mesa, depois se sentaram no balcão.

"Não sei se fui uma boa mãe, Labas", ela disse do nada, olhando morbidamente para seu bolo de carne, que estava só com um furo no meio. Parecia que alguém tinha dado um tiro na carne com um revólver.

"Ei." Ele estalou os dedos. "Volta aqui. A gente não pode ficar pensando assim, ok? Não hoje."

"Mas como eu vou saber? Ele não vai me dizer, vai? Se eu mandar uma carta?"

"Mandar uma carta pra quem?"

"O papa Bento." Ela fez uma careta. "Espera, não... pra minha filha. A fruta não cai longe do pé. A Marianne da nossa igreja me disse isso uma vez. Aquela vaca." Ela cerrou o punho, mas só conseguiu ficar assim por dois segundos.

"Bom, dane-se a Marianne", ele disse, molhando uma isca de frango em vinagre de malte. "Sabe quantas maçãs podres aquela mulher comeu? Milhares." Ele jamais tinha conhecido uma Marianne. "Ela faz até torta de maçã com maçã podre. Ela tem cidra de maçã correndo nas veias, caramba. Não tem moral pra falar. E, além disso, ouvi dizer que ela nem era católica. Aposto que ela detesta o papa." Grazina concordou.

Ele deve ter falado alto demais, porque o policial baixinho, mais velho, olhou por cima do ombro. Ele estava com um chapéu fedora como aqueles detetives de antigamente, o que fez Hai ter vontade de rir e gritar ao mesmo tempo.

"Queria ter te conhecido quando eu era menina." Grazina suspirou.

Ele se recostou, sentindo um vago vazio se espalhar dentro dele, como se seus órgãos estivessem se dissolvendo um a um, e em pouco tempo o rosto de Grazina, o lugar inteiro, começaram a ficar borrados.

"Pare com isso. Não chore, menino." Grazina estendeu a mão na direção de Hai, mas o braço não chegava até ele e ela o pousou ali perto do bolo de carne ferido. Depois, num tom mais baixo: "Você sente falta da sua mãe, não é? Ela é boa com você? Você nunca fala nada dela. Não chore. Nunca chore num restaurante. Se veem, eles cobram a mais. Pode acreditar, eu já vi isso acontecer."

Ele fez que sim com a cabeça, colocou os punhos diante dos olhos e baixou a cabeça.

"Escuta, eu vou ligar pro Jerry Bathhouse amanhã cedinho e ele vai resolver isso, ok?"

"Ok." Hai balançou a cabeça de novo. "Obrigado."

Ela deu tapinhas na mesa. "Vai ficar tudo bem."

Da mesa deles, pela janela, a cortina da noite começava a se erguer com tons de azul nas pontas. Hai colocou o dinheiro sobre a mesa e eles saíram.

"Posso ligar para a Lina antes?", ela disse de repente.

Ele andou com ela até o telefone público perto do banheiro e colocou as moedinhas no aparelho. Ela ligou, mas era o número da casa da própria Grazina, o lugar onde a filha dela tinha morado por tantos anos. O telefone tocou várias vezes, e Hai sabia que o telefone de disco verde-menta sobre o balcão na cozinha escura estava pulsando sem ninguém para atender.

Grazina desligou depois de um bom tempo. "Ela deve estar trabalhando. Ela é professora de inglês para estrangeiros, sabe, a minha filha."

"Eu sei."

"Ela chegou a ganhar um concurso de soletração."

"Eu sei."

Ela deu uns tapinhas no telefone, como se para dizer *bom trabalho*, e depois eles se afastaram.

No estacionamento, ao lado da scooter elétrica presa pela corrente, coberta por gotas de neblina condensada, Hai pegou um cigarro e fumou enquanto Grazina largava seu corpo no banco. A aurora espiava com seus olhos vermelhos através dos troncos que ficavam além do estacionamento.

Um pólen amarelo-esbranquiçado fininho, como o pó que se encontra no fundo de uma caixa de Sucrilhos, tinha se acumulado no chão em torno de tudo: dos degraus de cimento, das caixas de papelão empilhadas, dos postes de luz, parte daquilo girando sobre poças de água acumuladas nos buracos do pavimento. Ele apagou o cigarro na bota, depois tirou do bolso um biscoito amanteigado que tinha guardado de sua refeição. "Olha aqui", ele disse, colocando diante do rosto dela. "Quer pisar nele comigo?"

Ela ficou sentada na scooter olhando o biscoito, depois lentamente sacudiu a cabeça e se virou. "Não, obrigada, menino. Estou kaput demais."

"Ok." Ele jogou o biscoito no mato.

Hai estava prestes a subir na scooter atrás dela e a disparar rumo ao esquecimento quando sentiu algo agarrar suas botas e, ao olhar para baixo, viu o chão se mover, o pó amarelo passando por suas pernas como se o asfalto estivesse derretendo debaixo dele. Ele deu um grito, a boca querendo dizer "Sony, pega a minha mão. Sony, vem pegar a minha mão." Mas o primo dele não estava por perto. Sony estava num albergue, desempregado, dentro de um mundo sem pai, sem diamantes e sem segundas chances.

"Estou escorregando", ele disse para Grazina, que estava esticando o pescoço tentando ver o que havia no chão. "Ma", ele disse para a velhinha do nada. "Estou escorregando, Ma!" Ele estendeu a mão na direção dela, mas não conseguia chegar mais perto. Os pés dele pareciam ter ficado loucos. A terra estava engolindo seu corpo, finalmente ela tinha se cansado das bobagens dele, e de algum modo aquilo fazia sentido.

"Não seja bobo", Grazina disse, apontando para os pés dele. "São só salamandras. Olhe!"

Lá estavam eles: uma onda de lagartos correndo pelo estacionamento. Eles vinham do meio do mato, com as costas cobertas pelo pólen, como sobreviventes de uma guerra nuclear, algum Dia D dos répteis, e agora giravam em hordas gosmentas ao redor dos pés dele. Eles se espalhavam pelo concreto, se aglomeravam e se enrolavam nas rodas da scooter, avançando em direção ao outro lado do estacionamento, onde uma encosta descia rumo a um campo de centeio selvagem.

"Deve ser a Noite da Reprodução", Grazina disse, olhando em volta.

"Que merda é essa?"

"A Noite da Reprodução. Toda primavera, quando começa a esquentar, todos eles correm juntos para algum lugar com água para fazer bebês. A gente está no meio do caminho da festa do sexo."

"Como você sabe disso?" Ele conseguia ver as últimas estrelas de inverno refletidas nas costas dos lagartos. Eram tantos que ele não conseguia distinguir um lagarto do outro. Parecia algo que você deveria testemunhar numa igreja ou do alto de uma montanha. Ele teve vontade de recitar sutras ou salmos, mas não conseguiu se lembrar de nenhum. Ele queria contar aquilo pra Maureen. Que os reptilianos, quando não estavam comendo nossa energia ruim, estavam transando em lugares com água perto de restaurantes baratos à beira da estrada.

Ele colocou o dedo nas costas de um deles, e o bicho parou e olhou para ele, com olhos sem pupila e curiosos, enquanto os outros se reuniam em torno dele antes de seguir em frente. "Eles são tão corajosos", ele disse, delirante, com a voz embargada de admiração. "Eles são corajosos pra cacete."

"Kaip senieji giedojo, taip jaunieji dainuoja", Grazina disse, mas ele não ouviu.

"Olha só pra eles, Grazina! Eles estão rastejando por um estacionamento num fim de mundo de uma cidadezinha para procriar. Quando é que alguém já rastejou por um estacionamento por alguma coisa?" Ele foi até ela, tomando cuidado para não levantar os pés.

"Meu marido era obcecado pela Noite da Reprodução. Ele ia com o Lucas e..."

Ele deu um beijo na testa de Grazina, o que a assustou e fez com que ela o encarasse confusa. Depois simplesmente ficaram ali — o único som era o rádio vindo do restaurante vazando pelas janelas, isso e o imenso farfalhar das salamandras que se atiravam, às centenas, em direção ao começo do mundo.

25

De alguma forma, havia música.

Aquilo floresceu dentro dele e se transformou em outra coisa, algo que ele poderia tocar. Então estendeu a mão para tentar pegar aquilo. Abriu os olhos e viu o rosto de Grazina pairando sobre ele. Hai estava espalhado no sofá e segurava a mão dela como se ela estivesse prestes a ajudá-lo a se levantar. Tudo em torno era a voz de algum anjo deformado e demente, num crescendo de notas agudas e vibrantes.

"Sargento Pepper? Você está vivo. Rápido, eles têm música aqui. Música. Em uma igreja abandonada!"

Ele se sentou e piscou até que a sala de estar de Grazina parasse no lugar. Havia algo girando no toca-discos sobre o aparador. "Quem é?", ele disse por cima da música alta.

"O quê?"

"Quem está cantando?"

"Você não sabe?" Ela olhava para ele de boca aberta. "É o Gene Pitney. O orgulho de Hartford."

"Hartford? Você não está na Europa agora? Eu não sou o sargento Pepper?" A gravação parecia a de um homem cantando enquanto era empurrado vaso sanitário abaixo pela descarga, uma voz de querubim cheia de desespero saltitante.

"Ah, sim. Ora, claro que é!" Ela cheirou o ar, balançando a cabeça. "Esse cheiro é da Inglaterra, sargento Pepper."

"E por quê?" Ele fingiu olhar para as ruas no entorno.

"Sal no ar. Água do mar."

"Então estamos perto." Ele estava tentando alcançá-la; deviam ter se passado horas desde que as salamandras cobriram os pés deles. "Você se lembra de suas ordens?"

"Matar qualquer coisa que se mova." Ela pegou um pente na mesinha de centro e segurou como uma arma.

"Não, chegar aos Estados Unidos a qualquer custo. Você não se lembra da promessa que fez para seu pai, o padeiro?"

"Claro", ela disse, encontrando os olhos de Hai. "Vou encontrar com ele em Nova York."

O relógio digital no videocassete marcava 15h40. Vinte minutos antes do serviço social chegar e acabar com o mundo limítrofe em que os dois estavam presos.

Ele caminhou até a cozinha, tentando pensar em um plano — mas só o que encontrou foi a estátua do R2-D2 em formato de pênis que Maureen tinha dado e que estava sobre a mesa, de alguma forma maior que antes. Ele colocou o enorme pênis sob o braço, abriu a porta da despensa e ficou em pé encarando as caixas de biscoito água e sal roídas pelos ratos. Então se sentiu enjoado, e a casa de repente virou uma pequena gaiola, deixando-o sem ter para onde ir, sem portas suficientes.

"Mandaram espiões atrás de nós", ela sussurrou nas costas dele. "Estão nos seguindo faz dias. Duas menininhas. Eles usam crianças agora, sabe? Para você não suspeitar."

Hai mal ouviu. Ele estava tentando fingir que o fingimento deles era real quando lhe ocorreu uma ideia. "Ok." Ele se virou tão rápido que ela deu um passo para trás. "Já sei. Podemos enganar as menininhas. Mas você precisa me seguir para fora dessa igreja. Não pegue nada. Só corra, ok?"

"Eles estão vindo, Pepper. Estou ouvindo os passos lá em cima. Aqui, coloque isso; está mais frio do que você pensa." Antes de perceber o que estava acontecendo, ela estava colocando a própria blusa de coruja na cabeça dele e puxando seus braços.

"Você é a melhor soldado honorária que eu já conheci", Hai disse para ela. "Melhor até que os soldados de verdade. Está pronta?" Ele pegou a mão dela e os dois saíram correndo pela porta da frente, com a versão de "Only You" de Gene Pitney tocando alto na vitrola, sua voz os transportando pelo ar, fazendo-os sentir como se estivessem surfando, flutuando em suas ondas altas e agitadas. O orgulho de Hartford os levava rumo a Hartford.

Do lado de fora, envoltos por uma névoa tão densa que fazia tudo parecer que estava debaixo d'água, ele ajudou Grazina a subir na scooter, depois se sentou na frente, colocando o R2-D2 entre as pernas, e deu a partida. A motinho soltou um débil gemido elétrico, mas conseguiu seguir em frente. Ele foi em direção ao único lugar para onde poderiam ir, o beco sem saída. A voz de Pitney vazou pela porta da frente aberta enquanto eles zumbiam pela rua esburacada, o rio à esquerda vagando em ondas bulbosas como uma serpente primordial molhando sua pele.

"Pronta?", ele gritou sobre os ombros.

"Para o quê?"

"Para pousar nos Estados Unidos. Estamos perto agora." A névoa era tão densa que as casas de ambos os lados desapareceram. A scooter parecia flutuar pelo nada.

"Como assim?"

"Lá atrás não era uma igreja", ele disse.

"Era uma capela num transatlântico. Atracamos nesta manhã. Todo mundo já foi embora."

A scooter seguiu em frente e ela ficou em silêncio por um momento. "Estamos aqui, então? De verdade?"

"Quase." Ele forçou o acelerador, sem resultado.

"Espere. Sou velha agora? Sou velha e ainda estou na guerra?"

"Não, não. Não faça isso agora. Você está na guerra, tem dezessete anos e seu nome é Grazina Vitkus. A guerra está por toda parte, certo?" Ela parecia genuinamente assustada, e ele começou a listar. "Hitler, Stálin, Alemanha, o anzol, Auschwitz, Dresden, Saigon, Iraque, Gettysburg. Lembra? Seu irmão morto, o lago, a padaria. Não, não olhe para trás. Olhe para a frente. Não olhe para trás agora!" Hai puxou o braço de Grazina até que ela se virasse. Eles estavam no fim. Ele tentou fazer um retorno, mas as rodas bateram nas pedras e pararam. Ele pôs os pés no chão e empurrou a scooter, e foi aí que viu as luzes azuis do carro da polícia rompendo a névoa. Eles tinham chegado — antes da hora.

Lentamente, ele fez a motinho seguir em frente. Não ocorreu a Hai que aquela seria a última vez que estaria com Grazina. Por razões que ele não saberia explicar, quase perdeu o controle quando viu as meias cinza dela enroladas até os tornozelos.

"Sinto que estou no meio de alguma coisa", ela disse com uma voz preocupada. "Não tem chão nem teto para mim. Cadê a Lina? Ela conseguiu ver as salamandras?"

"Ela está no Texas. E você *está* no meio. Está no meio do caminho entre dois países, mas está chegando a um país novo chamado Estados Unidos, ok? Para onde estava indo desde o começo. Você sempre quis estar aqui, lembra?", ele gritou para ser ouvido acima da correnteza do rio.

"Mas eu estou perdendo", ela disse no ouvido dele. "Eu estou perdendo o começo. Cadê o começo?"

"Está bem ali, à sua frente." Ele apontou para a casa no declive surgindo na névoa, as luzes da polícia girando do lado de fora. "Você vai lá e vai se casar naquela casa ali em frente. Vai ter duas crianças lindas, talentosas e bondosas que vão te amar e cuidar de você até seu último suspiro." Os olhos dele estavam tão molhados que ele pensou que estava tendo uma convulsão enquanto as nuvens no horizonte se erguiam acima do rio e uma lâmina de luz âmbar cortava o vale, dissipando a névoa e pousando nas ruas de ardósia com um brilho nórdico, dourado e cinza por toda parte. As casas voltaram à vista, suas mandíbulas escancaradas, saqueadas e assaltadas. Ele ouviu, ou imaginou, as vozes das pessoas que em outros tempos vagaram pelos cômodos forrados com papel de parede, perguntando umas pelas outras, chamando por nomes perdidos em todos os registros da história. O rio seguia em algum lugar à direita dele enquanto as luzes giratórias se aproximavam.

"Onde está o livro que você escreveu, sargento Pepper?", ela gritou, fundindo, enfim, todos os seus logros em um só nome.

"Eu estraguei tudo! Escolhi a história errada para viver." Ele sentiu algo em suas bochechas e percebeu que ela estava limpando suas lágrimas. A voz de Pitney voltou à medida que eles se aproximaram da casa.

"A Virgem Maria te abençoe, sargento", ela disse enquanto as luzes tornavam azuis as mãos dele. "Que ela pacifique os demônios da sua alma. Você é um soldado corajoso. E soldados corajosos ficam doentes da cabeça quando voltam para casa. Mas o que vem depois dos Estados Unidos?"

"Não sei o que fazer. Não sei o que acontece agora! Eu sou só um garoto, ok? Não sou sargento de nada. Não sei como o bolo de baunilha se transforma em bolo de milho. Não sei quando uma pessoa se transforma em outra." A voz dele estava se rompendo no vento. "Eu queria poder te levar para algum lugar, mas não posso, Grazina. Não tem lugar nenhum." Ele ergueu a mão para indicar ao policial à frente que era inofensivo, depois falou no ouvido dela. "Você não quer ir para o novo mundo?"

"Não tenho certeza."

"Bom, você não precisa ficar aqui. Você pode *ir mais fundo* e ver. E talvez você passe direto, como se fosse uma porta. Os Estados Unidos são só uma grande porta, ok? Olha, seu filho está esperando por você. Ele é a porta. A porta que você fez."

"O Lucas? Ele não nasceu ainda. Está dentro de mim — dá pra sentir ele chutando."

Vozes agitadas, saindo dos carros, passavam por eles.

"Ele está dentro e fora de você ao mesmo tempo. Como você e eu. O Triângulo Dourado."

"Labas?"

Lucas estava saindo da casa, acompanhado pelo policial e xingando. A enfermeira vasculhou uma bolsa e tirou um estetoscópio.

"Sim?"

"Na capela, lá no barco. Eu escondi um maço de dinheiro numa lata de biscoitos no meu quarto. Pegue. Meu pagamento por você conseguir me trazer aqui. Já estou vendo meu pai."

"Não se preocupe com isso. Só vá com eles, ok? Eles vão te levar para ser registrada, e aí vai poder trabalhar e ser uma cidadã. Como eu."

"Eu vou te ver de novo? Você vai me visitar?" Por um momento o rosto dela estava arrasado. Depois tudo se foi e ela olhou em volta, confusa.

"Claro. E vou levar..."

Antes que ele pudesse terminar, o policial, que na realidade era um segurança do Lar Hamilton com uma tatuagem de diamante debaixo do olho esquerdo, pegou no braço de Hai e fez a motinho parar colocando a bota na roda. Lucas e a enfermeira chegaram e pegaram Grazina pela mão. Foi tudo em câmera lenta. Hai saiu da scooter e andou em frente em transe, não se importando com o que fizessem com ele, enquanto Grazina era levada para a van, murmurando em lituano.

Mas para onde ela estava indo? Estava indo para um lugar onde a liberdade era prometida, porém só se tornava possível num espaço restrito e igualitário composto de muros e trancas, onde doses nutricionais eram entregues a cada dia depois de atravessar longos corredores nas mãos de uma equipe nascida em um outro lugar ilimitado que renuncia a acompanhar os próprios filhos crescerem para ver estranhos envelhecendo, tudo isso para te manter vivo e poder sugar o dinheiro da sua conta bancária enquanto seu coração está batendo, mas você está imobilizado por tranquilizantes, satisfeito e dormente, um corpo pronto para a colheita, mesmo já tendo passado de maduro. Ela estava indo para os Estados Unidos, enfim. A versão mais real do país. Aquela em que todos pagam para estar ali.

"Venha, mãe, você está com a gente. Você está segura agora." Lucas e a enfermeira conduziram Grazina até a van, seus cabelos brancos desaparecendo, depois reaparecendo atrás do vidro. "Olhe, eu entendo." No vento, o rosto de Lucas estava vermelho, com uma cor de presunto recém-fatiado. "Você é só uma criança. E não sei o que vocês dois fizeram. Não preciso nem quero saber. Dá pra ver que minha mãe gosta de você, ok? E isso é ótimo, mas ela não está bem. E você claramente está doente também. Quero dizer, olha isso", ele disse para o guarda, e apontou para a escultura presa ao peito de Hai. O guarda meneou a cabeça, enojado, dizendo algo que ele não ouviu. "Olha só para ele." O olhar de Lucas se demorou no lábio machucado de Hai. "Ele tem problemas mentais. Quero dizer, por que fez um pênis, cara? É *tão* estranho. E você esteve cuidando da minha mãe?"

"É um R2-D2."

"Um o quê?" Lucas abriu a porta do passageiro e entrou. "Só tira a gente daqui, Tonya. Volto para lidar com a casa mais tarde."

"Ela gosta de Stouffer's", Hai disse. "Não deixe de pedir o filé Salisbury da Stouffer's." Ele ficou de boca aberta enquanto a van ia embora, o carro do segurança logo atrás, com as luzes ainda girando. "Aquele que vem com o brownie", completou consigo mesmo, a névoa formando um redemoinho em torno dele. "Com granulados coloridos." A voz de Gene Pitney, ainda tocando no disco lá dentro, saía pela janela aberta enquanto as luzes dos carros sumiam. Ele ficou em pé por um tempo ouvindo tudo, deixando o ar fluir sobre seu corpo. Depois, apertando o R2-D2 em forma de pênis contra o peito, se afastou do número 16 da rua Hubbard. E, pela primeira vez desde que o último tijolo tinha sido colocado no lugar havia mais de um século, a rua ficou realmente vazia.

Ele caminhou, atordoado com o que tinha acontecido. No silêncio, os pássaros cantavam anunciando o fim do dia, como se depois de uma enchente. Ele sentiu algo mudar e, olhando por cima dos pontos mais altos da estrada, viu novos brotos se formando nos arbustos às margens do rio enquanto o vale seguia seu curso a seus pés sob vestígios intermitentes de luz. Aninhada em uma espiral da correnteza, havia uma explosão de confetes cor-de-rosa se afastando dele em redemoinho, o resultado da floração das cerejeiras no memorial do Onze de Setembro perto da Interestadual 91, que brotaram e foram destroçadas por um vento norte um quilômetro e meio rio acima.

Ao atravessar a ponte Rei Felipe, ele se lembrou, de uma aula de história no ensino médio, qual tinha sido o destino do rei Felipe. Lembrou como a rebelião comandada por ele havia sido sufocada e como Felipe, também conhecido como Metacomet, foi em seguida decapitado, tendo o crânio exibido numa estaca por vinte e cinco anos para servir de aviso aos outros chefes nativos para não reivindicarem suas terras. Ele sentia cada passo que dava sobre os dormentes da ferrovia enquanto atravessava, madeira cortada em outros tempos, pregada no lugar para levar os vivos rumo a alguma armadilha que os prendesse.

Era fim de tarde quando ele chegou à cidade. O sol, já mais forte com o passar da estação, tinha aberto com o calor de suas chamas um caminho em meio à névoa, banhando as casas com um calor benevolente, emprestando um brilho oleoso aos gramados com seus guarda-sóis desbotados deixados ao ar livre durante todo o inverno. Num dos jardins por onde passou, uma piscina infantil rachada estava cheia de terra, e as primeiras tulipas de abril colocavam a cabeça por cima da borda. Alguns jardins tinham uma mãe ou pai num canto, recém-chegado do trabalho, a poucos passos do carro e ainda com seus uniformes do varejo, calças simples e camisas sociais, vestidos florais, crachás metálicos cintilando, mirando a mangueira para qualquer coisa que pudesse crescer. Um homem difratou o jato com a mão para cobrir um trecho de solo que, no máximo, tinha o tamanho de um capacho de boas-vindas. Alguns acenavam discretamente com a cabeça na direção de Hai enquanto o som dos sprinklers dos dois lados enchia o ar e ele atravessava o lugar que o havia criado. Ele pegou o frasco laranja de comprimido, engoliu o último meio punhado que havia sobrado, jogou o vidro num vaso de flores e foi em frente. Pensou ter visto vaga-lumes piscando num beco entre duas casas e invejou os recursos internos deles.

Dentro de poucas semanas as ruas estariam tomadas por raios de bicicleta que você ouviria do seu quarto à noite, com tanta clareza que precisaria largar o livro e olhar pela janela para ver o que estaria impulsionando alguém tão rápido através de tanto verão, o odor de gasolina dos bebês gambás e da floração dos lilases entrando pela janela ao mesmo tempo que um profundo e urgente desejo de fazer algo, qualquer coisa, cresceria no seu peito e você decidiria, de uma vez por todas, planejar a sua fuga do nome minúsculo no mapa que tentou reivindicar a sua posse e falhou.

Devia ser noite quando o luminoso do HomeMarket entrou em seu campo de visão. Ele passou por um poste de luz onde, no crepúsculo dos fios de cobre, gotas violeta de neve espirravam para cima como se lançadas por um carro que passasse por ali, resquícios de anos de buquês memoriais colocados naquele local para marcar o ponto onde Rachel Miotti tinha sido vista com vida pela última vez, agora transformados em sementes e em flores selvagens.

Ele se aproximou da porta dos fundos, onde se sentou nos engradados de leite e apoiou a cabeça entre as mãos. Ele não estava escalado para aquele turno, mas, sem ter para onde ir, caminhou em direção à ordem, à consistência, à disciplina — mas principalmente em direção àquelas pessoas, aquelas pequenas pessoas que faziam o mundo girar ao preparar comida com uma velocidade jamais vista na história de nossa espécie.

Era hora do jantar e um carro passou por ele contornando o drive-thru enquanto a voz de Russo saía pelo alto-falante, perguntando como podia ajudar. Hai quis rir da pergunta, absurda em suas sinceras e brutalmente reduzidas proporções.

Depois de um tempo, a porta se abriu.

“Hai? O que você está fazendo aqui?” Era Sony.

“Vim fazer o meu trabalho.”

“Mas você não está na escala hoje.” Ele inclinou a cabeça. “Pelo menos parece que seu lábio está melhorando.”

“Quem teria como saber que o Ulysses S. Grant asiático tinha um gancho de direita tão poderoso? E você?” Ele semicerrou os olhos por causa das luzes fluorescentes atrás de Sony. “Você não tinha sido demitido?”

“O joelho da Maureen está machucado, e a BJ me pediu pra fazer um turno. Ela está me pagando em dinheiro. Ei, onde está a sua jaqueta da UPS?” Sony apontou para a coruja branca no blusão de Hai.

“Merda.” Hai olhou em torno sem saber o que fazer, o desânimo se aninhando dentro dele. Hai tinha deixado a jaqueta de Noah na casa, ainda pendurada num gancho em seu quarto, junto com o exemplar não concluído de *Os irmãos Karamázov*. Ele pensou em voltar correndo para pegar as coisas, mas aí lembrou que, no meio da comoção, também tinha perdido os óculos. Talvez tivesse sido por isso que a paisagem ao longo do caminho tinha parecido tão bonita — transcendente e distante. Ele olhou para a coruja no peito, que o encarava ali debaixo, respirou fundo e se recompôs, seus olhos seguindo à deriva para os apartamentos abandonados do outro lado do estacionamento, com suas janelas quebradas. “Ei, Sony?”

“Diga.”

“Você vai ficar bem? Tipo, *realmente* bem?” Dava para ver os músculos tensos na mandíbula dele.

Os tênis de Sony arranharam a areia enquanto ele empurrava uma pedrinha para o lado, depois a chutava de novo para o lugar de origem.

"Sabia que o Lee continuou em combate depois da derrota em Gettysburg, mesmo quando só tinha vinte mil homens — no começo da guerra ele tinha cento e trinta mil — e a situação era de dez contra um?"

"Verdade?"

"Verdade, e isso foi considerado imoral por muitos estudiosos. Não existia mais esperança, mas ele era orgulhoso e teimoso demais para desistir. Eu sempre senti pena do cavalo dele, o Traveller. Imagine ser um cavalo e ficar andando por aí o verão todo sem saber que você é um derrotado."

"Quem me dera ser um cavalo", Hai disse.

"Você sabia que eles conseguem galopar a sessenta quilômetros por hora durante dez…"

Hai estava olhando para a cicatriz na cabeça de Sony, a luz da noite gerando um reflexo prateado em seu vale.

Hai se lembrou do pênis de papel machê no chão entre seus pés. Ele virou o objeto de ponta-cabeça e colocou a mão no buraco da base, retirando de lá um rolo de papel encerado.

"Ah, você trouxe o monumento da Maureen."

"Toma aqui." Ele entregou o rolo para Sony. O papel se enrugou nas mãos de Sony enquanto Hai olhava para o cortiço abandonado, as ervas-daninhas da primavera já se alastrando ao longo da cerca da era Reagan.

"Ah, meu Deus." A voz de Sony vinha de outro lugar dentro dele. "Não, não, você não pode. Como?"

"Escute. Isso é o suficiente para soltar a tia Kim e tem mais um pouco para dar entrada num apartamento para vocês dois." Depois da ida ao restaurante na noite anterior, Hai tinha parado em um caixa automático e esvaziado sua conta. Isso, somado ao que ele tinha pegado da lata de Grazina naquela tarde, seria mais do que suficiente. Ele tinha enfiado o dinheiro na estátua enquanto estava pegando as coisas para a grande fuga deles.

Sony tentou fazer mais perguntas, mas começou a gaguejar.

"Desculpa", Hai conseguiu dizer.

"Desculpa pelo quê? Você não…"

"Você nem sabe… E nem precisa saber."

Sony apertou o maço no peito e se contorceu, rindo com todos os dentes como uma criança cheia de alegria a ponto de transbordar. Um carro passou por eles vindo do drive-thru, e o sujeito olhou torto para eles enquanto erguia o vidro da janela.

"Vai lá", Hai fez um gesto na direção da porta. "Vai contar as boas notícias pra eles. Eles estão precisando de boas notícias."

"Ei, BJ! Ei, Wayne!", Sony gritou deliciado enquanto corria para dentro. "Olha só isso aqui. Olha o que o Hai fez! Olha o que o meu primo mais velho fez!"

Era a chance de Hai — ele atravessou o estacionamento e pulou o alambrado torto do outro lado. O capim morto chegava à altura de seu quadril enquanto ele passava pelo monte de agulhas usadas sobre o asfalto, e depois mais além, até chegar a uma espécie de pátio cercado por janelas fechadas com tábuas. Havia bancos com assentos quebrados, floreiras de madeira no lugar onde antes era um jardim comunitário — tudo aquilo vazio, o chão cheio de cacos de vidro, uns poucos animais de pelúcia, embalagens de fast-food, garrafas long neck vazias e maços de cigarro. Móveis velhos e carrinhos de supermercado pretos de ferrugem estavam entre os detritos.

Na extremidade oposta do pátio, ao lado de uma máquina de lavar roupas tombada, havia uma caçamba de lixo. Ele andou até lá, com a impressão de que sua cabeça não tinha ossos, e passou a mão pela tampa da caçamba, depois a ergueu e olhou lá dentro. Estava cheia até a metade. Abraçando o R2-D2 em formato de pênis, ele abriu a tampa e entrou. Seca e aquecida pelo sol daquele dia, a caçamba continha basicamente sacos pretos de lixo e folhas secas. Ele se deitou sobre os sacos e ficou imóvel. Dentro da caçamba, os ruídos da rua chegavam alterados, suas oitavas deformadas, abafadas, como se a cidade que em outros tempos tocava seu corpo agora estivesse distante.

Ele pensou em todas as pessoas que em algum momento beberam e comeram usando aqueles copos, embalagens e caixas agora enfiados em sacos pretos e que o faziam boiar na direção daquilo em que ele sempre esteve se tornando: algo sustentado por tudo que aquela cidade rejeitava.

O lixo já não era só lixo — era uma prova. Porque descartar é seguir em frente. Dentro da caçamba, ele estava pressionado por todos os lados por provas de que os humanos seguiram em frente. Tudo é um quarto, ele percebeu tarde demais. Os carros na estrada nada além de quartos sobre rodas. Os infinitos frascos de remédio. E o corpo, também, um quarto, assim como o coração. O mesmo vale para a célula no sangue vazando de volta para o mundo, só para ser contida por mais mundo, que guarda até os átomos que compõem os copos de isopor e as bandejas removidas todos os dias dos fundos do HomeMarket. A vida útil média de uma embalagem é de um minuto e quarenta segundos. Ficarem jogadas no lixo era o mais perto da ausência de peso a que elas chegavam, e ele ficou se perguntando se era assim que os astronautas se sentiam flutuando no espaço, com seus corpos macios contidos pelos trajes. Nós sempre pertencemos a algum lugar, ainda que seja àquilo que está nos contendo, e isso não deveria ser algo bom? Que a sua inutilidade se torne um marcador do tempo, o lixo sendo a prova de que você de fato viveu? Ele havia sido bem-sucedido em jogar a si mesmo no lixo, e o ato foi tão completo, tão total, que pareceu limpo. Ele era um recipiente dentro de um recipiente cheio de recipientes que era contido pelo espaço — e de certa forma isso fazia com que ele se sentisse completo.

O saco debaixo dele começou a se mexer. Ele olhou para baixo e percebeu que seu celular estava vibrando. Ele abriu o aparelho e disse alô.

Era a mãe dele.

A mãe parecia cansada, como se tivesse acabado de devolver coisas enormes a seus lugares. Ela queria saber quando o semestre acabava para que ele fosse para casa. Ela queria fazer uma grande festa e perguntou se ele podia comprar os longos incensos da loja chinesa em Boston para o altar de Bà ngoại — os pequenos queimaram rápido demais. Ela falou do novo comedouro para passarinhos que tinha comprado no Home Depot, e enquanto ela continuava falando, ele ouviu, ao longe, a voz suave e gentil de Russo sair pelo alto-falante do drive-thru.

E isso fez Hai se lembrar do que eles faziam ali. Que, em algum lugar, naquele exato momento, alguém estava numa fila à espera de ser saciado. E aqueles que os serviam, que não tinham poder sobre nada, exceto sobre um balcão de aço inoxidável e seus domínios cobertos por migalhas, ficam no fim da fila dizendo, vez após vez, "Como posso ajudar?". Porque a nossa espécie construiu uma caixa usando quatro paredes e um teto e deu a ela o nome de HomeMarket, deu a ela o nome de McDonald's, Wendy's, Burger King, Burger Chef, Subway, Panda Express, Pizza Hut. Daqui a séculos, quando o cosmos já não for uma soma de mistérios infinitamente multiplicado por sílabas, vão exumar as bibliotecas antigas e mofadas e nos verão como a época que reaquecia quimicamente alimentos preservados que jamais cozinhávamos debaixo de telhados vermelhos, de onde perguntávamos "Como posso ajudar?" infinitamente, dia e noite, durante secas e terremotos, durante guerras, enchentes e presidentes assassinados, torres derrubadas e alianças rompidas, impeachments e suicídios, durante aniversários, alguns tão insignificantes que serão esquecidos até mesmo por aqueles que eles coroam, sabendo que tão pouca coisa pode ser guardada — nem mesmo as palavras que apesar de sua ambiguidade dão origem às histórias entre duas pessoas: *Olá, Hai, Labas.*

"Como posso ajudar?", Sony estava dizendo enquanto uma mulher ia até o balcão, com os cabelos desmazelados depois do longo dia, mãe solo das duas menininhas que se balançavam ao lado dela. Elas estavam sorridentes porque aquele era o prazer delas, pois as duas tinham esperado o dia todo que a mãe chegasse em casa depois do expediente no Lefty's Bar e Grill visto o telhado vermelho quando ainda estavam na rua, bem antes de chegar, dando gritinhos enquanto se abraçavam e beijavam o pescoço dela, e o carro se tornava um reino singular de alegria. Ela olhou para cima, esquecida do mundo, com o dedo no lábio, estudando o cardápio como se fosse um mapa para escapar dali. "Não sei o que eu quero", ela murmurou para si mesma. "Ah, o que será que eu quero, o que será que eu quero?" E os dedos de Sony pairavam sobre a tela, prontos para manifestar o desejo dela. Porque, seja lá o que fosse a escolha dela, eles teriam aquilo. Porque eles nunca ficavam sem os produtos, não por muito tempo.

Hai acendeu um cigarro, dando uma longa tragada enquanto olhava pela tampa aberta da caçamba. Ele viu, emoldurado num quadrado perfeito, o céu crepuscular tomado por estrelas de brilho frágil sobre ele. As mesmas estrelas que estariam brilhando dali a dois anos, quando Russo pegasse a irmã depois da reabilitação, que finalmente teria funcionado na quinta tentativa. Quando Wayne voltasse à Carolina do Norte para abrir uma casa de defumação chamada Knighthood. Quando o caroço no seio da Maureen voltasse, dessa vez com células malignas, e ela fizesse uma mastectomia e se mudasse para a casa do irmão em Defiance, Ohio, tricotando echarpes para a igreja local em sua cadeira de rodas enquanto a luz do sol deslizaria todos os dias do colo para a madeira de lei. Mas ela sairia dessa, apesar dos lagartos, vivendo por mais tempo ainda do que seu menininho. E tia Kim se mudaria para um apartamento com Sony em Manchester, onde os dois trabalhariam na fábrica de ravióli Canetti's, enquanto Sony estudaria à noite para ser instrutor no Museu da Guerra Civil da Nova Inglaterra em Vernon. E BJ acabaria gerenciando o HomeMarket do aeroporto e, tendo como parceira a filha de Miss Magician, Abra Kadaver, fundaria o Campeonato Feminino de Duplas Regional da Nova Inglaterra, e sua música de entrada seria cheia de banjos e ela teria como novo personagem uma gerente de loja de fast-food com o rosto pintado chamada Hora Extra. Tom, o mecânico, enfim conseguiria sua orelha "dominicana", a pele exatamente do mesmo tom, apenas com uma fissura visível, que se tornaria um buraco quando ele a tirasse à noite para dormir com a esposa. Sete meses depois de sair do número 16 da Hubbard, Grazina morreria numa tarde durante um cochilo na instalação para pacientes com Alzheimer para onde ela fora transferida, e sua lápide diria, conforme o desejo dela, GRAZINA M. VITKUS 1929 — 2010. ESPOSA E MÃE AMOROSA — com uma bandeira dos Estados Unidos gravada de cada lado. Um punhado de pistas apareceriam sobre o assassinato de Rachel Miotti, uma delas indicando um SUV bege pego numa câmera de segurança a poucas quadras do HomeMarket, o que levaria a mãe dela a mais uma rodada de entrevistas na tevê, mas as pistas não dariam resultado e ninguém seria preso.

Dentro de cinco anos, a rotatividade da loja seria tão completa que ninguém da equipe original restaria no HomeMarket da rota 4. Mas o HomeMarket continuaria lá — invencível — com uma equipe totalmente nova, como um novo conjunto de órgãos, fazendo os mesmos turnos dentro de suas paredes de concreto. O único sinal de que um dia eles estiveram lá seria um adesivo desbotado do Chewbacca que Maureen colocou na parede dos fundos do armário de vassouras, perto dos potes industriais de molho barbecue.

"Você está ocupado?", a mãe de Hai perguntou no telefone. "Ou a faculdade já fechou?"

"Faculdades não fecham à noite, Ma. Ficam ali, com as luzes acesas."

"Certo. Não é um salão de manicure", ela riu. "Aprendendo coisas boas? Me conta alguma coisa que você aprendeu. Sobre medicina."

"Certo." Os sacos de lixo se enrugavam à medida que ele mudava de posição. "Olha só, foi bem maluco você ligar bem agora", ele apertou o R2-D2 em forma de pênis contra o peito, "porque eu estou no laboratório neste exato momento, dissecando um cadáver".

"Sério! Meu Deus, uma pessoa de verdade?"

"Só sobrei eu aqui, a essa hora, tentando fazer mais um", ele disse, enquanto a escuridão se espalhava pelas paredes de ferro.

"Você está falando de abrir um cadáver? Um cadáver de verdade? Você está brincando."

"Quem me dera. Mas isso aqui é incrível, Ma. Um milagre da evolução."

"O que você está vendo? Tem problema eu perguntar? É parecido com a carne no açougueiro chinês? Ah, pobres dessas pessoas. Você vai ter que rezar por elas."

"É pela ciência. Elas doaram seus corpos à ciência. Foram elas que quiseram isso."

"O que você vê aí dentro, filho? Me dá arrepios só de pensar nisso."

Ele empurrou os óculos invisíveis no nariz e viu acima dele uma constelação que nunca tinha conseguido identificar na vida, uma de suas estrelas tremendo entre dois rastros desenhados no céu que escurecia.

"Espaço", ele respirou, sentindo o frio passar pela blusa. "Tem tanto espaço que você nem ia acreditar."

"Ah é?" A voz dela ficou mais baixa. "Mesmo com todos esses órgãos e artérias apertados aí dentro? Com todo o sangue?"

"Pois é", ele disse, ofegante, no escuro, como um menino que vê seu nome escrito a tinta pela primeira vez, "tem tanto espaço numa pessoa que tinha que ter mais de nós aqui dentro. Não devia ser só um".

Houve um longo silêncio; era o som da mãe dele pensando.

Foi aí que ele se deu conta de que vinha caindo esse tempo todo — ele só não sentia, com o lixo formando um colchão de gravidade zero abaixo dele. "Estou com medo, Ma", ele sussurrou.

"Do quê? No que você está pensando?"

"No que vem pela frente. No futuro... É que parece tão grande."

"Isso é só porque você é novo. Uma hora, fica menor. Mas não tenha medo da vida, filho. A vida é boa quando a gente faz coisas boas uns para os outros."

Ele murmurou alguma outra coisa, o cigarro em seus dedos reduzido à bituca.

"O que você disse?"

"Tu esi mano draugas."

"Não estou te ouvindo. Você pode..."

"Nada, mãe", ele sussurrou em inglês, e um raio de amor insano pelo mundo atravessou seu corpo. "Estava só pensando em voz alta."

E foi aí que ele ouviu — não o ruído do rio, mas os porcos.

Arrastado pelos cascos até o abatedouro do imperador, eles gritavam de uma galáxia muito, muito distante, dentro dele. E soavam exatamente como pessoas.

Pessoas afáveis, simples, que viviam apenas uma vez.

Dedicado à memória de Grazina J. Verselis
(1925–2014)

Agradecimentos

Uma versão anterior desta história foi publicada na forma de ensaio, com o título “Beginnings”, na edição de verão de 2015 do *The Adroit Journal*.

A cena na ponte Rei Felipe, no capítulo 2, foi inspirada por Chen Si, um chinês que, até o momento em que este texto foi escrito, impediu que pelo menos 469 pessoas cometessem suicídio na ponte Nanjing sobre o rio Yangtze, em Nanjing, China.

A fala “Mas não tenha medo da vida, filho. A vida é boa quando fazemos coisas boas uns aos outros” (p. 394) é uma referência à última página de *Os irmãos Karamázov*, de Dostoiévski.

Uma profunda reverência aos seguintes autores, cujos livros auxiliaram meu pensamento e ser enquanto escrevia este romance:

Fantasmas da minha vida: escritos sobre depressão, assombrologia e futuros perdidos, de Mark Fisher (Autonomia Literária, 2022).

Class Fictions: Shame and Resistance in the British Working-Class Novel, 1890–1945, de Pamela Fox (Duke University Press, 1994).

Lênin, Stálin e Hitler: A era da catástrofe social, de Robert Gellately (Record, 2010).

Chinese Theories of Fiction: A Non-Western Narrative System, de Ming Dong Gu (SUNY Press, 2006).

Shanzhai: Desconstrução em chinês, de Byung-Chul Han, traduzido por Daniel Guilhermino (Vozes, 2023).

Universe of the Mind: A Semiotic Theory of Culture, de Yuri Lotman, traduzido por Ann Shukman (Indiana University Press, 1991).

On the Theory of Prose, de Viktor Shklovsky, traduzido por Shushan Avagyan (Dalkey Archive Press, 2021).

Agradecimentos especiais à Pioneer Valley Pro Wrestling e aos trabalhadores do setor de alimentação que dão de comer ao oeste de Massachusetts, especialmente no Miss Flo's, em Florence, no Panda Garden, em Williamsburg, no Easthampton Diner, em Easthampton, no La Veracruzana, em Northampton, no Sub Rosa, em Northampton, no Village Green Ice Cream, em Haydenville, no Lili's em Amherst, no Burmese Bowl, em Lee, e aos cozinheiros da Igreja Episcopal de St. John durante o Festival Anual de Outono de Ashfield.

Finalmente, meus agradecimentos a Mokka Kaffi, em Reykjavík, Islândia, onde o crucial segundo rascunho deste romance foi concluído.

Imensa gratidão aos meus primeiros leitores por me manterem verdadeiro: Jihyun Yun, Christopher Radcliff, Ben Lerner, Rosamond Kreshak-Hayden, Joseph Fritch, Laura Cresté e Peter Bienkowski. Suas mentes perspicazes e seus corações abertos são indescritíveis e vão além de tudo que eu mereço.

À excelente equipe da Penguin Press: Juli Kiyan, Casey Denis, Matthew Boyd, Victoria Laboz e Jessie Stratton Zhou. Vocês me fazem sentir o escritor mais sortudo do mundo.

À minha agente, Frances Coady, por me ver, repetidas vezes, como mais do que eu sou.

À minha editora, Ann Godoff, por conhecer a utilidade e o valor do meu trabalho — muito melhor do que eu mesmo.

Agradeço a Zadie Smith, que, em um barco em um rio de Paris em 2016, foi a primeira a me encorajar a escrever este romance.

A Peter, a luz em minhas praias, sempre. Obrigado por existir.

Impressão e Acabamento:
GRÁFICA GRAFILAR